创伤记忆
与见证文学

陶东风 著

北京大学出版社
PEKING UNIVERSITY PRESS

图书在版编目（CIP）数据

创伤记忆与见证文学 / 陶东风著. —— 北京：北京
大学出版社, 2025. 6. —— ISBN 978-7-301-36245-7

Ⅰ. I0

中国国家版本馆CIP数据核字第2025BE2450号

书　　　名	创伤记忆与见证文学	
	CHUANGSHANG JIYI YU JIANZHENG WENXUE	
著作责任者	陶东风　著	
责 任 编 辑	黄敏劼	
标 准 书 号	ISBN 978-7-301-36245-7	
出 版 发 行	北京大学出版社	
地　　　址	北京市海淀区成府路205号　100871	
网　　　址	http://www.pup.cn　新浪微博：@北京大学出版社 @阅读培文	
电 子 邮 箱	编辑部 pkupw@pup.cn　总编室 zpup@pup.cn	
电　　　话	邮购部 010-62752015　发行部 010-62750672　编辑部 010-62750112	
印 刷 者	天津联城印刷有限公司	
经 销 者	新华书店	
	880毫米×1230毫米　16开本　26.25印张　355千字	
	2025年6月第1版　2025年6月第1次印刷	
定　　　价	98.00元（精装）	

目录

导论
"文艺与记忆"研究范式及其批评实践

——以三个关键词为核心的考察[1]

引　言

　　人类文化创造与记忆的关系是一个非常古老的话题，作家、艺术家在自己的创作谈中一直反复提及记忆的重要性。但直至 20 世纪前半期，记忆研究的主要领地一直是心理学，只是在最近几十年中，它才获得了人文科学、社会理论与文化研究的广泛青睐，在社会学、历史学、人类学、文学批评、文化研究领域开花结果。就本文关注的文学艺术研究和文化研究而言，记忆、集体记忆、创伤记忆、文化记忆等，也已经成为频繁使用的关键词。安斯加尔·纽宁等人在其主编的《文学与记忆——理论范式、文类、功能》一书的《导论》中写道："在当下的文学研究范式中，记忆（memory）和回忆（remembering）

---

[1]　本文写于 2010 年，当时，国外人文社会科学领域的记忆研究著述在国内的译介还不多，国内学者的原创研究成果更少。因此在今天看来，本文对国内外相关文献的征引是相当不够的。为了保持文章原貌，笔者在将其收入本书时并没有对此加以修改。

是核心范式之一。近年来，集体记忆理论已经对文学研究造成了重大冲击。"[2] 在国内文学艺术批评与文化研究界，与记忆相关的研究成果近年来也呈现出快速增长的态势，特别是在反右文学研究、"知青"文学研究、"文革"小说研究等方面。[3] 以"文学与记忆"为主题的学术会议与研讨也已经陆续出现。[4] 学术发展的这种态势使得我们可以考虑建构一种我所称的"文艺与记忆"的研究范式。

　　"文艺与记忆"这个命题参照了雷蒙·威廉斯著名的"文化与社会"范式，[5] 它既是一个理解—认识路径，也是一个阐释—论述范畴。

---

[2] Ansgar Nünning, Marion Gymnich and Roy Sommer (eds.), *Literature and Memory: Theoretical Paradigms, Genres, Functions*, Francke, 2006, p.1. 国内社会学领域的相关研究主要集中在民俗学和口述史研究方面，相关文献如：刘亚秋：《从集体记忆到个体记忆——对社会记忆研究的一个反思》，载《社会》2010 年第 5 期；李兴军：《集体记忆研究文献综述》，载《上海教育科研》2009 年第 4 期；朱沛升：《"文革记忆"研究初探》，载《福建师范大学学报》2010 年第 3 期。

[3] 这方面较早的甚至具有开创之功的研究成果，当为许子东的《为了忘却的集体记忆——解读 50 篇文革小说》（生活·读书·新知三联书店，2000 年）以及徐贲的《人以什么理由来记忆》（吉林出版集团，2008 年）。徐贲著作中收入的文章并不都属于文学研究，与文学研究关系比较密切的是以下几篇：《为黑夜作见证：维赛尔和他的〈夜〉》《见证文学的道德意义：反叛和"后灾难"共同人性》《"记忆窃贼"和见证叙事的公共意义》《"罪人日记"的见证》。

[4] 2009 年 12 月，暨南大学文艺学与海外华文文学研究中心举办了"文学与记忆"学术研讨会，部分会议论文发表于《文艺争鸣》2010 年第 1 期，包括：张博《记忆与遗忘的重奏——文学、历史、记忆浅论》、黄勇《"右派"记忆及其方式》、王侃《年代\历史和我们的记忆》、洪治纲《文学：记忆的邀约与重构》、毕飞宇《记忆是不可靠的》、余华《一个记忆回来了》。

[5] 雷蒙·威廉斯的"文化与社会"范式确立于他的《文化与社会》（吴松江、张文定译，北京大学出版社，1991 年）等著作。他选择了 1780—1950 年间英国思想史和文学史上的一些著名人物，从文化与社会的关系中追溯了这些人的书写中"文化"概念的使用，探索文化和社会的深刻关联，以及文化含义随社会变化而变化的过程，确立了"文化是日常的""文化是一种整体的生活方式"等重要命题，摆脱了脱离社会生活，特别是大众的日常生活讨论文化的精英主义传统。

与"文化与社会"范式一样，"文艺与记忆"范式并不只是文学艺术与记忆两个要素的简单相加，更意味着一种相互理解和阐释的视野之确立：从文学艺术的眼光看待和研究记忆，以及从记忆的视角看待和研究文学艺术。比如：记忆是如何通过文学艺术形式被叙述的？这个叙述框架在多大程度上是集体的，多大程度上是个人的？多大程度上保持了艺术—审美的自主性，多大程度上受制于政治—权力？同时，从记忆的角度看待和研究文艺，我们可以问：文艺如何承载、转化和建构记忆？文学艺术史在什么意义上说是记忆的历史？什么是关于文艺的记忆和关于记忆的文艺？

下面我想通过梳理三个关键词的方式粗浅勾勒"文艺与记忆"研究范式中的几个可能的路径或值得注意的问题。

一 集体记忆

个体记忆和集体记忆的关系问题从来都是记忆研究的一个充满争议的焦点。相应地，在"文艺和记忆"的研究范式中，首先要处理的就是个人记忆（以及相关的文学记忆、诗性记忆等）与集体记忆（或社会记忆）的关系问题：被认为是个人化精神劳动的文学写作，是否以及在多大程度上受到所谓"集体记忆"（或社会记忆）的牵引或宰制？个体记忆与集体记忆是基于二元对立的臣服或抵抗关系，还是你中有我我中有你的相互建构、相互对话的协商乃至同谋关系？

集体记忆理论的创始人是法国社会学家莫里斯·哈布瓦赫（Maurice Halbwachs），其记忆研究的突出特点是去心理学化、去生理学化以及相当程度上的去个体化，其代表作《论集体记忆》所论述的核心问题就是记忆的集体性和社会性，强调记忆是社会文化的建构。

他认为，探究记忆存储在大脑的哪个神秘角落没有意义，重要的是一个人生活于其中的群体、社会以及时代文化环境，如何制约——鼓励还是抑制、引导还是禁止？——他进行某种形式的回忆。[6] 他指出：正是在这个意义上，存在着一个所谓的"集体记忆"和"记忆的社会框架"。特定的个体记忆能否被唤起、以什么方式被唤起、被讲述，都取决于这个框架。这个框架使得某些回忆成为"能够进行回忆的记忆"，某些则被作为"不能进行回忆的回忆"或"不正确的回忆"而打入冷宫。

无论在西方还是在中国，哈布瓦赫的集体记忆理论都产生了重大影响，甚至可以说占据了支配地位。但也有不少人对其所谓"社会决定论"倾向提出批评。这种批评既有来自社会学领域的，更有来自文学研究领域的。

在社会学领域，刘亚秋的《从集体记忆到个体记忆——对社会记忆研究的一个反思》全方位反思了哈布瓦赫集体记忆理论。[7] 比如哈布瓦赫曾对梦境与记忆进行比较，指出记忆不同于梦境，前者需要社会的基础，是完整连贯的，而梦境建立在自身的基础上，它是非社会化的、破碎的、零散的，"睡梦中绵延不绝的一系列意象，就像一堆未经细琢的材料垒放在一起，层层叠叠，只是出于偶然，才达到一种均衡状态，而一组记忆就像是一座大厦的墙壁，这座大厦被整体框架支撑着，并受到相邻大厦的支持和巩固。两者之间的差别就在于此。梦建立在自身的基础之上，而我们的记忆依靠的是我们的同伴，是社

---

[6] 莫里斯·哈布瓦赫：《论集体记忆》，毕然、郭金华译，上海人民出版社，2002年，第68—69页。

[7] 刘亚秋：《从集体记忆到个体记忆——对社会记忆研究的一个反思》。西方学术界对于哈布瓦赫"集体记忆"概念的讨论更多，可以参见本书《超越集体主义与个人主义的二元对立——对"集体记忆"概念的反思》一文。

会记忆的宏大框架".[8] 但刘亚秋指出:"按照幻想组织起来的镜像不仅仅在梦境中才会出现,记忆的想象性空间也存有这样的东西,可惜哈布瓦赫过于重视集体记忆了,以致疏忽了个体记忆的主体性及其对集体记忆的反叛性."[9] 如果结合文学创作中很多无意识记忆的例子(比如普鲁斯特的名著《追忆似水年华》中关于玛德莱娜点心如何引发主人公的无意识记忆的那段描写),我们更会觉得哈布瓦赫的理论和文学似乎有点"隔".如果说梦境是按照幻想组织的、零散的,那么,记忆,至少是一部分无意识记忆,难道不也是这样吗?在意识流小说中,记忆就并不那么连贯、前后呼应、条理分明,如果它也像逻辑思维那么严密,那就不是记忆而是推理了。

在文学研究领域,把"集体记忆"作为关键词的代表性著作应该是许子东的《为了忘却的集体记忆——解读50篇文革小说》。该书归纳出"文革"小说的四种叙事类型:契合大众通俗文学趣味的"灾难故事"、体现知识分子与干部忧国情怀的"历史反省"、先锋派小说对"文革"的"荒诞叙述"以及"虽然充满错误却又不肯忏悔"的青春回忆。这四种叙事模式的形成,又共同受制于一种作为"主导倾向"的"文化心理状态",这就是"逃避文革"和"遗忘文革"的集体倾向。许子东认为这个倾向"相当程度上是以集体无意识的形式制约着各种'文革叙述'的内在结构,而且是以'因祸得福''坏事变成好事''不可解释'或'青春无悔'等不同方式,使得'文革叙述'的制作者与接受者们可以求得放心与释怀".[10] 该书在"结论"中援引了"新历史主义"的观点,似乎能够代表作者对"集体记忆"的理解:"在任何一

---

[8] 哈布瓦赫:《论集体记忆》,第75页。

[9] 刘亚秋:《从集体记忆到个体记忆》。

[10] 许子东:《为了忘却的集体记忆》,第228页。

个特定的时刻，各种关系系统都是同一种赋予它们以结构的主导倾向……相联系而发生作用的。无论是在过去还是在对过去的诠释中，历史都遵循一种模式或结构，按照这种模式或结构，某种事件比其他事件具有更大的意义。在这一意义上，结构制约着文本的写作和阅读。"[11] 许子东的研究在获得学界好评的同时，也引起一些批评者的疑虑：关于"文革"记忆的文学书写真的可以纳入这四个整齐划一的叙事模式吗？比如邓金明就指出，许子东主要采用的理论模式是普罗普建立在民间故事基础上的故事形态学理论，而民间故事是一种集体性远远大于个人性的叙述，它与作为文人小说的"文革文学"不是一回事，前者更加模式化，后者更加个人化。[12]

这个质疑当然有相当的道理，可以说，整个结构主义叙述学都存在这样的问题：用普遍模式整合特殊经验。但是我们也必须指出，叙述是任何记忆书写，包括文学艺术的记忆书写都不可能超越的中介（没有叙事，个人的回忆只能永远埋在心里而不可能变成公共文化产品），而任何叙事行为当然都不同程度地要借助叙述惯例或传统，因而必然带有集体性和公共性。所谓"集体记忆"，准确理解应该是指记忆的集体维度。民间故事的集体维度可能的确是最突出的，但是通过最私人化的文体——比如日记和书信书写的记忆，难道能逃脱叙述的制约么？

连接集体记忆和个体记忆的第一道桥梁就是叙事。首先，正是因为有了叙事，文艺作品中的记忆书写才区别于个体心理层面的下意识

---

[11]　许子东：《为了忘却的集体记忆》，第 227 页。尽管没有证据表明他的研究受到了哈布瓦赫的影响（全书没有提到哈布瓦赫的名字和他的《论集体记忆》一书），但许子东所说的"结构""模式"和哈布瓦赫强调的记忆的"集体框架"显然是异曲同工。

[12]　邓金明：《"文革"小说：集体记忆与集体书写的反思》，载陶东风、周宪主编《文化研究》第 11 辑，社会科学文献出版社，2011 年，第 172 页。

流动（类似"梦境"），前者比后者具有更突出得多的连贯性和整体性。即使是意识流小说中似乎无序、散乱、随机的下意识描写，毕竟也是叙事，因此不可能不受到叙述框架及其所体现的文化和意识形态的牵制，并因此具有集体维度。正如黄勇指出的："对于个人亲身经历的表达来说，'叙事'的功能是非常重要的，个人的实际经历往往是零散的、复杂的甚至模糊不清的，必须通过讲述或叙述的方式，把杂乱无章的经历重新排列理顺，使之条理化和清晰化。"[13] 其次，正是叙述使得作家、艺术家必须对自己的记忆进行整理和修改，而不可能是忠实地复制记忆。每次记忆书写都是对记忆的重构。对于同一个事件的记忆之所以能够被反复书写，而且每次书写都有差别，原因即在于此。

　　连接个体记忆与集体记忆的第二道桥梁，是深深地嵌入了个体性中的集体性和传统性。对此，爱德华·希尔斯有非常精彩的论述：

　　　　记忆是个贮藏器，它收藏着人们过去的经历，以及人们从载入史册并被牢记的他人（活着的或死去的）经历中获得的知识。个人关于其自身的形象由其记忆的沉淀所构成，在这个记忆中，既有对与之相关的他人行为的体验，也包含着他本人过去的想象。……

　　　　个人的自我认识所涉及的范围不受个人经历的限制，也不受他自己寿命的限制。他的自我形象远远超出他在形成形象的那一刻自身包含的一切；它涉及历史的回顾。作为他的自我画像和个性的一部分，这种自我形象包括过去的人们的特征、同一家庭成员的特征、同一性别或同一年龄组、同一种族群体、同一地段，以及同一宗教信仰或单位团体之成员的特征。

---

[13]　黄勇：《"右派"记忆及其方式》，载《文艺争鸣》2010 年第 1 期。

记忆不仅贮存了个人亲身经历过的事件，而且还贮存了与他来往的年长者的记忆。年长者关于他们经历的描述（这种经历通常先于他本人的经历）和不同时期留下的文字著作，使他对"大我"的认识不但包容近期发生的事情，而且包容他未曾经历过的历史事件。因此，他的家庭的历史、居住地区的历史、他所在的城市的历史、他所属的宗教团体的历史、他的种族集团的历史、他的民族历史、他的国家的历史，以及已将他同化了的更大的文化的历史，都提供了他对自己过去的了解。[14]

个体性中包含了社会性，个性意识中包含了集体意识，个人经验中包含了集体经验，个体记忆也包含了超出个人经历的那些社会历史内容。但这些内容不是与个体记忆分离、孤立地并存的，而是融化到了个体记忆、个人经验和个人的性格特征、行事方式、文艺创造之中，强行把它们进行分离是不可能的。不存在和个体记忆分离的集体记忆。记忆的前提条件是记忆的主体必须拥有大脑这个生理器官，而集体不可能有这样的器官，因此记忆的主体只能是个体。伟大的文学艺术总是能够把这种融合了个体记忆、个体经验与集体记忆、集体经验的精神世界通过艺术的方式呈现出来，或者说，伟大的文学艺术所塑造的最具体、生动、鲜活的个性中必然积淀着希尔斯所说的集体的历史、文化和传统。

其实，在运用集体记忆理论时，不仅要避免过分夸大记忆的集体性对个体记忆的宰制，从而忽视了个体记忆的异质性和反抗性，更应避免对集体记忆作本质主义的僵化理解，避免把集体记忆当成外在的控制个体、强加于个体的力量，而没有看到记忆的集体维度和集体内

---

[14]　爱德华·希尔斯：《论传统》，傅铿、吕乐译，上海人民出版社，1991年，第67—68页。

容是内在于个体记忆之中的。作为明令禁止的意识形态规范当然无可置疑地影响着个体的记忆书写，但是这种影响常常是粗暴的和易于发现的。记忆的集体性和社会性更深刻地体现为：个体在借助文化传统为其提供的叙述模式书写个人记忆时，不经意间无意识地内化了该模式所含之集体性和社会性。

运用集体记忆概念时还应充分注意的是：通常情况下一个社会中总是存在不止一种集体记忆框架，而且它们之间并非都是和谐共处的（只有在某种非常罕见的情况下例外）。换言之，不只存在个体记忆和集体记忆的冲突与斗争，更存在集体记忆和集体记忆的斗争。并且，同一集体记忆内部也存在裂隙和自我解构的因素。80 年代"伤痕文学""反思文学""知青文学"确实体现了高度模式化的集体记忆（对此许子东的著作已经做了强有力的论证），形成了一些主流的"文革"书写模式（比如"老干部的文革""知识分子的文革"等）。而且即使是与这些模式不同的另类"文革"书写，比如 90 年代以后出现的儿童或少年的"阳光灿烂"的"文革"，与其说是与集体记忆无关的神秘个体记忆，不如说是新历史语境下建构的另一种集体记忆。它之所以能够在公共领域出现并成为一种时尚潮流，同样是因为中国思想文化界在 90 年代出现的新形势为它提供了可能性。[15] 换言之，对同一个事实的记忆可以被置于多个书写框架之中，这些框架是不同的集体记忆的产物。"阳光灿烂"的"文革"叙事所描述的逃学、旷课、早恋等经验，完全可以被置于不同的解释和叙述框架中得到叙述：既可以被控诉为荒废了学业和前途，也可以被美化为摆脱了官僚体制化的学校规训——就看你接受哪个集体的框架，而对于解释框架的接受或拒绝，常常自觉

---

[15] 陶东风：《七十年代的碎片化、审美化与去政治化——评北岛、李陀主编的〈七十年代〉》，载《文艺研究》2010 年第 4 期。

不自觉地受到集体社会文化潮流的牵制和引导。因此，一方面不要对"集体记忆"做一元的、僵化的理解，好像一个时代只能有一种无差别的集体记忆；[16]另一方面也不要幻想什么完全非社会、非集体的个体记忆、"原初记忆"，或未受权力和意识形态污染的"诗性记忆"。集体记忆和个体记忆之间的关系要更加复杂，它们之间充满了对话协商、相互建构，协商中有对抗，共谋中有冲突。真正重要的是要抛弃本质主义的集体记忆概念与同样本质主义的个体记忆概念。对记忆的多元性和复杂性的提醒，固然可以防止我们对文学艺术中的记忆书写进行简单的化约处理。但如果在为个体记忆辩护的过程中走向另一个极端，则会导致对个体记忆的本质化、理想化、浪漫化和神秘化，天真地以为个体记忆能够在集体记忆、社会记忆之外保持自己完全的纯洁性、本真性和所谓"原初性"（荣格的"集体无意识"理论提醒我们这种所谓"原初性"甚为可疑）。把主导性集体记忆的力量推到极端，会导致悲观主义，使得个体的"反记忆"（福柯）成为不可能；但是，如果反过来把个体的反记忆力量推到极端，也会导致天真的乐观主义。

即使是哈布瓦赫，当他说"个体通过把自己置于群体的位置来进行回忆"，"群体的记忆是通过个体记忆来实现的，并且在个体记忆之中体现自身"的时候，其实已经意识到了集体记忆与个体记忆之间并不存在简单的二元对立关系：不存在个体记忆之外的群体记忆，群体的记忆只能通过个人记忆来实现自己。当然，哈布瓦赫没有强调另外一点：所谓集体记忆框架对于个体记忆的"植入"，不可能是彻底的、绝对的，个体记忆中总是存在"溢出"集体框架的"漏网之鱼"。

如果我们对"集体记忆"这个有些笼统的名词进行分解，它似乎

---

[16] 刘亚秋在他做的知青访谈中发现，即使是被普遍认为生活经历非常类似的知青群体，也不拥有完全相同的集体记忆，当年的情况就各不相同，更不用说今天分化得非常严重的知青了。这点也在《七十年代》一书中得到了印证。

应该包括：1. 共同的 / 集体的记忆主体，比如"知青"；2. "共同的 / 集体的记忆对象"，比如"上山下乡"；3. 共同的或类似的价值立场，比如"青春无悔"。但这三个要素其实还可以继续分割：所谓"知青群体"其实是由各种亚群体组成的（他们之间的差异比我们想象的要大），这些亚群体继续分割下去就变成了一个个的个体，这些个体或许分享某些类似的经历和过去，但它们不会完全相同，诸个体也不可能有完全相同的价值立场（即使对"青春无悔"，每个人的理解也不可能完全相同）。因此，集体记忆其实是诸多个体记忆在对话、交往中建构的，具有一定的共性却绝不可能铁板一块。即使是两个同时在天安门接受毛泽东接见的红卫兵，其记忆的"集体性"程度应该是很高的（时间和地点一样，经历的事件一样，身份一样），但可以肯定，他们对这个经历的回忆只能有相对的共性而不可能有绝对的共性。所有的"集体记忆"事实上都在被不同的个体在不同的语境中持续地加以建构和再建构、讲述和再讲述，每一次讲述都会有所修正，都会带来更多的差异性、复杂性、丰富性。这恰好说明，集体记忆也不是一次可以完成的、本质化的东西。

有关记忆现象学 / 记忆诗学与记忆社会学的二元对立也颇为可疑。有人认为，对记忆的研究存在两种面向：一是更加强调个体和主体意识的记忆现象学、记忆诗学，一是强调记忆的集体性和社会性的记忆社会学，而在以往的"文革"记忆研究中，以哈布瓦赫的"集体记忆"为代表的记忆社会学一直占统治地位，记忆现象学却一直不受重视。[17] "记忆现象学"概念见于保罗·利科的《过去之谜》，但如果我们仔细阅读此书，就会发现利科所谓"记忆现象学"，恰恰是要打破个体

---

[17] 邓金明：《"文革"小说：集体记忆与集体书写的反思》，载陶东风、周宪主编《文化研究》第 11 辑。

记忆与集体记忆的二元论，破除"原初记忆"神话。此书在介绍两种记忆理论——一种是由主体意识现象学发展而来的、以个体记忆为重点的记忆现象学，另一种是强调记忆在公共领域所发挥之作用的记忆社会学——之后，阐释了他旨在超越个体—集体二元论的"个体—集体记忆的交互式结构"。与"从个体记忆出发推导出集体记忆的方法"相反，利科理解的现象学方法"会导致产生一种个体记忆与集体记忆的同时的、相互的、交叉的结构的想法"。[18] 利科使用来自精神分析的例子来说明这种结构。精神病患者对于创伤性回忆的唤醒并不是"自然而然"的，而是需要"第三者"的参与，第三者向患者颁发了"回忆许可证"，亦即帮助患者"将症状、幻觉、梦境用语言描述出来"。这种描述是在"语言秩序"中进行的，"自始它就具有社会的和公众的性质"，"使用的语言自始就是大家通用的语言"。[19] 而这种语言和叙述传授，"要求对个体记忆占优先地位的论点作出重要修正"。[20]

二　创伤记忆

20 世纪是一个充满了灾难的世纪，人类心灵伤痕累累，公共世界危机四伏。文学领域出现了令人瞩目的"幸存者文学""见证文学""思痛文学"，而在"文艺与记忆"研究领域，创伤记忆问题也得到了特别关注。

依据杰弗里·亚历山大的界定："当个人和群体觉得他们经历了

---

[18] 保罗·利科：《过去之谜》，綦甲福、李春秋译，载保罗·利科等《过去之谜》，山东大学出版社，2009 年，第 39 页。

[19] 同上书，第 40 页。

[20] 同上。

可怕的事件，在群体意识上留下难以磨灭的痕迹，成为永久的记忆，根本且无可逆转地改变了他们的未来，文化创伤（cultural trauma）就发生了。"[21] 这个定义突出了意识（自觉性）和群体的维度，换言之，文化创伤首先不是一个自在事实，而是一种主动的文化建构，而且它不只涉及个体认同，而是关涉到群体认同。更重要的是，作为文化建构的创伤记忆必然指向一种社会责任与政治行动，因为："藉由建构文化创伤，各种社会群体、国族社会，有时候甚至是整个文明，不仅在认知上辨认出人类苦难的存在和根源，还会就此担负起一些重大责任。一旦辨认出创伤的缘由，并因此担负了这种道德责任，集体的成员便界定了他们的团结关系，而这种方式原则上让他们得以分担他人的苦难。"[22] 可见，文化创伤建构的政治和道德意义，在于修复这个被人道灾难严重伤害的公共世界和人类心灵。这个意义上的文化创伤只可能导源于人道灾难而不可能产生于自然灾害。

　　亚历山大通过质疑自然主义的文化创伤理论发展出了上述建构主义的文化创伤理论。自然主义把创伤简单地归于某个"事件"（比如暴力行为、社会剧变等），以为创伤是自然发生的，凭直观即可了解。这种自然主义的理解被亚历山大称为"外行创伤理论"或"常民创伤理论"（lay trauma theory）。它又可以分为"启蒙"和"精神分析"两个版本。启蒙版创伤理论家（如尼尔）不仅把创伤归因于事件本身的性质，更坚信人有能力对此作出理性回应。[23] 精神分析创伤理论的特点则是在外部的伤害性事件和行动者的内在创伤反应之间"安放了无意

---

[21]　Jeffrey C. Alexander, "Towards a Theory of Cultural Trauma," in Jeffrey C. Alexander, Ron Eyerman, Bernard Giesen, et al., *Cultural Trauma and Collective Identity*, University of California Press, 2004, p.1.

[22]　同上。

[23]　同上书，第3—4页。

识情感恐惧和心理防卫机制模型"。[24] 根据这种理论，当巨大的伤害事件降临，人们会因极度震惊和恐惧而将创伤经验压抑下来，导致造成创伤的事件在行动者记忆里被扭曲和移置，更不可能自动产生理性认识和理性责任行动。显然，弗洛伊德代表的这种创伤理论并不像启蒙理论那么乐观地认为人具有理性应对灾难事件的能力，创伤的解决在于"整顿"自我的内在，其关键性的环节就是记忆。

文化建构主义的创伤理论与上述两种理论都不同，它主张创伤是被社会文化所中介、建构的一种经验，一个事件（比如给皇帝下跪）只能在特定的文化网络和意义—解释系统中才能被经验为"创伤"（英国使臣和中国的大臣因此对下跪这个事件的经验是不同的）。离开了特定的社会文化脉络，就无法把握一个社会的理解—意义结构，也就无法确定一个事件是否具有"创伤"性。换言之，是意义，而非事件本身，能解释震惊和恐惧的感受。意义的结构是否松动乃至坍塌，并非事件的结果，而是社会文化过程的效果。事件是一回事，对事件的解释和叙述又是另一回事——叙述总是同时是一种解释。社会危机（比如经济濒临崩溃）被叙述为文化（意义）危机才可能被经验为文化创伤。[25] 为此，使用针对个体的精神分析方法（比如诱导患者唤醒某种记忆）是不够的，还必须找寻一些文化手段，透过公共纪念活动、文化再现和公共政治斗争，来消除压抑，让遭受幽禁的失落和

---

[24] Alexander, "Towards a Theory of Cultural Trauma,"in *Cultural Trauma and Collective Identity*, p.6.

[25] 创伤记忆的这种建构性质如果联系"文革"也会看得很清楚。在发生"文革"的当时及此后很长一段时间，虽然中国的政治、经济和文化教育遭到严重摧残，体制无法正常运作，学校无法从事教育，经济受到严重破坏，物资奇缺，但对受其影响的集体成员包括大多数知识分子而言，这种状况在当时并没有被普遍经验为"文化创伤"。很多人甚至在遭受不白之冤、家破人亡的情况下也没有严重的创伤感（可能有委屈感）。

哀伤情绪得以表达。包括建立人道灾难博物馆、定期举行公共纪念仪式或集体悼念活动等在内的公共文化活动，是使集体创伤记忆得以呈现的有效方式，对修复心理创伤和人际关系具有重要意义。周期性地举行的纳粹大屠杀死难者纪念或反法西斯胜利纪念活动就是这方面的例子。在这种例行化的过程里，借由广泛的公众参与，文化创伤扩大了社会同情的范围，提供了通往新社会团结形式的大道。

见证文学就具有这样的建构文化创伤记忆和修复公共世界的意义。"见证文学"是一个西方传入的概念，常常特指大屠杀这样的人道主义灾难的幸存者书写的、带有自传色彩的作品。它是一种高度自觉地把人道灾难上升为创伤记忆的书写行为。见证文学的意义不仅在于保存历史真相，更在于修复灾后人类世界。"修复世界"指的是："在人道灾难（如大屠杀、文革）之后，我们生活在一个人性和道德秩序都已再难修复的世界中。但是，只要人的生活还在继续，只要人的生存还需要意义，人类就必须修复这个世界。"[26] 这是见证文学承载的人道责任。大屠杀幸存者、著名的见证文学《夜》的作者埃利·维赛尔（Elie Wiesel，也译威塞尔）认为自己的写作"不是一种职业，而是一种志业，一种义务"。[27] 正是这种道义和责任担当意味着见证文学是一种高度自觉的创伤记忆书写。没有这种自觉，幸存者就无法把个人经验的灾难事件上升为普遍性的人类灾难，更不可能把创伤记忆书写视作修复公共世界的道德责任。维赛尔的见证书写成功地建立了一种对他人的世俗责任伦理，承担了重建人际团结和社区融合的作用。

其次，亚历山大说，创伤记忆建构的目标是以有说服力的方式

---

[26]　徐贲：《见证文学的道德意义：反叛和"后灾难"共同人性》，载《人以什么理由来记忆》，第224页。这段话转述了犹太哲学家费根海姆的观点。

[27]　转引自徐贲：《为黑夜作见证：维赛尔和他的〈夜〉》，载《人以什么理由来记忆》，第213页。

将"创伤宣称"投射到广大的受众/公众，使受众范围扩展至包含其他非直接承受创伤的公众，让后者能够产生与直接受害群体的认同。同样，幸存者的见证文学也旨在让个人灾难记忆获得普遍意义，成为整个人类存在状态的一个表征。在这方面，西方的见证文学名著、大屠杀幸存者普里莫·莱维（Primo Levi）的《这是不是个人》（*If This Is a Man*），无疑是一部不可多得的作品。这部见证文学告诉我们：不要把大屠杀当成犹太人特有的灾难，不要把对大屠杀的反思窄化为犹太人的专属。这种反思必须提升为对整个人类普遍境遇的反思，从而把避免犹太人悲剧的再发生当成全人类必须承担的普遍道义责任。[28] 因此，莱维个人的创伤记忆书写就不只具有自传性质，而应视为一种对人类普遍生存境遇的书写。莱维在书中坚持使用复数形式的第一人称"我们"进行叙事。这种人称一方面是群体受难者通过莱维的写作发出声音的一种方式；另一方面，通过这种语法也使读者积极地投入对事件的记忆和复述中去。这种复数人称被视为一种集体声音和共享体验，它力求获得读者的同情并且打动其良知。也许正因为这样，徐贲把维赛尔的《夜》与存在主义文学进行对比分析，认为和存在主义文学一样，维赛尔的见证文学也可以当作寓言来读，而"寓言所扩充的是人的存在的普遍意义和境遇"。[29]

中国也有自己的见证文学。从新时期初期的"伤痕文学""反思文学"，到今天仍在大量出版的反右、"文革"幸存者、亲历者回忆录、传记文学（如巴金的《随想录》、韦君宜的《思痛录》、贾植芳的《我的人生档案》等），中国文坛出现了以叙述和反思"文革"、反右

---

[28]　Sandu Frunza, "The Memory of the Holocaust in Primo Levi's 'If This Is a Man'," *Shofar*, Vol. 27, No. 1 (Fall 2008), pp.36−57.

[29]　徐贲:《见证文学的道德意义：反叛和"后灾难"共同人性》，载《人以什么理由来记忆》，第 233 页。

创伤记忆的文学（这里的"文学"是广义的，包括纪实性的传记作品、回忆录、访谈、口述史等），这是中国特色的见证文学，有学者称之为"思痛文学"。[30] 建构主义的文化创伤理论对于我们研究这类文学是非常有力的工具。

"思痛文学"的作者群体基本上都是"文革"结束后具有反思能力的创伤承载群体。他们中的大多数既承受了"文革"的创伤，又具有反思"文革"，把"文革"等特定社会事件宣称、再现为创伤并加以传播的知识—符号—表征能力。很多（但不是全部）以反右、"文革"为题材的文学写作就属于这个意义上的群体宣称—叙述行为。这批知识分子原先大多是反右或"文革"的受害者，但他们并不是在一开始就能够把自己的遭遇经验和再现为文化创伤。他们的创伤声称实际上是在新启蒙、思想解放运动中建构的，一般具有如下特征：

首先，他们是一个觉醒的群体。所谓"思痛文学"，其实也是"醒悟者文学"，其作品一般都要讲述自己觉醒的过程，只有觉醒了的受害者才会觉得自己的那段经历是"痛"，才会讲述和反思这"痛"。不觉醒就不会"思"，甚至也不会有"痛"。巴金说得好："五十年代我不会写《随想录》，六十年代我写不出它们。只有在经历了接连不断的大大小小政治运动之后，只有在被剥夺了人权在'牛棚'里住了十年之后，我才想起自己是一个'人'，我才明白我也应当像人一样用自己的

---

[30] 参见启之：《"思痛者"与"思痛文学"——当代文化的另类记忆》，载陶东风、周宪主编《文化研究》第 11 辑。"思痛"一词是老作家韦君宜首先提出的："'四人帮'垮台之后，许多人痛定思痛，忍不住提起笔来，写自己遭冤的历史，也有写痛史的，也有写可笑的荒唐史的，也有以严肃姿态写历史的；有的从 1957 年反右开始写的，也有的从胡风案开始写。要知道这些，是这一代及下一代读者求知的需要；要想一想这些，是这个国家的主人（人民）今后生存下去的需要。"参见韦君宜：《思痛录》，北京十月文艺出版社，1998 年，第 1 页。

脑子思考。"[31] 巴金的亲身体验印证了创伤常常是灾难过后的文化建构的观点，而他的《随想录》则是一种觉醒后的自觉见证行为。觉醒针对蒙蔽而言，没有蒙蔽，就不会有觉醒。因此"思痛文学"是觉醒的"受蒙蔽者"的去蔽文学，是自我启蒙和启蒙别人。有人说："'思痛者'就是觉悟者，'思痛文学'就是启蒙文学。"[32] 这是有道理的。

其次，他们有强烈的责任意识。很多见证作家（思痛者）都谈到了自己肩负的保存历史真相、见证创伤的责任。巴金说："住了十年'牛棚'我就有责任揭穿那一场惊心动魄的大骗局，不让子孙后代再遭灾受难"，"为了净化心灵，不让内部留下肮脏的东西，我不能不挖掉心上的垃圾，不使他们污染空气。我没有想到就这样我的笔会成了扫帚，会变成了弓箭，会变成了解剖刀。要消除垃圾，净化空气，单单对我个人要求严格是不够的，大家都有责任。我们必须弄明白毛病出在哪里，在我身上，也在别人身上……那么就挖吧！"[33]

最后，见证作家大多有强烈的忏悔意识，其中很多兼有见证者和忏悔者的双重身份："思痛文学"中有一部分是表达对作者自己"文革"时期所犯过失的忏悔和反思。这是特殊意义上的见证和思痛：通过当事人自己坦白在特殊社会和时代被迫做（说）出的污点言行，来见证这个社会的非人性。它也是一种特殊意义上的救赎文学：通过见证自己的污点言行并深刻反思和忏悔，以重获做人尊严。这种忏悔意识和对自己的无情解剖，是"思痛文学"中最具有道德力量和思想价值的部分（尽管总体而言愿意做这样的忏悔和反省的人还不多）。"文革"灾难的一个重要特点就是系统地、体制性地剥夺人的尊严，而且是

[31]　巴金：《随想录》，作家出版社，2009年，第3页。

[32]　启之：《"思痛者"与"思痛文学"——当代文化的另类记忆》。

[33]　巴金：《随想录》，第3—4页。

让你自己剥夺自己的尊严。徐贲在为父亲徐干生编辑的《复归的素人：文字中的人生》一书中，把徐干生当年写的很多交代、检讨、日记命名为"诛心的检讨"。"诛心"正体现了"文革"最为反人性的一面：它不仅让别人侮辱你，还让你自己侮辱你自己，让你被迫与一个你厌恶的自己为伍，让你被迫做违心的自我贬低、自我忏悔，检查自己莫须有的"罪行"。总之，让你自己糟践自己，自己践踏自己的尊严。[34]

　　一个人在特殊时期被迫做了自我贬低、自我侮辱的忏悔、检查、交代，或者违心地检举揭发了别人，作为"文革"时期的制度性强迫、制度性侮辱形式，很多知识分子肯定都有过这些污点言行。甚至可以说，"文革"之所以是"文革"，就是因为它强迫制造了大量这样的污点言行。我们不能苛责他们。问题是，时过境迁之后，应该如何对待自己这些不光彩的文字？社会的原谅，他人的同情，大众普遍的遗忘，都不能替当事人找回自己曾经失去的尊严，因为这尊严毕竟是通过当事人自己的言行丧失的（即使在强迫的情况下）。这一点，就算别人不知道，当事人自己却知道。这个既是受害者又是施害者的当事人，必须通过一种特殊的做见证行为，即为自己那些丧失尊严的言行做见证，自己把自己放在自己设立（而不是他人设立的）的审判席上，才能找回自己的尊严。找回这个尊严的最好方法，或者说唯一方法，就是真实地暴露自己是如何被迫失去尊严的，是如何在非人性的制度面前被迫屈服的。遗憾的是，除了极少数知识分子之外，多数人对自己的污点言行至今都还讳莫如深，好像根本没有发生过这一切。

---

[34]　参见徐干生：《复归的素人：文字中的人生》，徐贲编，新星出版社，2010年。

三　文化记忆

　　"文艺与记忆"研究范式的第三个重要问题域，是文学艺术与文化记忆的关系。从某种意义上说，作为一种鲜活的经验，记忆是无法超越记忆主体的生命而持久存在的。威廉·福克纳小说《野棕榈》中的主人公感叹："记忆要是存在于肉体之外就不再是记忆。"[35]或许正是意识到记忆的这种与具体的个体生命同生死的时间性，人们创造了各种把过去经验通过物质载体加以客观化的符号——从各种文学艺术作品，到庙宇、坟墓、纪念碑等建筑。这种物质—符号化的记忆就是所谓"文化记忆"。

　　文化记忆理论是对集体记忆理论的继承和超越。如上所述，哈布瓦赫的《论集体记忆》超越了记忆研究的个体心理学和生理学的研究路径，这一点为文化记忆理论所继承，它同样认为，一个人得其特殊社会和文化的那些属性，不是生物遗传，而是社会化和习俗熏染的结果。依据文化记忆的主要奠基者扬·阿斯曼的观点："文化记忆是一个集体概念，它指所有通过一个社会的互动框架指导行为和经验的知识，都是在反复进行的社会实践中一代代地获得的知识。"[36]但与此同时，阿斯曼认为哈布瓦赫所谓的"集体记忆"属于"交往记忆"，只包括"那些只是以日常交往为基础的集体记忆种类"。[37]与日常交往一样，交往记忆的特点是：高度的非专门化、角色的交互性、主题的不稳定性、非组织化（尽管也有一些发生的情境和场合），以及时间

---

[35]　福克纳：《野棕榈》，蓝仁哲译，上海译文出版社，2009年，第278页。

[36]　Jan Assmann, "Collective Memory and Cultural Identity," in *New German Critique*, No. 65, Cultural History / Cultural Studies (Spring-Summer 1995), p.126.

[37]　同上书，第127页。

的有限性。交往记忆不能提供固定点,不能在时间流逝过程中把记忆捆绑于"不断扩大的过去"。阿斯曼认为,记忆的固定性、持久性只能通过客观的文化符号的形构才能获得,而这种通过物质文化符号形构、固定下来的记忆就是文化记忆。

与交往记忆或集体记忆的日常性、口头性、流动性、短暂性不同,文化记忆虽然也具有群体性,但因为它是以客观的物质文化符号为载体固定下来的,因此比较稳固和长久,而且并不依附于日常生活中的交往实践(即使脱离了日常生活交往实践,文化记忆仍然可以储存于博物馆、图书馆等地方)。"正如交往记忆的特点是和日常生活的亲近性,文化记忆的特点则是和日常生活的距离","文化记忆有固定点,一般并不随着时间的流逝而变化,通过文化形式(文本、仪式、纪念碑等),以及机构化的交流(背诵、实践、观察)而得到延续"。[38] 阿斯曼称这些文化形式为"记忆形象"(figures of memory),它们形成了"时间的岛屿",使得记忆并不因为时过境迁而消失。

阿斯曼阐释了文化记忆涉及的三极,即记忆、文化和群体(社会),及其相互关系,并从中归纳出文化记忆的如下特征:

第一是身份固化(concretion of identity)或建立群体关联(relation to the group)。文化记忆是保存知识的储存器,一个群体从这种知识储存器中获得关于自己的整体性和独特性的意识,即"我们属于谁""我们不属于谁""什么和我们相关""什么和我们不相关"的意识。

第二是重构能力。没有什么记忆可以原封不动地保存过去,留下来的东西只能是"每个时代的社会在其当代的参照框架中能够重构的东西"。[39] 文化记忆通过重构而发挥作用,它总是把过去联系于当代

---

[38] Assmann, "Collective Memory and Cultural Identity," pp.128–129.

[39] 同上书,第130页。

情境。文化记忆通过两种模式存在：首先通过档案形式存在，这个档案积累的文本、意象和行为规范，作为一个总体视野而起作用；其次是通过现实的方式存在，在这里，每一当代语境都把自己的意义置入客观化的记忆形象，赋予它自己的理解。

第三是形构能力，把交流性意义或分享性知识加以固化和客观化，使得过去的知识能够通过文化机构（比如博物馆、图书馆）的形式进行传播。"稳定的"形构并不依赖书写这样的单一媒介，图形化的意象、制度化的仪式也可以发挥同样的作用。

第四是组织作用。"组织"在此有两个含义。一是通过（诸如）庆典中的交往情境的规范化（固定的庆典时间、地点、内容等），对交往进行机构化固定；二是文化记忆传递者的专业化。交流记忆中的参与者是分散的，也没有这方面的专家。文化记忆则反之，它总是依赖于专门化的实践。

第五，文化记忆绝非与价值无涉，它联系于一个规范化、等级化的价值与意义体系。各种物化的文化记忆形象，总是被分为重要的和不重要的、中心的和边缘的、中央的和地方的。这个等级化的区分依赖于它在群体中的自我形象、身份认同的生产、表征、再生产中发挥的作用。

总之，文化记忆的概念包含某特定时代、特定社会所特有的、可以反复使用的文本系统、意象系统、仪式系统，其教化作用服务于稳定和传达那个社会的自我形象。在过去的大多数（但不是全部）时间内，每个群体都把自己的整体性意识和特殊性意识建立在这样的集体知识的基础上。同时，像仪式、象征（比如广场上的纪念碑和雕塑）这样的物质化文化记忆形式，从一定意义上讲也是类似文学的"叙事"——向人们传递文化信息，塑造他们的身份认同——因此也可视作文本，并通过文学的方式进行解读。

由于文化记忆概念比集体记忆概念更强调记忆的稳固性和制度

化方面，因此特别适合分析一些大型集体记忆的塑造和建构。像大型舞蹈史诗《东方红》、大型电视文化纪事片《百花》、大型音乐纪事片《岁月如歌》这样的共和国献礼作品，就是具有高度组织性和选择性、以塑造国民的集体身份认同为核心的文化记忆的建构和传播实践，而且，这些作品大都通过选择、编辑和重组原先存在的文化记忆（如流传广泛的文艺作品）来建构自身，可以说是一个由诸多文化记忆组成的超大型的文化记忆。

以《百花》和《岁月如歌》为例。这两套节目均以文艺活动作为梳理历史的线索，有着相同或类似的创作团队、制作手法、节目形态和高度类似的叙事模式，可以作为主流媒体献礼片的代表，集中反映了特定历史时期主流媒体建构文化记忆的方式。特别是在资讯发达、海内外各种力量纷纷介入当代中国记忆争夺的大众传媒时代，献礼片在争夺文化记忆的建构权方面更是发挥着不可低估的作用。为此，《百花》和《岁月如歌》的编导精心挑选了历史上的作家艺术家及其作品、重要的文学艺术事件，精心选择和引导访谈对象，精心裁剪和解说那段历史。而1964年上演的大型音乐舞蹈史诗《东方红》是建国十五周年献礼节目，周恩来亲自担任总导演，10月2日开始在人民大会堂连续演出十四场，盛况空前。《东方红》既是一部文艺作品，也是一种机构化的国家仪式和国家庆典，构成了一个集诗歌、音乐、舞蹈、美术为一体的，体制化、组织化、仪式化的文化记忆生产。与《百花》《岁月如歌》一样，《东方红》也不是原创性文化产品，而是不同时代文化记忆的组合，它建立在此前不同年代传播甚广的流行文化记忆文本基础上，这些文本本身就是大众集体记忆的文化载体。这也正是《东方红》能够引发几代人共鸣的一个重要原因，它很容易激发已经积淀在受众心中的集体记忆，比如过雪山草地、"九一八"事变、抗战时期的苦难东北，等等。实际负责《东方红》编排的周扬在给最高领导的请示中明确写道:《东方红》的音乐"尽可能选用当时富有代表性的诗词和歌曲",舞蹈方面"也尽可能利用现有的成品加以改编".[40] 这些"成品"当然是高度选择性的,几乎全部是革命经典,如《工农兵联合起来》《三大纪律八项注意》《松花江上》《抗日军政大学校歌》《保卫黄河》《团结就是力量》等,其所选用的当代新歌,如《歌唱祖国》《社会主义好》《咱们工人有力量》《我们走在大路上》《一定要把胜利的旗帜插到台湾》《全世界无产者联合起来》等,也是 1949 年以来具有强烈的时代感情和革命精神的作品。通过这样一种高度组织化、仪式化的生产,《东方红》充分显示了主流媒介建构大众共同的文化记忆和民族国家认同、塑造高度同一的国民文化心理结构的努力。[41]

"文艺与记忆"这个范式当然还牵涉其他许多理论和实践问题,本文不可能穷尽这些问题,即使就本文论及的问题而言,以上讨论也是非常粗浅的。但是我相信,当代批评的使命是对当代文艺创作做出及时而敏锐的回应,就此而言,现在提出"文艺与记忆"这个研究范式是适时的和必要的。

(原载《文艺研究》2011 年第 6 期)

---

[40]　参见《周扬关于国庆期间演出大型歌舞〈东方红〉问题的请示》,载《党的文献》1995 年第 6 期。

[41]　本文关于《东方红》的分析参考了黄卫星《文化记忆体制化的仪式生产:大型音乐舞蹈史诗〈东方红〉(1964)》(载陶东风、周宪主编《文化研究》第 11 辑)。

创伤
的纹理

如何讲述大屠杀的故事 [1]

　　纳粹对犹太人的大屠杀，是西方也是整个人类历史上的重大创伤性事件。关于大屠杀的性质，世界各国的共识是：这是一起骇人听闻的反人类罪，是纳粹邪恶政权实施的对手无寸铁的无辜者的集体屠杀／灭绝，其性质不同于战争中武装的敌对双方的相互厮杀。这个事件对人文社会科学的影响，不亚于其对世界政治的影响。在文学艺术领域，如何书写和讲述大屠杀，乃至于能不能、应不应该书写和讲述大屠杀的故事，一直是一个争论不休、绕不过去的美学和伦理问题。阿多诺曾有名言："奥斯维辛之后写诗是野蛮的。" [2] 这句话所引出的争议，已经足以写成一部专著。大屠杀幸存者、意大利著名见证文学作家普里莫·莱维就曾针对阿多诺的这句话指出："我会将它改成：在奥斯维辛之后，除了写作奥斯维辛，写作其他的诗歌都是野蛮的。" [3]

---

[1] 本文与本书《走向建构主义的文化创伤理论》一文可以参照阅读。

[2] "奥斯维辛之后……"这样的表达屡见于阿多诺的多种文本，已经成为所谓的"奥斯维辛之后"命题。参见赵勇：《艺术的二律背反或阿多诺的摇摆——"奥斯维辛之后"命题的由来、意涵与支点》，载《法兰克福学派内外：知识分子与大众文化》，北京大学出版社，2016年，第99页。

[3] 普里莫·莱维：《记忆之声：莱维访谈录，1961—1987》，索马里译，中信出版社，2019年，第35页。

换言之，奥斯维辛之后，诗人不写奥斯维辛（而写别的）才是野蛮的。

对于汉语学界而言，研究这个问题有特别的意义：首先，从 2015 年的抗战纪念活动开始，中国政府正式把抗战纳入了世界反法西斯战争（那一年的周年纪念活动就叫"纪念抗日战争暨世界反法西斯战争胜利 70 周年"）。这样，关于日本侵华历史的讲述，就不再局限于阶级斗争、民族斗争的认知—叙事框架。既然侵华战争属于法西斯主义暴行，而法西斯主义又具有反人类性质，那么相应地，中国人民的抗日战争的性质也就转变为捍卫人类尊严的人道主义行为（当然是但不只是民族解放战争），这样，不但抗战的合法性基础大大地扩展了，而且它的讲述方法也应该超越阶级斗争与民族解放的框架。

一　建构主义的文化创伤理论

与弗洛伊德所代表的精神分析的创伤理论——亚历山大称之为自然主义创伤理论或"常民创伤理论"（lay trauma theory）——不同，亚历山大认为：文化创伤不是自在事实，而是文化建构。[4] 也就是

---

[4] 本文所引用的杰弗里·亚历山大（Jeffery Alexander）的观点，主要见其重要论文《论道德宇宙的社会建构》（"The Social Construction of Moral Universals"）。这篇文章收入了诸多不同的文集。比如：亚历山大著《社会生活的意义——一种文化社会学的视角》（*The Meanings of Social Life: A Cultural Sociology*, Oxford University Press, 2003）；亚历山大、艾尔曼、吉森等著文集《文化创伤与集体身份》（*Cultural Trauma and Collective Identity*, University of California Press, 2004），以及亚历山大、杰伊、吉森等著《记住大屠杀：一个论争》（*Remembering the Holocaust: A Debate*, Oxford University Press, 2009）。文章内容基本相同。本文的引用主要依据 *Cultural Trauma and Collective Identity* 以及中文版的《社会生活的意义——一种文化社会学的视角》，北京大学出版社，2011 年。为便于对照，本文涉及此篇的注释将同时注明此书英文版和中文版的页码。如果引文为笔者翻译，则注明"笔者译"。

说："存在一个阐释网格（interpretive grid），通过这个阐释网格，所有关于创伤的'事实'才能得到媒介化——无论是认知上，还是情绪上和道德上。这个网格是一个超个体的文化网格，是被象征地结构和社会地决定的。任何创伤都不能自己阐释自己。"[5] 创伤事实要变成文化创伤，必须要经过表征与叙述这个环节（又称"创伤过程"）。表征与叙述的过程是赋予创伤事实以意义和解释的过程，经此过程，事实就上升到了文化的层次。就大屠杀而言，大屠杀这个创伤事件是否能够成为文化创伤，不是纯客观的事实（比如死了多少犹太人）可以保证的，它必须依赖于文化建构，它可以集中表述为：我们应该如何讲述大屠杀的故事？

基于其文化建构主义立场，亚历山大认为，这个文化创伤建构过程的关键，是通过一系列的符号操作将"一个特定的、情境化的历史事件""一个标志着伦理与种族仇恨，暴力与战争的历史事件"建构为"一个普遍的人类受难和道德邪恶的符号"。[6] 这个从特殊性到普遍性的文化转型（cultural transformation）之所以能够达成，是因为大屠杀发生半个多世纪后，灭绝特定人群（犹太人群体）的初始历史事件，已经被重新建构为全人类的创伤性事件。"全人类"在此并不能从字面上理解为全人类共同经历的。大屠杀确实是特定人群（犹太人）经历的，但却被其他群体体验和识别为是自己的也是整个人类的灾难，它已经超越特定情境而成为一个普遍化了的创伤，而且至今仍然生动地"活在"当代人的记忆之中。

那么，这个转化是如何发生的？它需要什么样的条件？在卢旺达等地，也曾经发生过死亡人数不亚于犹太人大屠杀的灭绝行为，为什

---

[5] *Cultural Trauma and Collective Identity*, p.201；《社会生活的意义》，第 29 页。笔者译。

[6] *Cultural Trauma and Collective Identity*, p.197；《社会生活的意义》，第 25 页。笔者译。

么这些灭绝行为没有得到同样的普遍化转化，因而仍然被视作特定时间和地点发生的特殊事件（而不是普遍的人类灾难）？这些问题构成了亚历山大的核心关切。

　　作为一个美国学者，亚历山大之所以关注这个问题，是因为在大屠杀刚刚被报道的时候，不能被美国的非亲历观众或读者经验为全人类的创伤，更不能将之视作自己的创伤。1945 年 4 月，也就是纳粹对犹太人的大规模屠杀刚开始在美国媒体被大量报道时，它并不被称为"大屠杀"（Holocaust），[7] 而是归入一般所谓"暴行"（atrocities）。也就是说，纳粹暴行尽管残酷、恶心、奇特到令人发指、不可思议的程度，但却仍然被与其他野蛮暴行归为一类，没有为它专门发明一个词。"野蛮暴行"是一个通常联系于战争的能指，它可以指所有战争暴力事件。美国媒体把在集中营的发现称为"暴行"，意味着纳粹大屠杀一开始被他们当作了一般的战争暴行。[8] 作为独特事件的犹太人大屠杀被当作了一般战争或屠杀的例子，作为犹太人集中营的奥斯维辛也被当作了一般战争中的俘虏营。

　　更有进者，在 1945 年 4 月 3 日美国步兵首次发现集中营之前，

---

[7]　Holocaust（首字母必须大写）和 mass murder/massive killing 虽然都可以翻译为"大屠杀"，但这两个词在亚历山大的使用中有重要区别。首先，前者专指第二次世界大战时期纳粹对于犹太人的集体屠杀，而后者则可以是一般的集体谋杀或大规模屠杀；其次，即使都是指纳粹屠杀犹太人这个事件，Holocaust 这个词在亚历山大这里特指经过悲剧叙述建构的、具有特殊含义的屠杀犹太人行为，而 mass murder、massive killing 即使所指为同一事件，其文化、道德意义却并不相同，因为它从属于另一种关于屠杀犹太人事件的叙事（即"进步叙事"）。为此，笔者一律将 Holocaust 译为"大屠杀"，而将 mass murder、massive killing 译为"集体谋杀"或"大规模杀戮"。亚历山大的著作所要表明的一个重要主题就是：Holocaust 是一个相对晚近才出现的术语，它本身就是一个文化—符号的建构。
[8]　美国最初关于第二次世界大战"暴行"的报告甚至没有涉及纳粹，更不要说犹太人牺牲者，而是集中在日本 1943 年对于美国及盟军俘虏的"野蛮对待"。

关于集中营的很多报道还遭到普遍质疑。[9]

亚历山大认为，造成这种现象的原因是：在集中营刚被发现时，美国媒体对犹太人受害者采取的叙述方法是特殊化的和去人格化的（de-personalization）。特殊化是指：把对犹太人的大规模谋杀（mass murder）解释为特定历史时期的种族冲突，在集中营发现的犹太人被叙述和再现为一群具有历史和种族特殊性的群体，是与"我/我们"不同的"另类"，而不是包括"我们"在内的一般意义上的"人/人类"。他们似乎是来自火星或地狱的"外族人"。去人格化是指：这些受害者没有被视作具体的生命个体，而是被再现为"大众"（mass），甚至傻乎乎臭烘烘的脏东西（mess）。

正是这种特殊化和去人格化的叙述，使得犹太人受害者的创伤难以引起美国听众/读者的强烈认同。与犹太人相比，美国人的同情和认同感更多，也更容易给予那些情况好一些的德国受难者或波兰受难者，因为"他们看上去好像更正常，更像人一些"。[10]也就是更像美国人自己。英美两国官员对犹太人难民显得不耐烦，即使是移民名额的分配也是德国人最多，犹太人最少。

正是在这里，文化建构的作用凸显了出来。因为必须通过特定的符号操作把大屠杀的创伤普遍化，听众/读者才能把那些非亲历的事件创伤化（traumatized，意为受到创伤），即将之体验为全人类的，因此也是自己的创伤，并予以心理认同。创伤化是一个文化建构的过程，也是叙述的过程。

要想超越特殊化和去人格化这两种符号化或叙述方式，使犹太人

---

[9] 比如早于美国人的发现三个月，苏联就发布了在波兰发现的集中营。但美国人拒绝相信这个发现，因为它和他们在20世纪的经验太隔膜以至于无法相信。直到1945年4月3日美国自己的杂志发布了美军对集中营的发现，早先一些的报道才被追溯为事实。

[10] *Cultural Trauma and Collective Identity*, p.200；《社会生活的意义》，第28页。笔者译。

的遭遇得到非亲历者的认同，必须经过相反的符号建构操作，这就是亚历山大反复强调的符号扩展（symbolic extension）。只有通过符号扩展，"大屠杀"所代表的恶才能超越特殊性、获得普遍性，成为反人类的普遍之恶。

　　在符号扩展的过程中，至关重要的是让"大屠杀"所代表的恶超越特殊性而获得普遍性。大屠杀到底是一种什么样的恶？大屠杀幸存者、诺贝尔文学奖获得者埃利·维赛尔认为，这是一种本体论的恶（类似康德的"根本恶"、涂尔干的"宗教性的恶"）。但在建构主义者亚历山大看来，这个本体论的恶是通过编码操作被叙述、被建构的，而不是自在的事实或发现。奥斯维辛集中营的发现本身只是一堆死亡数字和一些尸体、实物，它不会自动地把自己叙述或编码为"本体论的恶"。一种暴行要变成本体论的恶，首先而且最终必须依赖于表征。"依赖于表征的性质，一个创伤性的事件可能被表征为本体论的恶，或者，它的邪恶性也可能被表征为偶然的（contingent）和相对的，是可以克服的。"[11]亚历山大甚至认为，即使是"恶"（evil）这个范畴也是人为建构而不是自然存在的，是文化和社会学运作的结果。"一个创伤性的事件要获得恶的性质，是一个变成恶的问题。这是一个创伤如何被认识、被编码的问题。"[12]

　　那么，创伤的文化建构需要满足哪些条件呢？

　　首先是所谓物质"基础"，也就是对于符号生产的控制权——一个最唯物主义、最世俗意义上的文化权力问题：谁来讲述故事？很长一段时间内，纳粹控制了媒体，这使得人们无法通过另一种方式来表

---

[11]　*Cultural Trauma and Collective Identity*，p.201；《社会生活的意义》，第29页。笔者译。

[12]　*Cultural Trauma and Collective Identity*，p.202；《社会生活的意义》，第29页。笔者译，重点标志为原作者所加。

达、呈现对犹太人的大规模谋杀。而当盟军结束集中营屠杀的时候，他们又控制了媒介权力，支配了对大屠杀的编码。可以说，如果盟军没有赢得战争，"大屠杀"（Holocaust）就永远不会被建构出来。正是因为符号生产的工具不是被控制在纳粹政权手中，"这些大规模屠杀（mass killing）才得以被称为纳粹大屠杀（Holocaust），并被编码为邪恶。"[13] 这的确是一个非常朴素但却深刻的唯物主义观点。

其次是创造文化结构。即使当符号生产的工具逐渐被"我们这一边"控制，即使纳粹的"邪恶"得到公认，这也只是一个开始而不是结束，接下来的问题是权重 / 评估（weighting）：大屠杀是何种性质的邪恶？邪恶到何种程度？对邪恶的性质与程度的测定会在随后的归责、惩罚、治疗、未来行为等方面具有重要意义：谁负责？谁是牺牲者？创伤行为的直接和长久的结果是什么？

二　进步叙事及其缺陷

编码和叙述的过程也是归类（typified）的过程。经验告诉我们，当我们发现一个东西的时候，不管它如何新奇，如何独特，常常都会被归入人类的语言、表达法与叙事模式中已有的现成范畴或类别，被解释为已经知道的某种东西，或某种现有范畴的一个例子。这样一来，再陌生的东西也就变得不那么陌生了（新信息给心理带来的不安和焦虑也随之被消除）。这就是说，在对集中营的发现进行编码、权重和叙述之前，就已经存在一些范畴、解释框架和叙事模式，制约甚至主导了对大屠杀的符号建构。大屠杀叙事所依赖的范畴和解释框

---

[13]　*Cultural Trauma and Collective Identity*, p.203;《社会生活的意义》，第 30 页。笔者译。

架，被亚历山大称之为"文化结构"（culture structure）。

　　大屠杀被报道后，人们能够找到的最现成的、居主流地位的叙事模式，就是"进步叙事"。所谓"进步叙事"，是指在叙述纳粹主义暴行时"给出了一个救赎的诺言，激发出一系列带来希望和信心的行动"。[14] 它是一种关于结束—开始、黑暗—光明的叙事。它宣称纳粹主义已被击败，并将彻底从世界上消灭，由此带来的精神创伤在新时代也终将被克服。亚历山大指出，这个叙事框架的进步主义和乐观主义"依赖于将纳粹主义限制在特定的历史情境中，从而防止这个绝对恶的表征泛化，并防止它的文化力量以任何方法、方式、形式与善的力量相提并论"。[15] 也就是说，进步叙事强调大屠杀之类邪恶的特殊性、偶然性和暂时性，这就使得关于它的表征不能被普遍化。

　　值得注意的是：进步叙事的这种"去普遍化"，与前面说到的"去特殊化"叙事（把大屠杀叙述为一般的战争暴行），是一体两面的。因为，如果不把犹太人大屠杀从一个民族/国家对另一个民族/国家的战争行为中独立、分离出来，它就无法上升为一个（不同于战争暴行的）特殊事件；而这个特殊事件的"特殊性"恰恰在于：它是一个与每个民族、每个国家和每个人都相关的人道主义灾难，因此也是一个具有普遍性的（全人类的）创伤事件。换言之，要想把大屠杀的意义普遍化，必须先把它特殊化——从一般战争行为中分离出来。

　　与此相应，进步叙事的去普遍化还表现在：纳粹主义被认为只与特定历史事件、特定的组织者、特定的政党及其"疯子"领袖相关，因此也就是短暂的和偶然的。这样，纳粹大屠杀这个精神创伤就"能

---

[14] *Cultural Trauma and Collective Identity*, p.209;《社会生活的意义》, 第36页。重点标志为引者所加。

[15] *Cultural Trauma and Collective Identity*, p.206;《社会生活的意义》, 第36页。

够而且必将通过一场正义的战争和一段明智而宽容的和平被去除。战争所要求的大量人员牺牲也是在这个进步叙事的框架下，根据它所承诺的弥补来测量和判断的。……数以百万计人的牺牲能够被弥补，他们神圣灵魂的社会弥补不是通过以眼泪来悼念他们的死去来实现，而是通过消灭造成他们的死亡的纳粹并规划建立一个再也不会有纳粹出现的未来而实现的"。[16]

　　进步叙事的另一个特点，是对善与恶、正面人物与反面人物、进步角色与反动角色的泾渭分明的划分。反面人物、恶的代表就是纳粹，他们是施害者；而正面人物或进步角色的代表，则是美国人，他们是拯救者。"他们进入集中营的事迹不仅被描述成对这种可怕暴行的发现，还被刻画为一个漫长而同时广为人知的'解放'行动序列中的一个最终场景，对这个场景的刻画充满了乌托邦的改良期望。"[17]这样，施害者与拯救者之间像楚河汉界一样被隔开，恶和罪不可能扩展到美国人身上。与此同时，拯救者与受害者也被叙述为截然不同的两种人，犹太人受害者的身份也无法得到美国人的认同。这样的叙事不仅在美国人和施害者即纳粹之间，而且在美国人和受害者（即犹太人）之间，都画下了一条鸿沟。与此同时，它强调的不是创伤的难以修复、灾难的无法弥补，而是后创伤时代的光明未来。

---

[16]　*Cultural Trauma and Collective Identity*, p.209；《社会生活的意义》，第36页。

[17]　*Cultural Trauma and Collective Identity*, p.211；《社会生活的意义》，第38页。

三　悲剧叙事中的犹太人大屠杀

与进步叙事相对的、关于犹太人大屠杀的另一种叙述就是悲剧叙事，它不但给予大屠杀这个恶行以更高的符号权重，而且使人们得以通过不同的方式看待由大屠杀带来的精神创伤。

这里的一个关键是，要拒绝用我们熟悉的那种认知模式、叙事模式认识和讲述大屠杀，要把它从其他战争罪中分离、独立出来，要让它"最终被理解为一个独一无二、史无前例的历史事件，一种邪恶之程度前所未有的穷凶极恶"。[18]用以色列历史学家丹·丁内（Dan Diner）的说法，它"改变了我们对过去那个世纪（20 世纪）的整个理解根基"，"这个罪恶事件就此变成了时代的标志，一个终极的无法绕开的源泉"。[19]这是 70 年代出现的一种关于大屠杀的新的叙述模式和解释框架。

大屠杀的恶不能通过普通术语加以解释，因为它"让人想起如此巨大的精神创伤和恐怖暴行，以至于它必须彻底与这个世界和所有其他创伤性事件相分离"。[20]这就是所谓"后进步主义的不可解释性"（post-progressive inexplicability）。用马克思主义历史学家、托洛茨基研究专家伊萨克·多伊彻（Isaac Deutscher）的话说：这是一个"巨大而险恶的人性之谜"，"一个令人生畏的人性与神学之谜"。[21]大屠杀的动机到底是什么？它为什么选择鲍曼等所说的官僚化、机构化、理

---

[18]　*Cultural Trauma and Collective Identity*，p.222；《社会生活的意义》，第 48 页。

[19]　同上。

[20]　同上。

[21]　*Cultural Trauma and Collective Identity*，p.222；《社会生活的意义》，第 49 页。

性化的杀人方式？这样做有什么利益？^[22] 多伊彻认为，对这种人性之谜，应该用悲剧艺术加以表现（详见下文），而不是"科学地收集事实"。"直到今天，提到犹太大屠杀时几乎必然要提及它的不可解释性。"^[23]

要想摆脱对大屠杀的常规化叙述，首先就要对大屠杀进行新的命名。像"大规模谋杀"（massive murder）、种族灭绝（genocide）这些术语都不合适，因为它们仍然把这个独特的精神创伤常规化了（normalize），把它变成了一个陈词滥调。这个被选择出来的更合适的新术语就是 Holocaust。说它更合适，是因为这个来自《圣经》的词带有宗教色彩，意思相当于希伯来语 shoah（浩劫）。

其次，应该用悲剧叙事替代进步叙事。悲剧叙事不同于进步叙事的一个核心，是放弃了后者的乐观主义。在进步主义这个"向上的叙事"中，人们被告知：通过创造一个进步、美好的世界，纳粹暴行的受难者得到了补偿，我们要相信未来。而在悲剧叙事看来，大屠杀（Holocaust）意味着：我们时代之标志恰恰是宗教性的极端恶之出现，而非其最终被击溃。进步意识让位于历史颓败意识（sense of historical descent）。从进步叙事角度看，纳粹对犹太人的大规模屠杀教训了人类，但这不过是通往"更好世界"之路上的一个曲折；而在反进步叙事者（比如耶鲁大学视频档案馆主任、文学理论家杰弗里·哈特曼）看来，越是深入研究大屠杀的学者，就越是承认"太多东西仍然黑暗可怕"，纳粹大屠杀及其后一再发生的种族灭绝式屠杀"向我们人类提出了疑问，即我们是否能预设自己是有人性的，是

---

[22] 已经有人注意到：从一般的战争理论或经济理论看，集中营那种高度程序化、规范的杀人方法费时费力，成本很高，很不"经济"。

[23] *Cultural Trauma and Collective Identity*, p.224；《社会生活的意义》，第49页。

'人类大家庭'。或者用不那么戏剧化的语言来说，我们怀疑进步、文化和教育是否只是表象"。[24]

不妨借用悲剧术语做进一步的对比。在进步叙事中，大屠杀是悲剧的开端而不是结尾，结尾恰恰是大屠杀的结束和美好未来的降临。因此，进步叙述中的创伤属于"出生创伤"（birth trauma）——历史饶了一点弯路又回到了正轨；而在悲剧叙事中，它成了"死亡创伤"（death trauma），大屠杀是终点而不是起点，是绝望的起因而不是希望的开始。一个叙事框架的终点决定了它的终极目的，在新的对犹太人大屠杀的悲剧理解中，受难而不是进步，成为叙事所指向的最终结果。悲剧叙事拒绝进步叙事的救赎／弥补观——承诺通过进步得到救赎／弥补（redemption through progress），"没有大团圆结局，没有'我们还可以做一些别的事情'的感觉，没有一种未来可以、能够或必然改变的信念。其实，悲剧主人公就是因为没有能够对事情的发展施加影响才具有悲剧性。他们被一股在他们之上的力量所掌控。那股非人类的力量往往不仅无法控制，而且在悲剧事件的过程中是根本无法控制的"。[25]

更重要的或许是，由于对创伤的扩展叙述，悲剧叙事扩大了对于精神创伤的认同。在悲剧叙事中，大屠杀不再是一个历史性事件，而是成为时间之外的一个原型（archetype out of time）。"作为原型，由恶激起的创伤经验大于任何可以由宗教、种族、阶级、地域以及我们所能想到的社会学、历史学概念界定的东西"，而正是这种超越于特定时空的普遍性、超验性，"为一种空前规模的心理认同（psychological identification on an unprecedented scale）奠定了基

---

[24] *Cultural Trauma and Collective Identity*, p. 225；《社会生活的意义》，第 50 页。笔者译。

[25] *Cultural Trauma and Collective Identity*, p. 226；《社会生活的意义》，第 51 页。笔者译。

础".[26] 这样的悲剧有点接近对大屠杀的寓言式书写，因为寓言的特点就是它对于具体时空特殊性的超越（像"从前有一个地方……"这种典型的寓言式开头就没有具体的时间和空间规定），因此具有别的文类难以企及的普遍性。

特定群体的灾难激发的认同常常也局限于特定群体。因此，过于强调受害者的犹太人身份，就会影响其他民族的读者对犹太人苦难的同情，使得他们难以感同身受地经验到犹太人的创伤。亚历山大认为，悲剧之所以能够赢得广泛的认同，就是基于其不可解释和不可控制的性质，在悲剧叙事中，"那股非人类的力量往往不仅无法控制，而且在悲剧事件的过程中无法理解。体会了这种被某种不公平的力量或命运玩弄于股掌的感觉，就能够解释悲剧中为什么渗透着那种被抛弃的无助感，以及为什么能够激发人的同情"。[27]

被大屠杀的悲剧叙事激发的心理经验，就是亚里士多德所说的宣泄（catharsis）。宣泄之所以能清理人们的情感，其前提恰恰是化身为悲剧主人公，认同于主人公而不是与主人公分离。"宣泄通过强迫观众去对故事主人公产生心理认同感，体验主人公的遭遇，体会主人公死亡的真正原因，来清理自己的情感和情绪。我们活得好好的而他们却死去了，我们可以站起来离开剧场而他们却永远倒下了——这使得宣泄成为可能。这是一种净化（cleansing）与抚慰（relief）的奇异组合，一种觉得自己暴露于人类生活表面之下那股黑暗和不祥的力量之中，却得以幸存的谦卑感（humbling feeling）。"[28] 我们寻求宣泄，就是因为通过扩展了的叙事，能够建立对他人创伤的认同，能够去体验

---

[26]　*Cultural Trauma and Collective Identity*，p.226；《社会生活的意义》，第51页。笔者译。

[27]　*Cultural Trauma and Collective Identity*，p.227；《社会生活的意义》，第51页。

[28]　*Cultural Trauma and Collective Identity*，p.227；《社会生活的意义》，第52页。笔者译。

那股既威胁着别人也威胁着我们自己的"黑暗和不祥的力量"。正因为这样，在悲剧中，我们所同情的既是悲剧主人公，也是我们自己，还是整个人类，是三位一体的整体感受。"我们就是通过体验悲剧而救赎 / 弥补悲剧，尽管如此，我们仍然没有消除它。相反，为了达到救赎 / 弥补，我们必须不断把原型创伤戏剧化和再戏剧化，体验它和再体验它。"[29]

我们观赏悲剧，对创伤受害者的遭遇感同身受，并激发出自己内心的同情与怜悯。悲剧一次又一次地把观众带回到创伤。这种所谓"强迫性重复"正是创伤经验的基本特征。在 1920 年出版的《超越快乐原则》中，弗洛伊德把创伤与"梦"联系起来，指出：创伤对于意识而言是一段缺失的、无法言说的经验，人们常常在不知不觉间重复伤害自己或他人，这种"强迫性重复"的行为，即我们所说的创伤。弗洛伊德写道："在创伤性神经症患者的梦中，患者反复被带回到曾遭受的灾难情景下"，"经历过的创伤即使在患者睡梦中也会向他施予压迫，这个事实证明了这种创伤力量的强大，并且患者的精神已经把它固着了"。[30]

但具有辩证意味的是：创伤记忆的不断回归恰恰是保证大屠杀这类事件不再发生的唯一途径。这里面存在微妙的转换关系。"强迫性重复"使得大屠杀具有原型和神话性质，无法被遗忘。它挑战了进步主义和廉价的乐观主义，摧毁了人的盲目自负，"因为回归到大屠杀创伤戏剧，并一次又一次地认同受害者的困难和无助，在某种意义上就是令那个摧毁信心的事件在当代生活中得以延续。这实际上就是在

---

[29] *Cultural Trauma and Collective Identity*, p.227;《社会生活的意义》，第 52 页。

[30] 西格蒙德·弗洛伊德:《自我与本我》，周珺译，百花文艺出版社，2019 年，第 8 页。

承认它**可能**再次发生"。[31] 换言之，恰恰是创伤记忆的不断回归使得人们无法遗忘它，必须时刻反省它，从而有助于防止其再次发生。

进步叙事是现代性叙事，充满现代性的自负。现代性叙事把大屠杀定位于"古代"性质的事件，以此将之隔离于作为"先进文明"的现代性。然而悲剧叙事本质上是反思现代性的，它把大屠杀的野蛮放置到了现代性本身以及内部：大屠杀悲剧内在于现代性，是现代性的产物（无论是阿伦特还是鲍曼，都持这样的观点）。悲剧叙事因此指向后现代的道德重塑："对犹太大屠杀进行重新命名、戏剧化、宗教化以及仪式化的过程带来了后现代（西方）世界的道德重建。人们一次次地讲述大屠杀的故事不仅是出于一种情感上的需要，更是为了表达一种道德志趣。这个故事里的角色、情节以及值得同情的结局逐渐变成了一个超越民族、超越时间的普遍的戏剧。"[32]

四　受难者的人格化与作恶者的泛化

本文开始提到，对大屠杀受难者的去人格化叙述导致了认同障碍，亦即非亲历的听众/读者不能与被再现为抽象的"乌合之众"（mass）或"一团烂泥"（mess）的犹太人受难者建立认同。这样，在关于大屠杀的悲剧叙事中，牺牲者的人格化就至关重要。

人格化必须依赖具体的形象、生动的细节，因此虚构性的文学艺术（小说、电影、话剧等）展示出其相对于历史和哲学的优越性。首

---

[31] *Cultural Trauma and Collective Identity*, pp. 227–228；《社会生活的意义》，第 53 页。黑体字为原文所有。

[32] *Cultural Trauma and Collective Identity*, p. 228；《社会生活的意义》，第 53 页。

先，文艺作品具有突出的形象性。它们通过各种具体生动的故事还原了大屠杀的创伤以及受害者形象，使受害者人格化。大屠杀经此而被栩栩如生地呈现在世界各地成千上万观众眼前；其次，与通常聚焦于伟人、英雄或宏大事件的历史书写不同，文学艺术作品更倾向于从家人朋友、家长子女、兄弟姐妹的角度描绘大屠杀事件，并且常常聚焦于普通人的命运。这样，创伤受害者就成了日常生活中每个具体的男人和女人、孩子和家长。正是具体的受难者的故事而不是抽象的数据和论证在悲剧叙事的建构中发挥了根本作用。

《安妮·弗兰克日记》就是这方面的一个典型。这部在西方世界影响巨大的犹太少女日记，也是一部罕见的畅销书。1947年在荷兰以荷兰文出版（它是以荷兰文写的），1952年在美国出版英文版，1955年改编为百老汇戏剧，1959年拍成好莱坞电影。由于安妮长期躲藏在一个阁楼中，她没有或很少记录阁楼外的战争、驱逐等外部世界的事件，而是集中记叙了一个处于隔离中的小姑娘的内心骚动与人际关系，而这些心理活动具有普遍性。安妮的父亲指出："年轻人常常在青春期问题和母女关系问题上和安妮产生共鸣，这些问题是放之四海而皆准的。"他强调：这"不是一本战争的书。战争是背景。它也不是一本犹太人的书，书里犹太人的气氛、感情和环境也都是背景……非犹太人比犹太人更能够理解这本书，也读得更多。所以请不要把它变成一出犹太人的戏剧"。[33]

时间和种族的特殊性在安妮的故事中淡化了，使她成为受难的普遍符号。在安妮的父亲看来，无论是安妮还是其他被囚禁在密室中的人，"他们不是怪人，而是和观众一样，却被丢进这个可怕的情形的人。观众与他们一起，承受着压迫、恐惧、片刻的平静、喜悦

---

[33]　转引自 *Cultural Trauma and Collective Identity*，p.232；《社会生活的意义》，第57页。

以及难以置信的勇气"。[34] 而印第安纳大学犹太研究主任罗森菲尔德（Rosenfeld）教授则指出："很多美国小姑娘都把她（安妮）的故事看作是她们的故事，她的命运好像和她们自己的命运是连在一起的。"[35] 这就是"符号扩展"（symbolic extension）的力量，它有效地促进了认同的扩展。

悲剧叙事框架建构所依赖的另一个重要编码操作，是作恶者范围的扩大。个人化扩展了与悲剧受害者的身份认同，与此相对应，对大屠杀作恶者也逐步发展出了一种新的理解，其核心是"让作恶者脱离其历史特殊性，变成了一种具有普遍性的形象，对此形象，各种不同群体成员能产生认同而不是移情"。[36] 经过这一扩大，恶不再与"我"无关，作恶者不再是与"我"迥异的他者。"我"当然不会同情这些人，但却感到自己与他们并非完全不同的两类人或两种人。

这里不能不提及阿伦特著名的关于艾希曼审判的研究报告。阿伦特在该报告中提出了著名的"平庸的恶"概念。杀人无数的纳粹头目艾希曼并非与我们截然不同的恶魔，他只是一个被动执行上级指示、不会独立思考的庸人；而作为一个平凡的恶人，艾希曼可能是每个人，每个人可能是艾希曼。阿伦特的研究尽管在事实上、材料上存在瑕疵和纰漏，[37] 但其"平庸的恶"的概念仍然大大促进了"恶"与"作恶者"概念的泛化。"由于阿伦特的非凡影响，创伤中的反面角色开始好像显得与其他人没有那么不同了。这次审判及其后果最终缩短了战后曾经横亘于信奉民主的观众（democratic audience）和邪恶的纳粹之间的遥远距离，把观众与反面角色联系起来，而不是孤立起来。

---

[34]　转引自 *Cultural Trauma and Collective Identity*，p.233；《社会生活的意义》，第 58 页。

[35]　同上。

[36]　*Cultural Trauma and Collective Identity*，p.235；《社会生活的意义》，第 59 页。笔者译。

[37]　参见德博拉·E. 利普斯塔特：《艾希曼审判》，刘颖洁译，译林出版社，2022 年。

而这种观众与反面角色之间的联系更加强了这个创伤的悲剧效果。"[38]

　　除了阿伦特之外，还有很多相关的研究成果或幸存者的回忆录进一步证实了这点。比如著名的米尔格拉姆心理学实验，证明了纳粹行凶者都是一个个普通人，他们很可能就是我们每个人。这个实验震撼人的地方，在于揭露了想象的自我与真实自我之间的巨大差别，表明服从权威和作恶是一件多么平常的事情，人性的力量是何等的靠不住。[39] 再比如，克里斯托弗·R. 布朗宁的《平民如何变成屠夫：一〇一后备警察营的屠杀案真相》一书详细考察了德国一〇一后备警察营"二战"期间的屠杀案材料，结果发现警察营的成员大多来自工人阶级中的普通中年人，这些人并没有什么特殊性，这是些普通人的故事，其杀人的动机和原因无非是服从上级和权威、追求事业成功、受到宣传的影响、随大流和从众，等等。这是些常人都有的性格倾向。正因为这样，它才让我们感到不安：换了我也会和他们一样。对其中的原因，作者这样写道："有太多社会被种族主义传统困扰，也有太多社会被战争心态或战争威胁折磨。每个地方，社会都使人们习惯于尊重和服从权威，每个地方的人们都追求事业的成功。在每个现代社会，生活的复杂程度和随之而来的官僚化与分工化，弱化了官方政策

---

[38] *Cultural Trauma and Collective Identity*, p.236；《社会生活的意义》，第 60 页。笔者译。

[39] 米尔格拉姆（Stanley Milgram, 1933—1984），美国社会心理学家，曾在耶鲁大学、哈佛大学和纽约市立大学工作。在耶鲁大学时他进行了米尔格拉姆实验，测试人们对权威的服从性。这个实验的目的，是为了测试受测者，在面对权威者下达违背良心的命令时，人性所能发挥的拒绝力量到底有多大。关于德国军人的残暴行为，"二战"后流行的解释是"权威型人格"理论，认为德国人民族天性中有服从命令的天性。而这个实验证明，人类行为只有部分源于稳定的内在性格，行为的绝大部分取决于外在力量，在环境的需要下，正常人都会做出骇人听闻的行为来。参见斯坦利·米尔格拉姆：《对权威的服从——一次逼近人性真相的心理学实验》，赵萍萍、王利群译，新华出版社，2015 年。还可以参见托马斯·布拉斯的米尔格拉姆思想传记《好人为什么会作恶》（浙江人民出版社，2017 年）。

实施者的个人责任感。在几乎每个社会性的集体中，同辈团体对成员的行为都施加了巨大的压力，并设定了集体的道德规范。如果后备警察一〇一营的成员，在这种环境下沦为杀手，又有哪个集体的成员不会呢？"[40] 因此，作者在一开始就确定了自己写作此书的原则："写作这一段历史，必须避免将对象妖魔化。一〇一营中流放、屠杀犹太人的警察，和为数不多拒绝或逃避任务的警察一样，都是人。我必须承认，如果想最大程度地理解和解释这两种人，在同样的情境下，我既有可能成为凶手，也有可能做逃兵。""不从人性的角度理解作恶者，不只会令这一项研究徒劳无功，也无从让历史写作超越对大屠杀犯罪者单一纬度的拙劣描画。"[41]

　　还有一个值得提及的著名研究成果是美国社会心理学家津巴多做的斯坦福监狱实验。在他的名为《路西法效应：好人是如何变成恶魔的》一书中，津巴多详细阐述了这个实验。所谓"路西法效应"，是指在特定情形下，一些本性纯良的普通人和社会团体的人格、思维和行为方式，会因为外界的影响突然堕落，人性中的恶会被释放出来，出现集体做出违反道德的行为，甚至出现反人类的罪行。[42]

　　除了学术界，来自幸存者的回忆也证实了上述观点。意大利作家普里莫·莱维的《被淹没和被拯救的》提出了"灰色地带"的说法。"他要告诉读者的是，用黑白二分看世界的方法是危险的。在极端的处境下，人性变得模糊，人的行为也失去了可辨的轮廓，绝大多数人都并不要么是魔鬼般的害人精，要么就是圣徒般的受害人。无论

[40]　克里斯托弗·R. 布朗宁：《平民如何变成屠夫：一〇一后备警察营的屠杀案真相》，张孝铎译，中国青年出版社，2015 年，第 192 页。

[41]　同上书，第 5 页。

[42]　菲利普·津巴多：《路西法效应：好人是如何变成恶魔的》，孙佩妏、陈雅馨译，生活·读书·新知三联书店，2015 年。

是道德或行为，人都生活在一个黑白不明的世界里，这个世界是一个充满了暧昧和矛盾的灰色地带。"[43] 莱维让读者看到，"除了少数例外，纳粹冲锋队员并不都是魔鬼，他们的恶毒不过是常人的恶毒，他们的愚蠢更是常人的愚蠢。他们由于受到纳粹教育和宣传的洗脑，心灵和思维被彻底扭曲，成为在极权组织化体制中作恶的螺丝钉。如果施害者不是妖魔鬼怪，那么受害者也不是圣人般的殉道者。受害者也是平平常常的人，除了少数例外（那些近乎殉道者的少数人），他们中的大多数也和施害者一样被极权统治侵蚀和扭曲，也是丧失了灵魂的可怜虫"。[44]

　　莱维指出，人们在理解历史时常常无法摆脱各种黑白分明的简化模式，因为他们不喜欢复杂和模棱两可。其中最重要的一种简化模式，就是"我们/他们""敌/我"的二分法："可能因为我们本是社交动物，那种'我们'和'他们'泾渭分明的需要如此强烈，以至于这种行为模式，这种敌/友二分性，胜过了其他所有模式。"[45] 他认为，对简化的渴望无可非议，只要你把简化看成一种等待检验的假设，那么它就是有用的；但不能错把简化等同为现实，更不能把简化当作结论。大部分历史和自然现象并不像我们希望的那么简单。比如，集中营里的关系就不能简单地概括为迫害者和受害者两个阵营。流行的集中营书写存在的一个最大问题，就是简单化地区分善与恶、好人与坏人，"好像救世主在审判日的地位——这边是信徒，那边是恶棍"。实际上集中营不是如此，它"不符合任何简化模型"。敌人"在四面八方，也在内部"。[46]

---

[43] 普里莫·莱维：《被淹没和被拯救的》，杨晨光译，上海三联书店，2013 年，第 5 页。

[44] 同上。

[45] 同上书，第 20 页。

[46] 同上书，第 21、22 页。

　　与进步叙事不同，悲剧叙事中的作恶者／加害者被去特殊化（departicularization），美国人也不再是纯粹的善的代表或道德上的正义化身："随着20世纪60年代的到来，西方民主国家被迫让出了这个占主导地位的叙事者的位置。"[47] 与此同时，美国失去了对大屠杀叙事的控制权。在60年代社会运动和越战的背景里，像广岛原子弹爆炸等事件都脱离了进步主义叙事，被重新描述为"人性悲剧"而不是正义战争中必须付出的代价。

　　经过上述文化建构和叙述转型，犹太人集体杀戮所引发的道德问题得到了泛化，从而把对某个民族实行系统性暴力所引发的问题从某个特定民族、宗教、国籍、时间或空间中分离了出来。这个分离过程是创伤普遍化的过程，也是认同加强的过程。作恶者的去特殊化又被亚历山大称为"恶的流溢"[48]，它传达给我们的信息是："我们每个人、每个社会里都存在着恶。如果我们都是受害者，同时又都是行凶者，那么就没有一个观众能够冠冕堂皇地把自己从集体苦难的受害者或行凶者中抽离出来。"[49] 普遍化或泛化不仅是指受难者角色的普遍化，而且也包括加害者角色的普遍化以及大屠杀的道德含义、政治责任感的普遍化，它大大地开拓了人类的想象力，这种想象力的拓展"使得我们能够理解那个意在进行大屠杀的邪恶偏见并不是来自一个更古老更'原始'的时间，不是发生在一个不同的、'外国的'地方，不是由一些价值观与我们不同的人所犯下的"。[50] 这种扩展化了的对邪恶和悲剧的理解，一方面当然是使得任何人都不能理直气壮地以绝对的无

---

[47]　*Cultural Trauma and Collective Identity*, p.236;《社会生活的意义》，第60页。

[48]　"恶的流溢"原文为"engorgement of evil"，中译本译为"恶的肿胀"，似乎不是很合汉语习惯。参见《社会生活的意义》，第65页。

[49]　*Cultural Trauma and Collective Identity*, p.228;《社会生活的意义》，第54页。

[50]　同上。

辜者、清白者自居，另一方面也增加了人们对进步的难度的认识，但却并不完全否认进步的可能性："悲剧叙事并没有排除进步的可能性，相反，它带来的后果是有益的，它展示了进步的取得远比现代人一度相信的要困难。如果要取得进步，道德必须泛化，并超越任何特定的时空限制。"[51]

五　净化、类比与宣泄

尽管加害者或作恶者并不是特殊类型的人，不是不可思议的"恶魔"，而是和我们没有根本差异的普通人，但我们毕竟不能说两者之间没有区别。同样，尽管我们可以说那些没有直接参与大屠杀的德国人对大屠杀也负有责任，但毕竟不能把他们与直接参与者相提并论。那么，在什么意义上说"我们都是受害者，同时又都是行凶者"？

还是要回到"恶的流溢"概念。依我之见，恶的流溢是极权主义统治下的一种恶性道德状况。极权主义意识形态大行其道的结果，就是一种颠倒的是非观念和善恶标准的四处蔓延，于是造成恶的流溢或"流溢的恶"（engorged evil）。这种恶的一个重要特点，就是它的广泛性：遍地流淌，污染万物。

这种流溢的恶类似康德的"根本恶"。康德在《单纯理性限度内的宗教》一书中，区分了不同的恶的类型，并提出了"根本恶"的概念。[52]康德分析，人可能陷入三种类型的恶：第一种是人有自己的道德准则，也知道什么是善的，但是在行动时却违反自己所认可的道德

---

[51]　*Cultural Trauma and Collective Identity*, p. 229；《社会生活的意义》，第 54 页。

[52]　参见康德：《单纯理性限度内的宗教》，李秋零译，中国人民大学出版社，2003 年。

准则。对于这种恶，他们只需有意识地约束自己的行动，遵循已被自己理性所了解和肯定的道德法则，使自己的行为与所采纳的道德法则相一致，就可实现对恶的纠正。

第二种类型是：一个人的行为符合道德法则，但他选择这样的行为却出于该道德法则之外的某种动机。例如，某人做了一件善事，但他不是因为主观上要行善才这样做，而是出于其他的自私目的（比如觉得有利可图），只是他的最终结果恰巧符合道德准则。在这种情况下，虽然他的行为并不违背道德法则，但却是恶的，因为不是出于道德自觉的动机，就难以保证下次做事时也符合善。康德认为，对于这种恶，需要反省行为者的动机，并确保所有动机皆来自他们的自觉道德意识，而非来自任何其他东西。

在康德看来，人不难摆脱以上两种类型的恶。然而，还有第三种恶，即根本恶。康德是这样界定这种恶的：把一种恶的准则当作"道德"法则，从它出发规范自己的行为。在这种情况下，人越是努力坚持遵循这个"道德"法则，他的所作所为就越恶，因为这恶就来自他所采纳的"道德"规范。在这样的情况下，善恶、是非的准则、秩序完全颠倒，把善的当作恶的，把恶的当作善的，在善的名义下作恶。这便是根本恶。

极权主义国家就是一个道德标准、善恶是非颠倒的国家，它的恶就是根本恶，是在"善"（极权主义的意识形态把清除劣等民族视作遵循"自然法则""历史法则"的最大、最高的"善"）的名义下作恶。由于极权主义对宣传机器的控制，摧毁了传统的或民间的道德标准，这种意识形态通过洗脑内化为众人的"道德"意识，于是造成恶的流溢，而且作恶者不认为自己是在作恶（比如屠杀犹太人被说成是"纯洁人种"）。

在悲剧叙事中，大屠杀就被表现为这样的一种"流溢的恶"。不仅作恶者，而且旁观者（不采取行动的人）也难逃这种恶的浸染。
"依据后大屠杀道德的标准，无论后果和代价是什么，一个人都必须
挺身而出反对任何形式的大屠杀，因为作为一种反人类罪行，'大屠
杀'被认为是对人类本身继续存在的一种威胁。在这个意义上，当人
类本身受到威胁的时候，没有什么东西是不值得牺牲的。"[53]

正是极权主义统治下恶的泛滥，导致了一种特殊的罪："转喻性
的罪"（metonymic guilt），是与狭义的、法律意义上的罪相对的。后
者指的是有直接犯罪证据和事实（比如偷盗或谋杀）的刑事犯罪（如
直接屠杀过犹太人），因此不适用于所谓"集体罪"。像"德国的罪"
这种"集体罪"正是"转喻性的罪"；它也不适用于所谓"集体责任"
之类说法。[54] 转喻性的罪超越了狭义的、法律意义上的罪，即使没有
直接参与具体屠杀犹太人行为的德国人，由于受到了宗教性的恶或根
本恶的污染，同样是"有罪"的。"犯有宗教性之恶的罪不再意味着一
个人真的犯了法律意义上的罪。这关乎道德上的归罪。一个人不能够
借用开脱性的情境（exculpating circumstances）或没有直接参与为自
己在道德上的罪进行辩护。"[55]

类比也是将恶和罪普遍化的一种修辞，而且比转喻运用得更广
泛。类比是指把别的事件和大屠杀作比，是对奥斯维辛集中营的图标
式表征（iconic representation of Auschwitz）。比如把美国的土著人比
作犹太人，把对土著人施暴的美国人类比为纳粹。还有把被美军拘禁
的日裔美国人比作关在集中营的犹太人，把拘禁地类比为集中营，把
核浩劫类比为大屠杀，等等。"对奥斯维辛集中营的图标式表征正在

[53] *Cultural Trauma and Collective Identity*, p.243；《社会生活的意义》，第66页。

[54] 参见 Karl Jaspers, *The Question of German Guilt*, Fordham University Press, 2000；汉娜·阿伦
特：《独裁统治下的个人责任》，载《责任与判断》，陈联营译，上海人民出版社，2011年。

[55] *Cultural Trauma and Collective Identity*, p.244；《社会生活的意义》，第67页。

迅速成为用来表达疯狂的暴力、可怜的人类受难以及'无意义的'死亡的一个普遍媒介。"[56]

六　还原初始情境：大屠杀纪念馆的设计理念

如果我们把纪念活动、博物馆也看作广义的叙事，那么，大屠杀创伤悲剧所包含的认同扩展、符号扩展，也体现在纪念馆和博物馆的设计中。随着各种大屠杀纪念活动的制度化、规范化，大屠杀创伤戏剧也变得常规化、制度化了，并导致了制度化与原发性、常规化与唯一性的矛盾。因为大屠杀作为创伤事件，是高度原发、独一无二的，因此与常规性必然发生冲突。甚至有人怀疑大屠杀创伤记忆的制度化、常规化，可能导致其变成陈词滥调，各种纪念活动不过是例行公事，纪念的结果不是牢记大屠杀，而是遗忘大屠杀——把例行公事式的参观当作了记忆。

但亚历山大似乎并不赞成这样的观点。他指出，大屠杀的常规化并不必然意味着忘却，也不一定导致其原初性的丧失。在大屠杀悲剧叙事中，隐喻性的纽带把符号意义和观众注意力从原发性创伤转移到了一系列此后发生的、与之存在类比关联的创伤之上。但这并不意味着最初创伤的意义遭到了抹杀或颠覆。这里面的转换关系和操作程序值得我们深长思之。

为了达到制度化、常规化与原初性的统一，华盛顿大屠杀纪念馆的设计理念之一就是设法唤起你的原初体验。大屠杀遇难者总统委员会（President's Commission on Victims of the Holocaust）向当时的卡

---

[56]　*Cultural Trauma and Collective Identity*, p.246;《社会生活的意义》，第 69 页。

特总统提交的报告称：建立博物馆的目的是"防止未来的恶"，而其目标则是"建造一座能让参观者重新体验那个原初悲剧的建筑"。[57]这样才能加深参观者的心理认同，而不是置身事外。博物馆模仿集中营的空间设计：三楼是一个建构性的空间，随着参观者进入死亡集中营的世界，空间变得紧迫压抑，产生出一种凝重而黑暗的感觉。墙壁是没有粉刷过的，管道暴露在外面，而且在三楼和四楼，除了供由于各种原因必须离开的人使用的火警出口和隐蔽的电梯外，没有其他出口。可见，为了保持大屠杀创伤的原初发生情境，设计者可谓用心良苦。依照博物馆首席设计师的描述："这个展览的意图是要带着参观者走过一段旅程……我们意识到如果沿着他们走过的路，从正常生活进入犹太人聚居区，走上火车，从火车走进集中营，走过集中营里的通道，一直走到最后，一路感觉他们所受到的那种压迫……如果参观者能够走一遍与他们（应指当年的犹太人）相同的旅程，那么就能够理解这个故事的含义了，因为他们自己也亲身经历了整个事件。"[58]

这样的设计使得参观活动成为相当真实的"悲剧之旅"，各方面都力求做到写实，因为只有写实才能有效培养认同。参观者甚至还会得到一张代表大屠杀遇难者的身份证/护照，以强化个人化的认同，让参观者与真实人的真实脸孔联系起来。这样一来，大屠杀博物馆就成为"加深认同、拓宽符号外延的重要途径"。[59]与此同时，展览的设计还要着力避免反抗叙事或英雄叙事，坚持悲剧叙事："这里的戏

---

[57] *Cultural Trauma and Collective Identity*, p.254;《社会生活的意义》，第 77 页。

[58] 转引自 *Cultural Trauma and Collective Identity*, p.255;《社会生活的意义》，第 77 页。关于华盛顿大屠杀纪念馆的沉浸式体验设计，还可以参见本书中的《假肢记忆与大众文化时代的身份认同》一文。

[59] *Cultural Trauma and Collective Identity*, p.255;《社会生活的意义》，第 77 页。

剧化操作中的每个设计都是以坚定的悲剧叙事为出发点。展览设计师小心翼翼避免表现出任何集中营囚犯‘被动反抗’的痕迹，生怕这会激发英雄主义和罗曼蒂克的进步叙事。”[60]

七　从解放者到幸存者：见证文学的意义

在很长一段时间内，关于“二战”的叙事都是进步—解放叙事，其核心是讲述美国人如何解救其他国家的受难者。大屠杀叙事也是如此，讲述的主体不是犹太人受难者，而是美国人／拯救者，内容也不是犹太人受难的经历，而是他们被拯救的故事。结果，进步叙事恰恰使得大屠杀、特别是大屠杀的受难者变得不那么显眼和突出。只要大屠杀的故事仍然在解放叙事的框架下进行，就很少有来自受难者的声音。美国新泽西州的州长在该州自由州立公园中的解放雕塑揭幕仪式上的讲话，就是典型的解放叙事和进步叙事：“对我来说，这个纪念碑是对我的美国遗产的一种确认。它令我为我的美国式价值观感到深深的自豪。纪念碑告诉我们，我们作为一个集体民族，是自由的化身。我们作为美国人，不是压迫者，并且我们作为美国人，不会为政府为目的而卷入军事冲突。我们在世界上所扮演的角色是为那个我们极为珍视的自由民主充当保护者和提倡者。今天我们会记住那些为自由而捐躯的人们。”[61]

随着进步叙事转向悲剧叙事，出现了一种新的大屠杀文学与纪念类型，“这种新的类型强调一种全新意义上的历史证据，即直接‘证

[60]　*Cultural Trauma and Collective Identity*，p.256；《社会生活的意义》，第 78 页。

[61]　*Cultural Trauma and Collective Identity*，p.258；《社会生活的意义》，第 79—80 页。

词'（direct 'testimony'），以及一种全新意义上的历史行动者，即幸存者"。[62] 幸存者的经历本身就具有重要的、不可替代的见证意义，因为他们与大屠杀之间的关系是直接的、具体的、身体化的。他们通过各种形式的记忆书写（自传、回忆录、访谈、录音、录像，等等）讲述自己的故事，叙述的主体变成了受害者自己，所讲述的内容也不再是他人的解放与拯救壮举，而是自己的受难经历。这些见证书写成为创伤悲剧的宝库（比如耶鲁大学的大屠杀音像档案中心）。

对此，格里恩和库玛这样评价证词的意义：

> 证词的力量在于它不需要很多评论，因为目击者就是专家，他们用自己的话讲着他们自己的故事。行凶者绞尽脑汁地要让受害者沉默，夺走他们的名字、家园、家人、朋友、财产甚至生命，目的是为了否认受害者具有任何人的属性，抹杀他们的个体性，剥夺他们所拥有的一切人的声音。证词重新建立了幸存的——个别情况下也包括那些被杀害的——受害者的个体性，展示了他们的声音所具有的力量。[63]

特别值得指出的是，这些以自己的经历做见证的受难者，通常都是些普通人，而不是什么英雄式的解放者/拯救者或反抗者/暴动者，他们的道德和人格并不高于（按照普里莫·莱维的观点甚至常常低于）集中营囚犯的一般水平。卑微的幸存者文学所见证的是一场悲剧，而不是胜利，是自己的脆弱人性而不是英雄气概。在幸存者的见证回忆中，没有人说他们是因为勇敢和勇气而幸存下来的。

---

[62]　*Cultural Trauma and Collective Identity*, p.258；《社会生活的意义》，第 80 页。

[63]　转引自 *Cultural Trauma and Collective Identity*, pp.259–260；《社会生活的意义》，第 81 页。

　　这对于习惯了进步主义修辞的我们而言可能很难接受，因为我们更愿意相信一个奖善惩恶的世界，更喜欢一个英雄奋起反抗并获得凯旋的故事，更愿意相信人类精神那战胜一切困难的力量。我们很难接受人性可能并不高尚，或受难者是一个懦夫而不是英雄。我们更不愿意被告知：在极端情况下我们也可能变得残忍、自私、不人道。

　　幸存者回忆在这个意义上是真实的，也是残酷的。

　　大量的集中营资料与犹太人回忆录记录了犹太人面对屠杀时候表现的顺从、软弱、猥琐，根本没有什么抵抗的壮举。[64]更有集中营囚犯相互之间的冷漠，他们为了争得一点点食物而展开自己人之间的残酷斗争，对垂危的亲人——即使是自己的亲人——极度冷漠，拒绝帮助，避之唯恐不及。大屠杀幸存者埃拉·林根斯－雷娜在回忆录《恐惧的囚徒》(Prisoners of Fear) 中写道："我怎么能在奥斯维辛活下来？我的原则是：第一考虑我，第二考虑我，第三考虑我，然后什么也不想，然后再考虑我，最后才是其他人。"[65]

　　集中营幸存者、意大利见证文学的重要作家普里莫·莱维在其回忆性加评论性的文集《被淹没和被拯救的》中反复强调这点。他甚至认为，恰恰是"那些最糟糕的人幸存下来：自私者、施暴者、麻木者、'灰色地带'的合作者、密探们"，"最糟的人幸存下来，也就是说，那些最适应环境的人；而那些最优秀的人都死了"。[66]这番话是作者十足的夫子自道，因为这个所谓"最糟糕的人"首先就是莱维自己。莱维指出，这些活下来的人不是生活在集中营的最底层（否则就死掉了），因此也不是最有资格做见证的人。他们的经历和回忆并不

[64]　比如布朗宁在《平民如何变成屠夫》中写到德国治安警察 1941 年 9 月在苏联明斯克屠杀犹太人时"执刑过程顺利，无一人抵抗"（第 24 页）。

[65]　转引自莱维：《被淹没和被拯救的》，第 77 页。

[66]　莱维：《被淹没和被拯救的》，第 82 页。

能揭示集中营最本质的东西。他写道:"我们,幸存者们,不是真正的证人。……我们幸存者是数量稀少且超越常态的少数群体:凭借着支吾搪塞,或能力,或运气,我们没有到达集中营的底层。"[67]那些到达"最底层"的人才是"最有资格的见证人",但是他们或者死了,或者失去了讲述的能力。

这方面的最典型例子,当然还是埃利·维赛尔(也译威塞尔)的《夜》。维赛尔是在西方享有盛誉的奥斯维辛幸存者、诺贝尔和平奖获得者。《夜》是见证文学的杰出代表,它完全颠覆了解放—拯救—英雄话语。它所创造的不是英雄,而是反英雄。维赛尔反对进步叙事和英雄叙事把活着浪漫化,把痛苦、艰难的坚持解读为积极抵抗。作为反英雄叙事的经典之作,《夜》叙述作者自己在集中营的亲身经历,特别是对同在集中营的病危的亲生父亲的冷漠,读来令人震惊:

> "利泽('埃利泽'的意第绪语),我的儿子,来……我想和你说点儿事情……只和你说……来啊,不要让我一个人呆着……利泽……"
>
> 我听得见他的声音,明白他的意思,也理解此刻的悲剧意味,但是我仍然没动。
>
> 这是他最后的愿望,在他奄奄一息的时候,当灵魂渐渐远离他伤痕累累的身体时,我陪伴在他身旁,但是我们没有满足他。
>
> 我害怕。
>
> 害怕挨打。
>
> 这就是为什么我一直没有回应他的呼喊。
>
> 我没有牺牲自己肮脏腐烂的生命,到他的身边,握住他的手,

---

[67]　莱维:《被淹没和被拯救的》,第83页。

安慰他，告诉他，他没有被抛弃，我就在他身边，我能够感觉到他的悲伤，不，我没有这样做，我躺在自己的铺上，请求上帝，让父亲不要再呼喊我的名字，让他停止呼唤，免得再被营房负责人揍。[68]

还有得到解放以后囚犯们的懦弱、自私、猥琐：

我们作为自由人的第一个动作是冲向食物。我们想的就只有这个。我们不想报仇，也不想父母。只想面包。[69]

莱维指出：相信地狱般的纳粹体制可以使受害者的灵魂得以净化，这真是"一个天真的、荒唐的历史性错误"。[70]这大大低估了极权制度同化受难者，剥夺他们的道德和尊严的力量。可见，不把幸存者浪漫化和英雄化的一个重要理由，是为了突出极权主义邪恶的可怕程度，说明大屠杀是"无法补偿无法救赎的苦难"，强调大屠杀悲剧的深重程度与深远影响。面对那么多死于冤屈的犹太人，"道路曲折前途光明"的进步修辞，不显得过于廉价、轻飘和矫情么？

对人们为什么期待反抗的英雄？莱维的回答是：年轻一代不了解极权主义环境的恶劣程度，因而把自由视作当然，也就把反抗不自由的英勇举动视作当然。[71]莱维谈到，读者向他问得最多的一个问题就是："你们为什么不逃跑？为什么不反抗？为什么不'事先'避免被捕？"[72]好像集中营中犹太人的软弱和逆来顺受是不可思议的，逃跑和反抗的壮举才是正常的。莱维的这个感受维赛尔也同样有。

---

[68] 埃利·威塞尔：《夜》，袁筱一译，南海出版公司，2014年，第161页。

[69] 同上书，第154页。

[70] 莱维：《被淹没和被拯救的》，第24页。

[71] 同上书，第174页。

[72] 同上。

在《夜》一书的"写给新版读者的话"中，维赛尔写道："在内心深处，证人早就清楚，正如他现在有时也还明白，他的证词不会被接受。只有经历过奥斯维辛的人才知道奥斯维辛是什么，其他人永远不知道。"[73]

年轻人对幸存者的消极、软弱的不理解固然与他们没有集中营经历有关，同时，也与他们经常看的那些习惯于表现英雄主义的好莱坞作品有关。在这些作品中，失去自由的英雄总是积极寻求反抗，策划暴动或至少是逃跑。莱维指责这些作品"不断将逃跑的这一概念强化为一种道德责任和监禁的必然结果。在电影世界里，受到不公正（甚至公正的）监禁的英雄总是一个正面人物，总是试图逃跑，甚至在最不可能的环境中，而这些尝试无一例外地获得成功"。比如在《我是一个逃犯》《捍卫正义》这样的电影里："典型的囚犯被视为一个正直的人，体能充沛，意志强大，在绝望中汲取力量，在需要中磨炼计谋，迎向各种各样的障碍，并克服和粉碎它们。"[74]

也就是说，这些信奉英雄—反抗话语的编导们以及他们的观众根本不知道极权主义环境的恶劣程度，因此对于集中营囚犯的英雄壮举带有了不切实际的期待，而不能接受他们的软弱和逆来顺受。对囚犯的苛求与对极权的无知联系在一起。莱维指出：一个监狱中的犯人要反抗，除了必须具备的客观条件外（如集中营或监狱内部存在统治的盲点、弱点或漏洞），还必须具备基本的主观条件，如基本的体力和精神力量；而在集中营这样的严酷环境中，这是不可想象的。"一个领袖必须具备强大的能力：他必须拥有体力和精神力量。而压迫，如果达到一定的严酷程度，既能破坏人的体力，也能损害人的精神

[73]　威塞尔：《夜》，第158页。

[74]　莱维：《被淹没和被拯救的》，第176页。

力量。""愤怒和民怨是所有真正革命的驱动力量","要激起愤怒和民怨，压迫必须是具体存在的，但它一定处于较弱的严酷程度，或者被无效地实施"。[75]而在集中营，"压迫是极端严酷的，并由于德国人著名的高效（如果在其他领域，是值得褒奖的）而得以实施。能代表集中营大多数人情况的、典型的囚犯，是在一种精疲力竭的状态下：饥饿、虚弱、浑身酸痛……并因此普遍情绪低落。他是一个被摧残的人。正如马克思知道的，在真实的世界中，革命并不是由这些人完成的。只有在文化和电影的浮华辞藻中，才会出现这样的革命。所有的革命，改变了世界历史进程的革命，以及我们在这里讨论的微不足道的革命，都是由那些非常了解压迫却并非切身之痛的人所领导"。[76]

对于同样接受了大量英雄主义教育、阅读或观看了大量英雄主义小说或电影的中国年轻一代，这番话是不是具有一定的启示呢？

结语　大屠杀悲剧叙事只适合西方吗？

亚历山大最后提出的一个问题是：大屠杀悲剧叙事是不是西方特有的？

虽然大屠杀创伤的普遍化使其获得了普遍的"世界"意义，但实际上，这"世界"常常限于西方国家。普遍化过程要求"人们通过符号关联，以一种感情上代理的方式参与到大屠杀的创伤戏剧中去",[77]但实际上西方国家和非西方国家的参与程度是很不相同的，北美、西

---

[75] 莱维：《被淹没和被拯救的》，第 185 页。

[76] 同上书，第 186 页。

[77] *Cultural Trauma and Collective Identity*, p.261;《社会生活的意义》，第 82 页。笔者译。

欧和拉美的情况也不同。"在印度教、佛教、儒教、伊斯兰教、非洲和仍然实行共产主义的国家与地区，即使偶尔有人谈及'犹太大屠杀'，也只是文学与学术精英对由美国和西欧主导的全球话语的一种非典型的参与。"[78]非西方国家到底在多大程度上超越了国家认同和主权话语，产生了与西方的后大屠杀道德类似的普遍的、超国家的伦理"绝对律令"？

亚历山大看到，日本从来就不承认南京大屠杀的事实，"更没有以创立一种各个亚洲国家和民族群体都共同适用的普遍伦理的方式来作出道歉或分担中国人民遭受的苦难。相反，广岛原子弹轰炸成为了建构战后日本认同的源发性精神创伤。这个由日本战时的敌国美国所带来的创伤的戏剧化过程，一方面产生了一种强烈的对和平的渴望，一方面也确认而非去除了日本作为叙述者的角色。换言之，这个创伤坚决反对行凶者范围的扩大，从而使日本国家的历史不太可能赞同某种超越国家的判断标准"。[79]联系日本今天的表现阅读这段文字，不得不钦佩亚历山大深刻的洞察力。在亚历山大看来，精神创伤的普遍化在国家意识仍占支配地位的情况下是很困难的，因为在这样的情况下愿意依据广义的人权来限制自己国家主权的要求几乎是不可能的。

大屠杀在某种意义上已经成为一种隐喻，对待大屠杀的态度也是如此。非西方国家即使没有经历过犹太人大屠杀，但是他们有自己类似的创伤记忆，因此我们仍然可以问：它们是否可能发展出与大屠杀"功能相当"的创伤戏剧？所谓"功能相当"，我的理解就是在符号、道德和政治三方面与大屠杀悲剧叙事发挥相同功能的创伤叙事，尽管其具体事实材料或许不同（比如不是犹太人大屠杀而是其他民族大屠

---

[78] *Cultural Trauma and Collective Identity*, p.261；《社会生活的意义》，第 82 页。

[79] *Cultural Trauma and Collective Identity*, p.262；《社会生活的意义》，第 83 页。

杀或者对"阶级敌人"的大屠杀）。回到本文开始讲到的亚历山大的建构主义理论，创伤悲剧叙事与道德普世主义都是一种文化建构，必须具备建构所需要的社会文化环境。在这里，分享其他地方、国家和民族的创伤经验是非常重要的。"东西方、南北半球都必须学会分享各自的精神创伤经历，并为其他人所承受的苦难承担代理责任。"[80] 亚历山大认为，能否做到这点，重要的不是具体的事实材料的差异，而是选择什么样的讲故事的框架："人类是一种说故事的动物。我们讲述胜利的故事，也讲述悲剧的故事。我们总认为故事之间是相似的，然而真正真实而不变的其实不是我们描述的那些事实材料，而是用来描述这些故事的道德框架本身。"[81]

（本文主体内容曾以《从进步叙事到悲剧叙事——讲述大屠杀的两种方法》为题发表于《学术月刊》2016 年第 2 期）

---

[80]　*Cultural Trauma and Collective Identity*，p.262；《社会生活的意义》，第 83 页。

[81]　同上。

心理创伤的倾听：
论创伤叙事的意义与方法

引　言

　　20 世纪后期，随着战争创伤神经症在越战老兵身上不断出现，一大批来自不同领域的学者开始把目光投向创伤研究并不断取得进展。[1] 在众多创伤研究成果中，如何通过受害者的讲述进行创伤的治疗和修复，是一个重要方面。比如，临床心理医生朱迪思·赫尔曼（Judith Herman）的《创伤与复原》（*Trauma and Recovery*，1992）一书

---

[1] 至 20 世纪 90 年代，创伤研究达到了黄金时期。在此过程中，先后涌现出一大批历史学家、人类学家、精神分析学家和文学—文化批评家，如劳伦斯·兰格（Lawrence Langer）、阿尔文·罗森菲尔德（Alvin Rosenfeld）、杰弗里·哈特曼（Geoffrey Hartman）、朱迪思·赫尔曼、多丽·劳布（Dori Laub）、凯西·卡鲁斯（Cathy Caruth）、卡莉·塔尔（Kalí Tal）、多米尼克·拉卡普拉（Dominick Lacapra），等等。特别值得一提的是：1979 年，针对"二战"中犹太人被屠杀的历史，心理医生、大屠杀幸存者多丽·劳布与大名鼎鼎的文学理论家哈特曼等，启动了著名的"大屠杀证词福图诺夫录像档案"（Fortunoff Video Archive for Holocaust Testimonies）研究项目，所有档案均存放于耶鲁大学的斯特林纪念图书馆。这一工程大大激发和促进了之后的创伤研究，也使得耶鲁大学成为创伤研究的重镇。

主张：个体的创伤可以通过向别人讲述的方式得到复原。[2] 这极大地改变了人们思考和治疗创伤的方式，该著作一度成为心理创伤治疗领域的畅销书。

但是，讲述不是独白，不是讲述者（创伤受害者）单独能够完成的独角戏，而是讲述者与倾听者（包括但不限于心理医生）之间的对话（即使听者常常只是若隐若现地低调在场，这在场依然至关重要）。创伤受害者是否愿意讲述，讲述什么和如何讲述，都与倾听者的在场及其倾听方式密切相关。大屠杀幸存者、意大利著名见证文学作家普里莫·莱维在其第一部杰出的见证作品《这是不是个人》的"作者前言"中这样解释大屠杀幸存者的创伤讲述动机：

> 写本书的意想和念头在死亡营的那些日子里就已经产生了。出于把事实讲述给"其他人"听的需要，出于想让"其他人"参与的需要，在从死亡营里出来获得自由的前后，这种需要存在于我们中间，像有一股强烈而又直接的冲动，它并不亚于人活着的其他基本的需要。[3]

大屠杀的幸存者也是 20 世纪最大的创伤受害者群体，其讲述／见证的需要与被倾听的需要是相互依存的。讲述离不开听众，见证本身需要被见证：前者由幸存者完成，后者则需要由听众的倾听来完成。而且，即使是幸存者的见证，也不能由他们单独完成，因为希望被倾听是讲述的基本动力。莱维还写到：在战后作为一家化工厂的化学家来往于都灵（莱维的家乡）与米兰（工作的地方）的日子里，他

---

[2] 朱迪思·赫尔曼：《创伤与复原》，施宏达、陈文琪译，机械工业出版社，2015 年。

[3] 普里莫·莱维：《这是不是个人》，沈萼梅译，人民文学出版社，2016 年，第 1—2 页。

无法控制地、"随心所欲地"和火车上那些不认识的人交谈，向他们讲集中营的故事。据莱维的访谈者马可·贝波里蒂记载，莱维不止一次把一本书比作"一部能够运作的电话"。[4]"电话"是一个交流而非独白的工具，说话人知道在电话的那头有人正在倾听。

在回答安东尼·鲁道夫的采访时，莱维进一步把这种指向倾听的大屠杀记忆书写视作一种治疗／康复："写作《这是不是个人》是一种治疗。当我回到家中时，我丝毫不平静。我感觉到彻底的不安。某种本能驱使我去讲故事。我对所有人，甚至不认识的人口述这些故事。"这是因为："通过写作，我有了被疗愈的感觉。我被治愈了。"[5]

一　创伤叙述者的困境

很多大屠杀幸存者都不愿意乃至断然拒绝讲述自己不堪回首的往事。耶鲁大学心理学教授多丽·劳布用"对回归的畏惧"（the dread of return）表达幸存者的这种心理，并提出了"二次伤害"的概念。[6]劳

---

[4]　马可·贝波里蒂：《"我是一头半人马"》，载普里莫·莱维《记忆之声：莱维访谈录，1961—1987》，索马里译，中信出版社，2019年，第17页。

[5]　莱维：《记忆之声》，第33页。

[6]　在研究如何倾听创伤诉说的学者中，耶鲁大学心理医生多丽·劳布与文学研究者肖珊娜·费尔曼（Shoshana Felman）合作撰写的《证词：文学、心理分析与历史中的见证危机》（*Testimony: Crises of Witnessing in Literature, Psychoanalysis and History*, 1992）一书值得重视。两位作者从精神分析和文学批评的视角对大屠杀见证进行了深入研究。特别是劳布执笔的第二章《见证或听的变迁》（Bearing Witness or the Vicissitudes of Listening）与第三章《无见证的事件：真理、见证与幸存》（An Event without a Witness: Truth, Testimony and Survival），就创伤见证与倾听之间的关系、创伤事件的访谈者（作为特殊的倾听者）与受访者（诉说者）的关系等问题，提出了诸多极具启发的见解。

布指出，回忆过去、讲述创伤很可能会让受害者受到"二次伤害"："对于命运重演的畏惧成为创伤记忆的关键，也成为不能言说的关键。一旦内在的沉默被打破，一直被回避的大屠杀可能会复生并被重新经历。然而这一次创伤受害者再也没有了忍受煎熬的能力。"[7] 好不容易九死一生活下来的幸存者，谁又愿意"再死一次"？"如果打破沉默的代价是再度经验创伤，叙述行为就可能增加伤害。不是解脱，而是二度创伤。"[8] 挺身而出见证大屠杀的作家、诗人，比如策兰、莱维，最后都选择了自杀，不能不让人感慨系之。

　　为什么讲述创伤可能会成为"二次伤害"而不是解脱或新生？在这里，有没有听者，特别是合格的听者，以及听的方式至关重要。"如果讲述创伤的人未能被认真聆听，讲述行为就会被经验为创伤的复归——重新经历创伤事件本身。"[9] 可见，未被认真倾听才是造成"二次伤害"的根本原因。

　　这里涉及的情况非常复杂，值得分层次认真深入地予以分析。

　　首先，大屠杀幸存者在面对自己的创伤性过去时常常陷于尴尬、分裂、矛盾、纠结的处境。对此，美国著名创伤研究专家、哈佛大学医学院精神病学系临床教授朱迪思·赫尔曼曾有如下描述：

> 对暴行的一般反应是将它排除于意识之外。某些违反社会常态的事，会恐怖到让人无法清楚表达出来，而只能用难以启齿（unspeakable）这个词形容了。……

---

[7] Dori Laub, "Bearing Witness or the Vicissitudes of Listening" in Shoshana Felman and Dori Laub, *Testimony: Crises of Witnessing in Literature, Psychoanalysis and History*, Chapter 2, Routledge, 1992, p. 67.

[8] 同上。

[9] 同上。

一方面想要否认恐怖暴行的存在，另一方面又希望将它公之于世，这种矛盾正是心理创伤的主要对立冲突之处。暴行的幸存者通常会用高度情绪化、自相矛盾和零碎片段的方式述说他们的惨痛遭遇，但这种方式严重损及他们的可信度，因而导致出现到底是要说出真相、还是保持缄默的两难困境。

受创者所表现的心理症状是：既想让别人注意到那难以启齿的创伤秘密，又想极力掩藏它的存在。[10]

很多幸存者不愿意讲述、见证大屠杀的暴行，是因为它实在过于残酷血腥，太不堪回首，幸存者不愿意再次揭开伤疤完全合乎情理。这里面既有加害者令人发指的罪与恶，更有受害者人性沦丧的耻与悔。集中营是一个让人失去人性、蜕化为动物的地方（比如像动物一样与其他囚犯争食，趴在地上吸食别人的呕吐物，为了自保而对自己的狱友甚至亲人极度冷漠，等等）。正因为这样，莱维认为奥斯维辛是让人沦为畜生的机器。用芝加哥大学教授布鲁诺·贝托汉的话说："我们希望忘记它……希望忘记德国灭绝集中营的故事。如果可以的话，我们希望它压根就不曾发生。我们最能接近于相信这个故事的办法，就是不要再去想它，这样我们就没有必要去勉力接受其噩梦般的场面。"[11] 集中营挑战了我们对人的（哪怕是最低程度的）自信和乐观，考验着对上帝的期待和信仰，将人性的脆弱和幽暗暴露无遗。这样，创伤受害者常常宁愿选择沉默以便保护自己。

但是，这恰恰从另一个角度证明了大屠杀创伤见证的必要性。

---

[10] 赫尔曼：《创伤与复原》，第 X — XI 页。

[11] 布鲁诺·贝托汉为匈牙利作家、大屠杀幸存者米克罗斯·尼兹利的《逃离奥斯维辛》写的序言（载《逃离奥斯维辛》，周仁华、孙志明译，长江文艺出版社，2017 年，第 2—3 页）。

见证大屠杀的意义有很多，但我认为最重要的是丰富、深化我们对人性——尤其是人性之阴暗面——的理解。用芝加哥大学教授布鲁姆·贝托汉的话说，集中营让"我们多了一个认识人类的维度，一个我们都想要忘却的那个方面"。[12] "想要忘却"的方面正是人不愿意或不敢面对的人性之脆弱、阴暗：不仅是刽子手的极恶，也包括受难者在极权环境下的软弱、苟活、奴性、自私、堕落。"灭绝集中营的独特之处，并不在于德国人在这里灭绝了上千万的人口……真正新颖、独特、吓人的，是数量如此之众的人，他们就跟挪威旅鼠一样，是自觉排着队走向了死亡。这是令人难以置信的事情，这是我们必须慢慢弄明白的事情。" [13] 痛哉斯言！在一般情况下，这些阴暗面常常被掩埋在无意识深处，只有在集中营的极端环境下才暴露无遗。它才是更需要见证的心灵创伤。

二　通过倾听参与创伤

遗憾的是，尽管有些幸存者选择了勇敢地站出来做见证，但他们却常常遭遇不被倾听或不被相信的尴尬、失望乃至绝望。莱维本人就不止一次地写道：他的见证、他关于奥斯维辛的讲述无法引起听众的兴趣。在《这是不是个人》中，他写到了听者对自己的讲述"无动于衷""毫不在乎"，他们"谈论着其他的事情，仿佛我不在场"。莱维对此感到心痛："一种绝望的悲伤生自我心"，"为什么每日的痛苦如此不停息地转化进我们的噩梦中，永远重复着同样的遭遇——没有人

---

[12]　贝托汉：《序言》，载尼兹利《逃离奥斯维辛》，第 3 页。重点标志为引者所加。

[13]　同上。

倾听我们的故事"？[14] 这就是说，这种不被倾听的悲伤和绝望甚至变成了一种反复纠缠幸存者的噩梦，变成了一种新的创伤："我们经常觉得，自己是令人厌烦的讲述者。有时甚至在眼前出现一种象征性的梦，好奇怪，那是在我们被囚禁期间夜里经常做的梦：对话者不再听我们在说什么，他听不懂，心不在焉的，然后就走掉了，留下我们自己孤零零的。"[15]

　　这里的"听不懂"不能从字面意义上理解（幸存者证词的文字不但并不艰涩而且相当平易），它实际上是指由幸存者讲述的故事与听者的常识（惯常化的知识和经验）之间的巨大鸿沟导致的难以置信。大屠杀实在太黑暗、太骇人听闻、匪夷所思，以至于超出了人类的理解能力和认识范畴，因而让人无法相信。埃利·维赛尔在其《夜》的"作者序"中写道："平心而论，那时的目击者都认为，至今仍然认为，别人不会相信他们的见证，因为那样的事件发生在人类最黑暗的地带。只有到过奥斯维辛的人，身临其境的人，才知道事情的本来面目，别人则永远不会知道。"[16] 法国著名作家、诺贝尔文学奖获得者莫里亚克在《夜》的"前言"中也指出："谁能想到世界上竟然有这种事情！把羔羊从母亲怀中夺走，这种暴行大大超出了我们的想象。"莫里亚克将之称为"诡异的邪恶"，认为它意味着"一个时代的终结"。[17] 相当多的研究成果证明："心理创伤的研究不断带领我们进入不可思议的领域，并让我们的一些基本信念濒临崩溃。"[18]

---

[14]　Primo Levi, *Survival in Auschwitz*, trans. Stuart Woolf, Collier, 1961, p. 53.

[15]　普里莫·莱维、莱昂纳多·德·贝内代蒂：《这就是奥斯维辛：1945—1986 年的证据》，沈萼梅译，中信出版社，2017 年，第 179 页。

[16]　埃利·维赛尔：《夜》，王晓秦译，吉林文史出版社，2007 年，第 12 页。

[17]　同上书，第 2 页。

[18]　赫尔曼：《创伤与复原》，第 2 页。

除了认知上的断裂之外，拒绝倾听创伤的更深层原因恐怕来自情感上的抗拒和抵制。如上所述，集中营的故事不但骇人听闻，而且暴露了大量生命存在复杂纠结的深层次难题，蕴含了人性中最幽深、最深藏不露、羞于公开的奥秘。倾听这样的故事，固然是一个难得的深入了解人性、认识他人、认识自己的机会，但也是对听众心理承受力的挑战，是一场充满陷阱的冒险之旅（甚至自己也会遭遇创伤化）。正因为这样，劳布指出，必须控制好倾听者在听的过程中可能会产生的种种抵制（心理防御），包括担心被讲述的暴行所淹没，陷于灭顶、瘫痪的感觉，强烈的退出（不想再听下去）欲望，等等。[19]

这样，倾听创伤的人必须勇于在听的过程中变成创伤的参与者与分担者，在自己身上部分地体验创伤及其带来的痛苦。也就是说，在听的过程中，受害者与创伤事件的关系，会转移到听者那里。倾听者如果想要发挥合格的听者的功能，如果想要让创伤呈现出来，就必须分担所有消极情绪，与受害者／讲述者一起与过去的创伤记忆"搏斗"，与遗留的消极情绪"搏斗"。听者必须从内心深处感受受害者的失败与沉默。而这，正是见证得以形成的前提。

当然，倾听者在参与创伤的同时无须也不应该完全变成受难者。倾听也是见证，是对受难者的见证行为的见证。但与此同时他仍然是一个独立个体，保持自己独立的位置和视野。"听者在发挥创伤证人之证人功能（function of a witness to the trauma witness）的同时，依然是一个独立的人，体会到他自己的为难与挣扎。虽然与受害者的经验部分交叠，他依然没有变成受害者——他保持了自己独立的位置、立

---

[19] Dori Laub, "Bearing Witness or the Vicissitudes of Listening," in *Testimony: Crises of Witnessing in Literature, Psychoanalysis and History*, pp. 72-73. 笔者在阅读集中营囚犯的回忆录、观看集中营题材的电影时对此深有感触。

场、视角。"[20] 倾听者是分裂的,各种力量在他身上搏斗、撕裂,如果他要适当地执行其任务,就必须尊重自己的这种冲突和分裂身份。

由于倾听者参与了创伤见证行为的发生,因此倾听者既是"创伤证人的证人"(witness to the trauma witness),见证了证人的诞生;[21] 同时也是自己的证人,见证了自己如何成为一个合格的倾听者。通过同时意识到既存在于创伤见证者也存在于他自己的内在的、持续的冒险,他的倾听使得他成为使见证成为可能的人:启动见证,同时成为见证过程和见证动力的维护者。

三　讲述、倾听与治疗

创伤经验的根本特点之一是:原初创伤事件总是像一个难以驱散的霾梦不断返回来纠缠受难者。现代创伤理论的创始人弗洛伊德在《精神分析引论》(1917)中强调:创伤是一种突发的、人在意识层面无法适应的震惊经验,且这种经验具有持久性、顽固性和反复性。他给"创伤"下了这样的定义:"一种经验如果在一个很短暂的时期内,使心灵受一种最高度的刺激,以致不能用正常的方法谋求适应,从而使心灵的有效能力的分配受到永久的扰乱,我们便称这种经验为创伤的。"[22] 在 1920 年出版的《超越快乐原则》(又译《超越唯乐原则》)

---

[20]　Dori Laub, "Bearing Witness or the Vicissitudes of Listening," in *Testimony: Crises of Witnessing in Literature, Psychoanalysis and History*, p. 58.

[21]　值得指出的是:并不是所有大屠杀受害者都是大屠杀见证者,因为见证是一种主动选择的志愿行为。他们中大部分尽管是消极意义上的大屠杀证人(因为他们在特殊历史时期被动地、非选择性地成为大屠杀的受害者),但在灾害过去后,他们没有积极主动地选择站出来做见证,而是选择了沉默,选择了拒绝做证。

[22]　西格蒙德·弗洛伊德:《精神分析引论》,高觉敷译,商务印书馆,1984 年,第 216 页。

中，弗洛伊德把创伤与"梦"联系起来，指出：创伤对于意识而言是一段缺失的无法言说的经验，人们常常在不知不觉间无法自控地重复伤害自己或他人，这种"强制性重复"的行为，即我们所说的创伤；[23]而其无法把握、难以言说的陌生性，被劳布称之为创伤的"他性"（a quality of "otherness"）。

创伤事件虽然真实，但却在"正常现实"的范围外发生，超越了寻常的因果关系和时空顺序，这使它处于惯常的经验范围之外，也缺乏界定它的现成认知范畴，从而变得难以被理解、被叙述。如果不能得到有效治疗，创伤受难者就将带着一个永远没有终结也无法终结的噩梦活着，直到死亡。这一点在创伤文学的创作上也有反映。欧文·豪指出：经历过奥斯维辛和古拉格的作家，"他们必须带着给他们留下永恒伤疤的经验而活下去。他们反复地、时常强迫性地回到这个主题"。[24]有很多集中营的幸存者一方面拒绝回到过去，拒绝谈论（集中营的）那些不堪回首的往事，拒绝与他人交往并陷于幽闭和麻木；另一方面又无法做到真正忘记，而是长期被噩梦缠绕折磨。依据朱迪思·赫尔曼的命名，前者为"禁闭畏缩"，后者为"记忆侵扰"，这两个"互相矛盾的反应，会形成一种摆荡于两端的律动"，属于典型的"创伤后症候群"。[25]

精神分析理论在这方面开出的药方是：为了摆脱这不可知、不可

---

[23]　西格蒙德·弗洛伊德：《自我与本我》，周珺译，百花文艺出版社，2019年，第8页。第一次世界大战时期一个年轻的军官西格弗里德·萨松虽然幸存下来，但是作为罹患战场神经官能症的创伤患者，却"注定在余生中不断再现战争的痛苦"。战时短暂的炮击过去了，"却留给创伤患者永难磨灭的余震"。赫尔曼：《创伤与复原》，第18页。

[24]　欧文·豪：《导读 普里莫·莱维：一种鉴赏》，载普里莫·莱维《若非此时，何时？》，翁海贞译，外语教学与研究出版社，2015年，第2页。

[25]　赫尔曼：《创伤与复原》，第43页。

说而又驱不散的创伤经验，必须启动一个治疗过程：通过精神分析师的倾听和引导，让幸存者通过讲述使创伤事件再外在化（re-externalizing the event）；而再外在化的过程必须有医生——可以理解为一种特殊的倾听者——的配合："这个事件的再外在化只有在一个人可以表达并传递（transmit）故事给外在的他人并再次收回于内的情况下，才能发生并生效。"[26]

同样，耶鲁大学大屠杀音像资料中心收集的那些幸存者的自传性叙述，既是对创伤的见证，也是与心理分析类似的治疗过程。与叙述的双重功能（见证与治疗）相对应，资料中心的研究者如费尔曼、劳布，也具有双重角色：既是治疗者，也是访谈者与倾听者（这两个角色是合一的，最合格、技巧最高的访谈就是做一个合格的倾听者）。创伤讲述、历史见证与心理治疗是同时展开的过程。

在这个过程中，心理医生与创伤受害者之间的相互信任至关重要。为此，医生和"病人"必须通过相互之间的"安全测试"，证明对方值得信任和尊重。只有通过了"测试"，幸存者才会敞开心扉、把自己"托付"给医生/访谈者。这意味着医生/聆听者与"病人"/讲述者在通过"安全测试"后建立了"信任合约"："其中一方持续地叙述创伤、展现其生命记录，而另一方则暗示地对见证者说：在整个见证的过程中，我将尽我所能始终陪伴你。你到哪里我就到哪里，我将全程保护你。在旅途的终点，我将离开你。"[27]一方面，这个倾听者需要保持"低调在场"的姿态，不能粗暴、轻易地介入见证过程，不能自我张扬、自以为是、喧宾夺主；另一方面，他又要敏锐感受并记录证人言说中的

---

[26] Dori Laub, "Bearing Witness or the Vicissitudes of Listening," in *Testimony: Crises of Witnessing in Literature, Psychoanalysis and History*, p.69. 重点标志为引者所加。

[27] 同上书，第 70 页。

蛛丝马迹，在受害者犹豫、退缩时扶持、鼓励他／她继续讲述下去。

　　第一次世界大战后英国著名神经生理学家、心理学与人类学家教授里弗斯，与他的病人西格弗里德·萨松之间就建立了这样一种"信任合约"。萨松原为一名骁勇善战的军官，但后来转变立场成为著名的反战诗人和献身人类和平事业的公共知识分子。他因此而遭到极大的压力，甚至可能受到军事法庭的审判。同为诗人的军官同僚格雷夫斯安排萨松去里弗斯那里接受治疗。里弗斯尝试用人道主义的方法来治疗萨松，并以此证明其比惩罚性的传统方法高明。他以有尊严的、尊重的态度对待萨松，鼓励萨松自由地说出战争的恐怖。对此萨松充满感激："他(里弗斯)让我立刻有了安全感,他似乎了解我的一切。……我愿用尽我收藏的留声唱片去换取一点我和里弗斯的谈话录音。"[28]

　　这再一次表明：见证不能由创伤受害者一个人在孤独中进行，而是必须有可信赖的、合格的、乐于倾听的"他者"，"见证创伤的过程是包含听者的过程，为了让见证过程发生，需要一个他者的连接性的、亲密的、完全的在场并处于倾听的位置"。"证人是在和某些人说话,和某些他等待已久的人说话。"[29] 很多人就是因为缺少这样的倾听者、陪伴者而失去了见证的动力和勇气。

　　从伦理角度看，创伤讲述的最终目标是修复创伤者与他人、与世界的信任和爱的关系。赫尔曼认为：在创伤事件发生后，患者变得更加容易受到伤害，他们或过度警觉如惊弓之鸟，对世界失去信任；或深受噩梦侵扰，创伤记忆以强迫重复的方式不断返回；或自闭畏缩，对一切麻木无感。特别是，创伤事件粉碎了人与社群之间的联

---

[28]　赫尔曼：《创伤与复原》，第 17 页。

[29]　Dori Laub, "Bearing Witness or the Vicissitudes of Listening," in *Testimony: Crises of Witnessing in Literature, Psychoanalysis and History*, p. 70.

结感，受害者对社群产生普遍的不信任，认为这是一个"虚伪"的世界。[30] "它（创伤事件）撕裂了家庭、朋友、情人、社群的依附关系，它粉碎了借由建立和维系与他人关系所架构起来的自我，它破坏了将人类经验赋予意义的信念体系，违背了受害者对大自然规律或上帝旨意的信仰，并将受害者丢入充满生存危机的深渊中。"[31] 要解决这个问题，唯一的方法就是重建与他人、与社群、与世界的联结—信任关系，使得"个人与广大的社群有更多的接触与互动"。[32] 如此，创伤的讲述才必须指向听者，它本质上必须是双向的交流，只有基于平等和信任的交流才具有修复人际关系、与世界重新和好的功能，才能恢复生命的"外部关联性"。这一切通过独白是无法实现的。但如果创伤者的讲述不被倾听、不被理解，就必然使他长期缺乏被爱的感觉和"人类一家的感觉"（the sense of human relatedness），甚至出现错觉，觉得自己爱别人不够，认为自己才是要对灾难负责的人。未被讲出的事件在他／她的无意识中变得如此扭曲，以至于使得他／她相信是自己而不是加害者，要对他／她所亲历的暴行负责。这样的受害者变得完全丧失了见证能力，劳布称之为"见证的崩溃"（collapse of witnessing）。[33]

---

[30] 赫尔曼：《创伤与复原》，第 51 页。

[31] 同上书，第 47 页。

[32] 同上书，第 51 页。

[33] Dori Laub, "An Event Without a Witness: Truth, Testimony and Survival," in Shoshana Felman and Dori Laub, *Testimony: Crises of Witnessing in Literature, Psychoanalysis and History,* Chapter 3, p. 80.

四　善于倾听沉默，尊重知识局限

　　特别需要强调的是：在倾听创伤见证的过程中，听者不应该过分纠缠于细节的准确性，尤其不应该对真实性持有机械、僵化的理解，而应尊重受害者在特定条件下的知识局限。如前所述，创伤受害者并不拥有对于创伤事件的完整知识，更不能透彻理解它。以大屠杀为例。幸存者对于大屠杀的记忆很可能在细节上不准确（尤其是从科学真理的标准看）。一个很典型的例子：耶鲁大学大屠杀见证录像资料中心的一个受访者、奥斯维辛集中营一个年近七旬的女性幸存者，在回忆奥斯维辛集中营暴动时出现了细节错误。她说暴动那天晚上"四个烟囱窜出火焰，火光冲天"。之后不久，有一个历史学家在一个研讨会上就此指出：该妇人所说"四个烟囱"不符合历史事实。事实上当时冒火的烟囱只有一个而不是四个。他由此断言这个证人的记忆不准确，其见证不可信。在他看来，细节真实具有绝对甚至唯一的重要性，否则就会被历史修正主义者抓住把柄加以利用。

　　劳布本人也参加了这个会议。她不同意这位历史学家的观点。她的理由是："这位妇人见证的不是爆炸烟囱的数量，而是某种更根本、更关键的事实：一个不可想象的事件的发生。"[34] 在奥斯维辛，一个烟囱的爆炸和四个烟囱的爆炸一样不可思议。数量的多少不如发生的事实及其给犯人带来的震撼重要，更不如它所代表的纳粹无往不胜的神话的破灭重要（一个烟囱爆炸同样证明了这个神话的破灭）。这个难以置信的事实的发生打破了流行于奥斯维辛的主导认知框架，依据这个框架，犯人在奥斯维辛进行武装抵抗这样的事情根本不可能发生；

---

[34]　Dori Laub, "Bearing Witness or the Vicissitudes of Listening," in *Testimony: Crises of Witnessing in Literature, Psychoanalysis and History*, p. 59.

而这位妇人见证的就是这个框架的破灭。这是一个比细节更为重要的真理。

劳布的观点让我想起苏联作家、诺贝尔文学奖获奖者阿列克谢耶维奇的观点。在《我是女兵，也是女人》（又译为《战争中没有女性》）末尾附加的创作谈《写战争，更是写人》中，她自称"灵魂的史学家"，反复强调战争书写中人性维度和情感维度的重要性，甚至说"我不是在写战争，而是在写战争中的人。我不是写战争的历史，而是写情感的历史"。[35] 与"战争的真实"相比，"人性更重要"。[36] 阿列克谢耶维奇将自己的上述见解提升为自己的记忆理论："回忆"不是对已逝去的经历做冷漠的复述或记录。"当时间倒退回来时，往事已经获得了新生。"[37] 因此，回忆也是一种创作、至少是一种重构。省略、补充、改写是无法避免的。在其《切尔诺贝利的回忆：核灾难口述史》的"结束语"中，阿列克谢耶维奇写道："我常常想，相对于简单而机械的事实而言，人脑海中的那些模糊的情感、传言和印象其实更接近事实真相。……令我着迷，念念不忘的也恰恰正是这些情感的演变历程，以及从人们在谈及这些情感时无意中表露出来的某些事实。我尝试着去寻找这些情感，然后把它们收集起来，加以保护。"[38] 显然，那位集中营幸存妇女心目中的"四个烟囱窜出火焰"应该就是她"心中念念不忘"的"脑海中的印象"。

无论是历史学家、精神分析学家还是作家，都应该尊重幸存证

---

[35]　S.A. 阿列克谢耶维奇：《我是女兵，也是女人》，吕宁思译，九州出版社，2015 年，第412 页。

[36]　同上书，第 411 页。

[37]　同上书，第 407 页。

[38]　阿列克谢耶维奇：《切尔诺贝利的回忆：核灾难口述史》，王甜甜译，凤凰出版社，2012 年，第 226 页。

人的知识局限，不能以此为由剥夺其讲述的权利或贬低其讲述的见证价值。比如，劳布得知这个妇人在奥斯维辛集中营属于"加拿大突击队"成员。这个突击队是纳粹从囚犯中选出的一些人组成的，其工作是挑拣被瓦斯毒死的犹太人的遗物，纳粹要将它们没收并运回德国。她在访谈中自豪地回忆起自己如何把一些比较好的衣服偷偷私藏并送给囚犯同伴。但她根本不知道自己所属的突击队[39]，也不知道这些遗物来自哪里。这就是所谓的"受害者的知识极限"。这个时候，劳布知道自己不能再问下去，应该尊重这个极限。劳布就此阐释道："作为一个访谈者与倾听者，我所尝试的恰恰就是尊重——不要扰乱、逾越——妇人之所知与其所不知、所不能知之间的微妙平衡。只有以这种尊重——对局限和沉默的边界的尊重——为代价，妇人所确知的东西——也是我们一无所知的东西，她下决心加以见证的东西——才能发生并得到倾听。"[40]如果像历史学家那样抓住妇人的知识局限不放，并全盘否定其证词的见证价值，其所导致的结果必然是：只有她能传达给我们的信息、只有她能讲述的故事，也一起遭到清除。

---

[39]　突击队是集中营里被纳粹挑选出来帮助管理囚犯的犯人，其成员的待遇要明显好于其他犹太人，可参见吉迪恩·格雷夫：《无泪而泣——奥斯维辛－比克瑙集中营的"特别工作队"》，曾记译，广东人民出版社，2019年。

[40]　Dori Laub, "Bearing Witness or the Vicissitudes of Listening," in *Testimony: Crises of Witnessing in Literature, Psychoanalysis and History*, p.61. 当然，也有一些像普里莫·莱维那样的更具自省意识的学者，他们可以说是兼具见证者与研究者的双重角色，会对自己记忆中的可能错误保持一份清醒的警惕。在《审讯博斯哈默尔之证词》（载莱维、德·贝内代蒂：《这就是奥斯维辛》）中，莱维有意识地使用了两套说话的语气。一种是确凿无疑的语气，也就是对自己的讲述内容高度自信地予以肯定；另一种是不确定的语气，比如"据我所知""根据我的回忆""大约""我无法确切地说清楚""我不能肯定"，等等。正如法比奥·莱维与多梅尼科·斯卡尔帕在《一位证人和真相》（收入上书）中指出的："不确定的语气也是为真相服务，亦即是为提供一种尽可能更真实的证据服务。"见莱维、德·贝内代蒂：《这就是奥斯维辛》，第263页。

　　倾听者/访谈者不但不能以自己的知识（比如：这次起义被无情镇压，起义囚犯被全部处决，而且在起义一开始就遭到了波兰抵抗组织的背叛，等等）和预先见解干扰、妨碍见证人的讲述，或者质疑其讲述的全部真实性和可信度，而且还要明白：倾听者自己的历史知识、既定的理解模式，反倒可能会干扰其倾听，而且其自身也带有很大的局限性。劳布对此始终保持了高度的自省和反思："我可能会有证实自己所知的冲动，而提出使见证翻车（derailed the testimony）的问题。……不论我事先设定的议程是历史的还是精神分析的，都可能不自觉地干扰见证的过程。在这方面，有时候不知道太多反而有用。"[41]

　　这绝非为无知辩护或提倡真理相对主义。为了能够听见、能够觉察各种有价值的信息暗示，倾听者必须有足够的知识。但是这些知识不应该以既定结论或预先的拒绝来干扰或阻碍倾听的过程，不应该遮蔽不可预见的、崭新的、充满分歧的信息。重要的是在见证展开的过程中发现新的知识。见证不是对现成的"既成事实"的复制，而是一个新的、有自己独立存在理由的事件。受难者见证的是他/她心中的、他/她眼中的历史，而且是只有他/她才能见证的历史。比如这个妇人看到奥斯维辛集中营的烟囱在爆炸，也就是不可想象的事情正在发生，她所见证的就是她亲眼所见之事的不可思议性，是对暴行的抗拒，是对生还的执着，是关于反抗行为的活生生记忆。这种记忆是历史学家不具备的，尽管历史学家所掌握的关于烟囱的数量、暴动的失败、反抗者的惨死等知识，是这个妇人所不具备的，但这并不影响其见证的独特价值。这种"不可思议性"打破了奥斯维辛的神话，导

---

[41]　Dori Laub, "Bearing Witness or the Vicissitudes of Listening," in *Testimony: Crises of Witnessing in Literature, Psychoanalysis and History*, p. 61.

致了既定的"奥斯维辛框架的突然破裂"（bursting open of very frame of Auschwitz）；而历史学家证实的事实（如只有一根烟囱爆炸，波兰地下组织的背叛），并没有打破这个框架。

莱维在其小说《扳手》中写道："正如讲故事是一门艺术一样——将故事千回百转严丝合缝地编织起来——倾听也是一门艺术，它同样古老，同样精妙。"[42] 的确，倾听也是艺术，而且倾听的质量直接影响到讲述的质量。交谈是必须的，但交谈也是艰难的。俄国著名诗人曼德尔斯坦姆有言："一次谈话的平台是以登山运动员般的努力为代价创建起来的。"[43] 这句话被当作了普里莫·莱维和乔瓦尼·泰西奥的对话录《与你们交谈的我——莱维、泰西奥谈话录》开篇的卷首语，值得我们深长思之。

（原载《现代传播》2021 年第 1 期）

[42] 转引自莱维：《记忆之声》，第 14 页。

[43] 普里莫·莱维、乔瓦尼·泰西奥：《与你们交谈的我——莱维、泰西奥谈话录》，刘月樵译，中信出版社，2018 年，第 1 页。

弗洛伊德的创伤理论

——读《超越唯乐原则》[1]

  现代西方创伤理论的源头一般都要追溯到弗洛伊德。当然,"创伤"一词并非弗洛伊德首创。但在弗洛伊德之前,"创伤"一词主要指身体的、器官的或物质层面的损伤,更没有形成系统的创伤理论。有人这样评价:"弗洛伊德思想是创伤理论的原创点和源头活水。20世纪的创伤理论,基本上与向弗洛伊德思想的回归和新阐释保持同步发生的态势。当代创伤研究中,弗洛伊德思想仍然是方法论基础和批判精神的原动力。无论是对创伤类型的关注、对创伤知识话语的建构、对创伤政治多重转向的批判,还是对创伤征兆的现代性暴力批判,弗洛伊德思想是我们完整理解、阐释并运用创伤理论的前提和基础。"[2]弗洛伊德不同时期的各类著作中涉及创伤的内容非常多,但集中阐释其创伤观点的是《超越唯乐原则》(1920,又译"超越快乐原则")和《摩西与一神教》。

---

[1] 本文是在笔者的研究生课程讲稿基础上整理的。在介绍弗洛伊德的创伤理论时,我带着
  学生选读了他的《超越唯乐原则》。

[2] 陶家俊:《创伤》,载《外国文学》2011年第4期。

一　心理创伤理论的发轫

《超越唯乐原则》中关于创伤（通常被称为"创伤性神经症"）的讨论主要见于第二章。弗洛伊德首先指出，创伤性神经症原指受到"剧烈的机械性的震荡"，属于物理性、身体性的伤害。但"二战"之后，"人们不再将这种心理的异常现象归咎于纯机械力导致的神经系统器质性损伤"。[3] 他明确指出：有些这类病症（歇斯底里、主体失调等）"是在没有受到物理伤害的情形下产生的"。[4] 在这里，弗洛伊德把创伤研究从物理性、身体性伤害到精神性、心理性伤害的转向时间定位在"二战"后，并不十分准确。实际上，这个转变始于 19 世纪末 20 世纪初。

据鲁斯·雷伊斯（Ruth Leys）的《创伤：一个谱系》(*Trauma: A Genealogy*）介绍，对于创伤的"现代理解"（即侧重心理的理解）开始于英国医生约翰·埃里克森（John Erichsen）的著作，他在 19 世纪 60 年代从铁路事故的受惊吓者中辨认出创伤综合征（trauma syndrome），并把这个疾病归因于脊柱的震荡受伤。[5] 之后，柏林的一位神经病学家波尔·奥本海姆（Paul Oppenheim）将其命名为创伤神经症（traumatic neurosis），并把症状的原因归于大脑中不可察觉的器官变化。这些研究都是生理学化的，强调的是身体器官的损伤。这种倾向在法国著名的神经病学家沙可（J. M. Charcot，又译"夏科"，1825—1883 年）那里同样存在。沙可被称为"神经病学之父"，长期在巴黎

---

[3]　西格蒙德·弗洛伊德:《超越唯乐原则》,载《自我与本我》,周珺译,百花文艺出版社,2019 年,第 7 页。

[4]　同上。

[5]　Ruth Leys, *Trauma: A Genealogy*, University of Chicago Press, 2000, p. 3.

大学任教，致力于"癔症"研究。正是在对"癔症"的研究中沙可注意到了创伤。但沙可的著作从来没有使用过 trauma 这个术语，他最常用到的词是 traumatic 和 traumatism，意思是身体性损伤。在沙可的研究中，贯穿始终地坚持了"以身体科学解决癔症问题"的学术立场，而他所认为的"创伤"，都是缘起于生理损伤或者身体的病变，或者说，创伤是发生于物质层面的创伤。这种仅从生理层面出发来看待癔症和创伤问题的方法和立场，与后世创伤研究尤其是精神分析领域对创伤概念偏重心理的理解有很大的区别。[6]

弗洛伊德以及创伤研究中的另一个重要学者让内（Pierre Janet，1859—1947）均为沙可的学生，也都是从研究歇斯底里症起家。但沙可的《歇斯底里的主要症状》（*The Major Symptoms of Hysteria*）出版于 1907 年，要晚于弗洛伊德前期最重要的两部著作《歇斯底里研究》（*Studies on Hysteria*，1895，与布洛伊尔合作）和《梦的阐释》（*The Interpretation of Dreams*，1900）。《歇斯底里研究》一书的前身是 1893年发表的文章《论癔症现象的心理机制：初步的交流》（同样是与布洛伊尔合作），此文后成为《歇斯底里研究》的"绪言"。在这里，弗洛伊德和布洛伊尔首次使用了"心理创伤"（Psychical Trauma）这个术语。有人认为这也是创伤（trauma）作为心理学术语的首次出现。弗洛伊德和布洛伊尔认为，创伤性神经症的病因不是躯体性伤害，而是某种心理性影响。"生理性创伤的缘起在于身体损伤的发生，或者是一定程度的器质性病变，而心理创伤的缘起，按照弗洛伊德和布洛伊尔的观点，则在相当程度上是经验性的：任何能够使人痛苦的经验，如恐惧、焦虑、羞愧或者身体疼痛，都可能引起这种类型的创伤。"[7]

---

[6]　参见李浩然：《创伤概念的变革——从沙可、让内到弗洛伊德》，载《医学与哲学》2019 年第 7 期。

[7]　同上。重点标志为引者所加。

弗洛伊德用"创伤"这个术语来描述突发的、出乎意料的情绪打击带来的心理损伤，强调极度恐怖情境所造成的人格分裂。"创伤化心理被概念化为记录超出日常意识领域之外的心理打击的概念装置。而治疗这类疾病的方法则是通过催眠将被遗忘的、解离的、被压抑的记忆带回到意识和语言，从而恢复这些记忆。催眠疏泄作为解决记忆危机的技术而出现。"[8]

二　重复强制

在简要介绍"创伤"概念的由来与演变之后，让我们回到《超越唯乐原则》一书。弗洛伊德给创伤性神经症概括出两个明显特征：一是"致病的根源主要是惊吓产生的恐惧后果"，也就是突然受到意料之外的强烈刺激（即所谓"惊吓"）；二是"在受伤的同时一旦没有相应神经症的预防，就会有不良后果"。[9] 简言之，创伤是强烈的、突然的惊吓导致的严重精神/心理方面的失调和混乱。在弗洛伊德的《精神分析引论》（1917，早于《超越唯乐原则》三年）中有这样一段话，我认为是对"创伤"非常精准的概括："一种经验如果在一个很短暂的时间内，使心灵受一种最高度的刺激，以致不能用正常的方法谋求适应，从而使心灵的有效能力的分配受到永久的扰乱，我们便称这种经验为创伤的。"[10]

从这个描述中可以概括出创伤性神经症的两个明显特征：

首先，强度和速度均超乎寻常的刺激，造成了极度惊吓，以至于

[8] Leys, *Trauma: A Genealogy*, p.4.

[9] 弗洛伊德:《超越唯乐原则》，载《自我与本我》，第7页。

[10] 西格蒙德·弗洛伊德:《精神分析引论》，高觉敷译，商务印书馆，1984年，第216页。

无法通过正常方式加以适应。惊吓是一种心理体验，比物理的实际伤害更能够造成创伤。有些"创伤"起源于物理伤害，但也有一些根本没有物理伤害。比如一次没有导致身体损伤的火车事故，或仅仅将孩子关禁闭而不附加任何身体伤害，都能带来严重的精神创伤。

特别值得注意的是：导致创伤的刺激是突然发生的，因此受刺激的主体没有任何心理准备。"惊吓"作为一种心理反应，其特点在于刺激的突发和意外。弗洛伊德还把惊吓（fright）和忧虑／焦虑（apprehension）、恐惧（fear）进行了比较。认为忧虑的特点是：预计到有危险并为之做好了准备，但这个危险到底是什么并不清晰，比较模糊、不确定、不具体；恐惧的特点则是：有一个固定的、让人害怕的对象。正因为忧虑／焦虑是有准备的，所以弗洛伊德说它是对主体的保护，"防止其受到惊吓"。[11]

可见，一个事件是否会导致创伤，与主体对它的认知、熟悉、了解程度紧密相关：越是突发的、意料之外的、没有预防的、陌生的伤害性事件，越可能创造创伤。"'惊吓'这个词对应的情形，是人在遭遇危险时，完全没有思想准备。着重体现在'惊'这一点上。"[12]这种突发的强刺激突破了大脑的保护囊（防护层），造成惊吓（无法处理）的效果。

其次，由于不能通过正常方式适应／解决，突发刺激带来的创伤常常通过"后遗症"的形式表现出来，亦即创伤事件发生时的场景、行动等会在事件之后不断通过各种方式返回、重演和重复／复现，这就是所谓"重复强制"（repetition compulsion）与"创伤固着"（traumatic fixation）。这点在创伤与梦的关系中体现得最为明显："在

---

[11]　弗洛伊德：《超越唯乐原则》，载《自我与本我》，第 8 页。

[12]　同上。

创伤性神经症患者的梦中，患者反复被带回到曾遭受的灾难情景下。随之而来的惊恐再次冲击他，致使他从梦中惊醒。""经历过的创伤即使在患者睡梦中也会向他施予压迫，这个事实证明了这种创伤力量的强大，并且患者的精神已经把它固着了。"[13] 灾难情境通过噩梦的形式——亦即在无意识中，在清醒的时候则会遭到意识的抵抗——不断地、强迫性地回归，"病患固着于引起他病征的过往事件"，"纠缠在回忆所带来的痛苦里"。[14] 换言之，他被创伤缠住了（在余华的小说《一九八六年》中，血腥的、令人惊恐的暴力场景在中学历史教师的幻觉中反复出现、挥之不去；在鲁迅的《狂人日记》中，第一人称叙事者"我"的各种受虐妄想固执地控制着他的大脑。这些都非常符合创伤性神经症的特征。

　　但是我们也可以问：强迫性的重复冲动是不是只有创伤记忆才会有？是不是其他无意识欲望也是如此？因为依据弗洛伊德，无意识的内容往往关乎人的本能，它被道德意识（超我）所不许，并因而被打压到无意识。但这些被打压到无意识的欲望是不能根除的，它会通过各种伪装或变形的形式重复回归（特别是在梦里）。弗洛伊德引述贝尼尼的话说："某些已被压抑或磨灭了一段时间的想法再次出现，被埋葬的往日激情又复活了，我们从未想过的人和事来到了眼前。"[15] 同时又引了沃克特的话："甚至那些不经意间进入清醒意识的念头，它们也许将永远沉睡在遗忘边缘，但在梦中，它们却频频宣示自己在心灵中的存在。"[16] 由此可见，被打成"不道德"、必欲除之而后快的念头、冲动，常常恰根植于一个人最难摆脱的欲望，他一方面极度害怕

---

[13]　弗洛伊德：《超越唯乐原则》，载《自我与本我》，第 8 页。

[14]　同上。

[15]　西格蒙德·弗洛伊德：《梦的解析》，方厚生译，浙江文艺出版社，2016 年，第 60 页。

[16]　同上。

这种念头或冲动，另一方面又无法摆脱它，甚至深度迷恋它。

弗洛伊德在《精神分析引论》中用"创伤的执着"来指称这种强制重复（或重复强制）。他说，创伤神经症患者"执着"于过去的某点，不知道自己如何去求得摆脱，以致"和现在及将来都失去关系"。[17] 固着，就是被过去所缠住，欲罢不能。弗洛伊德认为这是导致创伤性神经症的"病源"："对于创伤发生之时的执着就是病源的所在……这些病人常在梦里召回其创伤所由产生的情境。"[18] 他同时指出，从大多数病例看，这个难以摆脱的创伤性"过去"常常是一个人的儿童时期（这点似乎得到了很多作家创作谈的支持。比如鲁迅先生儿童时期去当铺典当，换钱为父亲治病，他反复说这个时候感受到了人世的炎凉；莫言总也不能忘怀自己儿童时期的饥饿，饥饿成为他的小说中一再出现、难以摆脱的主题）。一个人之所以不能摆脱过去，乃是因为他最初经历创伤事件时"未能充分应付这个情境"，而且"现在似乎仍然未能完成这个工作"。[19] 这个观点非常深刻：无论是个人心理创伤还是集体文化创伤，其根源都在于在创伤性事件发生时没有及时、成功地应对、处理、解决（deal with）它，其所留下的后遗症就是长期被创伤性的过去所纠缠，无法摆脱。

对创伤的这两大特点的概括，可以说是弗洛伊德对于创伤理论的重大贡献，以后一直被不同的学者加以继承，成为创伤理论发展绕不过去的基石（比如，耶鲁大学创伤理论的代表人物卡鲁斯的"创伤"定义就明显继承了弗洛伊德；可参考本书关于卡鲁斯的部分）。

---

[17] 弗洛伊德：《精神分析引论》，第 217 页。

[18] 同上书，第 216 页。

[19] 同上。

三　创伤的治疗

关于创伤的治疗（主要见于《超越唯乐原则》），弗洛伊德谈到了以下问题。

首先，弗洛伊德指出：精神分析理论最初形成的时候，是解释的学科，不是治疗的科学，其任务是发现和解释"病人没有自己察觉到的潜意识问题"。[20] 后来才开始关注如何治疗创伤。治疗的关键，首先是让患者相信医生的解释，"承认医师根据患者记忆里的素材推断出的结论是正确的"。[21] 这个时候，必须与患者的"抵触心理"（即不接受医生的解释）进行斗争，解释抵触的原因并引导他不抵触。

治疗的关键是引导患者将无意识的东西回忆起来。但这是一个难题，因为无意识顾名思义是不受意识控制的：当一个人拼命想要回忆某种东西时，常常偏偏回忆不起来；而不想回忆的时候某种"蛰伏"在无意识中的东西又突然自己跑出来。更要命的是，"可能他的病症中最本质的东西正是回忆不起来的那部分"。[22] 这些东西之所以被压抑且回忆不起来，是因为它常常是"人们不愿意看到的"、一旦回忆起来会令人不快。"在强迫性重复下被重新体验的绝大部分内容，势必给自我造成不快乐的感受，因为它把被压抑的本能冲动的活动暴露了出来。"[23] 在弗洛伊德那里，这个"令人不快"的东西通常是与性有关的本能冲动。弗洛伊德的解释具有泛性论色彩，我们可以从文化角

---

[20]　弗洛伊德：《超越唯乐原则》，载《自我与本我》，第 14 页。

[21]　同上。

[22]　同上。

[23]　同上书，第 16 页。

度扩展这个命题，即与本能冲动无关而与社会文化相关的创伤性经验（比如鲁迅先生小时候家道中落之后受到的冷遇）同样会被压抑，而其释放同样是令人不快的。甚至可以说，最重要、最致命或与创伤神经症关系最密切的东西，恰恰是最难、最不愿意回忆的，或者即使回忆起来了也是不愿意承认的。因此，病人无法或不愿意相信医生依据自己的回忆做出的推断和解释，是可以理解的。

　　然而这只是问题的一个方面。另一方面，被压抑、回避、否定的东西常常又是不能被彻底清除的（甚至可能根植于一个人的无意识深处），它只是"潜伏"下来了，并在特定情境下无法控制地返回来纠缠你。当然，这种返回的心理内容通常经过了伪装、变形，表现为比如梦、口误等"症候"。

　　这个观点极为重要。创伤一方面排斥对它的认知和表征，尤其无法被系统、连贯地讲述；另一方面则是通过碎片化的梦、幻想、口误等"症候"反复出现、重演。真正致命的创伤根源常常无法在意识—认知—语言层面得到把握，它被压抑、回避、掩盖，所以也就无法通过直接的、非扭曲的方式得到讲述和书写。因此，敏锐地捕捉、解读这种"症候"就非常重要。意识层面或处于文本表面的、无障碍地得到叙述的东西，或许仅仅是一种掩饰、伪装或表征，而最重要（因而也就是最致命的）的创伤根源，则遭到了压抑或扭曲，表现为各种变形的症候，对于它必须通过症候式解读去发现其背后的含义。

　　其次，无法在意识、理性层面得到处理和把握的创伤化过去，将不断重复上演。不能被回忆和叙述的过去恰恰是不能被距离化的过去，是不能摆脱真正告别的过去。创伤的一个重要征兆就是创伤主体不能把"过去"和"现在"加以区分："他被迫地把压抑的东西当作此刻的感受重复体验着，不会像医生们所期望的那样，把它们视作过往的经历来回忆。"[24] 这点很重要：不能把创伤事件当作过去了的经历，或者说，不能将创伤历史化，其结果必然是仍被过去所控制、缠住，不能摆脱过去；也可以反过来说，过去之所以不能被成功摆脱，恰恰是因为其拒绝被回忆和讲述。因此之故，历史化的工作能够取得成功的前提，恰恰又是不回避、不压抑过去。告别创伤性历史的最好办法是直面它、回忆它、讲述它。正是回避和抵触导致了被压抑之物的"强迫性重复"。

在这种情况下，医生的工作就是双重的。首先，医生要让患者回忆，"再次体验本已忘记的过往生活"，而不是拒绝它回避它；其次，另一方面，又要通过回忆让患者意识到"看起来那么现实的场面不过是隐藏在过去的一段生活的反映"，[25] 把创伤历史化：它属于过去而不是现实。如果做到了上面这两点，治疗也就成功或接近成功了。回避过去或把过去当作现实，都不能摆脱创伤化过去的纠缠。不仅对于个体创伤而言是如此，而且对于群体创伤、文化创伤而言也是如此。

四　创伤心理机制

1. "护甲式外膜"

人在与外部世界相处时，常常会遭遇强烈刺激，此刺激的能量是如此巨大，以至于对心理造成了极大威胁。为了抵御这个强刺激，大脑形成了一个保护层。保护层位于大脑外部的"护甲式外膜"（接近于

---

[24]　弗洛伊德：《超越唯乐原则》，载《自我与本我》，第 14 页。在余华的小说《一九八六年》中，那位中学历史老师的心理特点就是不能区分过去和现在，他幻觉中"看到的"各种血腥暴力场景其实都发生在过去（"文革"时期），但他都将之经验为当下。

[25]　弗洛伊德：《超越唯乐原则》，载《自我与本我》，第 15 页。

无机物，对刺激没有感受性），弗洛伊德将其作用描述如下：

> 外部的世界处处有强烈的能量，而小小生命体的一个器官游移其中，如果没有给它以抵御刺激的保护层，它将会在这强大能量带来的刺激里被伤害致死。至于如何得到保护层，它有自己独特的方法：它最外层的物质结构本身不再是有生命的，而是进入一种接近无机物的状态，现在它就成了一层抵御刺激的护甲式外膜。有了这样的保护，外部刺激能量的大部分都进入不到它内部的有生命的皮层，这些皮层得以在保护层的保护下，去感受剩下一小部分被允许进入的刺激能量。[26]

接近无机物的"抵御刺激的保护式外膜"是麻木无感的，有了这个保护层，外界刺激大部分无法进入大脑内部的"有生命的皮层"，皮层只感受到"被过滤之后"的小部分刺激。在这个意义上说，"抵御外部刺激的重要性，对有机生命体来说比感知外部刺激还要重要"。[27] 如果没有保护层"挡驾"，外部世界的强大刺激就可能洞穿保护层，而如果刺激能量强大到穿透这个"护甲式外膜"的程度，那么，上述防御作用也会失效（即前面说的"不能用正常的方法谋求适应"），这个时候就会产生创伤。

在这里我们可以提出一个弗洛伊德或许没有想到的问题：在集体或群体心理层次，是否也存在类似的"保护层""护甲式外膜"？换言之，在社会心理、群体心理的层次，弗洛伊德的这些概念、命题还是否依然有效？心理防御机制是否还起作用？

不妨看看文化创伤理论的重要代表杰弗里·亚历山大是如何界定

---

[26] 弗洛伊德：《超越唯乐原则》，载《自我与本我》，第 24 页。

[27] 同上。

"文化创伤"的："当某个集体的成员觉得他们经历了可怕的事件，在群体意识上留下难以磨灭的痕迹，成为永久的记忆，根本且无可逆转地改变了未来的认同，文化创伤（cultural trauma）就发生了。"[28] 这种彻底改变了一个集体的身份认同的"可怕事件"，我以为就可以理解为群体心理或文化意义上的"强烈刺激"（比如某著名政治家的突然被暗杀，或"911"那样的恐怖袭击事件等）。这种文化意义上的"强刺激"，实际上就是一种突然间摧毁一个民族集体的方向感和身份认同的深刻文化危机和意义危机，我们以前用来理解自己、理解世界、理解过去、现在和未来的意义—阐释框架顷刻之间崩塌，彻底归于无效。这些刺激不仅构成了一个民族的永久创伤记忆，而且深刻改变了其成员的集体身份认同。

2. 创伤性兴奋

"创伤性兴奋"是指"来自外部的，其能量足以击破那个保护层的兴奋"。[29] 换言之，这个概念意味着"有效地抵抗刺激的屏障出现裂口"。[30] 创伤性神经症的产生，是由于抵御刺激的保护层遭到了大面积突破，保护层不起作用了。

在保护层被击破、没有挡住"创伤性兴奋"时，痛苦就无法避免。为了应对这样的情况，需要"设法控制住闯入的大量刺激，在心理的意义上将它们聚集起来，最终使它们消散"。[31] 于是，内部一切

---

[28] Jeffrey C. Alexander, "Towards a Theory of Cultural Trauma", in Jeffrey C. Alexander, Ron Eyerman, Bernard Giesen, et al., *Cultural Trauma and Collective Identity*, University of California Press, 2004, p.1.

[29] 弗洛伊德：《超越唯乐原则》，载《自我与本我》，第27页。

[30] 同上。

[31] 同上。

防御性措施被调动起来，心灵从各个部分聚集精神能量以便形成所谓"反精神能量"。这时其他所有心理系统都大面积瘫痪或遭到了削弱，处于衰竭状态。在文化意义上，这个观点可以理解为：为了应对可能导致的创伤以及随之而来的痛苦，有人选择遗忘、回避、"合理化"等策略，致使其反思能力、理性能力的削弱乃至衰竭。在这里，充分暴露了心理防御机制的消极性。这有点像阿Q的精神胜利法：它让阿Q在遭受强烈的刺激之后能够迅速获得解脱、安然入睡，但其代价是理性反思能力的瘫痪，精神的麻木，最终结果是无法改变自己屈辱的生存处境。

3. 本能与强迫性重复

弗洛伊德认为，本能天然倾向重复。我们在日常生活中可以发现：食、色、性等本能确实都具有不断重复的特点：吃饱了以后会饿，饿了再吃，如此循环。性也是如此。"本能是有机生命体内固有的一种恢复事物起始状态（引者按：亦即不断地回到原点，不断地重复开始）的冲动。这是一种在外界干扰力的压迫下有机体不得不抛弃的冲动（引者按：比如儿童出于禁忌而放弃恋母冲动，成人在社会道德或法律的约束下限制自己的性欲，等等），也就是说，它是有机体的一种弹性属性，是有机生命体中固有的惰性的表现。"[32] 我们都知道，惰性的特点就是重复，抵制变化，拒绝创新。

这就是本能的所谓"保守性"和"反进化"特征。我们通常都认为本能是破坏性的、非理性的；这当然没错，但是还要补充指出：本能同时也有保守和强迫重复的一面（比如，本能所驱动的造反、起义等，并不是现代意义上的革命，因为这类造反的结果并不是真正的创

---

[32]　弗洛伊德：《超越唯乐原则》，载《自我与本我》，第35页。

新，而是重复：社会整体结构未变，皇帝的宝座还在，只是换了一个人坐。中国古代农民起义领袖常常高呼"彼可取而代之"的口号，领着一帮穷人"揭竿而起"，等到拿下部分江山便自己称王称霸，重复王权社会的统治模式。这似乎也证明：本能驱动的"革命"最后必然以重复告终，不可能是阿伦特所说的开端启新意义上的革命）。

弗洛伊德指出："一切有机体的本能都是保守性的……它们趋向于重回事物的初始状态。"[33] 有机体有强迫性重复倾向（除了人的食色性等之外，候鸟的迁徙行为也属于本能驱动的强迫性重复），只有在外界的强力干扰和影响下，这种倾向才可能受到遏制。变化的动力来自外部环境。"有机体的发展过程必须有赖于外界的干扰和转变的影响。原始的生物一开始并没有进化的要求，如果环境一直保持不变的话，它就永远不停地重复同样的生命历程。"[34] 所以保守是人也是动物的天性。

由于有机体是从无机体进化来的，因此有机体（生命）的"最原始状态"实际上就是无机体状态，从有机体回归无机体，这大约就是庄子说的被动无为的"随化"——死亡。所谓"死亡冲动"就是回到无机体的冲动。这是一种本能冲动。有机体生命越是进化，就越长寿，其抵达死亡的过程也越漫长和复杂，并且越来越追求通过"自己的方式"——而不是被动无为的"随化"（死）。

但是，这样的观点似乎与有机体的另一个本能，即求生本能——努力捍卫生命的延续、抵制各种死亡危险／威胁——相矛盾。弗洛伊德的解释是：生本能实际上就是性本能。有机体身上分离出来的生殖细胞与另一个生殖细胞结合后，就成为新的生命。这是人的性本能

---

[33]　弗洛伊德：《超越唯乐原则》，载《自我与本我》，第36页。

[34]　同上书，第36页。

的来源，"它们的行为表现出反对导向死亡的其他本能所欲达到的目的"。[35] 所以，弗洛伊德说有机体的生命运动是一个摆动的节奏，有一种本能向着死亡，另一种本能向着生命。

弗洛伊德进而指出，人类身上不存在趋向完善或发展到高级阶段（技术、道德、智力，等等）的本能，趋向完善的冲动恰恰是"本能压抑的结果"，实际上也就是文化和教育等的结果。"这种本能压抑是人类文明中最珍贵的价值基础。"[36] 这提醒我们：弗洛伊德虽然给予本能以极大的重视，但却不是本能主义者。

[35]　弗洛伊德：《超越唯乐原则》，载《自我与本我》，第39页。

[36]　同上书，第41页。

心理分析与解构主义的视野融合

——论卡鲁斯的创伤文学批评理论

从解构主义的视野解释创伤，是 20 世纪 90 年代在美国兴起的创伤文学批评的一个重要特色。美国的创伤文学批评以耶鲁大学为主要阵地，耶鲁大学法语系和比较文学系教授秀珊娜·费尔曼，心理治疗临床医学教授多丽·劳布，英语文学教授、著名解构主义文学批评家杰费里·哈特曼（Geoffrey Hartman）以及他的博士生凯西·卡鲁斯，是耶鲁创伤—解构理论的主要代表。创伤文学批评理论在 90 年代的出现，是对解构主义的文本中心主义、反历史、去政治化的文论话语的一种纠偏，为解构批评注入了伦理和政治的活力。关于创伤批评与解构理论的关系，苏珊娜·莱德斯通（Susannah Radstone）这样写道："对创伤理论的出现影响最大的理论之一，是解构理论。创伤理论帮助人文科学走出了由解构等理论提出的危机和困局，而又没有放弃它们的洞见。"[1]

凯西·卡鲁斯是解构主义文学创伤理论的主要代表。她曾先后执教于耶鲁大学、埃默里大学以及康奈尔大学英语系和比较文学系，代

---

[1] 转引自 Tom Toremans, "Deconstruction Trauma Inscribed in Language," in *Trauma and Literature*, ed. J. Roger Kurtz, Cambridge University Press, 2018, p.51。

表作有《创伤：探索记忆》（*Trauma: Explorations in Memory*，1995）、《未被认领的经验：创伤、叙述与历史》（*Unclaimed Experience: Trauma, Narrative and History*，1996）、《历史灰烬中的文学》（*Literature in the Ashes of History*，2013）及访谈集《倾听创伤》（*Listening to Trauma*，2014）等。卡鲁斯的创伤理论继承了弗洛伊德的基本观点，又融入解构主义——尤其是德曼解构主义——的视角，在文学批评、精神分析领域均有极大影响。乔舒亚·佩德森（Joshua Pederson）曾将卡鲁斯、哈特曼、费尔曼和拉卡普勒（D. LaCapra）列为20世纪90年代最重要的四位创伤理论家。[2] 依笔者之见，如果以创伤研究领域的影响力为标准对这四人进行排名，那么卡鲁斯当名列第一。

一　被错过的创伤事件及其强迫性重复

　　弗洛伊德在《超越唯乐原则》中说到，意大利诗人塔索在其史诗《被解放的耶路撒冷》中记载了这样一个故事："诗的主人公坦克雷德在战斗中杀死了穿着盔甲伪装成敌军骑士的女孩克洛林达，后者正是他心爱的女人。在将少女埋葬以后，坦克雷德来到了一片神秘又陌生的森林……他手举宝剑猛劈一株大树的树干，但树干的创口流出了鲜血，克洛林达的声音从树干里传了出来，原来她的灵魂被囚禁在了这棵树里，她在抱怨他再次伤害了自己心爱的人。"[3] 弗洛伊德通过这个例子强调创伤经验的重复强制（repetition compulsion）特点（"强

---

[2]　Joshua Pederson, "Trauma and Narrative," in *Trauma and Literature*, ed. J. Roger Kurtz, p. 100.

[3]　西格蒙德·弗洛伊德:《超越唯乐原则》，载《自我与本我》，周珺译，百花文艺出版社，2019年，第19页。

制"意味着这种重复的非意愿性和不可抗拒性）："在创伤性神经症患者的梦中，患者反复被带回到曾遭受的灾难情景下。随之而来的惊恐再次冲击他，致使他从梦中惊醒。"这个事实"证明了这种创伤力量的强大，并且患者的精神已经把它固着了。病患固着于引起他病征的过往事件"。[4]这种现象被称之为"创伤固着"。

在卡鲁斯看来，《超越唯乐原则》代表了 20 世纪关于创伤的最深刻思考，而"重复强制"正是此书的核心观点。[5]坦克雷德无意识地、偶然地误杀爱人是一个创伤性事件，而他再次刺伤她的行为则是这种创伤在其无意识中的重演，这说明"创伤经验通过幸存者无法察觉的、与其意志对立的行为，精准而持续地反复出现"。[6]卡鲁斯将曾经经历的可怕事件之原原本本（即所谓"精准"）地反复重演，视作一种"难以置信地持久存在的受难模式（pattern of suffering）"[7]让受害者欲罢不能。比如，对于许多战争幸存者而言，那些可怕的战争经历总是借助噩梦等形式反复地、原原本本地重现。

那么，是什么导致这种重复强制或强迫性重复？是由于事件本身的性质（比如事件的暴力血腥程度），还是其他原因？这是弗洛伊德，也是卡鲁斯接着要回答的问题。

坦克雷德的行为当然具有暴力导致的身体伤害性质，但仅仅是这个物理事实并不能说明创伤及其强迫性重复。现代创伤概念指的不是身体伤害而是精神伤害，这是它区别于古代创伤概念的根本所在。与身体损伤不同，心理创伤不是简单的物理现象，不能由物理伤害单方

[4]　弗洛伊德：《超越唯乐原则》，载《自我与本我》，第 8 页。

[5]　Cathy Caruth, *Literature in the Ashes of History*, Johns Hopkins University Press, 2013, p.57.

[6]　Cathy Caruth, *Unclaimed Experience: Trauma, Narrative and History*, Johns Hopkins University Press, 1996, p.2.

[7]　同上书，第 1 页。

面引发。导致心理创伤的事件之发生总是那么快速、突然、出乎意料，以至于不能被主体所充分意识、了解乃至记忆，更不能被及时同化。这导致原发创伤事件被原原本本地"搁置"（这个词不带有意识主动保存的意思）下来并在幸存者的噩梦和其他反常行为中不断地强制返回。换言之，正是创伤事件在发生时这种被错过的性质，导致其无休止地返回并纠缠受害者。这个基本观点已充分反映在卡鲁斯对创伤的定义中，成为其一系列创伤研究的起点："在最为宽泛的关于创伤的定义中，创伤描述的是一种对于突发的或灾难性事件的震惊经验，在这种经验中，对事件的反应通过通常是迟到的、不受控制的重复幻觉或其他侵入现象的表象而发生。"[8] 显然，这个定义强调的与其说是创伤性事件本身，不如说是主体对这个事件的经验或反应方式。卡鲁斯还明确地把自己的这个定义与传统的定义进行了比较，指出后者只强调创伤是"震惊性事件"（an overwhelming event or events）造成的结果，而掩盖了一个特定事实：像创伤这样的病理现象，不能只是通过事件本身（它可能是灾难性的，也可能不是，而且同一个事件并不对任何人都产生同样影响）得到界定。[9] 相反，病理现象只存在于主体对事件的经验或接受的方式、结构中：创伤事件在发生当时未能被主体充分地同化或经验，而是通过强迫性重复的方式返回并幽灵般地缠住主体。"受创伤"（to be traumatized）意味着"被一种意象或事件所控制"。

　　创伤后应激障碍（Post-Traumatic Stress Disorder，缩写 PTSD）

---

[8] Caruth, *Unclaimed Experience: Trauma, Narrative and History*, p. 11.

[9] 在某种意义上，可以认为这个观点已经预告了亚历山大等人于 2004 年正式提出的建构主义创伤理论（constructivist theory of trauma）。这一年，加州大学出版社出版了由杰弗里·亚历山大等合著的《文化创伤与集体身份》一书，正式发展出一种建构主义的文化创伤理论，其核心正是强调文化创伤不是自然事实，而是文化建构。参见 Jeffrey C. Alexander, Ron Eyerman, Bernard Giesen, et al., *Cultural Trauma and Collective Identity*, University of California Press, 2004. 同时可参见本书《走向建构主义的文化创伤理论》一文。

描述的就是创伤经验的这种特点：过去的震惊性创伤事件在发生一段时间之后（有时是很久之后）才通过突然闯入的意象、念头或身体反应等方式反复出现并纠缠、侵扰受害者，这种奇特经验已经成为大屠杀、战争等巨大历史灾难幸存者记忆的核心。过去的不断重演不仅证明了大屠杀事件确实曾经发生，而且也悖论式地指向另一个事实，即在其发生当时，创伤事件没有被充分理解和同化而是被原封不动地搁置下来。换言之，创伤不只是不期然地充当了过去的记录，而且还精确见证了未被整合的创伤经验的力量。创伤的重复出现正源于其在发生时没有被处理就"潜伏"下来了（"潜伏"是弗洛伊德在《摩西与一神教》中提出的重要概念）。但"潜伏"不等于解决，也不是真正的遗忘和消失，而是被原原本本地搁下了。[10] 在坦克雷德的例子中，他第二次"刺伤"（在幻觉中重演第一次伤害）爱人时才听见爱人的哭声，这也说明创伤不能被定位于原初暴力事件，而应该被"定位于其不能同化的本质，定位于其初发时不能准确得到理解的方式，并在后来返回以纠缠幸存者"。[11] 创伤的奥秘不能到"原初事件"那里去寻找，毋宁说，奥秘在于这个事件发生时被错过。[12] 这一点也表明，不停地哭喊的伤口尝试对我们讲述，意在告诉我们一种被错过的（创伤）现

---

[10] 这也是笔者将卡鲁斯的代表作 *Unclaimed Experience: Trauma, Narrative and History* 翻译为《未被认领的经验：创伤、叙述与历史》的原因。书名中的 *unclaimed experience* 一词也有人译为"不被承认的经验"，这样翻译也不能说错，但是"承认"一般指向他人，是对他人的要求，而这种要求他人承认的经验本身不见得是未经意识、知识和叙述整理过的。但卡鲁斯之所以用 *unclaimed* 来限定创伤经验，实际上是突出这种经验不但没有被别人承认，而且创伤经验的主体自己也不明白这是一种什么样的经验。

[11] Caruth, *Unclaimed Experience: Trauma, Narrative and History*, p. 4.

[12] 卡鲁斯的这一观点，不仅适用于个体创伤，也可以扩展到群体文化创伤。像大屠杀这样的群体创伤事件，在当时乃至今天仍然没有得到充分理解和认识，尤其是在"二战"刚刚结束不久，由于各种原因，大屠杀的创伤被搁置在一边（被错过），导致其通过各种方式返回并纠缠幸存者，也包括其他人。

实或真相，只有通过对这种奇怪的哭喊声（它是从树干上发出的）的
细致解读，才能接近这种（创伤）现实或真相。

二 创伤记忆的悖论：再现的可能与不可能

不断返回与重复的创伤又被称为"创伤回忆"（traumatic recollec-
tion），与"简单记忆"（simple memory）相区别。[13] 这里的"简单记忆"
相当于下面我们要讲到的"叙述记忆"，是被清晰地、条理化地整合、
叙述的记忆。但创伤回忆不是这样。创伤受难者的梦魇就像是活生生
的"创伤复活"（traumatic reliving），是一种非常强烈、鲜活但又非条理
化的记忆。用弗洛伊德的说法，一方面，创伤经验似乎将自己"强加
于"病人，病人好像"固着于"创伤而欲罢不能，这是创伤经验之强度
的证据；但另一方面，病人在醒着的时候并不能、也不愿通过有意识
的努力回忆这种经验。[14] 恰恰相反，当他醒着，即被意识控制时，恰
恰是竭力拒斥这种记忆的。幸存者无法有意识地回忆起创伤事件，但
这种回忆的失败或不能回忆，又悖论式地伴随闯入性记忆（intruding
memories），伴随不请自来的创伤事件在头脑中原原本本地反复重演。
创伤经验不但没有真正消失，而且也没有被扭曲变形，而是保持了
它发生时的原样。正是创伤记忆的这种原本性或本真性使它具有直
达事实／真相的能力，这种能力被卡鲁斯称为创伤记忆的指涉性。换

---

[13] Cathy Caruth, "II. Recapturing the Past: Introduction," in *Trauma: Explorations in Memory*,
ed. Cathy Caruth, Johns Hopkins University Press, 1995, p. 151.

[14] 弗洛伊德写道："从没有发现创伤性神经症患者会在清醒的时候回忆起当时遭受的意外，
那时他们反而会更努力地避免想起它。"弗洛伊德：《超越唯乐原则》，载《自我与本我》，
第 8 页。

言之，创伤记忆被放在一个意识难以进入、无法控制的空间——一个"无法有意识地进入的空间"；[15]但与此同时，它又难以预测和防范地以闯入和侵入的方式"闪回"，且能直接指向创伤事件。[16]

　　这样，卡鲁斯就从创伤记忆的悖论式特征转入了其再现／传达的难题。这构成了卡鲁斯创伤研究的又一个基本主题。卡鲁斯把这个再现／传达的难题表述为："在创伤中，恢复过去的能力悖论式地紧密联系于进入它的不可能性。"[17]"进入的不可能"指的是不能通过意识、理性、清晰的回忆、连贯的叙述等进入，而"恢复过去的能力"指的是过去通过闪回、闯入的梦魇等方式原原本本地回归。这两者并非偶然地联系在一起。"事实上，对于事件的如实登记（the literal registration）——通过闪回持续精确地再生产事件的能力——在创伤经验中似乎正好联系于事件在发生的时候逃避充分意识的方式。"[18]创伤事件在发生时没有被意识、理性、认知与叙述框架等所整合，而是被原原本本地放置在那里，好像将货物"如实登记"在册而不加任何触碰，而这恰恰保障了这个事件在"潜伏期"之后精确闪回。这又被

[15]　Caruth , "II. Recapturing the Past: Introduction," in *Trauma: Explorations in Memory*, p. 151.

[16]　创伤记忆非常类似于记忆心理学中所谓的"闪光灯记忆"（flashbulb memory）。闪光灯记忆的特点是极度的生动强烈，它们保存了对意料之外发生的、无法预测的突发事件的非常迅速而逼真的记忆。闪光灯记忆不但因其原发性和生动性而得到注意，而且被描述为相当持久的一种记忆。闪光灯记忆的最常见触发器是突然进入当代见证者的意识、并对他们的生命造成了直接冲击的巨大历史变革。特别容易导致这种冲击发生的是下面这样的历史事件：开创了一个新时代，但同时对于经历它们的人而言具有未来定向的意义，比如"二战"、肯尼迪的被刺杀以及"911"恐怖袭击等，都属于这样的事件。参见 Aleida Assmann, *Shadow of Trauma: Memory and the Politics of Postwar Identity*, trans. Sarah Clift, Fordham University Press, 2016, pp. 98–110；阿斯特莉特·埃尔、威廉·赫斯特：《闪光灯记忆：一项跨学科的研究》，王蜜译，载《广州大学学报（社会科学版）》2023 年第 3 期。

[17]　Caruth, "II. Recapturing the Past: Introduction," in *Trauma: Explorations in Memory*, p. 152.

[18]　同上书，第 152—153 页。

卡鲁斯称之为"精准雕刻"(unerring engraving)："现代神经生物学指出，创伤事件在大脑中的精准'雕刻'可能联系着它在常规记忆编码中的逃离。"[19] "精准雕刻"之所以可能，就是因为它逃避了"常规记忆编码"，亦即记忆过程中意识、理性、叙述方式等对记忆的整理和和重构。[20] "创伤回忆如此顽固和不变，以至于从一开始就无法被整合进理解。"[21] "顽固"指的是记忆的持续强迫性闪回，而"不变"则指其保持原状，没有被理解和编码。记忆的逃离与其精准回归就这样奇特地联系在一起，它们都导源于共同的原因，即创伤事件的突发性摧毁了常规的认知—叙述框架："创伤是与事件的突然相遇，这个相遇是突发的、出乎意外的和恐怖的，无法被置于此前的知识框架，不能成为'可知'的东西，因此才会在此后持续准确回归。"[22] 换言之，由于以前的知识—叙事框架无法整合创伤事件的突然发生，创伤也得

---

[19] Caruth, "II. Recapturing the Past: Introduction," in *Trauma: Explorations in Memory*, p. 153.

[20] 被叙述所整合的记忆属于卡鲁斯所谓"叙述记忆"(narrative memory)。关于这个概念，我们还可以参照科瑟勒克对"未经中介的记忆"(就像身体内炽热的火山岩)与"经过语言中介的记忆"的区分，前者具有现场感和直接性，后者则通过反复讲述而得到强化，而且在讲述的过程中失去了现场感和直接性。前者储存于身体的而不是语言或其他符号。身体化的记忆是通过感觉印象的强度而得到储存的，而储存于语言中的记忆则是通过持续的反复(比如背诵英语单词)。身体化记忆属于感性记忆(不经过语言中介)，其基础是刺激的强度，而通过语词编码的记忆，其基础不是身体，而是交流的社会形式。我们能够回忆我们自己的许多记忆，在很大程度上是因为我们有机会谈论它们。这个讲述(叙事)代表了一种精心的编码行为：把经验转化为故事。越是经常地谈论某事，我们就越少记住经验本身，越多记住用以叙述经验的那些词语。这意味着不被重复的东西将会遗失。感性的、身体化的记忆是被重新激活的，不需要主观意识的努力，而且比经过词语重复的中介而被储存的记忆更加直接、真实。参见 Assmann, *Shadow of Trauma: Memory and the Politics of Postwar Identity*, pp. 102–110。

[21] Caruth , "II. Recapturing the Past: Introduction," in *Trauma: Explorations in Memory*, p. 153.

[22] 同上。

以"躲开"了"简单的理解方式"，这才导致其原原本本的"存放"和反反复复的回归；如果被整合了，实际上也就是被（程度不同地）歪曲了，失去了其本真性，以及这种本真性所保证的揭示（真相的）能力（指涉性）。这就是创伤记忆的指涉性/指涉能力与不可理解性的辩证："创伤似乎唤起了艰难的历史真相，这历史真相乃由发生的不可理解（incomprehensibility）所建构。"[23] 卡鲁斯对此做了反复强调："对创伤幸存者而言，事件之真相可能不仅存在于其残酷的事实，而且也存在于不能用简单的方式理解这些事实的发生。闪回或创伤重演既传达了事件的真相，同时也传达了其不可理解性的真相。"[24] "真相"不仅包括创伤事实的真相，而且包括这个事实的不可理解性的真相。这给创伤的表征和理解制造了一个难题：为了获得见证，为了治疗创伤，创伤经验需要被言说、叙述。但问题是，这种叙述和言说可能意味着创伤被整合进了惯常化、陈规化的认知和理解模式，并因此失去创伤回忆所特有的精准性和指涉力。卡鲁斯列举了 Janet 的病人 Irène 的故事为例：该病人每次向不同的人讲述的都是一个"稍微不同的故事"，因为每次讲述都意味着把创伤记忆转化为文字化的、可以传播的叙述记忆，因此不能不带有不同程度的修改。失去原本性，也就是失去了事件"本质上的不可理解性"。事件的不可理解性又被称为事件"抵制理解的力量"——拒绝被理解所捕获。卡鲁斯引述 Schreiber Weitz 的话指出，正是这个悖论导致很多幸存者不愿意把自己的创伤经验转译为言说/叙述，或者陷入说与不说的两难——说则失真（失去创伤记忆的原原本本性），不说则失传（创伤记忆永远得不到传播）："人们说过，只有幸存者自己才理解发生了什么。……我们

---

[23]　Caruth , "II. Recapturing the Past: Introduction," in *Trauma: Explorations in Memory*, p. 153.

[24]　同上。

不能……我知道我不能……这里有一个悖论。我们该怎么办？我们
该谈论它吗？维赛尔说过很多次，沉默是唯一适当的反应，但是我们
大多数人，包括他自己，感到不说是不可能的。说是不可能的，不说
也是不可能的。"[25] 对于这个悖论的强调，构成了卡鲁斯创伤文学批评
理论中最精妙、最晦涩、最富有张力的部分，而且类似的表述还有很
多。比如："言说的危险，也就是被整合到记忆叙述的危险，或许不
是存在于它（叙述）不能理解什么，而是它能够理解的太多。"[26] 如果
理解、言说的方式不对，那么理解、言说得越多，结果可能就是歪曲
得越多，离真相越远。"言说似乎只是提供了一种尝试——'通过将
之重新整合到对它的稳定理解而离开了震惊的经验'。"[27] "稳定理解"
即对"震惊经验"的偏离，这样的尝试无疑是失败的，甚至带有玩弄
创伤经验的亵渎性质。

　　但是，必须再次强调：坚持故事的不可理解性或不可叙述性，并
不意味着否定、放弃传达。长达八个小时的反映大屠杀的纪录片《浩
劫》的导演克洛德·朗兹曼（Claude Lanzmann）就说过："我恰恰从
讲述这个故事的不可能性开始，我恰恰要让这种不可能性成为我的起
点。"[28] 不可能性本身就是创伤的证明，正是像大屠杀这样匪夷所思、
骇人听闻的极端灾难及其给人们带来的极端震撼，使得之前文化、艺
术、科学所提供的一切现成的认知和表征的概念、框架统统失效。我
们必须放弃通常对于"讲述""倾听""进入过去"的期待，转换我们把
握创伤历史的方式。朗兹曼指出："在某些情况下，历史真相可能通
过否定特定的理解框架而被传达"，"在摄制《浩劫》的十一年中，不

---

[25]　Caruth, "II. Recapturing the Past: Introduction," in *Trauma: Explorations in Memory*, p. 154.

[26]　同上。

[27]　同上。

[28]　转引自 Caruth, "II. Recapturing the Past: Introduction," in *Trauma: Explorations in Memory*, p. 154。

去理解是我的铁律。我紧紧抓住这对理解的拒绝，将之作为唯一合乎伦理的和可操作的态度"。[29] 所谓"对理解的拒绝"，是拒绝用老套、习惯化了的认知方式，即"陈词滥调"去理解过去——这样的理解被认为是"下流的"（可以比较阿多诺的名言"奥斯维辛之后写诗是野蛮的"）。准确地说，拒绝理解的行为不是对于理解的简单否定，不等于完全拒绝认知、见证过去；相反，它是进入一种新知识的途径，这个知识还没有获得"叙事记忆"的形式。正是通过对陈词滥调化知识的积极抵抗，"对理解的拒绝"开启了见证的空间，它"可以在已经被理解的东西之外言说"。《浩劫》通过发现"理解崩溃的方式"（理解是如何崩溃的）而被创造出来。这样的拒绝恰好开启了见证的空间。比如《浩劫》中采访的那些木讷的、无言的大屠杀幸存者，就是对言说的不可能性和理解的崩溃的见证。因此，在朗兹曼看来，"拒绝理解也是一种基本的创造性行为：对我而言，无知（blindness）是创造的至关重要的条件"。[30] "无知"即对陈词滥调和"理解"的拒绝，而非真正的无知。与传统理解模式的决裂，为那些从远处想见证它的人们创造了新的进入历史灾难的方式。下面的分析将表明，这个新的进入创伤历史的方式正是文学（当然是卡鲁斯等人理解的"文学"）。

三　文学与创伤：间接性、空白、断裂

卡鲁斯所属的耶鲁学派解构主义创伤批评群体普遍认为，相比于非文学语言，文学语言特别适合传达创伤经验。在这里，解构主义文

---

[29]　转引自 Caruth , "II. Recapturing the Past: Introduction," in *Trauma: Explorations in Memory*, p.154。

[30]　同上书，第 155 页。

学理论与创伤精神分析理论发生了相遇。这也是卡鲁斯创伤理论同时也是文学批评理论的重要原因。恰如乔舒亚·佩德森所言："当创伤理论在 20 世纪 90 年代中期兴盛时，它的某些先驱者认为，文学，特别是文学叙事，对于传达和交流我们最深层的心理创伤具有特别的（如果不是唯一的）价值。杰弗里·哈特曼说得最简明：文学帮助我们'解读创伤的疤痕'（read the wound of trauma），他并想知道：是否只有通过文学知识，创伤才能被取回（reclaimed）。"[31] 90 年代中期正是哈特曼、费尔曼、卡鲁斯等耶鲁大学学者创立创伤文学批评的时候，因此哈特曼的观点并非限于他一人。[32] 在《未被认领的经验》一书中，卡鲁斯就有相似说法：文学语言在传达创伤经验方面具有优势，因为它是挑战和对抗我们理解能力的一种语言，尤其是当理解活动被局限于理性化的限定时。文学语言与科学语言的关键区别，就是文学语言（当然，解构主义者常常认为也包括其他语言）中的能指并不简单、直接地指向已知之物，而是间接地指向未知之物、指向被遮掩的真相。卡鲁斯认为自己要做的，就是深入解读某些时期的某些文本（包括心理分析的、文学的、文学理论的），深入其言说深邃的创伤经验的曲折方式，同时还要深入探讨知与未知在创伤语言中如何纠缠在一起。这正是证词的悖论性质：它不仅见证了暴力事件的曾经发生，而且见证了创伤中不能简单、直接地理解的东西，需要文学来做见证的，恰恰就是这

---

[31] Pederson, "Trauma and Narrative," in *Trauma and Literature*, p. 97.

[32] 这些学者的创伤理论代表作基本上都出版于 1995 年前后，比如卡鲁斯的 *Unclaimed Experience: Trauma, Narrative, and History* 出版于 1996 年，又如 S. Felman and D. Laub, *Testimony: Crises of Witnessing in Literature, Psychoanalysis, and History,* Routledge, 1992; G. Hartman, "On traumatic knowledge and literary studies," *New Literary History*, 26 (3), 1995; Geoffrey Hartman, *The Longest Shadow: In the Aftermath of the Holocaust,* Indiana University Press, 1996。

个不能被简单、直接理解的东西。

　　除了否定科学语言之外，更能凸显耶鲁解构主义创伤学派理论立场的，是他们还强调客观的档案语言同样不能把握创伤经验。卡鲁斯直言，"档案式"解释的失败，是因为它使我们对最强烈的恐怖变得迟钝。[33]卡鲁斯引用电影《广岛之恋》(依据玛格利特·杜拉斯同名小说改编)的导演阿伦·雷乃(Alain Resnais)的话说：无法拍摄一部关于广岛原子弹爆炸的纪录片。[34]另一位创伤批评大家拉卡普勒则援引历史学家劳尔·希尔伯格(Raul Hilberg)的观点认为，过于"记录式的"历史的危险是：它给读者的感觉好像已经把握了时代的巨大创伤，达到了真正的(关于创伤的)知识。即使是关于创伤的最出色的历史学叙事，也会给人这样的错觉。所有这些自诩客观的历史都假装是在传达真相，并因此而欺骗了我们。[35]拉卡普勒认为，用文学把握创伤的优势恰恰在于文学的情感性和虚构性。依靠情感的语言，叙事虚构可以把握创伤经验的"感觉"，"我们可以认为，小说中的叙事通过提供对于一个过程或时期的解读，或者提供至少是对于经验和情绪的逼真'感觉'——这种经验和情绪通过严格的纪录片方法无法获得——可以提供对奴隶制或大屠杀现象的洞察"。[36]加缪的《鼠疫》《堕落》就是这方面的代表作。

　　解构主义创伤理论把文学视作开启了对创伤经验的真正洞察的一个根本原因，是语言与创伤在形式上的相似(因此可以认为解构主义创伤理论的基础是其语言观、表征观)。如上所述，弗洛伊德等创伤理论家认为，创伤事件对心理的突然的、震撼性的打击，使得受害者

[33]　C. Caruth, and G. Hartman, "An Interview with Geoffrey Hartman," *Studies in Romanticism*, 35 (4), pp. 630–653.

[34]　Caruth, *Unclaimed Experience: Trauma, Narrative and History*, p. 27.

[35]　LaCapra, *Writing History, Writing Trauma,* Johns Hopkins University Press, 2001, p. 7.

[36]　同上书，第13—14页。

猝不及防，骤然失去了记忆、认知、整合、理解的能力，使得创伤事件被原原本本地搁置在无意识深处。这意味着创伤经验的获取只能是延迟的、间接的而不能是及时的、直接的；而在解构主义者看来，语言恰好也有类似的特性。比如秉持解构主义语言观、表征观的卡鲁斯就坚决否定能指与所指的直接、透明的指涉关系，认为指涉是间接的、延迟的，词和世界之间存在断裂，恰如证词与伤痕之间存在断裂（a break between word and wound）。由此，文学语言的这种非指涉性恰恰使它最适合于传达创伤，正如雷斯（R. Leys）所言，"只有在词语的指涉功能崩溃时，语言才能成功地见证创伤性的恐惧"。[37] 用哈特曼的话说，我们用非文学语言直接交流、传达创伤（所谓"钉住创伤"，to pinpoint trauma）的努力总是注定要失败，而致力于用"姿势"（gestures）唤起创伤的文学语言却有时会成功。哈特曼说："我总是对于某些基本的文学形式非常痴迷，其中之一就是谜语。我以为所有诗歌语言都采用了谜语的形式，带有能指的剩余。一种答案被唤起（is evoked），但你能够得到这个答案吗？如果你得到了，能指就会成为多余并消失不见。但是在诗歌中你不可能得到答案。能指持续地指向正在失去的东西。或者沉默。"[38] 这提示我们在阅读创伤文学时症候式阅读的重要性：不仅要关注作者已经说出的东西，而且更要在表达后面追踪那些被隐藏、掩盖的未说出的或间接暗示的东西，简言之，不在场之物。要在每个文本中追踪一个不同的故事，就像弗洛伊德的《摩西与一神教》，从《出埃及记》中追踪出了一个与《圣经》所述不同的故事：以色列人对摩西的谋杀。这"另一个故事""超越了我们能够知道和理论化的东西，但却顽固坚持对某些已经遗忘的伤痕作出见

---

[37] R. Leys, *Trauma: A Genealogy*, University of Chicago Press. 2000, p. 268.

[38] C. Caruth and G. Hartman, "An Interview with Geoffrey Hartman," *Studies in Romanticism*, 35 (4), pp. 641–642.

证"。这样，"创伤故事作为关于迟到经验（belated experience）的叙述，远不是讲述对现实的逃避，逃避死亡，逃避死亡所指涉的暴力，而是相反，证实了其（死亡、暴力等）对生命的无休止的影响"。[39]说得实在是太精彩了！

"不在场"或"空白"是与"重复强制""延迟""间接性"同样重要的几个解开创伤之谜的关键词之一。卡鲁斯认为，处于创伤经验与我们对它的表征之间的是"根本的断裂和缺口"。因此，无论是在意识还是在表征中，创伤经验都需要通过不在场、断裂、空白等来间接呈现自己。卡鲁斯还指出，在创伤经验中，"裂隙携带着事件的力量，它之所以能够有这样的力量，其代价恰恰就是牺牲简单明了的知识和记忆"。[40]这一观点塑造了卡鲁斯自己的文本批评，尤其是在其巨著《未被认领的经验》中。此书通过对弗洛伊德《摩西与一神教》的分析，指出弗洛伊德"二战"期间为躲避纳粹迫害而离开维也纳去伦敦避难，这导致《摩西与一神教》一书的各个部分之间存在断裂，也使得这个书稿经历了多次的修改。在后来的解释中，弗洛伊德谈到了他的那段避难经验，以及自己如何把全书各个部分重新组合起来（这导致这本书某些地方的重复，弗洛伊德为此向读者致歉）。但当他即将抵达自己本该讲述的关键部分——避难期间的具体过程和细节时，文本却突然断裂（沉默）了。结果，在应该有故事的地方只有沉默。对卡鲁斯而言，这个沉默指示着弗洛伊德的离去（离开维也纳）的创伤本质："弗洛伊德的书写把历史准确地保留在文本的断裂之中。在关于其离开的词语中，词语并不简单地指涉，而是通过其在后面的'概括与扼要重述'中的重复，把历史的冲击精确地表达为关于离去的无

---

[39]　Caruth, *Unclaimed Experience: Trauma, Narrative and History*, pp. 6–7.

[40]　Cathy Caruth, "I. Trauma and Experience: Introduction," in *Trauma: Explorations in Memory*, ed. Caruth, p. 7.

法表达之物。"[41]

卡鲁斯对《广岛之恋》的阐释路线与此相似。电影中一个法国女演员在日本广岛参加活动，她试图回忆起自己的德国男友在"二战"期间的死亡事件（创伤事件），但她的记忆总是不能抵达死亡本身。"在看见他垂死的时间（when of seeing his dying）与他的实际死亡时间（when of his actual death）之间总是存在无法弥合的深渊，这是知的内在裂隙（an inherent gap of knowing）。"她直接把握爱人死亡的失败和无能，将之带到了与日本情人的相遇，后者同样不能陈述其创伤化的历史（他的家在"二战"中被原子弹摧毁了）。对卡鲁斯而言，能够让两人联系在一起的，恰恰就是他们生命中的一个共同事实，即生命故事／叙事的断裂："这实际上是未讲述的故事的神秘语（the enigmatic language），是未能抓住的经验的神秘语。在整个电影中，它回响在法国女人和日本男人的对话中，使他们得以跨越文化和经验的鸿沟，特别是通过他们不能直接理解的东西，进行沟通。他们激情相遇中的言说能力和倾听能力并不是依赖于他们能够相互理解的东西，而是依赖于他们创伤性的过去中那些不能充分知晓的东西。"[42]在整个《广岛之恋》中，这个神秘语成为两人交流的媒介，它既神秘难解又要求对方去倾听、去做出回应，并提示着创伤的明确存在（与克洛林达神秘的哭喊声有异曲同工之妙）。

《广岛之恋》的文本除了充满断裂、空白之外，还有一个重要特点是重复。比如男女主人公之间那句"我看到了……""你什么也没有看到……"的独白／对话在电影中反复出现，不断地提示我们创伤记忆既难以把握又顽固在场。如前所述，重复对于理解创伤的重要

[41]　Caruth, *Unclaimed Experience: Trauma, Narrative and History*, p. 21.

[42]　同上书，第56页。

性可以追溯到弗洛伊德。叙述的重复与创伤的重复具有对应性（比如通过倒叙、闪回等手法不自觉地一遍遍讲述创伤故事。这使我们想起鲁迅的《狂人日记》《祥林嫂》等作品）。重复意味着一种未能同化的震惊打击的反复重演。卡鲁斯的《历史灰烬中的文学》解读了阿瑞尔·多夫曼（Ariel Dorfman）《死亡与疯狂》（*Death and the Maiden*）中的重复叙事。[43] 故事发生在专制政府垮台后的一个没有名字的拉美国家。政府垮台后，先前专制时期的医生罗伯托·米兰达与一个他曾经折磨、拷打和强奸过的女人鲍莉娜·埃斯科巴尔，碰巧在鲍莉娜的家中不期而遇了。鲍莉娜绑架了米兰达并对他开始了长久的拷打和折磨。卡鲁斯认为，鲍莉娜经受的折磨/拷打/强奸是她的未能被整合的创伤，当医生在"解放"后（也就是政府垮台后）碰巧来到鲍莉娜的家时，她的创伤神秘地回来了。这样，回归造成了一系列的叙事重复：拷打场景、劫持人质，等等。[44]

四　离开，或出发/启航的历史

卡鲁斯创伤研究的另一重要贡献，是把创伤理论引入对历史的理解。她认为，创伤现象既亟需历史的理解，但又拒绝通常接近历史的方法。在卡鲁斯看来，无论从发生还是从解释角度，我们都可以从创伤经验的指涉悖论与双重言说的观点来看待和理解历史。

首先，卡鲁斯提出了"不再具有直接指涉性的历史"（history that is no longer straightforwardly referential）这一重要的概念。这是一种不再以简单直接的指涉模式为基础书写和理解的历史。通过创伤的观

---

[43] 依据小说改编的电影又名《不道德的审判》，由罗曼·波兰斯基执导。

[44] Caruth, *Literature in the Ashes of History*, p. 105.

点，我们可以在我们的理解中重置历史，"让历史从直接理解失败的地方呈现出来"。[45] "直接理解失败的地方"，也就是直接指涉失效的地方，其原因就在于真相在事件发生时被错过，没有被记录、记忆和同化，从而带来见证的悖论——可能与不可能。只有当它经过一段时间的潜伏后强迫回归时，那段"缺失的事实"——真正的真相——才可能被曲折解读出来。

另一个重要概念是"出发/启航的历史"（history of departure）。Departure 原意为飞机、船只等交通、旅游工具的出发/启航，它既是离开（一个地方），也是出发（去另一个地方的）（这似乎完全符合我们的旅行经验）。那么，说历史既是离开又是出发，到底是什么意思呢？由于卡鲁斯是通过对弗洛伊德《摩西与一神教》的复杂精细解读而阐明她的这个概念的，因此我们也必须从弗洛伊德的《摩西与一神教》开始。

依据《圣经》，犹太人的历史是回归的历史。犹太人的祖先希伯来人原先居住在迦南，但后来流浪到埃及为奴。《出埃及记》讲的就是摩西带领犹太人回迦南并获得自由、创立犹太教的故事。摩西通过解放希伯来人的行为创造了犹太人，亦即通过离开埃及的行为将希伯来人的历史转化为犹太人和犹太教诞生的历史，所以离开埃及到迦南就不仅是回归，也是开始——开始一段历史。在摩西的故事中，目的地迦南既是新的又是旧的：旧是因为犹太人的祖先希伯来人本来就住在迦南，在这个意义上出埃及是回归；但这也是犹太民族和犹太教的开始，因此又是新的，是启航。但是，故事到此只能说是序幕刚刚拉开。在弗洛伊德笔下，犹太人历史的真相绝非如此简单。依据《圣经》，摩西是一个被关押的希伯来人，最终成为希伯来人的领袖，带

---

[45]　Caruth, *Unclaimed Experience: Trauma, Narrative and History*, p. 11.

领他们离开埃及回到他们的故乡迦南（希望之地）并开创了一神教。但弗洛伊德彻底颠覆了《圣经》的这个故事。

弗洛伊德的新解释非常复杂，可分为两个部分。先看第一部分。弗洛伊德认为，摩西虽然是希伯来人的解放者，但其本人却不是希伯来人，而是埃及人，是埃及法老阿蒙霍特普四世及阿顿神教的忠诚追随者。这个法老被谋杀后，摩西和希伯来人受到排挤，摩西成为希伯来人的领袖，带他们离开埃及以便保护衰落中的阿顿神教（一种一神教）。这样，弗洛伊德就改变了"离开和回归"的理由：离开埃及去到迦南首先不是为了保护希伯来人的自由，而是为了保护阿顿神教的上帝。这与其说是回到过去的自由（迦南），不如说同时也是一个启航/开始：开启一神教，开创新历史（未来）。通过这种对犹太人的回归—开始—启航的重新解释，未来就不再是过去的继续，而是通过一次深刻的断裂开始新的、历史性的启航。

弗洛伊德解释的第二部分更为复杂，也更为神奇。他进一步扩展了对"回归"的重新思考。弗洛伊德大胆猜测，在埃及摩西带着希伯来人离开埃及后，这些希伯来人在滞留米甸期间（共 40 天，依据《圣经》故事，这段时间摩西上山与上帝签约）背叛了一神教阿顿神教，杀死了摩西。他们追随米甸这个地方的一个也叫"摩西"的放羊人，改信了米甸的一个也叫 Yehweh（耶和华）的火山神"上帝"。这次背叛—谋杀行为——被弗洛伊德视作原初创伤事件——被长期压抑下来。但是，随着两代人（40 多年）的过去，希伯来人开始被自己的谋杀行为折磨——被视作创伤事件的返回。为了赎罪，他们移花接木，利用名字的相同，用埃及摩西及其一神教上帝取代米甸的摩西和那个火山神 Yehweh，又保持名称不变。弗洛伊德写道："从夸底斯开始，上帝耶和华（引者按：米甸的火山神）就获得了非分的荣誉，摩西（引者按：埃及摩西）为犹太人谋求解放的业绩被记到了他（引者按：米甸的火山神）的账上；但是他（引者按：米甸的火山神）不得不为这种僭取付出沉重代价。在历史发展的终点，在他之外出现了已被忘却的摩西神（引者按：埃及摩西），这个被他（引者按：米甸火山神）僭位的神（引者按：埃及摩西）的庇护力渐渐胜过了他。谁也无法怀疑，就是由于对摩西神（引者按：埃及摩西）的希望，才使以色列的人民克服了所有的艰难而生存到我们的时代。"[46] 这样，犹太人历史上最重要的时刻就不是离开埃及（解放）回到迦南（获得自由），而是对谋杀摩西这个创伤事件的压抑及其最终的回归。前者只是犹太人历史字面意义上的起点，后者才建构了其创生性历史的真正真相。

到这里，卡鲁斯的结论才浮出水面：犹太人历史（也包括其他所有历史）的结构与创伤的结构是高度一致的。字面意义上的回归（literal return）被另一种重新出现（reappearance）所取代——埃及摩西的宗教先是被米甸的耶和华多神教取代，但前者经过一段时间的"潜伏"后又重新出现并最终获得胜利。卡鲁斯写道："正是创伤，正是对于摩西行动的遗忘（和它的回归），建构了把新旧上帝（引者按：分别为米甸摩西的火山神与埃及摩西的上帝）、离开埃及的人和创立犹太教的人联系起来的纽带，在这个通过创伤建构的关于离开和回归的本质故事的核心，弗洛伊德把历史的可能性重新确定于创伤性出发 / 启航的本质处。"[47] 就这样，卡鲁斯认为，弗洛伊德用创伤的故事来解读解放—回归的故事（字面的、官方的历史），是对写出来的字面历史的否定，其重要结果是对"指涉"的重新理解。我们所看到的这个字面"历史"，并不指涉真正的历史——创伤的历史。弗洛伊德通过创伤压抑的假设暗示了犹太人的历史记忆（也包括其他所有历史记忆），总是一种对原初事件（谋杀和替代）的扭曲、改变，导致"这

---

[46] 弗洛伊德：《摩西与一神教》，李展开译，生活·读书·新知三联书店，2017 年，第 65 页。

[47] Caruth, *Unclaimed Experience: Trauma, Narrative and History*, p. 15.

种原初事件最多只能间接地获得”。[48]

卡鲁斯还将弗洛伊德的“潜伏期”概念应用于其对创伤历史的理解并指出：与火车相撞事故造成的创伤一样，创伤的历史也有一个所谓“潜伏期”。关于火车相撞事故，弗洛伊德写道：“在火车相撞的事故中，有人虽然受了惊吓，但他明显没有受伤，他离开了出事地点，可是几个星期之后，他却产生了一系列严重的精神的和运动的症状，这些症状只能归咎于火车失事时他所受的惊吓等等情况，他已经患了‘创伤性神经症’。……在该事故和他的症状首次出现之间的那段时间称为‘潜伏期’。”弗洛伊德更把火车相撞事故与犹太人一神教联系起来：“尽管创伤性神经症与犹太一神教这两种情况根本不同，我们还是观察到两者之间有一个共通之处，那就是人们可能称之为‘潜伏期’的这种特性。我们很有理由设想，在革除了摩西神教之后，犹太宗教史上存在过一段长时期，其间没有一神教思想的痕迹。”[49] 犹太人历史上从谋杀事件的被压抑到其回归的这段时间，相当于火车事故发生后事件被“遗忘”到创伤性神经症出现的这段时间，也属于“潜伏期”。这样，“潜伏期”也是创伤事件的后果和影响尚未显露的时期，在这里可以发现创伤、同时也是历史的真正秘密：火车事故的受害者实际上没有真正忘记火车相撞这个事实，只是没有意识到自己已经受到了创伤。潜伏是创伤的必要环节，是创伤经验内部的结构性要素。卡鲁斯写道：“创伤的历史力量不只是表现为经验在其遗忘之后的重复，而且表现为只是在内在的遗忘中并通过内在的遗忘，它才被首次经验到。”所谓“内在的遗忘”，准确地说是“内在的潜伏”而不是真正的遗忘。这种“内在潜伏”同样适合于解释犹太人历史经验的

[48] Caruth, *Unclaimed Experience: Trauma, Narrative and History*, p.15.

[49] 弗洛伊德：《摩西与一神教》，第 85—86 页。

特定时间结构，即延迟性："由于谋杀在发生的时候未被经验到，因此，它只能在与其他场所的联系中、在其他时间才呈现出来。"[50] 更有意思的是，正是这种被错过或未被记录，原封不动地保留了创伤性事件并保证了其指涉真相的力量。历史作为创伤的历史，意味着它的指涉性、其指涉创伤历史真相的能力恰恰依赖于其在发生时未被充分知觉和理解。对于创伤历史的"遗忘"不是真正的遗忘，而是它的悬置和潜伏，没有得到妥善处置的创伤历史，总会伺机返回并纠缠活着的人们。这一点已经被人类的历史所一再证实。

费尔曼、哈特曼、卡鲁斯等代表的耶鲁解构主义创伤文学批评，一般被称为第一波创伤文学批评。他们之后的创伤研究在承认其奠基性贡献的同时，也对之提出了一些批评意见。比如，Stef Craps 分析了解构主义创伤理论中的叙事学偏见与发生学偏见，认为其常常过于狭隘地关注现代主义或后现代主义的文本，也就是那些复调的、沉默驱动的、碎片化的文本，而忽视了更加现实主义的文本。"创伤理论常常为自己关注反叙事的、碎片化的现代主义的形式辩护，指出创伤心理经验与这种形式的相似性。以此逻辑，一种超越了叙事知识之可能性的经验，将能通过叙事的失败得到最好表征。这样，它所呼唤的就是表征的对话模式的中断。"[51]Craps 进而指出，这种对现代主义与后现代主义叙事技巧的偏爱是欧洲中心主义的，赋予产生于西方的创伤心理分析模式以特权。他尝试提出一种新的创伤分析方法，反对所谓碎片化的现代主义叙事最适合传达创伤的观点。比如英国作家阿

---

[50]　Caruth, *Unclaimed Experience: Trauma, Narrative and History*, p. 17.

[51]　Stef Craps, "Beyond Eurocentrism: Trauma theory in the global age," in *The Future of Trauma Theory: Contemporary Literary and Cultural Criticism*, eds. G. Buelens, S. Durrant, and R. Eaglestone Routledge, 2014, p. 50.

敏娜姐·芙娜（Aminatta Forna）《爱的回忆》[52] 就是直白的现实主义文本，但同样有效地见证了个体与群体的创伤性经历。

　　如果我们将 Craps 的观点应用于中国当代文学，则可以认为，卡鲁斯代表的耶鲁解构主义创伤文学批评模式，比较适合于分析像残雪、前期余华等具有现代主义、后现代主义倾向的文学作品中的创伤书写，但在面对伤痕文学中大量现实主义作品时，却可能显得无能为力或干脆认为这些作品不属于创伤书写。这是一个值得引起重视的问题，在此顺便提出，以祈引起学界同道的注意。

（原载《学术研究》2023 年第 8 期）

---

[52]　阿敏娜姐·芙娜：《爱的回忆》，蓝晓鹿译，四川文艺出版社，2013 年。

走向建构主义的文化创伤理论

作为精神分析重要范畴的"创伤"出现于 19 世纪末至 20 世纪上半叶，其代表人物是西格蒙德·弗洛伊德。精神分析视野中的创伤研究以个体为对象，研究的方法则侧重心理学和医学。经过 20 世纪 90 年代创伤研究在社会文化领域的大繁荣之后，至 2004 年，加州大学出版社出版的、由杰弗里·亚历山大（Jeffrey Alexander）等合著的《文化创伤与集体身份》一书，正式发展出了一个有别于心理创伤的"文化创伤"概念。关于这个概念的诞生过程及其基本内涵，文化创伤理论的主要代表之一、耶鲁大学社会学教授罗恩·艾尔曼（Ron Eyerman）在给安德烈亚斯·汉布格尔（Andreas Hamburger）等人主编的《社会创伤：一本跨学科的教科书》(*Social Trauma – An Interdisciplinary Textbook*) 撰写的第四章《文化创伤》中这样写道：

> 文化创伤理论是聚集于斯坦福大学行为科学高等研究中心[1]的一小群志同道合的学者集体参与的产物，这个长达一年的项目规划的成果，就是论文集《文化创伤与集体身份》(*Cultural Trauma and Collective Identity*, Alexander et al., 2004) 的出版。

---

[1] 英文为 The Center for Advanced Study in the Behavioral Sciences (CASBS) at Stanford University。

[论文集的]主要意图是阐述一种关于创伤的建构主义社会理论（a constructivist social theory of trauma）。文化创伤理论后来进一步发展为一种研究框架，它提供了一种既不是病理学的、也不是本质主义的（non-pathological and non-essentialist）关于创伤的社会理论。它阐明集体的苦难如何有意义地通过表达和再现的过程、通过权力与入径的调节因素（the mediating factors of power and access）而得到表现。在发展这个理论的过程中，第一步的任务是将文化创伤区分于经典的心理分析的和现代心理学的观点，后者仍然弥漫于[创伤]这个概念的通常使用之中。[2]

这段话对"文化创伤"概念之内涵与发展做了简要、精准的概括，本文可以视作对这一概括的进一步展开和阐发。

一　诞生过程

关于文化创伤理论的诞生和发展过程的第一手资料，目前看到的主要是三个当事人留下的记述。一个是著名社会学家杰弗里·亚历山大为上面提及的论文集《文化创伤与集体身份》（2004）写的"序言"，一个是上文所述的艾尔曼在《社会创伤：一本跨学科的教科书》中撰写的第四章《文化创伤》（该章把"文化创伤"作为关键词进行了介绍），[3] 还有一个是艾尔曼为自己主编的《记忆、创伤与身份》[4] 所写

---

[2]　Ron Eyerman, "Cultural Trauma," in *Social Trauma-An Interdisciplinary Textbook*, eds. Andreas Hamburger, Camellia Hancheva and Vamik D. Volkan, Springer Nature Switzerland AG, 2021, p. 37.

[3]　Eyerman, "Cultural Trauma," in *Social Trauma-An Interdisciplinary Textbook*.

[4]　Ron Eyerman (ed.), *Memory, Trauma, and Identity*, Palgrave Macmillan, 2019.

的《导言：身份、记忆、创伤》("Introduction: Identity, Memory, and Trauma")。下面的介绍所参考的主要就是这几个材料。

依据这些材料可知，文化创伤理论是聚集于斯坦福大学行为科学高等研究中心的一小群志同道合的社会学家群体参与、合作的成果。这个来自不同大学的社会学家组成的学术群体参与了该中心 1999—2000 学术年的活动。学术年活动的主要组织者之一是尼尔·斯美尔瑟（Neil Smelser），时任斯坦福大学行为科学研究中心主任；[5] 另一个则是杰弗里·亚历山大，时任加州大学洛杉矶分校（UCLA）社会学教授。[6] 其他成员包括：艾尔曼与维特洛克（Bjorn Wittrock），后者为瑞典乌普萨拉大学教授；伯纳德·吉森（Bernhard Giesen），德国康斯坦茨大学教授；彼得·什托姆普卡（Piotr Sztompka），波兰克拉科夫大学教授。这些人在当时已经是成就卓越的社会学大家。依据艾尔曼介绍，1999—2000 学术年所关注的主题原来并不是文化创伤，而是社会整合 / 社会极化理论（theories of social integration / polarization）。但很快他们就发现其共同感兴趣的其实是前者而不是后者，于是临时改变了主题。学术年活动除了组织专题研讨、阅读经典心理学文

---

[5] 尼尔·斯美尔瑟（Neil Smelser, 1930—2017），美国著名社会学家、加利福尼亚大学伯克利分校荣誉退休教授。斯美尔瑟对于社会学贡献卓著，他的研究集中在集体行为、社会学理论、经济社会学、教育社会学等领域，其经济社会学方面的研究更具有奠基意义。斯美尔瑟曾担任《美国社会学评论》主编，主要著作有《经济与社会》（与帕森斯合著）、《工业革命中的社会变迁》、《人格与社会系统》（合著）、《集体行为理论》、《经济生活的社会学》、《社会科学中的比较方法》等。从加州大学伯克利分校退休后，他于 1994—2001 年间在斯坦福大学行为科学高等研究中心担任主任。就是在这段时间，他组织和参与了文化创伤的研究。

[6] 杰弗里·亚历山大原为加州大学洛杉矶分校的社会学教授。但在杰弗里·亚历山大为论文集《文化创伤与集体身份》（2004）撰写的"序言"中，单位署名已经是"耶鲁大学"。据此推测，他应该在 2000 年前后从加州大学洛杉矶分校调到了耶鲁大学。

献、发表和交流各自的研究发现外，还阅读文学批评家凯西·卡鲁斯关于创伤文学研究的著作（1996），以及社会学家埃里克森（Kai Erikson）、历史学家亚瑟·尼尔（Arthur Neal）的著作。同时中心还邀请了美国斯坦福大学的历史学家诺曼·内马克（Norman Neimark，研究种族大屠杀的专家）、英国开放大学的文化研究学者肯尼斯·汤普森（Kenneth Thompson，研究道德恐慌的专家）来进行学术交流。[7]

这些人在创伤问题上的看法并不完全一致。比如，来自德国的吉森认为，"二战"后被迫离开波兰和其他欧洲地区的德国难民，同样遭受了集体创伤，因此德国的苦难也可以从创伤理论框架出发加以研究。[8]但来自波兰的什托姆普卡则坚决反对。据说他们发生了激烈的论争甚至肢体冲突。[9]

尽管如此，研究小组成员在对核心概念"文化创伤"的基本理解与基本研究路径方面却非常相似，且分享了诸多共识。这意味着他们"已经在走向一个与集体记忆相联系的社会的创伤概念（a social concept of trauma），它可能是进入一个富饶的研究领域的入口"。[10]发展出一个具有理论连贯性和历史阐释力的社会学的创伤概念于是就成为他们共同的关注焦点。

[7] Ron Eyerman, "Introduction: Identity, Memory, and Trauma," in *Memory, Trauma, and Identity*, ed. Eyerman, pp. 1–2. 顺便指出，关于这个学术活动，杰弗里·亚历山大在《文化创伤与集体身份》的《序言》中提供的介绍与艾尔曼基本相同，可以参照阅读。见 Jeffrey C. Alexander, "Preface," in Jeffrey C. Alexander, Ron Eyerman, Bernard Giesen, et al., *Cultural Trauma and Collective Identity*, University of California Press, 2004, vii-vii。

[8] 吉森在其《凯旋与创伤》（*Triumph and Trauma*, Routledge，2016）一书的第四章专门讨论了这个问题，这章的题目就叫《加害者创伤》（"The Trauma of Perpetrators"）。

[9] Eyerman, "Introduction: Identity, Memory, and Trauma," in *Memory, Trauma, and Identity*, pp. 2–3.

[10] 同上书，第4页。

　　这个学术团队的主要合作成果是亚历山大等主编的论文集《文化创伤与集体身份》，于 2004 年由加州大学出版社出版。这本文集至今仍然是文化创伤理论的奠基性文献。[11] 论文集的第一篇文章、亚历山大的《迈向文化创伤理论》[12]，以及紧随其后的斯美尔瑟的《心理创伤与文化创伤》，均致力于建构社会学意义上的"文化创伤"概念，厘清其与心理创伤的区别与联系，阐述一种关于创伤的建构主义（相对于自然主义/本质主义）社会理论，属于文化创伤基本理论研究；而其他文章则属于将此"文化创伤"的概念和方法应用于社会变迁、非裔美国人的身份认同、"911"恐怖袭击等历史上或现实中出现的不同对象/现象，力图将建构主义的文化创伤概念进一步发展为一种可应用于广泛经验领域的研究范式或视角。[13] 为了发展这个意义上的文化创伤概念，首先要将之与经典心理分析的创伤概念（被称之为"自然主义"创伤观）加以区分，同时还要与社会理论中实在论的创伤观划清界限。[14]

　　2019 年，艾尔曼主编的《记忆、创伤与身份》出版，此书可以被视作文化创伤研究史上的另一个重要事件。在《导言：身份、记忆

[11]　Eric Taylor Woods 称这本书为文化创伤理论史上的"地标式著作"。Eric Taylor Woods, "Conclusion: Ron Eyerman and the Study of Cultural Trauma," in *Memory, Trauma, and Identity*, ed. Eyerman, p. 195.

[12]　这篇文章除作为第一章收入论文集《文化创伤与集体身份》外，还以《文化创伤：一种社会理论》（"Cultural Trauma: A Social Theory"）为题，收入亚历山大的《创伤：一种社会理论》（*Trauma: A Social Theory*, Polity Press, 2012, pp. 6-30）。

[13]　参见 Eyerman, "Cultural Trauma," in *Social Trauma-An Interdisciplinary Textbook*。

[14]　这里面还有一个插曲。就在《文化创伤与集体身份》这个论文集准备出版时，发生了"911"恐怖袭击事件，出版商加州大学出版社认为，在"911"语境下，以"文化创伤"为标题的著作不提及这件事说不过去。这样，这本书推迟了出版并由斯美尔瑟撰写了附录《作为文化创伤的 911》（"September 11, 2001 as a Cultural Trauma"），同时设计了一个新的、以纽约世贸大楼燃烧的双子塔为背景的封面。

与创伤》中，艾尔曼认为这本书是"对文化创伤理论的发展与应用"，探讨文化创伤作为"对于历史事件的比较分析方法，是如何出现和发展的"。[15]

二　文化创伤：自然事实还是符号建构？

尽管众多社会学领域的著名学者从不同角度共同参与了初创时期文化创伤理论的建构，但客观地说，这个概念是在杰弗里·亚历山大和斯美尔瑟那里才被正式确立为一个连贯、系统的建构主义创伤理论概念，并被大家所普遍接受，广泛应用于各自的经验研究。

《迈向文化创伤理论》系统阐述了亚历山大的建构主义创伤观和创伤研究范式。概括而言，这种创伤观认为"创伤并非自然而然的存在；它是社会建构的事物"。[16]或者套用女性主义者波伏娃的一句名言的句式：创伤不是生而为创伤的，而是变成/建构成创伤的。理解、揭示这个建构的性质、过程和机制，无疑是亚历山大及其团队所致力的核心目标。建构主义创伤理论首先否定的是所谓"自然主义的"（naturalist）与"实在论的"（realist）创伤观，无论是在"创伤"一词的日常语言使用中，还是在学术研究中，这种创伤观都居于主导地位。

"创伤"是一个日常生活中经常被使用的概念，特别是在多灾多难的 20 世纪，人们每每在谈及某段可怕的经验、某个可怕的

---

[15] Eyerman, "Introduction: Identity, Memory, and Trauma," in *Memory, Trauma, and Identity*, p. 1.

[16] Jeffrey C. Alexander, "Toward a Theory of Cultural Trauma," in Alexander, Eyerman, Giesen, et al., *Cultural Trauma and Collective Identity*, p. 2.

事件甚或出乎意料的社会剧变时，动辄声称自己"受到了创伤"（traumatized）。在亚历山大看来，这样一种使用"创伤"概念的方式是自然主义的、非反思的，它把创伤看成一种不依赖符号建构的客观事实。亚历山大称这种关于创伤的日常认识为"常民创伤理论"（lay trauma theory）。依据这种理论，"创伤是自然发生的、损害了个人或集体行动者之幸福感受的事件"，谁遭遇了这种自然发生的苦难或灾难，谁就遭受了创伤。[17]

　　亚历山大指出，常民创伤理论的两个版本分别是启蒙主义和精神分析，它们都被亚历山大指责为具有自然主义或实在论的谬误（naturalistic or realist fallacy）。依据启蒙主义的理解，创伤取决于事件本身的性质，大灾大难降临之时，震惊、愤怒、愤慨难忍是理性人的直接的、自然的也是理性的反应。相比之下，精神分析的创伤观显得稍微复杂一些，因为它"在外部的损害性事件和行动者的内在创伤反应之间安放了无意识情感恐惧和扭曲认知的心理防卫机制模型"。[18]突发的、出乎意料的伤害性事件导致创伤经验被不假思索地压抑到无意识，因此也就未能得到理性认知和合理回应。这样，创伤不仅与起源事件相关，也与主体的应对方式相关。受精神分析影响的创伤治疗理论因此也就特别重视被压抑记忆残片的唤回。借用大屠杀史学家索尔·弗里德兰德（Saul Friedlander）的说法，创伤事件真相的揭示以及受害者正常心理的恢复均有待"记忆来临之时"（when memory

---

[17] Alexander, "Toward a Theory of Cultural Trauma," in *Cultural Trauma and Collective Identity*, p.2. 亚历山大指出，这种将创伤自然化的一个极端例子，是尝试透过 PET 扫描（一种被用作神经医学研究工具的大脑彩色显影），来将创伤标定于大脑里的特定位置。这种影像被当成创伤"真正存在"的证据，因为它具有生理的、物质的向度。

[18] 同上书，第6页。

comes）。[19]

　　将精神分析的创伤理论应用于人文学科领域的主要代表，是来自文学批评领域的凯西·卡鲁斯，其阐释模式常常结合了弗洛伊德精神分析与德里达、拉康式的后结构主义。[20]亚历山大认为，这种精神分析发展而来的创伤研究视角一定程度上超越了启蒙版本。比如卡鲁斯将创伤追溯到起源性伤害事件对心理的强大冲击（而不单是事件本身）上：正因为心灵无法将突如其来的创伤事件抛诸脑后，更不能理性地予以认知和讲述，才会导致被埋入无意识的创伤借助梦魇、反常行为等不断重复和回归。这就是说，她不是把创伤起源归于单纯的暴力事件，而是定位于其无法被心灵同化的性质。但亚历山大认为卡鲁斯的精神分析版创伤理论仍然具有自然主义与实在论取向，因为她在描述这些创伤症状时一再回到了创伤事件的客观性。

　　在反思常民创伤理论的自然主义谬误之后，亚历山大声称他们团队的研究取向奠基于对此谬误的超越上。他反复重申："我们主张事件本身不会创造集体创伤。事件并非本然具有创伤性质。创伤具有受社会调节/中介的属性。"[21]他甚至认为："事实上，有时候引发深刻创伤的事件，实际根本没有发生；不过，这种想象的事件和真实发生的事件一样能够造成创伤。"[22]由于这个观点显得过于极端和偏激，因

[19]　参见 Saul Friedlander, *When Memory Comes*, Farrar, Strauss, and Giroux, 1979, 以及他的 "Trauma, Transference and 'Working through' in Writing the History of the *Shoah*," *History and Memory* 4 (1) Spring/Summer 1992。

[20]　参见 Cathy Caruth, *Unclaimed Experiences: Trauma, Narrative, and History*, Johns Hopkins University Press, 1996; Cathg Caruth (ed.), *Trauma: Explorations in Memory*, Johns Hopkins University Press, 1995. 同时请参见本书《心理分析与解构主义的视野融合——论卡鲁斯的创伤文学批评理论》一文。

[21]　Alexander, "Toward a Theory of Cultural Trauma," in *Cultural Trauma and Collective Identity*, p. 8.

[22]　同上。

此引发了不少质疑。为此，有必要辨析一下亚历山大所谓"想象的事件"到底是什么意思。在谈及"想象"概念与本尼迪克特著名的"想象共同体"概念的差别时，亚历山大指出：建构主义的想象概念比较接近涂尔干（E. Durkheim，又译迪尔凯姆、杜尔凯姆等）《宗教生活的基本形式》一书中的"想象"。在这里："想象是再现过程的内在部分。想象从生活里抓取了刚萌发的经验（inchoate experience），通过联想、凝缩和美学创造等将之形塑为某种特殊形状。"[23] 这个意义上的"想象"实际上就是对原初经验进行的符号加工。既然创伤的建构离不开再现/表征过程，它当然也就离不开想象。即使真实发生的事件也必须通过表征才能成为文化创伤，而此过程必然包含了想象。在这个意义上，"无论指涉的是真实发生的事件，或是并未真实发生的事件，想象同样支撑了创伤的建构"。[24] 但仔细分辨可知，这个意义上的"想象的"事件不同于"根本没有发生过"的事件。但亚历山大似乎并未觉得区分两者有何必要，也没有深究有关创伤的声称是否必须具备本体论上的事实性，而是转而强调文化社会学家的角色并非"关心社会行动者宣称的正确与否，更别提评估他们的道德正当性。我们只关心这些声称如何提出，在什么条件下提出，结果如何。我们关切的既不是本体论，也不是道德论，而是认识论"。[25] 换言之，创伤是否建立在真实事实基础上不是作为认识论的建构主义所要关注的问题（它可以是本体论关注的问题）。但从亚历山大把纳粹杜撰的"犹太人国际阴谋"导致德国人的创伤作为创伤可以产生于想象的例子看，实际上他偏向于否认创伤需要事实基础。从激进建构主义角度看，伤害

---

[23]   Alexander, "Toward a Theory of Cultural Trauma," in *Cultural Trauma and Collective Identity*, p. 9.

[24]   同上。

[25]   同上。

性事件是否确实存在并不重要，重要的是人们是否感到、相信这个"事件"损害了自己，特别是自己的集体身份认同，而"感到""相信"等主观感知完全可以无中生有地通过文化—符号建构召唤出来。

一方面是创伤的建构不一定依赖事实，另一方面则是即使事实层面上确实发生了社会危机（如体制无法运作、经济濒临崩溃等），如果缺少恰当的符号建构，也不会形成创伤。"创伤要在集体的层次出现，社会危机必须成为文化危机。事件是一回事，对事件的再现又是另一回事。"[26] 社会危机是属于事实层面的，而文化危机则是属于意义层面的。建构主义创伤理论关注的重点正是表征/再现的社会过程之于创伤建构的根本意义。用艾尔曼的话说，亚历山大"提出了一个以意义为中心的、建构主义的创伤研究路径"。[27]

亚历山大的建构主义创伤观大体上得到了斯坦福文化创伤研究小组成员的一致认同。比如，斯美尔瑟就认为，创伤是"被制作的而非天生的"（traumas are "made not born"）。[28] "没有任何分离的、不相关的事件或情境能自动地或必然地自身就具有成为文化创伤的资格。"[29] 战争、失业、移民等只是可能但并不必然能够被建构为文化创伤。创伤不是事件本身，而是由于其所置身的特定语境才成为一个创伤。创伤也不是不相关的、偶然、孤立的事件（a discrete casual event），而是一整个过程与系统的一部分。"文化创伤就是弥漫性的、全面的、被认为是瓦解或摧毁了一种文化或作为整体的文化的一个或几个基本

---

[26] Alexander, "Toward a Theory of Cultural Trauma," in *Cultural Trauma and Collective Identity*, p. 10.

[27] Eyerman, "Introduction: Identity, Memory, and trauma," in *Memory, Trauma, and Identity*, p. 4.

[28] Neil J. Smelser, "Psychological Trauma and Cultural Trauma," in Alexander, Eyerman, Giesen, et al., *Cultural Trauma and Collective Identity*, p. 37.

[29] 同上书，第 36 页。

成分的事件。"[30] 斯美尔瑟进而给出了界定文化创伤的几个关键特征。
第一，创伤之为创伤的性质依赖于特定历史事件产生于其中的社会文
化语境或历史境遇，"对其他社会而言可能不是创伤性的历史事件，
对于饱经磨难的社会而言可能是创伤性的"。[31] 其次，"一个事件必
须被记住才能成为文化创伤，而且这个记忆必须被理解为具有文化意
义，也就是被表征为对集体身份认同具有破坏性乃至毁灭性，或者使
得某些神圣的价值——通常是对一个社会的团结具有根本意义的价
值——受到了严重的质疑"。而且这个记忆"必须联系于一种强烈的
否定性情感，比如恶心、羞愧或者罪感"。[32] 第三，一个特定的历史
事件或境遇在社会历史的某个时期可能被建构为创伤，但是在另一个
时期则不是这样。17 世纪中期英国查尔斯一世被处死或法国革命中
路易十四被处死，在此后的几十年中被建构为巨大的创伤，但是在当
代政治和社会话语中则不再如此。

　　当然，在现实主义/实在论与建构主义的问题上，学者们在立
场、观点上的细微差别也并非全不存在。比如，艾尔曼就自称自己所
持的是现实主义与建构主义之间的中间立场。他认为，给习以为常的
日常生活基础以毁灭性打击的那种突发性震撼事件，是启动创伤建构
程序的必要条件（但不是充分条件）。为此，艾尔曼提出了"创伤潜
力"（the "traumatic potential"）概念。[33] 依据这个概念，突发事件至少
为创伤建构提供了潜在可能性，没有它创伤不能凭空建构出来；但这
种潜在可能性要变成实际的创伤，则需要一系列符号—表征的操作。

---

[30] Smelser: "Psychological Trauma and Cultural Trauma," in *Cultural Trauma and Collective Identity*, p. 38.

[31] 同上书，第 36 页。

[32] 同上。

[33] Eyerman, "Cultural Trauma," in *Social Trauma-An Interdisciplinary Textbook*, p. 38.

彼得·什托姆普卡（Piotr Sztompka，又译彼得·斯汤帕）所持的
似乎也是介乎主观论和客观论、建构论与实在论之间的立场。在《社
会变迁的创伤：后共产主义社会的案例》一文中，他认为文化创伤
离不开"创伤性事件"，即剧烈的社会变迁，或"创伤性状况和境遇"
（Traumatizing Conditions and Situations），这被认为是创伤的"促发性
因素"。什托姆普卡还提出了"引发创伤的社会变迁"（traumatogenic
social change）概念，指出：说一切社会变迁都产生创伤没有意义。
关键的问题是"何种类型的变化会引发创伤？"他将引发创伤的社会
变迁的特征总结为四个方面：1.变化的速度：突然的、快速的变化。
2.变化的范围：广泛的、覆盖性的，影响到很多人和很多的生活领
域。3.变化的性质：根本性的、深刻的、涉及公共生活和私人生活
核心层面的变化。4.变化的情感反应：一种无法令人相信的强烈情
绪／心情。换言之，"可能引发创伤性变迁的是那些突发的、全面的、
根本性的和出乎意料的变迁"。[34] 从这些对于引发创伤的变化的特征
的规定中，我们可以看到什托姆普卡比他的同事们更接近创伤研究
中的实在论立场。但另一方面，这些因素"只是创伤的土壤"而不是
创伤本身。[35] 在他看来，文化创伤"以某种实际发生的事件或现象为
基础，但如果这些现象还没有通过特定的方式得到界定，就很难自
动成为创伤"。[36] 这个"界定"又被称为"文化命名"（标签化）。创伤
既是客观的，也是主观的。

　　这可以被视作以客观事件为基础的建构论（也是笔者比较赞同的

---

[34] Piotr Sztompka, "The Trauma of Social Change: A Case of Postcommunist Societies," in
　　　Alexander, Eyerman, Giesen, et al., *Cultural Trauma and Collective Identity*, p.159.

[35] 同上书，第164页。

[36] 同上书，第165页。

创伤理论）。文化的命名、框定和重新界定（cultural labeling, framing, and redefining），亦即亚历山大所谓"创伤化过程"，固然必不可少，但它并非发生于真空中。[37] 在文化的命名和界定之前，每个共同体中都存在共享的文化意义系统，个体不是创造意义而是在这个共享的意义系统中选择某种意义并把它赋予具有创伤潜能的事件。这里就存在这样的可能："带有客观上足够强大的导致创伤潜力的事件或情境，事实上却没有导致创伤，因为它们被解释过去了（explained away），解释它们、将它们合理化的那种方式使得它们被遮蔽起来了，变得无害，甚至变得有益。"[38] 这个观点是非常深刻的，确实有很多极具伤害性的灾难性事件由于缺乏必要的符号操作没有能够被建构为文化创伤。

亚瑟·尼尔（Arthur Neal）的《国族创伤与集体记忆》[39] 在解释集体是否蒙受创伤时也肯定了事件本身性质的重要性，指出国族创伤源于那些动摇了"社会世界根基"的重大事件引发的集体反应——它因此被亚历山大列入"常民创伤理论"的最新范例。尼尔认为，一个事件之所以会伤及集体，原因在于它是一个"非比寻常的事件"，拥有"爆发性的特质"，在短时间里造成了"断裂"和"剧烈变化"。[40] 这

---

[37]　不过，什托姆普卡并不总是能够坚持文化创伤的主客观统一论，有时会走向纯粹的主观主义创伤观。比如，他认为："可能存在这样的创伤：它们不是植根于真实的创伤性条件或情境，而是植根于广泛流行的关于创伤性事件的想象。比如，假如足够多的人相信银行即将崩溃，就会导致巨大混乱（否则就什么事也没有）。如果足够多的人相信某个卡利斯马领袖犯了叛国罪（实际上没有），就会有合法性的危机。"这无异于是说：创伤并不必然需要客观的事实基础。参见 Sztompka, "The Trauma of Social Change," in *Cultural Trauma and Collective Identity*, p.165。

[38]　同上书。

[39]　A. Neal, *National Trauma and Collective Memory: Major Events in the American Century*, M. E. Sharpe. 1998.

[40]　同上书，第9—10页。

些客观事件引发了公众的情感反应和普遍关切，"有理性的人"不可能会有其他反应方式。"忘却或忽视创伤经验，不是个合理的选项"，"抱持温和怠慢的态度"或"犬儒般的冷漠"也不合理。[41] 显然，这里有一个"理性人"的假设，因此尼尔的创伤理论显然还带有启蒙主义的特质。正因为行动者合乎理性，创伤事件才会导向进步。不过，在亚历山大看来，尽管有启蒙主义创伤观的自然主义局限，但尼尔研究取向的重要性在于它强调集体而非个人，这种强调使得它不同于偏向个人的精神分析的创伤理论。

三　文化创伤、集体记忆、身份认同

在《迈向文化创伤理论》一文的开头，亚历山大就给"文化创伤"下了这样一个定义："当个人和群体觉得他们经历了可怕的事件，在群体意识上留下难以磨灭的痕迹，成为永久的记忆，根本且无可逆转地改变了他们的未来，文化创伤就发生了。"[42] 这个定义突出了创伤的集体维度（尽管第一句保留了"个体"一词），只有那些深刻影响了集体意识、根本改变了集体身份认同的重大事件的记忆，才属于文化创伤。尽管文化创伤可以被个体经验到，但它必须触及集体层次。"唯有集体的意义模式突然遭到驱逐，事件才会获得创伤性质。是意义，而非事件本身，才提供了震惊和恐惧的感受。意义的结构是否松动和震撼，并非事件的结果，而是社会文化过程的效果。"[43] 这一观点也得

---

[41]　Neal, *National Trauma and Collective Memory*, pp. 4, 9-10.

[42]　Alexander, "Toward a Theory of Cultural Trauma," in *Cultural Trauma and Collective Identity*, p. 1

[43]　同上书，第 10 页。

到了斯坦福大学文化创伤研究小组成员的一致认可。

　　艾尔曼认为，从源头上看，"文化创伤"概念可以追溯到埃里克森（Kai Erikson）。早在 1979 年出版的《一切按部就班》（*Everything in its path*）中，埃里克森就提出了"集体创伤"概念，并与"个人创伤"进行了比较：

> 　　所谓个人创伤，我是指对于心理的猛烈一击（a blow），这一击是如此突然、如此暴烈地穿透了个人的防卫，以致个人对之无法做出有效反应……另一方面，我用集体创伤指的是对于社会生活基本纹理（basic tissues of social life）的猛烈一击，这一击摧毁了将人群联系在一起的纽带，破坏了共同体感受。集体创伤缓慢地，甚至是不知不觉地潜入了受其打击者的意识里，所以不具有通常与"创伤"连在一起的突发性。不过它依然是一种震撼形式，是逐渐意识到作为有效支持之源的共同体已经不再存在，意识到自我的重要部分消失了……"我们"不再是更大的共同体里有联系的组合或是相互关联的细胞。[44]

　　对"社会生活基本纹理"的摧毁是集体创伤的标志性特征，它导致集体纽带、共同体感受、集体身份认同之支撑系统的崩塌。在对于一个被洪水摧毁的美国小社区的研究中，埃里克森发现，那些并没有在现场直接经验到那场灾难的社区成员，因其对于（小镇上的）人和（小镇这个）地点的强烈认同，足以激发一种与那些实际在场者类似的情感反应。这个发现阐明了集体记忆与集体身份认同对于创伤经验的重要性。"与他人的认同和互动是创伤社会理论的核心，在这里，

---

[44]　Kai Erikson, *Everything in Its Path*, Simon and Schuster, 1976, pp. 153 – 154.

认同将个体苦难联系于集体苦难，这样，他人的苦难对于个体就可以具有一种累积的影响。"[45] 对摧毁了集体成员所属社区的大洪水的共同记忆，成为凝聚当下共同体生活的重要纽带。一种重建的共同过去（事实的和神话性质的）使"我们"可能成为共同体的一部分。亚历山大高度评价埃里克森的这本书，指出这部扣人心弦的书尽管同样受限于自然主义视角，但它依然建立了创伤研究的独特社会学取向，因此是一部文化创伤理论的奠基之作。

艾尔曼的《文化创伤：奴隶制与非裔美国人身份的建构》在揭示创伤性集体记忆与集体身份的关系方面堪称经典。正如作者自己指出的：他所说的作为"创伤"的奴隶制，不是作为机构、制度甚至经验的奴隶制，而是作为一种集体记忆的奴隶制，一种扎根于一个民族之身份形构的记忆方式，它成了非裔美国人的集体身份之根。与个体创伤不同，作为文化过程的创伤"联系于集体身份的形成以及集体记忆的建构"。[46] 值得注意的是，奴隶制创伤是回溯性的，是在19世纪后几十年中通过回忆和反思的中介阐释出来的；而阐释者恰恰是没有亲历奴隶制的一代黑人，对他们而言，奴隶制是过去的制度。换言之，奴隶制创伤并不等于奴隶制的制度或经历（否则就陷入了自然主义）。在此，各种关于奴隶制的表征（比如艺术作品）为奴隶制创伤从而也为非裔美国人身份认同奠定了根基。"心理或物理的创伤包含个体所体验到的、对于极大情感痛苦（great emotional anguish）的受伤经验，与此不同，文化创伤指的是身份和意义的急剧丧失，是社会织体的撕裂（a tear in the social fabric），它影响到一个具有某种程度

---

[45] Eyerman, "Cultural Trauma," in *Social Trauma-An Interdisciplinary Textbook*, p. 38.

[46] Ron Eyerman, "Cultural Trauma: Slavery and the Formation of African American Identity," in Alexander, Eyerman, Giesen, et al., *Cultural Trauma and Collective Identity*, p. 60.

内聚力的群体。"[47] 显然,"社会织体"这个概念与埃里克森的"社会生活基本纹理(basic tissues of social life)"含义相当接近。

什托姆普卡的《社会变迁的创伤:后共产主义社会的案例》一文从创伤社会学视角阐释了什么样的社会变迁属于集体性的文化创伤。他指出,社会学研究的核心问题是社会变迁,准确地说是从传统社会到现代社会的变迁。这个变迁又可以分为三次大转型:第一次以工业化、城市化和大众教育、大众文化为代表,第二次以自动化、计算机化和休闲旅游的扩展为标志,第三次则以传播与信息革命、全球化时代和知识社会的来临为特征。在这三次转型中,社会学领域分别出现了进步话语(discourse of progress)、危机话语(discourse of crisis)与创伤话语(discourse of trauma)。[48] 之所以把"创伤"概念运用于社会变迁领域,是由于意识到变迁本身会给社会与文化组织带来震荡和伤害,关注点从特定变迁类型转向了对于变迁的扰乱性、毁坏性和震荡性结果,[49] 这类变化被称为"引发创伤的变化"(参见上文)。但他认为,这个概念依然过于宽泛。首先,这个概念既包含了集体维度的社会变迁,但也包含了缺乏此维度的个人变迁(如家庭成员之死、离婚等),后者所带来的创伤常常是个人心理层面的,应该被排除在关于创伤的文化学或社会学的视野之外。社会学研究的应该是"集体创伤"(collective trauma)。其次,集体创伤也不等同于大规模创伤(massive trauma),后者仅仅是数量的概念,意味着范围大、波及面

---

[47] Eyerman, "Cultural Trauma: Slavery and the Formation of African American Identity," in *Cultural Trauma and Collective Identity*, p. 61.

[48] Sztompka, "The Trauma of Social Change," in *Cultural Trauma and Collective Identity*, pp. 155–157.

[49] 杜克海姆的"成功的反常性"(anomie of success)被认为是这种研究的先驱。参见 Sztompka, "The Trauma of Social Change," in *Cultural Trauma and Collective Identity*, pp. 157–158.

广、牵涉者多，但却不一定意味着它会导致集体身份认同的危机，有时甚至促进和强化了这种认同（比如一次巨大的自然灾害、弱小民族对入侵外敌的抵抗战争，就可能使得一个民族变得更加团结，集体身份认同反而得到了加强）。"集体创伤"则不同，它出现于"人们开始意识到共同的困境，知觉到他们之间的境遇的相似性，把这种境遇界定为共同的"。[50]这是一种文化意义的危机并且在公共媒体中得到集中谈论，甚至整个"意义工业"（meaning industry）都充满各种关于它的叙事（从这个意义上，什托姆普卡似乎不是一个彻底的实在论者，因为他毕竟看到了叙事／表征之于集体文化创伤建构的重要性）。

在对"引发创伤的变迁"概念做了上述界定之后，什托姆普卡进一步指出了这种变迁影响所及的两个主要领域：一个是社会组织机构，在这里，"引发创伤的变迁"指的是那些影响了社会组织机构——社会网络、互动结构、社会等级、群体模型、阶级划分——的结构化创伤（这方面的先行者是滕尼斯对于工业化城市化背景下共同体之衰落的研究，另一个是对社会生活的原子化和个体化的研究）；还有一个领域就是文化，或曰一个社会的价值规范和象征—信仰系统。在这里，引发创伤的变迁影响到了一个社会业已确立的价值规范、仪式、规则、叙述方式与象征意义、话语框架等（杜克海姆是这方面的先行者，他的著名概念是"社会反常状态"）。

当一个社会的变迁危及社会的文化意义、集体认同时，文化创伤就产生了。文化创伤现象的特殊意义在于：首先，文化组织对于引发创伤性变迁的冲击是最为敏感的，因为这种变迁削弱甚至摧毁了文化连续性、文化遗产、传统以及共同体认同；其次，施加于文化的创伤是最难治愈的。"文化包含了惯性，一旦文化的平衡被打

---

[50] Sztompka, "The Trauma of Social Change," in *Cultural Trauma and Collective Identity*, p. 160.

破，是最难恢复的。文化创伤是持久的，持续性的，它可能会延续几代人。"[51]

最后值得指出的是，与斯美尔瑟一样，什托姆普卡也比较多地强调了文化创伤的情感维度或创伤性变迁对于社会心态的影响。他指出："由重要社会变迁引发、由创伤性状况和境遇——被解释为威胁性的、不公平的、不适当的——触发的文化创伤，表现为一系列复杂的社会心态，其特点体现为一系列情绪、倾向和态度。"[52] 比如，存在普遍的焦虑感、不安全感和不稳定感，普遍流行的对于人和机构的不信任，弥漫的无助感和消极悲观，以及对未来的悲观主义和怀旧，等等。

四　创伤过程、承载群体与公共知识分子

如上所述，建构主义认为文化创伤不等于客观存在的事件，也不是对这类事件的自动心理反应，而是符号 / 表征的建构。重大灾难 / 灾害性事件可以具有引发创伤的潜能，但它必须经过符号表征才能被建构为文化创伤。文化创伤也不仅仅是一个群体所经验到的痛苦情感，而是这种痛苦"进入了集体自身的认同感核心的结果"，它必须危及集体身份认同——我们是谁、我们来自何处，我们要往哪里去——才能成为文化创伤。

既然文化创伤离不开阐释与表征，因此它也就必然要求阐释与表征主体的存在，他们作为能动者（agents）在创伤的表达、阐释

---

[51]　Sztompka, "The Trauma of Social Change," in *Cultural Trauma and Collective Identity*, p. 162.

[52]　同上书，第 166 页。

和传播过程中是必不可少的环节。[53]事件和再现之间的差距，即所谓"创伤过程"（trauma process），开始于由能动者做出的声称（claim making）；做出声称当然是一种符号表征实践："这是关于某种根本损伤（fundamental injury）的宣称，是某种神圣价值令人惊骇的庸俗化的感叹，是关于令人恐惧的破坏性社会过程（horribly destructive social process）的叙事，以及在情感、制度和符号上加以补偿和重建的吁求。"[54]这个能动者不是笼统的"集体""大众"，也不是个人，而是一个能够代表集体和大众的特殊群体。

亚历山大借用马克斯·韦伯（Max Weber）宗教社会学里的"承载群体"（carrier groups）概念来指称这个群体，指认其为一个具有特定社会文化特征的创伤过程的集体能动者。他们可能是精英阶层，也可能是遭贬抑但仍然具有公共感召力的异端分子。不管如何，他们的共同特征是居于社会结构中的特殊位置，拥有在公共领域里做出创伤宣称（制造意义）的特殊资质和资源。[55]

创伤声称想要获得成功，就必须令人信服地回答如下问题：1.灾难／痛苦的本质：到底发生了什么？一个群体所遭受的是什么性质的痛苦？比如科索沃到底死了多少阿尔巴尼亚族人？是死于自然灾害，还是有组织的谋杀？ 2.受害者的性质：遭受创伤痛苦的人群是谁？他们是特殊的个人或群体，还是包含了多个群体？比如：纳粹大屠杀

---

[53] Eyerman, "Introduction: Identity, Memory, and Trauma," in *Memory, Trauma, and Identity*, p. 4.

[54] Alexander, "Toward a Theory of Cultural Trauma," in *Cultural Trauma and Collective Identity*, p. 11.

[55] 亚历山大认为，从言说行动理论视野看，创伤言说过程可以类比为言说行动（speech act）。包含了三大要素：1.言说者，即承载群体；2.观众／听众，创伤声称的接收者；3.言说情境，即言说行动发生的历史、文化和制度环境。"言说者的目标是以有说服力的方式，将创伤宣称投射到受众—公众。这么做的时候，承载群体利用了历史情境的特殊性、手边备用的符号资源，以及制度性结构提供的限制和机会。"Alexander, "Toward a Theory of Cultural Trauma," in *Cultural Trauma and Collective Identity*, p. 13.

的受害者仅仅是德裔犹太人吗？还是受害群体包括波兰犹太人，欧洲犹太人，或是全体犹太人，以及苏联俘虏、吉卜赛人？等等。3. 创伤受害者与广大受众的关系。这里涉及的核心问题是：如何再现创伤才能引发受众与受害者的认同，而不是认为受害者与"我""我们"无关？亚历山大深刻地指出："唯有受害者的再现角度是从广大集体认同共享的有价值特质出发，受众才能够在象征上加入原初创伤的经验。"[56] 4. 责任归属。到底谁是施害者？比如，是纳粹分子还是所有"德国人"造成了犹太人大屠杀？犹太人委员会的领导有没有责任？只有老一辈的德国人要负责，或者后来的世代也要负责？5. 表征或再现过程所处的制度性场域。

如果说亚历山大的《迈向文化创伤理论》是对创伤建构过程中的诸多要素和环节的全面概述，其中对创伤承载群体的论述是非常简要的，那么，艾尔曼的《知识分子与文化创伤》（"Intellectuals and Cultural Trauma"）则专门聚焦其中的一个环节，即创伤承载群体。他认为，知识分子在文化创伤建构过程中所扮演的就是承载群体的角色，而这篇文章要回答的则是知识分子如何能够承担这样的角色。[57]

其实，在《知识分子与文化创伤》一文之前，艾尔曼在《文化创伤：奴隶制与非裔美国人身份的建构》中就提出了知识分子在创伤建构中的角色功能问题。他指出，知识分子是一个历史地、社会地建构的功能/角色，而不是一个固定的职业群体或职业类型。这个概念更多地指个体所做的事情、所发挥的功能，而不是他们的职业是什么。一般而言，知识分子处于文化场域和政治场域之间，他们与其说

[56] Alexander, "Toward a Theory of Cultural Trauma," in *Cultural Trauma and Collective Identity*, p.14.

[57] 艾尔曼此文原发于 2011 年的《欧洲社会理论》（*The European Journal of Social Theory*），后收入艾尔曼主编的《记忆、创伤与身份》。

表达和代表自己的观点和利益，不如说是向别人和为别人表达和阐释观念。他们可以是电影导演、歌星、大学教授等，但不能反过来说这些人一定是知识分子。社会运动生产出"运动知识分子"（movement intellectuals），他们或许缺乏正规教育，但是其在阐释和表达一个运动的目的和价值方面发挥的作用使其能被称为知识分子。[58]

在《知识分子与文化创伤》中，艾尔曼首先强调了媒介化之于创伤建构的重要意义，指出：文化创伤尽管根植于一个或一系列的事件，但并不必然依赖对它（们）的亲历经验（比如没有经历过大屠杀的德国第三代，也能够通过各种媒介化的大屠杀叙事而感到自己遭受到大屠杀的创伤）。实际上，大多数人的创伤经验都是这般建构的。媒介化包含了对创伤事件的选择性建构和再现。在此过程中，"职业群体"，即艾尔曼理解的知识分子，在表达、阐释创伤主张并将之向更大的公众群体呈现方面，扮演着关键角色。

艾尔曼重申：知识分子不是某种固定的职业范畴，而是一种特殊的功能/角色："我把知识分子视作积极操演一种社会角色的人，这种角色就是通过一系列媒介和论坛，阐释、表达在广大的读者中传播的观念，其目的在于影响公共舆论。"[59]这样，"知识分子既不是固定的社会阶层，也不专指有特殊才能的人，它是一种由行动者在特定历史语境的文化传统中建构和操演出来的新兴角色"。[60]艺术家、记者、剧作家、小说家以及为协会杂志写作的普通人都可能是知识分子，而大学教授则可能不是知识分子。换言之，从潜能或可能性角度

---

[58] Eyerman, "Cultural Trauma: Slavery and the Formation of African American Identity," in *Cultural Trauma and Collective Identity*, pp. 62–63.

[59] Eyerman, "Intellectuals and Cultural Trauma," in *Memory, Trauma, and Identity*, ed. Eyerman, p. 40.

[60] 同上书，第41页。

看，每个人都可能是知识分子，而谁实际上成为知识分子，则取决于其是否事实上扮演了知识分子的社会角色。具体到文化创伤，知识分子的作用就是通过符号操作建构文化创伤。

艾尔曼认同亚历山大等人的观点，认为文化创伤是"对于社会结构撕裂的一种话语反应（a discursive response to a tear in the social fabric）"，文化创伤使得业已确立的集体身份基础被动摇，急需通过叙述得到修复。[61] 对文化创伤而言，震惊性的事变（如一个众望所归的政治家的被刺杀）或许是不可少的，但与之伴随的情感（比如恐惧、愤怒、悲伤）与认知（该事件是否动摇了集体身份的根基）则必须通过令人信服的方式得到叙述和表征。在这个意义上，"文化创伤可以被理解为一种意义斗争，在这里，个体和集体的行动者尝试通过赋予一种情境以一种阐释来界定这种情境"。[62] 而知识分子则在这个话语过程中扮演了核心作用，"他们在阐释、表达到底发生了什么、谁应该负责、谁是牺牲者、应该做些什么等方面，是重要的行动者"。[63] 知识分子的作用特别体现在借助表征、阐释将所发生的偶然事件转化为有极度重要意义的公共事件（艾尔曼将此作用称为"制造公共事件"）。比如，名人被刺这样的事件本身不能保障其一定成为创伤事件或重要公共事件。公共事件必须通过话语的阐释、重构、表征而得到确立，而在当代媒介饱和社会（media-saturated society），记者和专家在此过程中的角色就非常值得注意。当记者通过剧本化叙事（scripted narration）和编码再现（coded representation）等方式将突发事件叙述为有重大意义的公共事件时，他所从事的就不再只是一个常规的职业

[61] Eyerman, "Intellectuals and Cultural Trauma," in *Memory, Trauma, and Identity,* ed. Eyerman, p. 42.

[62] 同上书，第40页。

[63] 同上。

化活动（比如记者奉命报道新闻事件），而是发挥了知识分子的作用。

　　与此同时，要想被媒介建构为重大公共事件，还有一个重要环节是读者／观众。只有通过读者／观众，刺杀才能被接受为重大公共事件。创伤是对一个突发重大事故的强烈情绪反映，其意义必须得到阐释和传播，创伤必须通过可以理解的形式得到叙述。在这里，语言、阐释框架，以及形成的过程、传播创伤的交流工具，都是必不可少的。以对政治家的刺杀为例。大众对于被刺杀者的认同感与强烈的愤怒、悲伤等情绪能否被激发，同样极大地取决于记者如何叙述，记者提供的解释"必须对观众／读者而言是有意义的而且具有情绪感召力"。[64] 如果把知识分子理解为表达、阐释观念，赋予情感以形式的人，那么，这种阐释观念、赋予情感以形式的方式，必须能够被其目标人群所理解和接受。艾尔曼指出，扮演知识分子角色的记者在提供其对突发事件的解释时所依据的，是一种普遍可获得的但又具有文化特殊性的框架与故事情节。比如，当瑞典外交部长安娜·林德（Anna Lindh）2003 年 9 月在购物中心被刺时，记者的报道直接参照了 17 年前发生的首相帕尔梅遇刺事件或"911"恐怖袭击事件。由于后两个事件是众所周知的重大公共事件和创伤事件，因此这样的参照就极大地强化了事件的公共意义，有助于使得林德的被刺成为震惊性创伤事件，并超越地方性兴趣而转化为全球事件。用艾尔曼的话说，其所用的框架和主题是"大家熟知的处方"（well known prescriptions）。[65] 这个时候的记者（叙述者）就扮演了知识分子的角色。

　　另一个通过其对重要公共事件的话语建构扮演知识分子角色的群体是专家。他们常常在媒体报道突发事件之后受邀提供其对事件的阐释，启发和引导大众观众（mass audience）的理解和情绪。通过这

---

[64] Eyerman, "Intellectuals and Cultural Trauma," in *Memory, Trauma, and Identity*, p. 43-44.

[65] 同上书，第 40 页。

样的角色，他们也参与了文化创伤的建构过程。比如在政治谋杀事件中，当学者、法律专家等在大众媒体中站出来阐释重大事件时的那一刻，他们就是知识分子。还有这样一类人：他们对于建构创伤具有职业的而非个人的兴趣，比如受害者的传记作者等。"在通常情况下，所有这些个人可能是作家或艺术家，但是当他们致力于一个重大公共事件的公共阐释的时候，他们就承担了知识分子的功能。"[66]

结　语

　　文化创伤的理论可以透过文化社会学的视角分析历史上和现实中的各种集体苦难，它阐明了面对巨大苦难时的意义创造过程，以及职业群体、职业机构——比如大众传媒——在此过程中的作用。这里面还包含了社会－文化修复的尝试，包括尝试重新－叙述（re-narrate）被毁坏的甚至彻底粉碎了的集体身份的基础，修复被损坏的社会肌体（social body）、社会组织。这常常包括指出并惩罚那些导致这种损坏的人，这就又引出了这个过程中包含的法律的、政治的、文化的过程。当然，对这些问题的阐释，显然已经超出了本文的范围。

（原载《文艺理论研究》2024 年第 3 期）

---

[66] Eyerman, "Intellectuals and Cultural Trauma," in *Memory, Trauma, and Identity*, p. 45.

记忆
的维度

记忆是一种文化建构

——读哈布瓦赫的《论集体记忆》

引　言

"文化"和"记忆"这两个术语目前在学术界已经高度流行。大约从 20 世纪 80 年代开始，文化记忆、集体记忆、社会记忆等已经超越医学与心理学，成为社会学、哲学、文化研究中频繁使用的术语。[1]著名社会学家哈布瓦赫在这里起到了至关重要的作用。因为记忆研究一直以来都是集中在医学与心理学领域，并且受到生物学—医学—心理学视角的支配，其研究对象是个体。记忆研究在人文科学与社会科学领域的兴起要有一个前提，即从生理学、心理学、精神病理学向社会学、文化学、人文学的转向，而哈布瓦赫正是这个转向的核心人物。有人这样评价道："哈布瓦赫决定性地否弃了关于记忆的生物学理论（它支配了 20 世纪开始以来的争论），转而选择了一种文化的阐

---

[1] 参见 Edric Caldicatt and Anne Fuchs, "Introduction," in *Cultural Memory: Essays on European History and literature*, eds. Edric Caldicatt and Anne Fuchs Peter Lang, European Academic Publishers, 2003。

释框架，认为我们的记忆是社会—文化地建构的。虽然神经心理过程无疑是我们接受和保持信息的必要条件，但光是对于这些过程的分析不能令人满意地解释特定知识领域和记忆领域的构成。"[2] 由此，哈布瓦赫在 20 年代提出的集体记忆理论成为这个领域不可绕过的重要成果。[3]

一　记忆是社会文化的建构

人的记忆是一种生理—心理现象，还是社会文化现象？是个体现象还是集体现象？应该从个体心理学的角度加以研究，还是从集体心理学、社会文化学的角度加以研究？记忆是一个人自己的事情吗？一个人是否可以随心所欲地回忆、书写自己的记忆？如果记忆是一种社会文化现象，那么，哪些社会文化因素（比如意识形态、风俗习惯、时代精神、流行风尚等）、语言形式因素（比如叙述方式和惯例）会影响记忆的选择和呈现？

这些是记忆研究中的重要理论问题，自从法国著名社会学家哈布瓦赫关于集体记忆的研究成果问世后，记忆研究出现了一个重要转向：从个体视角转向了集体视角；从生理学、心理学转向社会学、文化学。在此，哈布瓦赫的研究是开创性的。"哈布瓦赫关于集体记忆的著作是开创性的，而且，当他其他方面的贡献可能都不再保持活力

---

[2]　参 见 Caldicatt and Fuchs, "Introduction," in *Cultural Memory: Essays on European History and literature*。

[3]　莫里斯·哈布瓦赫著《论集体记忆》包含第一编"记忆的社会框架"和第二编"福音书中圣地的传奇地形学"（毕然、郭金华译，上海人民出版社，2002 年）。

的时候，这一方面的著作仍会继续发挥影响。"[4]

对记忆研究中所采取的心理学范式和个体主义立场的反思，是哈布瓦赫记忆研究的起点。心理学领域的记忆研究侧重从个体维度来探索记忆，记忆被认为存在于个体的中枢神经系统中。因此，心理学家关注的一般是短时的个体记忆，是记忆得以形成的心理和生理机制。德国著名的心理学家赫尔曼·艾宾浩斯（Hermann Ebbinghaus，1850—1909）就是这种研究范式的代表和先驱。他一直致力于对记忆进行实验心理学研究，他曾在 1885 年让实验者去记忆一些没有意义的片段材料，以观察个体的记忆过程，并把记忆分为识记、保持、联想和复现四个阶段，据此绘制了著名的艾宾浩斯记忆曲线。

哈布瓦赫指出：记忆是一个与他人、社会、环境紧密相关的现象。在大多数情况下，我之所以回忆，正是因为别人或者外物（例如与自己某段经历相关的某个人或自然景物）刺激、促动、激发了我；大家一起回忆的现象则说明，他人的记忆常常带出了我的记忆。哈布瓦赫写道：如果我们仔细考察一下我们自己是如何回忆的，我们就肯定会认识到："正是当我们的父母、朋友或者其他什么人向我们提及一些事情时，对之的记忆才会最大限度地涌入我们的脑海。"[5]

这一点得到了我们日常经验和回忆录作者的印证。比如：山西作家李锐谈到，自己原先对父亲关于他革命生涯的那些"酒后闲谈"毫不在意，很少回忆起。但是，当他看到父亲的好友李新写的《流逝的岁月》时，情况发生了戏剧性的变化："在李新叔叔的回忆中，忽然回想起父亲曾经的酒后闲谈，忽然清晰地看到那么多曾经不被我们理

---

[4] 参见著名社会学家刘易斯·科瑟给哈布瓦赫《论集体记忆》写的《导论：莫里斯·哈布瓦赫》（载哈布瓦赫《论集体记忆》，第 37 页）。

[5] 哈布瓦赫:《论集体记忆》，第 68 页。

解，也不被我们确切了解的人和事，渐渐无痕的岁月忽然间波澜骤起，久久难平。"[6] 这个经验之谈说明，回忆不是孤立发生的、和他人无关的生理一心理现象；它也不只是个体心理现象，而是一种与他人相关的群体一社会现象。一个人的记忆常常需要别人记忆的唤起（一个知青一般不会无缘无故地回忆上山下乡的岁月，而是在和其他知青聚在一起的时候陷入"集体"回忆之中）。如果我们累计一下在一天之内，在我们与他人发生直接、间接关系的场合中被唤起的记忆数量，我们就会看到，在多数情况下，我们只是在与他人的交谈中，或为了回答他人的问题，才诉诸回忆。而且，为了做出回答，我们要设身处地地把自己设想为与他人隶属于同样的一些群体。

这正是哈布瓦赫不满意对记忆的个体心理学解释的原因。在阅读一些关于记忆的心理学著述时，哈布瓦赫发现，认知心理学常常把记忆看作个人现象，似乎要解释他们的记忆活动，只需固守在个体层面，只需了解其大脑皮层的结构或无意识心理活动，至于个体与其同时代人之间、与社会文化环境之间的关系，则完全不在考虑之列。这些心理学著作中的人是孤立的存在。对记忆研究领域这种生理主义和个体主义的反思和扬弃，是哈布瓦赫集体记忆（社会记忆）研究的起点。他针锋相对地指出，记忆不是纯个体现象，更不是纯生理现象。因此，"探究记忆是否存储在大脑或心灵中某个只有自己才能达到的角落，并没有什么意义，因为我的记忆对我来说是外在唤起的"。[7]重要的是对记忆现象进行社会学、文化学的研究。

哈布瓦赫首先从记忆唤起（即回忆）的角度指出，个体的记忆是"外在唤起"的，至少可以这么说：在与他人的交往过程中可以最容

---

[6]　李新：《流逝的岁月》，山西人民出版社，2008年，第3页。

[7]　哈布瓦赫：《论集体记忆》，第69页。

易地或最大限度地唤起个体的相关记忆。[8] 我生活其中的群体、社会以及时代精神氛围，能否提供给我唤起、重建、叙述记忆的方法，是否鼓励我进行某种特定形式的回忆，才是至关重要的。这个唤起、建构、定位和规范记忆的文化框架，就是所谓"集体记忆"或"记忆的社会框架"。"我们的个体思想将自身置身于这些框架内，并汇入到能够进行回忆的记忆中去。"[9]

　　值得注意的是：哈布瓦赫在大多数情况下谈论的是个体记忆的集体维度或社会文化维度，而不是说集体是记忆活动的主体。记忆仍然是一个个个体的行为，而不是集体、组织或机构的行为。集体没有用来记忆或回忆的器官即大脑，因此不可能是记忆或回忆行为的主体，不能实施记忆行为；集体也没有讲述记忆、书写记忆的器官，即嘴和手，因此也不能传达记忆。这些器官都只能是个体才拥有的。[10]哈布瓦赫说："尽管集体记忆是在一个由人们构成的聚合体中存续着，并且从其基础中汲取力量，但也只是作为群体成员的个体才进行记

---

[8]　值得注意的是，哈布瓦赫没有说只有在和他人交往时记忆才能被唤起。他没有说过这么绝对的话。在强调记忆唤起的外部社会环境时，他一般都要加上"在多数情况下""通常"等限定词。比如："在多数情况下，只是为了回答他人的问题，或者回答我们设想他们可能会提出的问题，我们才会诉诸回忆"，"大多数情况下，我之所以回忆，正是因为别人刺激了我。"哈布瓦赫：《论集体记忆》，第69页。

[9]　哈布瓦赫：《论集体记忆》，第69页。

[10]　但必须指出：哈布瓦赫在这个问题上并不总是观点一致，也并不都表述得十分清晰。比如，在第五章《家庭的集体记忆》中，他写道："既然我们已经理解了个体在记忆方面一如在许多其他方面一样，都依赖于社会，那么，我们也就可以很自然地认为，群体自身也具有记忆的能力，比如说家庭以及其他任何集体群体，都是有记忆的。"哈布瓦赫：《论集体记忆》，第95页。这样的表述给人以群体拥有记忆能力，因而也是记忆主体的感觉。再比如："人们通常正是在社会之中才获得了他们的记忆的。也正是在社会中，他们才能进行回忆、识别和对记忆加以定位。"哈布瓦赫：《论集体记忆》，第68—69页。

忆。"[11] 科瑟对此的解释是："进行记忆的是个体，而不是群体或机构，但是，这些植根在特定群体情境中的个体，也是利用这个情境去记忆或再现过去的。"[12]

我们可以通过对记忆（memory）、记住（to remember）、回忆（to recall）这几个词的辨析（在日常的使用中我们常常把它们都叫作"记忆"）来加深对上述问题的认识。我们说集体不是记忆的主体，是说集体不能 remember 也不能 recall，但是集体、社会或文化等能够对个体的记忆行为，无论是 remember 还是 recall，施加影响或提供框架，从而我们所"记住"（remember）或"回忆"（recall）的东西（memory）就带上了集体/社会/文化的维度。记忆的主体是个体没错，但这是一个社会中的个体，是"作为群体成员的个体""特定群体情境中的个体"，这样，个体的记住或回忆行为就带上了集体的维度或者受到了集体的制约，而其记住或回忆的东西（memory）就更是如此了。

因此，"集体记忆"的准确意思是：每个个体的记忆都具有集体的维度，也就是社会文化的维度。个人的过去经历能否被回忆起、以什么方式被回忆起和表达出来，常常取决于这个框架。它使得某些记忆成为"能够进行回忆的记忆"，[13] 某些则作为不能进行回忆的记忆、"不正确"的回忆被打入冷宫、封存起来。科瑟援引匈牙利作家康拉德的话说：在极权主义的环境下，人们被迫抹去自己的某些集体记忆，"不允许自己保存记忆……许多人热衷于失去记忆"。[14] 所以，集体记忆概念的实际意思是："记忆需要来自集体源泉的养料持续不

[11] 科瑟:《导论：莫里斯·哈布瓦赫》，载哈布瓦赫《论集体记忆》，第39—40页。

[12] 同上书，第40页。

[13] 哈布瓦赫:《论集体记忆》，第69页。

[14] 科瑟:《导论：莫里斯·哈布瓦赫》，载哈布瓦赫《论集体记忆》，第39页。

断地滋养，并且是由社会和道德的支柱来维持的。"[15]

"能够进行回忆的记忆"这个说法意味着：并不是所有记忆都能够被回忆起来，有些不能被回忆的记忆并没有消失，而是储存在大脑中，成为阿莱达·阿斯曼所说的"储存记忆"。它能否被唤起，能否成为与"储存记忆"相对的"功能记忆"，同样取决于社会条件。[16] 实际上，在《论集体记忆》一书的"结论"部分，已经出现了"库存记忆"的概念："正是理性或者说理智，按照一种符合我们此刻观念的秩序，在库存记忆中进行挑选，抹去其中一些，并对其余的加以排列。"[17] 阿莱达·阿斯曼的"储存记忆"应该是从这里发展出来的。阿斯曼认为，"有人栖居的记忆"为功能记忆，其最重要的特点是"群体关联性、有选择性、价值联系和面向未来"。[18] 而储存记忆是"无人栖居"的记忆，是"第二等的记忆""所有记忆的记忆""无人栖居的遗留物"。它被收入各种历史相关学科之下的"无人认领的库存"，是"与现实失去有生命力的联系的东西"。[19] 换言之，记忆是活着的历史，而历史是储存在那里的记忆。

把"集体记忆"定义为记忆的"集体框架""社会框架"，也意味着不能把集体记忆视作个体记忆的简单相加，视作一个数量概念。"记忆的集体框架也不是依循个体记忆的简单加总原则建构起来的，

---

[15] 科瑟:《导论: 莫里斯·哈布瓦赫》，载哈布瓦赫《论集体记忆》，第 60 页。

[16] 在《昨日重现——媒介与社会记忆》中，扬·阿斯曼和阿莱达·阿斯曼把记忆的功能分为储存与重建，并把储存对应于记忆，把重建对应于回忆。记忆是静态的，回忆是动态的。载冯亚琳、阿斯特莉特·埃尔主编《文化记忆理论读本》，北京大学出版社，2012 年，第 21 页。

[17] 哈布瓦赫:《论集体记忆》，第 304 页。

[18] 阿莱达·阿斯曼:《回忆空间: 文化记忆的形式与变迁》，潘璐译，北京大学出版社，2016 年，第 147 页。

[19] 同上。

它们不是一个空洞的形式，由来自别处的记忆来填充"；相反，"集体框架恰恰就是一些工具，集体记忆可用以重建关于过去的意象"，而且，"在每一个时代，这个意象都是与社会的主导思想相一致的"。[20] 也就是说，一个社会的支配性意识形态、文化规范、社会禁忌、习俗风尚等，常常决定性地塑造了记忆的社会框架，建构和塑造了记忆的内容和形式。因此，"集体记忆"这个概念意味着个体通过把自己置于群体/文化/社会的位置来进行回忆，或者说，记忆的社会框架是通过对个体记忆的建构——是建构而不仅仅是唤起——来实现的，并且在个体记忆之中体现自身。个体置身于某个群体中才能进行回忆，而群体记忆则通过个体记忆来实现。既不存在脱离群体的个体记忆，也不存在脱离个体的群体记忆。

哈布瓦赫首先通过对梦的分析论证自己关于集体记忆的观点。梦也是一种记忆，但是："一个出现在我们梦中的记忆，都不像是在我们清醒时一样，那么真实、完整。我们的梦是由极其残缺不全的记忆碎片组成的，这些碎片彼此混杂在一起，以至于我们无法辨认它们。"[21] 梦缺乏组织，凌乱不堪，这是因为梦中的个体是孤立的，缺乏他人在场，因此也就无法进行有连贯性的回忆："要进行回忆，就必须能够进行推理、比较和感知与人类社会的联系，只有这样，才能确保记忆的完整性。"[22] 由于梦的非社会性，由于梦中的我们是缺乏社会性的，因此我们不能在梦中重温过去。"不是在记忆中而是在梦境中，心智最大限度地遁离了社会"，"梦建立在自身的基础之上，而我们的记忆依靠的是我们的同伴"。[23]

---

[20]　哈布瓦赫：《论集体记忆》，第 71 页。

[21]　同上书，第 73 页。

[22]　同上。

[23]　同上书，第 74、75 页。

二 过去是如何"重现"的：记忆的当下性

一个人总是多多少少保存着对自己过去生活的记忆，这些记忆在不同情况下通过不同的方式得到再现。记忆的反复重现建立了一种记忆的连续性，并建构了我们具有连续性的身份认同（昨天的张三、今天的张三和明天的张三是同一个人，因为记忆具有连续性）。没有记忆的人不可能有自己的身份意识，丧失记忆就是丧失身份感，这个主题在文艺作品中并不鲜见。

但记忆的重现又不是重复，因为在我们生活的不同时期，这些记忆不可能不陷入、卷入、纠缠进不同的社会观念系统当中，所以，记忆的不断"重现"实际上总是表现为记忆的不断重建，并在这个重建过程中修改其曾经拥有的形式、内容、外表和意义。正如哈布瓦赫所说的："这种记忆并非是动物化石中保存完好的脊椎，可以凭之就能重建包含它们的整体。"[24]

对于记忆产生影响和施加约束的因素当然很多，也各不相同，我们很难完整地、明确地列举这些因素。但是，有一点是明确无误的，即与昨天的经历相比，今天／现在的约束框架是更为重要的，我们总是从今天的社会环境、今天的需要、兴趣和利益出发对过去进行重塑。在这个意义上，"过去不是被保留下来的，而是在现在的基础上被重新建构的"。在重现过去的时刻，我们总会受到当前环境的深刻影响。过去与现在的这种关系又被哈布瓦赫表述为记忆和理性的关系：记忆指向过去，而理性则立足现在，即"社会此刻所处的状况"。理性以现在为出发点。他甚至认为，"记忆只有在这种理性控制之下

---

[24] 哈布瓦赫：《论集体记忆》，第 82 页。

才发挥其功能"。这似乎过分强调了现在／理性的作用。但是作者同时指出，过去存在于现在之中，"由于社会在其思想中总是带有记忆的框架，过去的意象也存在于现在"。"在一个群体那里，与其过去相对立的，不是它的现在，而是其他群体的过去。"[25]

　　明了这点，就能更好地理解这种记忆重塑机制的性质。"尽管我们确信自己的记忆是精确无误的，但社会却不时地要求人们不能只是在思想中再现他们生活中以前的事件，而且还要润饰它们，削减它们，或者完善它们，乃至我们赋予了它们一种现实都不曾拥有的魅力。"[26] 我们对于过去某个场景的回忆和描述，不会是一种被动的、每次都没有差别的"重现"。实际上，我们是在积极地"重新合成了这个场景，并将新的要素引入其中，这些新的要素是从当前所考虑的这一场景之前或之后的不同时期转借而来的"。[27] 比如，当我们在书写 70 年代某个事件的记忆时，我们不可能不带着此事件之前和之后，特别是当下的环境、需要、观念、价值尺度等，来描述和书写我们对这个事件的记忆，而且这个环境、需要、观念和价值尺度等不可能不带有社会性、群体性的维度。"先于这些事件和人物的事件和人物已经孕育了它们，正如它们也已经孕育了那些随后将会出现的事件和人物一样。每当我们回溯到这些事件和人物，并对它们加以反思的时候，它们就吸纳了更多的现实性，而不是变得简单化。这是因为，人们不断进行反思，而这些事件和人物就处在这些反思的交汇点上。"[28]

　　假如你是一个知青，你在粉碎"四人帮"前、粉碎"四人帮"初期和在今天对于自己的知青生活的回忆可能都是不同的，这不是你的

---

[25]　本段中的引文见哈布瓦赫：《论集体记忆》，第 71、304、305、306 页。

[26]　哈布瓦赫：《论集体记忆》，第 91 页。

[27]　同上书，第 106 页。

[28]　同上书，第 107 页。

过去经历变了，而是你看过去的态度和方式变了，而这种看过去的态度和方式具有社会的维度，是社会提供给你的整合和叙述过去的框架变了。粉碎"四人帮"初期，你和你的知青生活还没有距离，还急于离开农村，急于回城，你无法把它浪漫化；而到了今天，你在城市里也有工作了，或者你很厌倦城市生活的庸俗、没有理想和琐碎无聊，你或许成了下岗工人，对改革开放牢骚满腹，这个时候，你的知青生活回忆就会被大大地浪漫化。《小芳》《涛声依旧》等怀旧歌曲的流行就是明证。

　　哈布瓦赫指出，假如关于过去的记忆不断地再次出现，那是因为在不同的时期，社会都有使之重现的必要方式。这也许可以促使我们区分出两种包含在社会思想之中的活动：一方面是记忆，指向过去；另一方面是"理性"活动，其出发点就"是社会此刻所处的状况"，即现在。因此，记忆与现在的关系也就是过去／传统与理性的关系。"如果一个社会抛弃或改变了它的传统，难道不就是为了满足这种理性的需要，而且是在这种需要刚出现的那一刻去迎合它们吗？"[29] 这里的"理性"是一个中性词，是一种"集体反思的产物"，我以为属于形式理性，基于当下的一种考量，而不是作为褒义词的实质理性。比如，日本人对于自己过去的侵略历史的否定和修改是一种形式理性行为，但是却不是实质理性行为（对于日本这个国家的长远利益而言不是有利，而是有害）。知青作家对于过去的美化也是如此。过去的传统越强大，那么，修改和反对传统所需要的理性也就越强大："古代的表征在古代社会里是以集体的形式出现的，它们凭借所有得自古代社会的力量而强加给我们。这些古代表征越古老，它们也就越强大；采纳它们的人数越繁多，群体越广泛，这些表征就变得越强劲有力。

---

[29]　哈布瓦赫：《论集体记忆》，第304—305页。

而为了对抗这些集体力量，就需要更加强大的集体力量。"[30]

为什么传统会"让步"？为什么指向传统／过去的回忆"屈从"于社会为了当下而修改或反对传统的理性反思？这是因为这种理性反思代表着社会在其现在处境中对自身具有的意识。哈布瓦赫写道："如果今天的观念有能力对抗回忆，而且能够战胜回忆乃至改变它们，那则是因为这些观念符合集体的经验，这种经验如果不是同样古老，至少也是更加强大。"[31]这对于我们理解五四时期的激进反传统有启发意义：它的激烈冲突是和冲突的强大程度成正比的。

在科瑟看来，哈布瓦赫有点过于强调现在／当下在集体记忆建构中的作用，以至于被称为所谓"今天主义者"（presentist）。过分强调今天会导致对于历史的连续性的忽视：不同代的人都从自己今天的需要出发建构过去从而导致每代人的过去都是不同的。美国社会学家巴里·施瓦茨对哈布瓦赫的质疑就集中在这点上。他认为，如果把现在中心主义的方法推到极致，就会否认或看不到历史的连续性，历史就成了在不同时期拍摄的、缺乏连续性和共同性的一组快照。古代十字军和现代以色列人心目中的圣地就会是完全不同的。相反："施瓦茨认为，过去总是一个持续与变迁、连续与更新的复合体。我们或许的确无法步入同一条河流，但是这条河流却仍具有绵延不绝的特征，具有别的河流无法与之共有的性质。""集体历史记忆还是具有累积和持续性的一面的。在根据现在对过去所做的新的读解之外，也至少显示出部分的连续性。"[32]

我以为，造成哈布瓦赫"现在主义"理论视角上述缺憾的主要原

---

[30]　哈布瓦赫:《论集体记忆》，第 305 页。

[31]　同上。

[32]　科瑟:《导论: 莫里斯·哈布瓦赫》，载哈布瓦赫《论集体记忆》，第 46 页。

因，是他过分强调了记忆的被建构性质，当他说过去不是"被保留下来的"的时候，他是正确的，因为过去确实不是原封不动地储存在那里、等待我们去提取的现成货物；但是当他说过去是"在现在的基础上被重新建构的"的时候，他却没有同时补充说：但这种建构不是随心所欲的，它必然受到过去的制约。过去不是可以随便捏的泥巴，它带有自己的客观性。更准确的说法或许是：记忆是过去和现在之间的对话。

三　记忆的系统性与记忆联合体

我们有各种各样的记忆，有近期的，有遥远的。记忆和记忆常常有"联袂演出"的现象（浮想联翩）。"联袂"的原因并非只是它们在时间上的邻近性（最容易组成"联盟"的并不一定都是时间上接近的过去事件），而是由于它们是"一个群体共有的思想总体的一部分"，这些具有意义上的关联性、系统性的记忆组成了所谓"记忆总体"："记忆事实上是以系统的形式出现的"，"记忆联合起来的诸种模式，源自人们联合起来的各类方式。只有把记忆定位在相应的群体思想中时，我们才能理解发生在个体思想中的每一段记忆。而且，除非我们把个体与他同时所属的多个群体都联系起来，否则我们就无法正确理解这些记忆所具有的相对强度，以及它们在个体思想当中联合起来的方式。"[33] 因此："只要我们把自己置于群体的角度，接受它的旨趣，采取它的反思倾向，就足以会回想起这些近期的记忆。"[34]

一群经历过"文革"的人在阅读有关"文革"的作品时，常常非

---

[33]　哈布瓦赫：《论集体记忆》，第93—94页。

[34]　同上书，第92页。

常积极地回忆起自己的"文革"经历，回忆起中国作家的"伤痕文学"以及各种关于"文革"、反右的回忆录（韦君宜的《思痛录》、季羡林的《牛棚杂忆》等），虽然那些作品描述的记忆在时间和空间上离我们很遥远。这是因为，这些人组成了一个具有"态度同一性"的记忆群体，他们与上述作品所表现的历史记忆具有广泛的意义联系。"记忆事实上是以系统的形式出现的。而之所以如此，则是由于，记忆只是在那些唤起了对它们回忆的心灵中才联系在一起，因为一些记忆让另一些记忆得以重建。"[35]

哈布瓦赫认为，无论是遗忘还是记忆，都取决于我们现在的兴趣，取决于我们当下的关注点在哪里。遗忘某物要么是因为我们不再关注它们，要么是因为我们已将注意力转向了别处。但是一个人的兴趣和关注点一般情况下是与他人、社会或集体联系在一起的，甚至是被后者塑造的（就像他的价值观是集体塑造的一样）。这样，记忆和遗忘就都具有社会文化维度或集体维度。

这个观点非常深刻，它不但解释了我们为什么会遗忘某些历史事件，而且解释了我们为什么通过这样的而不是那样的方式呈现和书写某些记忆。显然，任何对于某些历史事件的记忆或遗忘、回忆与书写，都是在一定的集体框架下发生和进行的。七八十年代德国社会对于大屠杀、对纳粹遗产的全面回忆和反思之所以可能，是因为出现了不同于"二战"结束初期的新集体记忆模式，而这又与七八十年代德国乃至整个欧洲思想界、知识界的总体思潮紧密相关。记忆中的历史事件的意义是在群体之中被赋予它们的。记忆的社会框架是一个集观念和评判于一体的综合物。

相同的或分享的兴趣和思想在建构记忆联合体方面具有关键意

---

[35] 哈布瓦赫：《论集体记忆》，第 93 页。

义，因为记忆联合体从根本上说是一个兴趣/思想共同体，它的成员之间具有高度相似的价值认同。比如，一个家庭的成员是否拥有共同记忆、是否能够成为记忆共同体，并不取决于他们血缘上是不是属于同一个家庭。一个家庭中的血缘上的父子两代人，不但各自之间因为经历不同而拥有不同的记忆，而且子辈没有兴趣分享父辈的记忆，导致父辈无法把自己的记忆传递给自己的子辈（我们经常看到这样的报道：80 后、90 后出生的孩子对父母或祖父母的家族记忆完全不感兴趣，也不愿意分享）。即使是对于共同熟悉的经历，家庭成员的记忆也不见得必然相同。"即使是当家庭成员都彼此生活在一起的时候，每个人也都是以他自己的方式来回忆家庭共同的过去。"[36] 让我们想象一下有一个家庭，在"文革"时期，十分积极参加革命的儿子上台打了自己父亲一个耳光。这个相同的经历是否能够保证相同的记忆？完全不见得。也许这个家庭中的父亲对"文革"持彻底反思批判的立场，儿子皈依了新左派，母亲则信奉"娘打儿子"理论。我相信他们对于这个场景的回忆会非常不同。

代际之间家族记忆的中断是家庭认同危机的重要表征，不拥有共同记忆的家庭不可能有实质性的团结，甚至不是真正意义上的家庭。只有当家庭成员拥有共同的集体记忆、成为记忆共同体的时候，这个家庭才具有一种实质性的团结、认同和归属；反过来，越是具有认同感和归属感的家庭成员，越乐于彼此分享记忆，组成共同的、分享的家庭记忆。

这个道理也适用于大于家庭的群体，比如民族。一个民族如果缺乏共同记忆，必然无法建立深层次的认同和团结，甚至不成其为一个文化意义上的民族。这是每个民族都必然珍惜自己的共同历史传说或

---

[36]　哈布瓦赫：《论集体记忆》，第 95 页。

祖先故事的文化原因。历史教育的最重要意义就在这里。但这是需要集体努力的，需要这个集体的成员在如何对待过去的历史、特别是创伤历史、如何处理自己民族的历史遗产上达成共识。比如在一个普遍反思犹太人大屠杀、大家一致认为汲取大屠杀教训、保存大屠杀历史记忆非常重要的时代，对于大屠杀历史的记忆就会成为一个德国民族成员的普遍兴趣。在这样的情况下，他们就形成了一个思想、观念和兴趣的共同体。在80年代初中期，经历过"文革"的人经常回忆"文革"，分享彼此的"文革"记忆，"文革"于是成为一种大家乐于分享的集体记忆。但是这种情况并不必然出现。一个德国人对大屠杀历史记忆的态度很大程度上取决于群体的态度，取决于是否有一个鼓励反思和直面大屠杀的思想集体或集体思想氛围，或主导意识形态。如果没有这样的思想集体与思想氛围，或者更加糟糕，如果集体思想氛围或主导意识形态鼓励遗忘大屠杀，忌言大屠杀，那么，出于趋利避害的动机，绝大多数人会选择遗忘或回避大屠杀记忆。"二战"结束后一段时间德国的情况就是这样。

这一点充分说明，关于历史上的一个重要事件或重要经历的记忆，常常形成一个记忆系统、记忆网络、记忆总体，或以记忆系统、记忆网络的形式存在。不同的个体关于这些历史事件的记忆不是互不关联的。更可能的情况是：它们要么一起出现，要么一起湮没。集体思想氛围极大地决定了个体记忆。比如集体对于大屠杀的态度会极大地决定个体的大屠杀记忆（当然，这个观点不能绝对化，某些人在集体遗忘的情况下也会通过自己的顽强坚持自己的大屠杀记忆，但这毕竟是个别人的行为）；其次，一个人对于同样一件事的记忆在不同的群体中会有不同的联合方式或意义阐释定向。"正像人们可以同时是许多不同群体的成员一样，对同一事实的记忆也可以被置于多个框架之中，而这些框架是不同的集体记忆的产物。"[37] 比如，在一个具有怀旧倾向却回避反思的知青群体中，大家都会选择性地回忆起知青生活的美好一面，把这种记忆纳入"青春无悔"的阐释定向中，并使得大家的知青记忆获得一种相似的意义指向；而在一个倾向于反思批判的知青群体中，人们的记忆会选择性地聚焦于不堪回首的知青经历，这同样会使得他们的知青回忆获得一种相似的意义阐释指向。这样看，相同或相似的经历也不一定是形成记忆共同体的关键因素，更为关键的是对于自己经历的价值态度。经历相同的群体不如思想相似的群体更容易成为记忆共同体。哈布瓦赫甚至说："记忆的相似性只是兴趣与思想共同体的一个外在表现。"[38]

　　这再次涉及个体记忆与集体记忆的关系问题。我们说过，集体不可能成为记忆的主体（就像它不可能成为思考的主体），但个体记忆具有集体维度。个体常常从集体观念、集体态度的角度出发唤起和叙述自己的记忆，理解和阐释记忆的意义；或者说，他从群体那里获得了理解和阐释个人记忆的框架，个人记忆的意义通常是在这个框架中得到阐释的。"对于每个印象和事实而言，即使它明显只涉及一个特定的个体，但也留下了持久的记忆，让人们仔细思考它，也就是说，它与我们得自社会环境的思想联系在一起。事实上，如果人们不讲述他们过去的事情，也就无法对之进行思考。而一旦讲述了一些东西，也就意味着在同一个观念体系中把我们的观点和我们所属圈子的观点联系了起来。"[39] 对于发生在某个特殊个体身上的事情，比如一个知青的插队经历，当事者以及其他人怎么理解其特

[37]　哈布瓦赫：《论集体记忆》，第93页。

[38]　同上。

[39]　同上书，第94页。

殊含义？这常常取决于你接受了哪个群体的意义阐释方式。如果你接受了新启蒙知识分子那种反思和批判"文革"的思想方式，那么，你很可能就会赋予你的插队经历以否定的和消极的意义（比如"伤痕文学"和"反思文学"基本上采取了这种意义阐释模式）；如果你接受了把"文革"浪漫化、诗意化的意义阐释模式，那么，逃学、批斗老师、写大字报等可能被美化为"阳光灿烂的日子"，或对所谓现代教育体制的反抗。因此，"集体记忆的框架把我们最私密的记忆都给彼此限定并约束住了"。[40] 每个过去事件的当事人，通常依据自己所处的群体精神状况和思想态度来"决定"是否要回忆"文革"的遭遇以及如何理解这个遭遇。

四　关于家庭记忆

《论集体记忆》的第一编"记忆的社会框架"中的第五章是专门论述家庭记忆的。这大概是因为家庭是人类社会最重要的集体单位。一个社会中存在着以家庭、宗教、阶级或职业等为单位划分的不同群体，每一群体都会有属于该群体的集体记忆。家庭、宗教和阶级分别作为群体或集体的代表，被哈布瓦赫用来具体论证其集体记忆理论。其中对家庭记忆的分析占据了非常重要的位置。

哈布瓦赫认为，尽管家庭成员作为个体总是不完全相同的，而且诸个体也处在不断的变化之中；但家庭仍然具有超越其个体成员的稳定性或独立于个体之外的"规则和习俗"，这些把家庭成员结合在一起的规则和习俗，是文化的而不是生理的（血缘的），甚至也不能

---

[40]　哈布瓦赫:《论集体记忆》，第94页。

通过家庭成员的相互照看和日常共居得到解释。家庭的情感是被规定的而不是自然的和自发的。"可以肯定的是，再也没有什么比这种情感表达更非自然的了，而且，也再也没有什么比它更严格地遵循着戒律，纯属是某种训练的结果了。"[41] 正因为这样，所以亲属关系的亲疏远近并不严格对应于家庭成员之间血缘的远近。

家庭结构或家庭关系在不同的时期和国家是不同的。比如今天我们认为父系亲属和母系亲属一样亲密，但是在古希腊就完全不同。因为那里的家庭仅仅包括男性一方的世系。这表明家庭具有文化规定的习俗和规范。家庭记忆"并不只是由一系列关于过去的个体意象组成的"，"它们不仅再现了这个家庭的历史，还确定了它的一般特点、品性（quality）和嗜好"。[42] 这些都为家庭记忆提供了"一个框架"，这个框架"力图保持家庭记忆的完整性"，并且是"家庭的保护层"。各家庭成员具体的家庭记忆常常附着于这些框架而不能从中独立出来。

哈布瓦赫通过对夏多布里昂《墓畔回忆录》一文的解读来阐发他的观点。夏描述了贡堡庄园的那一个晚上，给他留下深刻印象的细节：父亲一言不发地踱步，大厅的装饰，以及他的解脱、宽慰的心情。哈布瓦赫认为，这个夜晚的回忆实际上凝聚了"许多个夜晚的回忆""他的描述是对一个时期生活的整体概括，这是一类生活的理念"。[43] 夏多布里昂这个夜晚的情感"暗示着一种家庭习俗的存在"，而且"这种家庭习俗只在旧制度外省下等贵族家庭之中才会存在"。[44] 一个偶然的、具体的、个别的场景实际上联系着一个类的生活理念。哈布瓦赫认为，夏多布里昂描述的是通过反思重构的过去画面，各种

---

[41] 哈布瓦赫：《论集体记忆》，第 99 页。

[42] 同上书，第 103 页。

[43] 同上书，第 104—105 页。

[44] 同上书，第 105 页。

细节都是被"有意地集合在一起"。它以"缩影的形式，给出了一个家庭的理念"。[45]

哈布瓦赫这个例子给我们的启示是：我们在书写个人家庭生活记忆的时候，必然会在个体经验与社会文化规定的家庭理念（模式）之间形成互动，前者必然受到后者的制约和牵引，从而具有了集体的或社会的维度。我们关于家庭生活的普遍观念与我们所回忆和描述的具体事件、人物等意象达到了融合。回忆录中经常见到的表面严厉但内心慈爱的父亲，长年累月操劳家务、无怨无悔的母亲，无不如此。

出乎我们意料的是，哈布瓦赫一方面强调家庭的文化纽带而不是血缘纽带，因而理应把非亲属维度的重要性置于亲属维度之上。但实际上却不是如此。家庭当然是一个亲属关系结构，但家庭成员不仅是一个亲属群体，他们还占据着特定的社会位置（比如父亲是教授、母亲是工人、儿子是学生，等等），家庭成员的职业、社会等级、宗教信仰等，这些属于家庭的非亲属维度。哈布瓦赫认为，在家庭记忆中，"最重要的就是亲属关系"。[46]只有当亲属群体的观念激发了我们的记忆时，这个记忆才具有了家庭记忆的形式。而且，他还认为应该把家庭的经济关系、政治关系等与亲属关系分开。他举的例子是土地。对家庭共享地产的共同占有、共同耕作，产生出一种连接纽带，但是这种纽带不同于家庭亲属纽带。前者只是亲属关系的"物质基础"。

但是我们有些怀疑这个分析是否符合事实。脱离经济、政治、宗教、职业等因素的纯亲属关系真的存在吗？尤其是在家庭共同财产的重要性特别明显的农村。哈布瓦赫还认为，是否信仰共同的宗教、空间上是否接近等，都不足以创造出一个家庭的共同精神。同时我们还

---

[45]　哈布瓦赫：《论集体记忆》，第105—106页。

[46]　同上书，第110页。

必须注意不同文化背景中家庭的差异。哈布瓦赫认为："家庭有能力在其内部找到足够的力量，去克服反对它的障碍。而且，家庭可以把这些障碍转化为有利条件，家庭可能恰恰会因遭遇外部的巨大抵抗而得到巩固。"[47] 这或许符合俄国十二月党人的家庭情况，但在中国，因为政治观点的不同、经济纠纷等而解体的家庭数不胜数。家庭似乎没有力量克服这种"反对它的障碍"。这些所谓的"外部因素"也许不足以创造出一个家庭的共同精神，但是却足以摧毁一个家庭的共同精神。因此，哈布瓦赫的下述观点——"家庭情感有其自身与众不同的性质，只有得到了家庭的允可，外在力量才能对家庭产生影响"，[48]"在家庭这里，在看待人们时，根据的是他们的个人特性，而且不把人们看作宗教、政治或经济群体的成员。在家庭中，有价值的东西首先是几乎专属于每个人的个人品性"[49]，不仅把家庭当作一个独立于社会的水泼不进的地方，而且不符合中国"文革"时期大量家庭的事实。

　　但是有时候作者又显得自相矛盾。比如，一方面，亲属关系在他看来似乎是自成一体、牢不可破，但另一方面，作者又认为："借助家庭中那些直接卷入到外部世界集体生活中去的人作为媒介，一个社会的普遍信念能够影响到家庭成员，所以，这些信念就既有可能去适应家庭传统，也有可能相反，去改变这些传统。"[50] 这个观点和前面观点就存在矛盾或紧张。不能简单地认为家庭一定可以抵御外来影响，但至少可以认为，家庭可以在一定程度上对这些影响进行"过滤"——或缩小或放大。"文革"时期，家庭的这种作用非常明显。有

---

[47]　哈布瓦赫：《论集体记忆》，第 118 页。

[48]　同上。

[49]　同上书，第 121 页。

[50]　同上书，第 128 页。

些家庭成员（特别是妻子／母亲）顽强地团结起来抵御来自政治运动的冲击（比如抄家、批斗、下放劳动乃至坐牢），胡风的妻子梅志、吴祖光夫妇、傅雷夫妇都是这方面的例子。他们缩小了"文革"对于家庭成员的冲击；但是也有相反的例子：夫妻反目，儿子揭发老子、抽老子的耳光（在王蒙的小说《蝴蝶》《布礼》以及鲁彦周的《天云山传奇》中都有这样的描写）。

结　语

　　哈布瓦赫的集体记忆理论是西方记忆理论发展史上的重要里程碑，对我们思考历史和现实都具有深刻的启示意义。但它也存在一些盲区和含混不清的地方。

　　首先，总体而言，哈布瓦赫过分或单方面强调了记忆的集体维度或群体维度，过分或单方面突出了记忆的社会性、群体性、理性方面，而相对忽视了记忆的个体性、感性方面，以及记忆的非理性、偶然性、突发性，乃至不可解释性。他的记忆理论让人感到决定论的色彩：任何个别都从属于类，任何局部都从属于整体，任何偶然背后都有必然，等等。这似乎使得哈布瓦赫的理论太多理性主义。

　　其次，在群体到底能不能是记忆主体的问题上哈布瓦赫表现得有些含糊。比如在"家庭的集体记忆"这部分，作者一方面肯定了自己在前面几章中的观点，即尽管个体记忆存在社会性、集体性维度，但集体本身不能进行记忆，不是记忆的主体。"家庭记忆就好像植根于许多不同的土壤一样，是在家庭群体各个成员的意识中生发出来的。即使当家庭成员都彼此生活在一起的时候，每个人也都是以他自己的方式来回忆家庭共同的过去，而当生活使他们相互远离的时候，则更是如此。"[51] 这就是说，"家庭记忆"实际上是存在于个体家庭成员个体的记忆中，并不能单独存在，每个人都以他自己的方式来回忆家庭共同的过去；但另一方面，他又这样写道："既然我们已经理解了个体在记忆方面—如在其他许多方面一样，都依赖于社会，那么，我们也就可以很自然地认为，群体自身也具有记忆的能力，比如说家庭以及其他任何集体群体，都是有记忆的。"[52] 这样的表述给人以群体也是记忆主体、具有记忆能力的感觉。实际上，集体，包括家庭，并没有记忆的能力（因为记忆力寄托于记忆的生理器官，而集体是没有这样的器官的），而只有影响个体记忆的能力。

实际上，不仅哈布瓦赫没能很好解决集体记忆和个体记忆、记忆的集体维度和个体维度的关系问题，而且即使在今天，这似乎依然是一个众说纷纭的难题，有兴趣的读者可以参见本书中的《超越集体主义与个体主义——对"集体记忆"概念的反思》一文。

　　　　（本文部分内容发表于《中国图书评论》2010 年第 9 期）

---

[51]　哈布瓦赫：《论集体记忆》，第 95 页。

[52]　同上。

超越集体主义与个人主义的二元对立

——对"集体记忆"概念的反思

引　言

　　文学艺术与记忆的关系是一个非常古老的话题。古希腊神话中司记忆、语言、文字的女神谟涅摩绪涅和宙斯结合生下了司文艺的女神缪斯。可见记忆乃文艺之母。在很长一段时间被心理学垄断之后，记忆研究于 20 世纪下半叶开始进入文化和社会理论视野，如今则已成为文化研究的"核心概念"。[1] 著名文化记忆研究专家阿斯特莉特·埃尔与安斯加尔·纽宁在《文学研究的记忆纲领：概述》一文中开宗明义地指出："文学与回忆或者说记忆（个体以及集体记忆）之间的相互联系已经成为了目前最热门的文化课题之一。"[2] 他们列举了文学研究的五大"记忆纲领"：文学的记忆、文学体裁作为记忆场所、经典与文学

---

[1] 阿莱达·阿斯曼：《记忆作为文化学的核心概念》，载冯亚琳、阿斯特莉特·埃尔主编《文化记忆理论读本》，北京大学出版社，2012 年，第 117 页。

[2] 阿斯特莉特·埃尔、安斯加尔·纽宁：《文学研究的记忆纲领：概述》，载冯亚琳、埃尔主编《文化记忆理论读本》，第 209 页。

史作为文学和社会的机构化记忆、记忆的模仿、文学在历史记忆文化中作为集体记忆的媒介，并分别做了扼要阐述，展示了文学研究与记忆研究结盟的广阔前景。在埃尔看来："从荷马的著作《伊利亚特》开始，文学和集体记忆就有了紧密的联系。面对 20 世纪 80 年代末越来越广泛传播的主题'记忆文化'，文学研究开始将注意力更多地转向文学和集体记忆之间的关系。不管是文学作品的记忆文化原型、对社会与过去的关系的演示和批判反思，还是对个体记忆和集体记忆交汇点的描述，或是对记忆竞争的协调，都是以文化学和记忆理论为指导的文学研究的课题。"[3] 这个列举仍然不是完全的，我们还可以补充更多。

　　在大陆学术界，与记忆相关的研究成果近年来也呈现出快速增长态势。[4] 许子东的《为了忘却的集体记忆——解读 50 篇文革小说》或许是最早自觉地将集体记忆理论引入小说研究的重要成果。[5] 文化研究方面，徐贲的《人以什么理由来记忆》在国内大屠杀记忆书写研究方面具有开创意义。[6]

---

[3] 埃尔、纽宁:《文学研究的记忆纲领: 概述》，载冯亚琳、埃尔主编《文化记忆理论读本》，第 223 页。

[4] 比如，以"文化记忆"为关键词在中国期刊网上检索，可以发现近年来关于文化记忆的学术论文数量逐年上升: 2000 年 2 篇，2005 年 19 篇，2010 年 75 篇，2015 年 101 篇，到 2020 年则飙升到了 1631 篇 (其中文章题目含 "文化记忆" 的就有 1032 篇)。另外，国内学界有意识地系统介绍西方的集体记忆、文化记忆理论，大约开始于 2000 年。其中上海人民出版社分别于 2000 年和 2002 年出版的保罗·康纳顿 (Paul Connerton) 的《社会如何记忆》和莫里斯·哈布瓦赫的《论集体记忆》具有开创之功。赵静蓉的《文化记忆与身份认同》(生活·读书·新知三联书店，2015 年) 是国内学界介绍文化记忆理论方面较早的专著。

[5] 许子东:《为了忘却的集体记忆——解读 50 篇文革小说》，生活·读书·新知三联书店，2000 年。

[6] 徐贲:《人以什么理由来记忆》，吉林出版集团，2008 年。特别是其中的《为黑夜作见证:维赛尔和他的〈夜〉》《见证文学的道德意义: 反叛和 "后灾难" 共同人性》《"记忆窃贼" 和见证叙事的公共意义》《"罪人日记" 的见证》，等等。

在这样的背景下，笔者于 2011 年提出了"文艺—记忆研究范式"这一概念，并以"集体记忆""文化记忆""创伤记忆"三个关键词为核心勾勒了该范式下可能的研究议题与学术生长点。[7]由于写作那篇文章时接触的相关成果还很有限，很多观点未能展开。特别是其中需要认真处理的一个核心问题，即文学创作中个体记忆与集体记忆的关系，尚有很大的深化和拓展空间。埃尔曾经指出：文学"作为集体记忆的媒介"，是集体记忆和个体记忆的交汇点，其首要特征即为："对于处在社会文化背景下的个人记忆而言，它是一个重要的媒介框架。"[8]这个结论对于不同体裁和类型的文学都是适用的。

本文就是笔者将文学创作中个体记忆与集体记忆的关系问题加以深化的一个尝试。

一　"集体记忆"概念及其引发的争议

法国社会学家莫里斯·哈布瓦赫在 20 世纪 20 年代系统阐释了"集体记忆"这个概念。[9]哈氏在其代表作《论集体记忆》中所论述的核心问题是记忆的集体性 / 社会性建构。[10]哈氏认为，个体记忆深刻

---

[7]　陶东风：《"文艺与记忆"研究范式及其批评实践——以三个关键词为核心的考察》，载《文艺研究》2011 年第 6 期。

[8]　阿斯特莉特·埃尔：《文学作为集体记忆的媒介》，载冯亚琳、埃尔主编《文化记忆理论读本》，第 227 页。

[9]　事实上，早在 1902 年，胡戈·冯·霍夫曼斯塔尔（Hugo von Hofmannsthal）就曾使用过"集体记忆"（collective memory）一词。但直到哈布瓦赫，作为理论术语的"集体记忆"才第一次得到了完整而系统的阐释，并在社会学层面被赋予了理论深度。

[10]　在哈布瓦赫之前，德国著名的心理学家弗雷德里克·巴特莱特（Frederic Bartlett，1886—1969）是一个过渡性的人物。巴特利特在继承艾宾浩斯对记忆的实验研究方法（转下页）

受制于"集体记忆"或"记忆的社会框架"。特定个体记忆的唤起、讲述都不是随心所欲的，而是受到集体/社会框架的制约和过滤。

哈布瓦赫的"集体记忆"概念在西方国家引发了不少争议，对它的质疑、误解和怀疑一直不断。有意思的是：在两种有代表性的对于哈布瓦赫集体记忆理论的质疑中，双方的立场和观点却正好相反。

有一派认为：由于深受柏格森个人主义哲学的影响，哈布瓦赫的"集体记忆"概念仍然没能完全摆脱个人主义色彩。如巴特利特指出："他［哈布瓦赫］所论述的仍然只是群体中的记忆或者记忆的社会构成性，而不是群体的记忆。……如果我们意欲表明社会群体本身具有保持和记忆自身往事的能力，那么我们就必须超越这一点。"[11] 换言之，哈布瓦赫仍然认为集体中的个体而非集体本身才是记忆的主体。集体/社会只是群体中的个体记忆形成的一个框架条件。保罗·康纳顿也认为，哈布瓦赫的集体记忆理论所重点阐释的是记忆如何被社会地建构。当哈布瓦赫说"正是通过他们的社会群体身份——尤其是亲属、宗教和阶级归属，个人得以获取、定位和回溯他们的记忆"[12] 时，记忆的主体依然是个体，"群体"（包括家庭的、宗教的以及阶级的不同群体）一词只是"给个人提供了他们在其中定位记忆的框架，记忆是通过一种映射来定位的"[13]。概言之，这一派的批评集中在哈布瓦赫

（接上页）的同时，对其生理主义和个人主义倾向提出了质疑。巴特利特通过实验揭示出记忆过程会受到记忆者自身态度、信仰等一系列社会文化因素的影响，认为回忆所采取的形式通常是社会性的。他强调，记忆不是个体对材料的简单复制，应该把记忆作为特定社会条件下的一个建构过程来看待。巴特利特对个体主义研究范式的反思和对记忆的社会基础的强调，正是哈布瓦赫提出"集体"记忆理论的起点。

[11] 转引自孙德忠：《社会记忆论》，湖北人民出版社，2006年，第9页。

[12] 保罗·康纳顿：《社会如何记忆》，纳日碧力戈译，上海人民出版社，2000年，第36页。

[13] 同上书，第37页。

的记忆理论还不够集体主义。

另外一派则正好相反，认为哈布瓦赫的集体记忆概念过于集体主义，忽视了个体记忆的差别，有"社会决定论"倾向。在社会学研究领域和文学研究领域，都不难听到这样的批评声音。在《关于他者的痛苦》(*Regarding the Pain of Others*)中，著名文学批评家苏珊·桑塔格这样写道：

> 每个人每天都识别的照片，现在变成了社会选择思考的东西的组成部分……严格地说，不存在集体记忆这样的东西，所有记忆都是个体的，不可复制的——随个体而死亡（没有个体就没有记忆）。被称之为集体记忆的东西，不是记忆而是约定(stipulating)：这是重要的，这是关于它如何发生的故事，用图像把故事固定在我们的脑子里。意识形态创造了作为证据的图像档案(substantiating archives)，这些图像包裹着关于意义的共同观念，并引发可以预测的思想和情感。[14]

依据桑塔格，集体/社会没有记忆神经，因此不可能进行记忆。她和其他怀疑"集体记忆"概念的人一样，不能想象记忆可以没有生理器官基础，或可以独立于个体本人的经验。在她看来，集体记忆不过是"意识形态"的代名词，而意识形态则是影响和操纵人的信念、情感和意见的一套"煽动性意象"(provocative images)。"意识形态这个词意味着这类强有力的图像伴随着危险的价值和思维方式，因此必须受到批判和废除。"[15]

---

[14] Susan Sontag, *Regarding the Pain of Others*, Picador, 2004, pp. 85–86.

[15] Aleida Assmann, *Shadows of Trauma, Memory and the Politics of Postwar Identity*, trans. Sarah Clift, Fordham University Press, 2015, p. 17.

　　国内社会学界也有类似质疑。如刘亚秋认为，哈布瓦赫把具有完整性和连贯性的社会文化维度赋予了记忆，而将梦境指斥为杂乱无章的碎片，这并不公允。刘亚秋指出："按照幻想组织起来的镜像不仅仅在梦境中才会出现，记忆的想象性空间也存有这样的东西，可惜哈布瓦赫过于重视集体记忆了，以致疏忽了个体记忆的主体性及其对集体记忆的反叛性。"[16]刘亚秋所言似乎颇能获得意识流小说的支持，后者描述的记忆似乎就不那么具有连贯性。[17]

　　在文学研究领域，许子东运用"集体记忆"概念研究当代小说的著作《为了忘却的集体记忆——解读50篇文革小说》也遭到了一些学者的非议。此书从50篇"文革"小说中归纳出"灾难故事"、知识分子"历史反省"、"荒诞叙述"、"青春无悔"四个叙事类型，它们分别对应于四种关于"文革"的集体记忆模式。[18]在批评者看来，这种模式分析方法忽视了作为个人文学创作的"文革"记忆书写的差异性和多样性。[19]

---

[16] 刘亚秋:《从集体记忆到个体记忆:对社会记忆研究的一个反思》,载《社会》2010年第5期。

[17] 比如普鲁斯特的名著《追忆似水年华》中关于玛德莱娜点心如何引发主人公的无意识记忆的那段描写。

[18] 尽管许子东此书没有提到哈布瓦赫的名字和他的《论集体记忆》一书,但许子东所说的"结构""模式"和哈布瓦赫强调的记忆的"集体框架"显然是异曲同工。

[19] 邓金明:《"文革"小说:集体记忆与集体书写的反思》,载陶东风《文化研究》第11辑,社会科学文献出版社,2011年。

二　记忆是受集体／社会制约的个体行为

更具悖论意味的是：对于"集体记忆"概念的这两种质疑看似截然对立，其实共享着类似的思维方式，这就是个体与集体（社会）的二元论，而需要超越的恰恰是这种二元论。首先，我们的确不能认为集体或机构可以有记忆能力或记忆行为。记忆是也必然是一种个体而非集体、组织或机构的行为。道理很简单：集体、组织和机构没有用来记忆（to remember）或回忆（to recall）的器官即大脑，因此不能实施记忆行为。同时，集体也不可能是记忆书写的主体，记忆书写的主体也必然是个体——尽管集体可以对这些个体书写者施加影响。

其实，细读哈布瓦赫的《论集体记忆》即可发现，这基本上也是他本人的意思。比如，哈布瓦赫明确说："尽管集体记忆是在一个由人们构成的聚合体中存续着，并且从其基础中汲取力量，但也只是作为群体成员的个体才进行记忆。"[20] 在这里，"作为群体成员的个体"这个短语的中心词仍然是"个体"而不是集体。即使当哈布瓦赫说"人们通常正是在社会之中才获得了他们的记忆的。也正是在社会中，他们才能进行回忆、识别和对记忆加以定位"时，[21] 其中"人们"依然应该理解为"在社会中"的诸个体。社会学家科瑟对此的解释是："进行记忆的是个体，而不是群体或机构，但是，这些植根在特定群体情境中的个体，也是利用这个情境去记忆或再现过去的。"[22] 这个解释包含两个方面。其一，记忆行为的主体是个体而非集体；其二，这

---

[20] 引自刘易斯·科瑟：《导论：莫里斯·哈布瓦赫》，载莫里斯·哈布瓦赫《论集体记忆》，毕然、郭金华译，上海人民出版社，2002 年，第 40 页。重点标志为引者所加。

[21] 哈布瓦赫：《论集体记忆》，第 68—69 页。

[22] 科瑟：《导论：莫里斯·哈布瓦赫》，载哈布瓦赫《论集体记忆》，第 40 页。

个个体又是"特定群体情境"亦即社会文化语境中的个体，而不是真空中的个体。当哈布瓦赫说"个体通过把自己置于群体的位置来进行回忆"，"群体的记忆是通过个体记忆来实现的，并且在个体记忆之中体现自身"的时候，他既坚持了记忆行为的实施者是个人，不存在脱离个体记忆的群体记忆；同时又强调了个体记忆必然具有集体的、社会文化的维度并受到后者的制约。这个框架或维度不仅影响记忆能否以及如何被唤起和书写，而且很大程度上制约了记忆的形式和内容。这才是"集体记忆"概念的准确意思。[23] 群体不能记忆，但却可以"通过个体记忆来实现"自己。作家、艺术家毕竟是一个个的个体，他的写作即使旨在表现宏大的历史主题，也只能从自己的私人记忆进入。但正如有学者指出的："正是在这类私人记忆中却存有大写历史的折光效果，所以它将隐约透露出时代的端倪，却更多展现出人类的心灵。"[24]

扬·阿斯曼对哈布瓦赫的"集体记忆"概念的理解与此类似："虽然只有个人才能拥有记忆，因为人具有相应的神经组织，但这并不能改变个人记忆对社会'框架'的依赖。"[25] 在他看来，"集体记忆"概念是从个体"在社会框架中的参与的角度"而非"本体论和形而上学的角度"来定义的（所谓"本体论和形而上学的角度"，指的是把集体、

---

[23] 但必须指出：哈布瓦赫在这个问题上的观点并不总是前后一致，其表述也并不总是非常清晰。比如，在第五章"家庭的集体记忆"中，他写道："既然我们已经理解了个体在记忆方面一如在许多其他方面一样，都依赖于社会，那么，我们也就可以很自然地认为，群体自身也具有记忆的能力，比如说家庭以及其他任何集体群体，都是有记忆的。"（哈布瓦赫：《论集体记忆》，第95页。）这样的表述给人以群体也是记忆主体的感觉。

[24] 张博：《记忆与遗忘的重奏——文学、历史、记忆浅论》，载《文艺争鸣》2010年第1期。

[25] 扬·阿斯曼：《文化记忆：早期高级文化中的文字、回忆和政治身份》，金寿福、黄晓晨译，北京大学出版社，2015年，第40页。

民族等当作记忆的主体，如赫尔德的"民族精神"或19世纪流行的"时代精神"）。在这个意义上说，"集体记忆"这个概念就不再是一个伪概念，而成为"一个引领全新研究领域的开创性概念"（这一点在该术语产生六七十年后已经得到了证明）。阿莱达·阿斯曼指出：我们应该避免把"集体"这个概念神秘化，更要防止在种族主义和民族主义话语体系中对这类概念进行政治上的滥用；但是也不能忘记："每个人不仅以第一人称'我'的单数形式存在，还同样以不同的'我们'的复数形式存在。"[26] 记忆的主体是个体，但作为个体的人是在其社会化过程中才形成记忆的。虽然集体不能"拥有"记忆，但它制约着其成员的记忆。集体或社会的框架唤起、组织、巩固或削弱着个体记忆。可以说，集体记忆不过是打上社会和文化烙印的个体记忆。正如埃尔指出的："不存在无文化的个人记忆；也不存在和个人无关，只依附于媒介和机构的集体记忆。如同社会文化的模式对个人记忆会产生影响一样，文化中通过媒介和机构再现的'记忆'也必须是成为一个'出发点'（哈布瓦赫）在个人中来得以实现。"[27] 比如，大型纪念仪式是典型的集体记忆形式，它必须通过由一个个体组成的集体操演才能发挥其建构身份认同和加强团结的文化功能。

哈布瓦赫举了一个个体记忆受到他人和群体影响的例子：一个外地人到伦敦参观，这期间他所获得的经验绝不是纯粹个人的经验；相反，其对伦敦的感知，在很大程度上"受其他人的影响，他们和散步者组成社会群体：同建筑家、历史学家、画家或是商人之间的对话，使那位散步者的注意力集中到当时众多印象中的几个上。人们都不需

---

[26]　阿莱达·阿斯曼：《重塑记忆：在个体与集体之间建构过去》，王蜜译，载《广州大学学报（社会科学版）》2021年第2期。

[27]　埃尔：《文学作为集体记忆的媒介》，载冯亚琳、埃尔主编《文化记忆理论读本》，第228页。

要在场，就已经足够回忆起所说的话，阅读过的文字，学习过的计划，观察过的图片"。[28] 通过建筑物、口述、文字、图片，这个散步者和社会群体之间建立了联系，并"使他能够短暂地拥有一个集体的思维方式"。"在任何一种情况下，在任何时刻，我都不能说，我是一个人，我一个人在思考。因为我的想法是与这个或那个群体相连的。"[29]

三　从记忆的唤起和叙述看记忆的集体维度

由此可见，尽管记忆行为的主体是个人而不是群体，但个人记忆却是一个与他人、社会、文化、环境紧密相关的现象，而非孤立发生的、和他人无关的个人的生理－心理现象。具体而言，可以从以下两个方面理解个体记忆的集体或社会文化维度。

首先，从记忆唤起（to recall）角度看，一个人常常是在和他人的交往中唤起记忆。用哈布瓦赫的话说，个体的记忆是"外在唤起"的。在《集体记忆》中，哈布瓦赫说："或许可以这样总结：大量回忆的重新出现是因为他人唤起了我们的记忆。即使是他人并不物理性在场的情况下，我们想起了一件在我们的群体生活中占有特定位置的事件，或许我们便可称之为集体记忆，因为我们是从群体的立场来看待此事的，无论是在彼时还是在我们回忆它的此时。"[30] 在失散多年之后的老同学、老知青战友聚会中，回忆的这种"成群结队""联袂演出"现象

---

[28]　转引埃尔：《文学作为集体记忆的媒介》，载冯亚琳、埃尔主编《文化记忆理论读本》，第234页。

[29]　同上书，第234页。

[30]　Maurice Halbwachs, *The Collective Memory*, trans. J. Ditter, Jr. and Vida Yazdi Ditter, Harper & Row Publishers, 1980, p. 33.

尤其突出。

此外，我们生活其中的群体、思潮、意识形态，能否为我们提供契机，激发我们进行某种特定形式的回忆，是需要深入研究的问题。一个曾经下乡插队的知青，常常在与其他知青战友聚会时才大量回忆起自己的上山下乡岁月，这说明，交流过程中他人的记忆引出了自己的记忆。[31] 哈布瓦赫写道："正是当我们的父母、朋友或者其他什么人向我们提及一些事情时，对之的记忆才会最大限度地涌入我们的脑海。"[32]

需要特别强调的是，在制约和影响一个人的记忆唤起方面，特定时代占主导地位的社会文化框架，特别是主导意识形态，常常发挥了至关重要的作用。在意识形态的规约下，某些记忆成为"能够进行回忆的记忆"，[33] 某些则沦为不能进行回忆的记忆，有些回忆受到鼓励，而有些则受到限制乃至禁止。经常被引用的是苏联和东欧知识分子的例子。比如科瑟援引匈牙利作家康拉德的话说：在极权主义的环境下，人们被迫抹去自己的某些集体记忆，"不允许自己保存记忆……许多人热衷于失去记忆"。[34]

正因为这样，集体／社会记忆必然具有突出的政治性。哈布瓦赫在谈论个体记忆建构背后的"社会框架"时虽然使用了"主导框架"这一术语，但没有系统阐释其中的权力问题。相比之下，康纳顿明确提出：记忆问题就是一个政治问题，社会记忆的存在就是为了将现存社会秩序合法化，而现存社会秩序反过来也决定了社会记忆的内容和形式。康纳顿认为，研究"群体的记忆如何传播和保持"这个问题，

---

[31] 详细阐述可参见本书《记忆是一种文化建构——读哈布瓦赫的〈论集体记忆〉》一文。

[32] 哈布瓦赫：《论集体记忆》，第 68 页。

[33] 同上书，第 69 页。

[34] 科瑟：《导论：莫里斯·哈布瓦赫》，载哈布瓦赫《论集体记忆》，第 39 页。

人们就会很自然地从政治权力角度切入。权力与社会记忆的密切关系是一个不争的事实。即使权力不以"宏大支配话语"的形式出现，也并不代表它们不存在，它仍然可能在无意识中影响着我们的思维方式和行为方式。这是一种无意识的集体记忆。基于这样的理解，康纳顿的论断是："控制一个社会的记忆，在很大程度上决定了权力等级。"[35] 这句话可以从两个层面来理解。一方面，控制了一个社会的记忆，就等于掌握了一定的权力。从这个角度来说，社会记忆就是一种权力；另一方面，掌握的权力越大，归属的权力等级越高，对记忆的决定权和影响力就会越大。也就是说，权力操控社会记忆。"现存社会秩序"指的就是当下的社会、政治、经济等的权力关系。过去的经验决定我们对当下的体验，过去存在的目的是为当下提供一个合法化的源头，从而使其"名正言顺"。这样一来，已经或者试图攀顶权力最高等级的群体就会想方设法让这个社会秩序的参与者拥有一个钦定的共同记忆，因为对过去的记忆如果存在任何分歧，会造成参与者对现存权力等级关系的质疑。而要拥有一个共同记忆并使之服务于权力合法化的目的，一方面要创造新的共同记忆，而另一方面则要有组织地遗忘掉（organized forgetting）一些旧的记忆。

其次，记忆和语言、记忆和叙述的关系是"文艺—记忆"范式所要处理的另一个核心问题。个体记忆必须经过语言、叙述等媒介/中介才能得到呈现。这也是个体记忆转化为文化记忆并进入公共领域的前提。哈布瓦赫特别强调了词语或语言的社会性："在一个会说话的人的意识之中，首要的东西就是他所使用的词语的意义。而且最重要的事实是，他理解这些词语。"[36] 理解是对语义的破译，它是以共同的

---

[35]　康纳顿:《社会如何记忆》，第 1 页。

[36]　哈布瓦赫:《论集体记忆》，第 286 页。

符号编码—解码规则为基础的，否则人和人的交流和文化的传承就不可能进行。因此，理解与阐释必然包含了社会性和公共性。但相对而言，哈布瓦赫的集体记忆理论仍然不够重视记忆的符号 / 媒介维度。扬·阿斯曼就明确指出：哈布瓦赫关注的是"交往记忆"或"日常记忆"（communicative or everyday memory）而非文化记忆。[37] 这也是他和阿莱达·阿斯曼创立"文化记忆"概念的主要原因，希望借此克服哈布瓦赫集体记忆理论对记忆的媒介 / 符号维度的忽视。阿莱达·阿斯曼指出："过去只能借助媒体，在不同的现实中象征性地、物质性地重现。这样的重现，再次想起的行为只能通过符号才会发生。它们并没有把过去的东西带回来，而只是在现实中一再重新建构。"[38] 我想也可以换一个表述："重新建构"过去正是把过去"带回来"的唯一方式。埃尔更是直言："没有媒介的集体记忆是无法想象的。"在他看来，"媒介必须看作是记忆的个人和集体维度之间的交流和转换的工具。"[39]

埃尔还从叙述理论角度对前叙述的"经验之我"与"叙述之我"进行了区分，认为后者是"经过对过去的叙述和回顾而形成的、具有一定意义的回忆"。作为记忆之表现形式的文学，"能通过特殊的虚构形式展现个体有意识或无意识的回忆过程"。[40] 由于任何个人化的记忆书写都不可能不借助——尽管不是照搬——文化传统为他提供的

[37] Jan Assmann, "Collective Memory and Cultural Identity," *New German Critique*, No.65, Cultural History / Cultural Studies. (Spring–Summer, 1995), pp.125–133. 必须指出，阿斯曼认为哈布瓦赫的"集体记忆"限于交往记忆而没有包含文化记忆并不十分准确。没有明确证据可以证明哈布瓦赫将其"集体记忆"概念严格限于口头交往范围。

[38] 阿斯曼：《记忆作为文化学的核心概念》，载冯亚琳、埃尔主编《文化记忆理论读本》，第118页。

[39] 埃尔：《文学作为集体记忆的媒介》，载冯亚琳、埃尔主编《文化记忆理论读本》，第229页。

[40] 埃尔、纽宁：《文学研究的记忆纲领：概述》，载冯亚琳、埃尔主编《文化记忆理论读本》，第222—223页。

叙事惯例或模式，而叙事惯例又是具社会性、公共性的交往中介，因此，这种书写也必然带有社会性、集体性、公共性。从这个意义上不妨说，所谓记忆的"集体框架"很大程度上就是叙述/表征框架。民间故事、神话等文类所惯用的叙事框架的集体性可能是最突出的，但最私人化的日记和书信体小说，同样不能摆脱这个框架的制约。如同杰罗姆·布鲁纳所言：叙述模式在个体回忆的"符号转化"（中译本作"象征转化"）中起到了特别重要的作用："我们主要以记叙的方式来组织我们的经历和记忆。"[41]

我认为，文学中的记忆之所以区别于个体的下意识流动，比后者更具连贯性和整体性，很大程度上是因为前者经过了叙述的中介。即使那些似乎零碎、散乱、随机的下意识心理描写，也必然要经过叙事的中介并因此具有了集体/社会维度。个人的实际经历、经验往往是零散的、复杂的甚至模糊不清的，必须通过讲述或叙述的方式将之进行重新排列、整理，使之条理化和清晰化。作家创作不可能完全被动机械地复制储存在内心的记忆（"储存记忆"在变为"功能记忆"的时候需要经过再选择和修改，绝非简单地把一包包包装好的现成"存货"拿出来了事）。

四　文学体裁、集体记忆、自传性作品

文学体裁是高度模式化、惯例化的叙述规范。任何个人经验、个体记忆非经文学体裁之中介就无法得到表征和再现。海登·怀特曾认

---

[41] 埃尔、纽宁:《文学研究的记忆纲领:概述》，载冯亚琳、埃尔主编《文化记忆理论读本》，第217页。

为：人们在选择文学体裁的同时也选择了传递信息的方式。像传奇故事、悲剧、喜剧、讽刺文学等西方文学体裁，具有各自稳定的结构特点，且与特定的意识形态相牵连。[42]埃尔用此观点分析体裁与记忆之关系，提出了文学体裁乃"约定俗成的记忆场所"这个著名命题。作为约定俗成的叙事模式，文学体裁是"记忆过程的产物：即随时间的推进不断重复和得以实现的产物"。[43]范·高普和穆沙拉·施罗德则将体裁视作"文化记忆的贮藏室"，认为它"对于文学、个体和文化记忆都有着非常重大的意义并且是这三大记忆层面（引者按：即文学记忆、个体记忆、文化记忆）连接和交换的控制中心"。[44]

埃尔认为，作为个体记忆与文化记忆、集体记忆的连接、交换中心，"文学与个体层面的紧密联系在文学体裁记忆上体现得淋漓尽致：各种文学体裁和它们形式上的特点与约定俗成的期待值体系（从认知心理学角度看则是各种模板）紧密相关"。如果借用接受美学的术语，"期待值体系"可以理解为"期待视野"，它是范铸个体记忆的集体框架（因此被形象地称为"模板"），属于"社会的共同知识"，也是"可供分享的知识"。更为重要的是，这种知识是由个体通过社会化过程和对所处社会文化的适应过程而获得的。个体通过学习、通过文学艺术的阅读、创作和其他文化实践，将"社会共同知识"内化，从而达到个体经验和集体规范的统一。比如通过阅读侦探小说，作者和读者均不同程度地将这类小说的规则内化，变成了自己的"前见"和期待视野。正因为这样，埃尔称体裁为"经过诗化的一种集体记忆模式"。体裁不仅是个体记忆可以提取的对象，而且"还能影响并形成个体（生平）记忆"。

---

[42] 埃尔、纽宁：《文学研究的记忆纲领：概述》，载冯亚琳、埃尔主编《文化记忆理论读本》，第 218 页。

[43] 同上书，第 216 页。

[44] 同上。

它是"（再）建构和阐释人生经验的不可忽视的组成部分"。只有通过叙述形式和文学体裁模式，我们才能"将前叙事和未成形的经历和事件加以象征、归类、解释，并最终使其能够引起回忆"。[45]在文学教育与文化传习的过程中，文学体裁已经内化为我们记忆的重要组成部分。它们能够形成个体记忆，并在交往过程中对建构和传播个体生活经验起到很大的范导作用。或者说，它能够对一个人的生活经历进行编码。

职是之故，近年来的自传书写研究开始关注个体记忆和文学体裁记忆之间的关系。一般人的印象是，自传作为作者个人生活经历、生命感悟的书写，是最富有个人性的，与民间故事、神话、史诗等文类相比缺乏公共性、集体性。自传性作品常常通过个体追忆的方式展开，其在表达方式上与个体记忆的编码方式非常相似。然而瓦格纳·艾格尔哈夫（Wagner Egelhaaf）指出：作为文学体裁之一的自传，不仅与个体记忆、还与文化记忆紧密相关。"自传性文章会吸取一些存在于文化记忆中的设想，随后以这种方式从集体记忆中提取出个体记忆。"[46]

西方文学史上一些重要的文学体裁与时代精神、集体记忆的关系十分紧密。比如，史诗是人们回忆"本源""奠基性的伟大时刻"、建构文化集体身份的重要体裁。在 19 世纪的英国和德国，长篇历史小说成为主导的记忆类别，对再现历史进程、塑造民族身份发挥了巨大作用。在 20 世纪 20 年代的英国，则由战争小说中的田园风格和喜剧元素承担了解释集体创伤、塑造集体记忆模式的重任。而到了 20 世纪末，后现代身份观念与碎片化的记忆图像则在"历史编撰元小说"（historiographic metafiction）中得到了恰当表达。[47]

---

[45]　本段引文均出自埃尔、纽宁：《文学研究的记忆纲领：概述》，载冯亚琳、埃尔主编《文化记忆理论读本》，第 216—217 页。

[46]　同上书，第 217—218 页。

[47]　同上书，第 218 页。

五 走向对个体—集体二元论的超越

记忆的个人维度和社会／集体维度、生理—心理维度和社会—文化维度不是彼此独立、相互隔离的，而是彼此交融、相互渗透的。个体经验的集体维度、个性意识的社会维度、个人记忆中的群体记忆，在更多情况下是内含的而不是强加或外加的，集体经验、社会意识、群体记忆等不是与个体记忆相分离而存在，而是融化、渗入了作家艺术家个人的文艺创造中。正如阿莱达·阿斯曼所说的："个体记忆不是自足的，也不是纯粹的私人记忆"，"个体记忆总是受到社会环境的支持。依据哈布瓦赫，绝对孤立的个人不能形成任何记忆，因为这些记忆是通过交往——与他人的语言交流——才首先得到发展和固化的。"[48]

社会学家希尔斯对个人记忆中的集体内容——他称之为"传统"——有非常精彩的论述。希尔斯把记忆比喻为贮藏器，它"收藏着人们过去的经历，以及人们从载入史册并被牢记的他人（活着的或死去的）经历中获得的知识"。个人的自我形象由其"记忆的沉淀"所构成，而在这个记忆中，"既有对与之相关的他人行为的体验，也包含着他本人过去的想象"。个人记忆、个人自我认识的内容超越了一个人的亲历范围和生命长度，它"远远超出他在形成形象的那一刻自身包含的一切；它涉及历史的回顾。作为他的自我画像和个性的一部分，这种自我形象包括过去的人们的特征、同一家庭成员的特征，同一性别或同一年龄组、同一种族群体、同一地段，以及同一宗教信仰或单位团体之成员的特征"。[49]个人的记忆不仅包含个人亲历的事件，

---

[48] Assmann, *Shadows of Trauma, Memory and the Politics of Postwar Identity*, pp. 13–14.

[49] E. 希尔斯:《论传统》，傅铿、吕乐译，上海人民出版社，1991 年，第 67—68 页。

而且包含了他人记忆以及自己未曾经历过的集体的过去：他家庭的历史，居住地的历史，所在城市的历史，所属宗教团体、种族集团、民族的历史，等等。希尔斯指出：受个人主义哲学影响的"现代自传工程"错误地以为：一个人的过去仅仅是从他自己出生时才开始的，他们"把自己的过去仅仅局限于自己在世上生存的时间"。[50] 在这种工程的影响下，"尽管每个人都在自己的行为和信念中夹带着大量的过去的作为，却有许多人看不到这个事实"。[51]

受个人主义哲学影响的"现代自传工程"认为，"我"就是我自己选择的那个"我"，自我可以脱离其所处的社会和历史。哲学家麦金太尔指出，这不过是幻觉："我从我的家庭、我的城市、我的部族、我的国家的过去继承了许多债务、遗产、合理的期望和义务。它们构建了我的生活状态和我的道德出发点。这让我的生活具有了自己的一部分道德特性。"[52] 一个人自己的生活史总是被纳入其从中获得自我认同的那个集体的历史之中，他是带着过去出生的。"……我的根本部分就是我所继承的那些东西即一种特定的过去，它在一定范围内存在于我的历史之中。我把自己视为历史的一部分，从完全一般的意义上说，这就意味着我是一种传统的一个载体，不管我是否喜欢这种传统，也不管我是否认识到了这个事实。"[53]

伽达默尔则从阐释学的角度反思了现代自传工程。他指出："人的自我决定和自传不是第一性的东西，不足以充当讨论解释学问题的基础。因为它们把历史给私人化了。实际上，不是历史属于我们，而

---

[50] 参见马克·弗里曼：《传统与对自我和文化的回忆》，载哈拉尔德·韦尔策编《社会记忆：历史、回忆、传承》，北京大学出版社，2007年，第12页。

[51] 同上。

[52] 同上书，第11页。

[53] 同上。

是我们属于历史。早在我们试图在回顾中理解自己之前，我们就已不言而喻地在我们生活其中的家庭、社会和国家里理解自己了。"[54] 不管现代自我多么热衷于装出一副特立独行的反传统、反集体姿态，它在很大程度上只是一个"没有意识到自己的历史形成过程（die eigene historishe Formierung）的自我"。[55] 当然，这并不是说在一个人的自传书写中，"我"不再是书写的主体，叙述永远是一种个人行为，但这个个体的记忆中又融入了大量的社会历史内容。当然，在我看来，说"不是历史属于我们，而是我们属于历史"显得不够辩证，我们属于历史，同时历史也属于我们，历史制约着我们，但这并不意味着我们不能创造自己的历史。

为了深入阐释记忆书写中个体与集体、生理—心理与社会文化之间的辩证关系，阿莱达·阿斯曼区分了记忆的三个维度：神经／生物学维度、社会维度、文化维度。这些维度不是分离独立的，而是相互依存的，你中有我、我中有你。记忆当然离不开神经／生物维度，"记忆和回忆的基本前提是具有大脑和中枢神经系统的生物体"。[56] 但这个维度不是一个独立的系统，而是需要相互作用的"交感区域"来维持和发展自己，包括社会的相互作用和交流区域（社会网络以及社会记忆），以及借助于符号和媒介（如文本、图像、文物古迹、节日、仪式等）的文化交流区域。个体的回忆过程同时在上述三个维度展开，只是侧重点不同：第一个层次即有机体层次的重点是作为神经网络的记忆，但是社会交流会刺激它；第二个层次即社会层次的重点

---

[54] 转引自弗里曼：《传统与对自我和文化的回忆》，载韦尔策编《社会记忆：历史、回忆、传承》，第 12 页。

[55] 同上。

[56] 阿莱达·阿斯曼：《记忆的三个维度：神经维度、社会维度、文化维度》，载冯亚琳、埃尔主编《文化记忆理论读本》，第 43 页。

是作为交往网络的记忆，但它不能脱离神经器官而存在，又能利用文字和图像等形式的文化记忆。在第三个层次即文化的层次："作为载体的符号媒介处于中心地位，同时也与一种通过社会交往而保持运转、通过个人记忆而被激活和掌握的集体符号结构有关。"[57]

从记忆三个维度相互依存的角度看，个人主义和集体主义的记忆理论看似截然对立，实则分享了同样的本质主义预设，即个体和集体、心理与文化的二元论，或者夸大了记忆的集体性对个体性的单方面控制，而忽视了个体记忆的多元性、异质性、反抗性；或者把集体记忆当成外在的控制个体的力量。实际上，集体的制约更深刻、更内在地表现为集体性的叙述模式、表征规范被内化到了——尽管是通过个人化的方式内化——个体的无意识层次并不经意间牵引个人的记忆书写。

与此同时，也要避免对集体记忆的本质主义理解。集体记忆不是僵化不变、铁板一块的，不是同质和无差异的整体。这首先体现在集体记忆自身的变化方面。如果我们把哈布瓦赫 "集体记忆" 概念和涂尔干的 "集体意识" 作一个比较，这点就看得更为清楚（如上所述，这两个概念之间存在明显的影响关系）。关于集体意识，涂尔干这样写道：

> 社会成员平均具有的信仰和感情的总和，构成了他们自身明确的生活体系，我们可以称之为集体意识或共同意识。毫无疑问，这种意识的基础并没有构成一个单独的机制。严格地说，它是作为一个整体散布在整个社会范围内的，但这不妨碍它具有自身的特质，也不妨碍它形成一种界限分明的实在。实际上，它与个人所处的特殊状况是不发生关系的，所以其人已去，其实焉

---

[57]　阿斯曼:《记忆的三个维度：神经维度、社会维度、文化维度》，载冯亚琳、埃尔主编《文化记忆理论读本》，第 44 页。

在。……它并不会随着世代的更替而更替，而是代代相继，代代相传。它完全不同于个人意识，尽管它是通过个人来实现的。[58]

"集体意识"概念突出的是"共同"和"平均"，是一种人们平均享有的意识。同时，这种集体意识既是"整体"，却又能"散布"在社会范围内，既独立于其他社会事实，又渗透于其他社会事实。作为一个独立性框架，集体意识是整体的；但就其决定着其他诸多社会事实而言，它又是分散的。更重要的是，涂尔干突出强调的是集体意识独立于个体的不变性、代际传递性，这使得这个概念被本质化、实体化和神秘化。我们无法理解"完全不同于个人意识"的集体意识，如何又"通过个人来实现"。相比之下，哈布瓦赫的"集体记忆"概念更强调其随时间变化的一面。哈布瓦赫指出："时间在流逝，记忆的框架既置身其中，也置身其外。超出时间之流，记忆框架把一些来自框架的稳定性和普遍性传送给了构成它们的意象和具体回忆。但是，这些框架也部分地受到时间进程的影响。它们就像那些沿着水道顺流而下的木排，如此缓慢……但是，这些木排并不是静止的，而是向前运动的。"[59] 在这个意义上，哈布瓦赫的集体记忆理论实际上就构成了稳定与流动的辩证——在稳定中变化，又在变化中保持稳定，这构成了集体记忆的核心。此外，哈布瓦赫还强调了集体记忆的复数性。一个社会中总是存在不止一种相互竞争的多种记忆集体框架。这是因为一个社会是由诸多而不是一个"集体"组成的，且每个集体都非铁板一块。这样，个体记忆常常与多种不同的集体框架发生关联。哈布瓦赫意识到了这个问题，但是没有给予特别强调。对此予以特别强调的是

---

[58]　涂尔干:《社会分工论》，渠敬东译，生活·读书·新知三联书店，2013年，第42—43页。

[59]　哈布瓦赫:《论集体记忆》，第302—303页。

扬·阿斯曼。一方面，他同意哈布瓦赫的观点，即个体通过参与交往而形成个体记忆，但同时补充："个体同时属于许多不同的群体——从家庭到宗教的或民族的集体，个体的记忆是这些归属关系中的一个变量。"[60] 更何况在一个多元国家，宗教的集体本身又可细分为多个而不是一个。个人记忆是一个"聚合体"，"产生于个人对林林总总的群体记忆的分有"。[61] 我们称某种记忆为"个人的"，是因为个体作为一个"场所"，容纳了来自不同群体的集体记忆，每个个体都通过独一无二的方式关联于各种而不是一种集体记忆。

　　例如，在 20 世纪 80 年代，在知青作家关于上山下乡的记忆书写中，"青春无悔"和"还我青春"是两种相当不同（甚至相互对立）但都非常具有代表性的叙事模式，也是制约个体记忆书写的两种主要集体框架；但它们却同时并存且处于紧张和竞争关系中。个体作家可以在两者中进行选择。何况除此之外还存在知青记忆书写的其他叙事框架，比如以残雪作品为代表的荒诞叙事。这就为个体作家的记忆书写提供了在不同的集体框架之间进行选择，甚至超越它们创造一种新的书写模式的可能性。从这个角度看，在记忆政治的领域，不只存在个体记忆和集体记忆的冲突与斗争，更存在不同的集体框架之间的斗争。

（原载《文艺理论研究》2022 年第 4 期）

---

[60]　阿斯曼：《文化记忆：早期高级文化中的文字、回忆和政治身份》，第 29 页。

[61]　同上。

假肢记忆与大众文化时代的身份认同 [1]

在维塔格拉夫电影公司（Vitagraph）1908 年摄制的电影《窃贼的手》(*The Thieving Hand*) 中，一个有钱的过路人可怜一个没有胳膊的乞丐，就给他买了一个假肢。乞丐很快发现他的这只新手臂有它自己的记忆，这是一只窃贼的手，带着窃贼的记忆，如今它长到了乞丐身上并且习性不改，又开始偷东西。这意味着这个乞丐不但其记忆发生了变化，而且其身份也发生了变化：变成了窃贼。尽管手臂的记忆与乞丐以前的生活经历实际上是脱节的，但却导致了他的盗窃行为，改变或重塑了乞丐的身份。乞丐这种作为窃贼的身份或主体性是基于他未曾亲历的记忆之上的，这就是"假肢记忆"。

一个世纪之后，艾莉森·兰兹伯格（Alison Landsberg）写了一本题为《假肢记忆》的书，副标题为"大众文化时代美国记忆的转型"。[2] 但这本书并非泛泛而谈假肢记忆，而是聚焦于大众文化技术对记忆形态、方式的改变与对记忆理论的挑战。假肢记忆有广义狭义之分（《假肢记忆》一书缺少对此的明确区分）。广义的假肢记忆几乎

---

[1] 本文与吕鹤颖合作。

[2] Alison Landsberg, *Prosthetic Memory: The Transformation of American Remembrance in the Age of Mass Culture*, Columbia University Press, 2004.

等于所有非亲历记忆，不管其通过什么方式、媒介获得或传递。但兰兹伯格这本书研究的显然不是这个外延几乎无边的非亲历记忆，而是大众文化时代通过大众媒介传播的特定意义上的价值记忆（由于同样原因，本文"假肢记忆"均特指大众文化时代的假肢记忆）。作者明确指出："假肢记忆是一个人体验大众文化的记忆技术的结果。这种记忆技术戏剧化并再创造了（dramatizes and recreates）他或她不曾亲历的历史。"[3] 因此，本文要探讨的问题是：作为一种记忆技术、具有使人穿越时空之能力的大众文化，如电影、体验式博物馆，与假肢记忆是什么关系？假肢记忆如何对一个人的身份认同产生影响？它以什么方式、在多大程度上挑战了对个体记忆与集体记忆及其关系的传统理解？个体如何被他们未曾亲历的银幕上的生动"经验"所影响，并获得一种重要的知识获取和身份建构模式？

许多移民题材的电影表现年轻一代移民离开了自己的出生地，和父辈、祖父辈来到美国这样的新大陆，这些空前规模的人口移动，破坏了代际间传统的记忆传承方式（共享的家庭空间和面对面的交流），使得传递家庭、族裔和种族记忆的传统模式如通过社区共同生活（各种仪式）进行传递——不再适用。大规模移民这一现代性现象于是成为兰兹伯格思考假肢记忆的一个重要语境（另一个语境当然就是大众文化，特别是电影的普及）。她的著作选择的分析案例，如 20 世纪初的大规模移民，奴隶制之后的非裔美国人，都是假肢记忆研究的典型案例。

---

[3] Landsberg, *Prosthetic Memory*, p.28.

一　假肢记忆

顾名思义，"假肢记忆是指那些并非严格地源于人们的亲历经验的记忆"。[4]换言之，这是别人的记忆嫁接到自己身上。在嫁接和非亲历的意义上，假肢记忆不是"自然的"或"本真的"。它之所以得到大量传播，是因为新兴的商品化的大众文化、大众传播技术能够广泛传播关于过去的图像和叙事。"假肢记忆发生于一个人的生活经验之外，但通过大众文化的记忆技术，被那个人所承接和穿戴（taken on and worn）。"[5]兰兹伯格强调，被称为"假肢记忆"的记忆形式，源于一个人与一种关于过去的历史叙述——如电影院或博物馆这样的体验场所（experiential site）——而不是历史事件本身的接触："在这个接触的时刻，一种经验发生了，通过这种经验，一个人将他或她自己缝合进更大的历史。"[6]这样，为了研究这个过程，我们必须研究这些技术作用于身体的方式和这种经验对他或她的主体性的最终影响。

其次，假肢记忆虽然是非亲历的，而且属于现代传播技术支撑的媒介化记忆（mass-mediated memory, mediated memory），较传统的记忆形式具有更大的技术依赖性；但它却依然是身体化、个人化的，它不是抽象的知识，而是活生生的体验（犹如亲历记忆）。用兰兹伯格的话说：假肢记忆尽管不是以器官为基础的，但作为密切参与广泛的文化技术的结果，它们"仍然是通过一个人的身体经验到的（experienced with a person's body）"，是"由身体经验的一种感官

---

[4]　Landsberg, *Prosthetic Memory*, p. 25.

[5]　同上书，第 19 页。

[6]　同上书，第 2 页。

现象，它继续通过情感（affect）获得它的大部分力量"。[7] 假肢记忆就像是对生活事件的亲历记忆一样鲜明生动，因而成为"个人经验档案"的一部分。[8] 因此，它使人能够感觉到与过去的感性融入关系、体验关系，不同于那种存在于档案记录、图书馆、博物馆、雕像或纪念品等中的集体记忆，比如阿莱达·阿斯曼所说的"储存记忆"。[9] 比如通过看数字电影或参观使用了大量新媒体技术的体验式博物馆（如华盛顿犹太人纪念馆），人们获得的不是抽象的、冷冰冰的关于大屠杀的知识，而是如同身临其境般的关于大屠杀的"感官沉浸式知识"（sensuously immersed knowledge）。

　　这也是假肢记忆与历史的区别。"就像是假肢记忆模糊了个体记忆和集体记忆的界限一样，它们也使得记忆和历史之间的区别复杂化。"[10] 一方面，历史包括了一个人自己的经验档案之外广泛的过去知识，因此不限于一个人的亲历。在这点上，历史和假肢记忆不乏相似处。但另一方面，"记忆总是意味着与过去的主观情感关系，而历史则努力保持与过去的距离感"。[11] 假肢记忆不是抽象的关于过去的历

---

[7]　Landsberg, *Prosthetic Memory*, p. 8.

[8]　同上书，第25—26页。

[9]　关于"储存记忆"，参见阿莱达·阿斯曼：《回忆空间：文化记忆的形式和变迁》，潘璐译，北京大学出版社，2016年，第146—155页。对于"储存记忆"这个概念，我一直心存疑虑。按照这个概念，所有储存在博物馆、档案馆、图书馆的关于过去的资料全部是储存记忆，尽管它没有进入个体的活生生的经验，和个人、集体的当下生活没有任何联系。这样就把记忆概念的范围搞得太宽泛了。记忆，尤其是与文学艺术及审美活动相关的记忆，之所以不同于资料档案，也不同于通过机械重复方式死记下来的抽象知识（比如各种公式和数据），就在于主体对它具有亲近感、认同感，有感性的血肉联系。比如普鲁斯特《追忆似水年华》中主人公的那种非意愿记忆（对外婆等家人的鲜活记忆）。

[10]　Landsberg, *Prosthetic Memory*, p. 19.

[11]　同上。

史知识，而是活生生的经验。

二　假肢记忆对本质主义记忆理论的挑战

　　大众文化时代的假肢记忆，挑战、超越和否定了本质主义的记忆观，关于记忆的生物学的或种族的所有权主张——认为只有本真的、亲历的、非媒介化的记忆才能生产与维护一个人的本真身份。假肢记忆不是"自然的""本真的"，也不是 19 世纪遗传意义上的"有机"记忆，[12] 而是"从与媒介化表征的接触中派生而来"（derived from engagement with a mediated representation）。[13] 通过看一场电影，参观一个体验式博物馆，在互联网上进入虚拟世界，都会产生假肢记忆。美国的华裔年轻人出生在美国，没有关于自己出生地的历史与文化（包括自己的家族、所属的社区等）的亲历经验，但他通过观看中国历史题材的电影和电视剧，也能够获得有关中国历史文化的"假肢记忆"，并对其身份塑造产生影响。

　　在保罗·范霍文（Paul Verhoven）导演的电影《全面回忆》（*Total Recall*，又译为"宇宙威龙"，1990。这部电影还有一个由怀斯曼导演、2012 年放映的版本）中，主人公道格拉斯·奎德从瑞卡公司购买

---

[12]　"有机记忆"理论开始出现于 1870 年到 1918 年间。该理论提出：记忆与遗传在本质上是相同的，人从祖先那里继承记忆和身体特征。参见 Laura Otis, *Organic Memory: History and the Body in the Late Nineteenth and Early Twentieth Centuries*, University of Nebraska Press, 1994。即使在失去了科学的合法性之后，记忆的这种有机模式——后来又被称为记忆的"生物的"或"遗传的"模式——仍然有着很大的影响力。实际上，在 20 世纪末 21 世纪初，许多身份政治的形式继续依赖于这一逻辑。

[13]　Landsberg, *Prosthetic Memory*, p. 20.

并植入了一套大众文化商品——火星旅行记忆。在此之前奎德本是火星上反政府武装的一个特工，后被反政府武装的头领科哈根抹去了旧记忆、植入新记忆并派遣到地球。当奎德植入火星旅行记忆后，他恢复了以前的火星人记忆，并和他地球上的妻子洛瑞发生激战。妻子告诉他：她其实并不是他的妻子，而是受科哈根指派来监督奎德的火星人，他们的"婚姻只是记忆的植入"。这时，奎德对本真记忆、统一自我、稳定主体的任何信念都被粉碎了。影片借此挑战了一个人可以在"本真"记忆和非本真或"假肢"记忆之间加以有意义区别的观念。本真性（authenticity）不再被视为记忆的必要元素。"记忆从哪儿来所起的作用，远小于它们如何能够让一个人活在当下"[14]——亦即远小于其在当下的作用。在兰兹伯格看来，与其纠缠于记忆的本真和非本真，还不如看看它到底发挥什么样的政治和道德作用——进步的还是反动的。[15]

    由于超越了"本真记忆""自然记忆"等概念，假肢记忆因此也不同于哈布瓦赫等阐发的"集体记忆"概念及其建构主义记忆理论。假肢记忆"既不是本质主义的，也不是以任何直接的方式（any straightforward way）被社会地建构的：它们来源于一个人的被大众媒介所调节的对过去的创伤事件的经验"。[16]

    以哈布瓦赫为代表的集体记忆理论强调记忆的集体或社会框架，

---

[14] Landsberg, *Prosthetic Memory*, p. 42.

[15] 在 2012 年公映的版本中，上述主题表现得更为突出。在这个版本中，奎德与殖民地反叛领袖麦提亚（Kuato）有以下一段对话。奎德："我想恢复记忆，做回此前的自己。"麦提亚："每个人都在寻找真正的自己。真正的自己在当下，不在过去。"奎德："但过去让我们知道我们变成了什么。"麦提亚："过去是心智的建构，它使我们盲目，蒙蔽我们的心智，但心想活在当下，遵循内心，你会找到答案。"

[16] Landsberg, *Prosthetic Memory*, p. 19.

但他的描述"暗含了一个地理上有界限的共同体，其成员之间有着共同的信仰和'自然'联系的感觉"。[17] 指出这点非常重要，因为正是大众传播媒介打破了集体记忆的地理限制和自然联系，从而使得假肢记忆超越了受限于特定地域、共同信仰和自然联系的群体。皮埃尔·诺拉（Pierre Nora）的"记忆之场"概念也强调记忆与地域、空间之间的联系。在 19 世纪，国家记忆是通过纪念碑等空间场所建构的，目的是在当地居民中建立和保持民族身份认同（national identity）。[18] 同样，依托大众传播媒介的假肢记忆则超越了这个空间局限和地域限制：

> 　　电影和其他大众文化技术能够为居住于——字面上的和比喻意义上的——不同的社会空间、实践和信仰中的人创造共享的社会框架。结果，这些技术能够建构"想象的共同体"，这些共同体并不一定受到地理上或国家界限的限制，它也不假设共同体成员间的任何类型的亲缘关系。[19]

　　比如，犹太人的逾越节产生和传播的记忆在种族上是有限的，但是电影《窃贼之手》引入了一种可能性，即某些相应的记忆可能比逾越节中传播的记忆更便携、更易于传播。大众文化时代的假肢记忆是一种商品，任何人都可以购买，因此比"真正的"手臂更容易获得。使这些记忆变得可轻易获取和移植的，是资本主义产生的商品化。记忆不再是特定个体、民族或种族群体的私有财产。

---

[17]　Landsberg, *Prosthetic Memory*, p. 8.

[18]　皮埃尔·诺拉:《记忆之场：法国国民意识的文化社会史》，黄艳红等译，南京大学出版社，2015 年。

[19]　Landsberg, *Prosthetic Memory*, p. 8.

犹太人逾越节记忆就属于哈布瓦赫说的"集体记忆"，它是为犹太人准备的，是犹太人的节日，带有明显的社会空间和种族群体的限制；而通过商业化的大众文化传播的假肢记忆却是人人可以购买、可以穿戴和承接的。

在拍摄于 20 世纪初的《窃贼之手》中，最后的结局是假肢记忆回到了其真正的主人（真正的窃贼）身上。[20] 这个结局实际上表现了编导在他那个时代的伦理观：即使记忆可以移植，它也应该有其合法的、自然的所有者。但如同兰兹伯格指出的：20 世纪后期的科幻电影，如《银翼杀手》和《全面回忆》，却开始想象不同的情况。随着生物学本质主义受到越来越多的质疑，"记忆没有合法所有者的可能性，以及记忆可能被非'合法继承人'占有的可能性，是完全可以想象的（thinkable）"。[21]

必须再次强调：假肢记忆虽然不是"本真的"（authentic，即亲历的）经验，然而它们能被强烈地感受到——因此也就是真实的（real）。随着后现代主义"仿像""超真实"等概念的流行，人们一方面感叹"真实之死"，"真实经验之死"，但另一方面则目睹了对真实经验的痴迷正在普遍蔓延。从各种好莱坞大片制造的感官盛宴，到所谓"体验式博物馆"（如美国华盛顿的大屠杀纪念馆，底特律的非裔美国人历史博物馆），似乎体验式的"真实"（the experiential "real"）根本没有死亡。这些体验式场所的流行，展现了人们对以个人的甚至身体的方式体验历史的渴望。它们提供了将历史转化为个体鲜活记忆的技术和策略，为人们对他们未曾亲历的集体的或文化的过去建

---

[20]　大致情节如下：乞丐戴上的假肢贼心不改，继续行窃。被窃者联系了警察，警察发现乞丐后把他投进监狱。谁知在监狱牢房里，手臂认出了它真正的主人，一个独臂犯人——真正的窃贼，并把自己附着在他身上。

[21]　Landsberg, *Prosthetic Memory*, p. 28.

立一种经验式的关系提供了一个便于获取的机会。在 21 世纪初——
一个被称为后现代的时期，在电影、电视、互联网等大众文化仿真
（simulation）技术已经精密高级到足以成为体验场所的时刻，与其简
单地拒斥这些技术，不如认真讨论一下如何以进步的、对社会负责的
方式使用它。

除此之外，假肢记忆作为大众文化时代的商品，具有可替换性和
可交换性（interchangeability and exchangeability），可以买卖，可以替
换。不同的使用者、消费者可以通过不同的方式使用假肢记忆。假肢
记忆是商品化的大众文化提供的图像、叙事与观众相互作用的结果，
两个观看同一部电影的人可能会发展出各自不同的假肢记忆。

三　假肢记忆、现代性、电影

在谈及假肢记忆出现的背景时，兰兹伯格强调："现代性与大众
文化，它们的发展使得假肢记忆成为可能。"假肢记忆是现代性语境
下的"一种公共记忆的新形式（new form of public memory）"。[22]

之所以强调假肢记忆与现代性的关联性，是因为记忆（其方
式、载体、媒介等）具有历史性。"记忆并不是一种超历史的现象
（transhistorical phenomenon），不是一种单一的、随着时间的推移仍然
保持不变的实践。"[23] 记忆具有历史与文化的特殊性，并为不同的文化
实践服务。特别值得注意的是，记忆的意义、实践方式的转变，极大
地得力于现代的技术创新。比如，现代西方民族主义的建立依赖一种

---

[22] Landsberg, *Prosthetic Memory*, p. 3.

[23] 同上。

新的公共记忆形式，而这种新公共记忆形式又紧密联系于当时的技术进步。印刷资本主义的确立与报纸的广泛传播，是建构民族赖以存在的"想象的共同体"的关键。[24]

兰兹伯格重点强调的现代性事件分别是：移民潮（出现在 20 世纪初）与大众文化 / 大众传播。正是这两大现代性事件，为假肢记忆这种"新的公共记忆形式"铺平了道路。如上所述，一种重要的现代性现象就是大量人口的移民，以及随之而来的家庭、亲缘关系与传统共同体的瓦解，出现了所谓"移民社会"。"在这些条件下，地方（place），就像代际一样，不再能指望它提供连续性的经验。"[25] 这一过程破坏了代际间的传统关联方式，挑战了传统的记忆形式（比如自然记忆、有机记忆）与记忆传承方式。

在现代性与假肢记忆的关系中，兰兹伯格特别关注的是电影这种大众文化形式，特别是其与身体的关系。"电影的诞生使人们越来越有可能以一种身体上的方式去体验一种实际上我们没有经历过的事情。"[26] 从诞生之初，电影观赏行为就吸引了观众的身体（engaged viewer's bodies），并将他们的身体"运送"（transported）到遥远的异国他乡或远古时代。

这些言论都特别强调了观影是一种身体化的感性经验（这是观影经验与阅读经验的根本区别之一）。在这点上，立场不同、评价迥异的理论家的观点似乎高度一致。早在 1916 年，雨果·明斯特伯格（Hugo Münsterberg）就指出："神经衰弱的人特别倾向于从屏幕上看到的东西中体验到触觉、温度、气味或声音的印象。这些联想变得

---

[24]　本尼迪克特·安德森：《想象的共同体》，吴叡人译，上海人民出版社，2005 年。

[25]　Landsberg, *Prosthetic Memory*, p.10.

[26]　同上书，第 12 页。

和现实一样生动，因为大脑完全被动态的画面（moving picture）所吸引。"[27] 换言之，电影的力量源于它的感性言说方式，它在观众中产生的感官体验像现实一样生动（在高科技条件下，其强烈程度甚至超越现实经验）。

依据布鲁默的研究，观影经验可能和其他生活经历一样，对人具有持续、巨大的塑造力和影响力，以至于会成为他们自己经验档案的一部分。[28] 这个研究推翻了把亲历经验作为塑造与建构身份的唯一经验类型的观点。1928 年，电影研究委员会（Motion Picture Research Council）执行主任威廉姆·肖特（William H. Short）邀请了一组研究人员讨论评估电影对儿童的影响。研究人员使用了一个像测谎仪一样的电流计，测量皮肤的电流反应、呼吸、脉搏和血压变化。研究发现：人的身体可能会由电影体验而导致生理变化。人们不再能区分电影记忆（cinematic memories）与真实记忆、假肢记忆与真实记忆。[29]

与上述科学家一样，20 世纪初的文化批评家们也敏锐地意识到电影对人的身体的影响力。比如在 30 年代，克拉考尔（Siegfried Kracauer）就指出：电影"抓住了'有皮肤和头发的人'"，因为"电影中呈现的物质元素直接刺激了人的物质层（material layer）：他的神经，他的感官，他的整个的生理物质（physiological substance）"。[30] 尽管电影的接受方式既是集体的，又包含了个体身体的成分。

沙维尔（S. Shaviro）则认为，电影图像的便携性——人们被邀

---

[27]　Hugo Münsterberg, *The Film: A Psychological Studies*, Dover, 1970, p. 95.

[28]　Herbert Blumer, *Movie and Conduct*, Macmillan, 1933, p. 94.

[29]　Landsberg, *Prosthetic Memory*, pp. 30-31.

[30]　Miriam Hansen, "'With Skin and Hair': Kracauer's Theory of Film, Marseilles 1940," *Critical Inquiry* 19, no. 3 (spring 1993), p. 458.

请戴上假肢的方式，以身体的方式去体验它们——既是电影的威胁，也是电影的魅力所在。为了强调这种观众的体验性、身体性，沙维尔提出：自己的指导原则即"电影图像不是（事件的）再现，而是事件（本身）"。[31] 这种由电影促成的新体验，对获得假肢记忆至关重要。电影向观众个人提供了大量将他们缝合进历史，生发出假肢记忆的机会。

　　电影之于假肢记忆的重要性，除了来自身体化的感性经验之外，还体现在其超越地理、民族和信仰的限制扩展经验范围的能力。"从一开始，电影就试图让人们看到一个人由于经济或社会的原因而无法企及的东西。"[32] 电影被想象为一种有能力将人们与从未生活过的过去"缝合"在一起的手段，它为来自不同的背景与祖先的人提供了一种共享的档案经验。因此，电影可能被想象为人们与实际上并不属于他们的过去经验发生一种身体性、模仿式相遇的场所。在这个意义上，电影是 20 世纪创造的记忆新技术的原型。

　　比如，在德米尔（DeMille）的电影《通往昨日之路》(The Road to Yesterday) 中，主人公贝丝在火车上被带回遥远的过去。为实现这个目的，德米尔使用了闪回这种电影手法来创造"时间旅行"的幻象。电影闪回作为一种方法，提供了将完全不同的空间与时间连接起来的技术，德米尔将之称为"历史闪回"——因为它不是在两个同时的画面上切换，而是将现在的画面切换到遥远的过去。通过历史闪回，"电影将人们带入从传统意义上来说他们从未生活过的生活中，然而他们仍然被邀请去体验，甚至是居住——尽管只是短暂地"。[33]

---

[31]　Steven Shaviro, *Cinematic Body*, University of Minnesota Press, 1993, p. 24.

[32]　Landsberg, *Prosthetic Memory*, p. 12.

[33]　同上。

四　假肢记忆的政治意义

从政治文化和政治伦理的角度看，假肢记忆不但具有改变一个人的政治面貌和政治归属，以及激励政治行动的能力，而且扩大了公共领域的范围，能够对人的主体性、身份认同产生深刻影响，使得一种超越种族、阶级和性别的政治联盟成为可能。

假肢记忆挑战并扩展了阿伦特和哈贝马斯等的公共领域概念。阿伦特以古希腊城邦、哈贝马斯以 18 世纪欧洲咖啡馆等为原型发展出来的"公共领域"概念，都包含了对私人和公共的划分，都带着共享物理空间以及共同体生活的限制。而假肢记忆建构的公共领域，则挑战了私人和公共的划分，使公共领域的概念摆脱了对于共享物理空间以及现实中共同体生活的依赖。

假肢记忆既是个人化的记忆，但又不是纯个人的记忆。大量的历史记忆通过大众传播手段在公共空间流通，可以被各种不同经历和身份的人所体验，变成分享的公共记忆。假肢记忆"出现在个体经验与集体记忆经验的交汇处，它们是个人地体会到的文化记忆（*individually felt* cultural memories）"。[34] 个人在与表征过去的大众文化接触后，新的形象和观念与个人的经验档案发生接触，然后发展出了假肢记忆。

1993 年《辛德勒的名单》首演那天，恰逢美国大屠杀纪念馆开幕，这两件事立刻成为重大公共事件。"当关于《辛德勒的名单》的大量话语遍布各种媒体时，它就变得不只是一部电影了，而成了公共的、'集体的文化档案'（collective cultural archive）的一部分，成了社

---

[34]　Landsberg, *Prosthetic Memory*, p. 19.

会期待视野的一部分。它促生了一个存在于电影院又超越了电影院的公共领域。"[35] 这部影片通过把大屠杀的意象传递给超越了地域、族群界限、没有亲历大屠杀的人而建构了一个新的、扩大了的公共领域，这种力量来自大众文化时代假肢记忆的空前开放性。

大屠杀记忆的大众媒介化以及与之相伴的商业化是一个极富争议的话题。它一方面已经成为一个不可避免的社会文化事实，同时也遭到很多人的批判。先是电视连续剧《大屠杀》的播出（20 世纪 70 年代），受到埃利·维赛尔的激烈批评（70 年代末）。[36] 他坚持大屠杀的独一无二性、神圣性。八年后，维赛尔的这一立场在德国历史学家中引发争论。2006 年，维赛尔的作品《夜》被选为当红美国电视主持人奥普拉·温弗里（Oprah Winfrey）的图书俱乐部的官方选本，但维赛尔拒绝承认，也拒绝参加图书展示会。"大屠杀产业"（Shoah business）这个愤世嫉俗的流行语表达了有些人对大屠杀媒介化的激烈批判；但在一个媒介化的世界，产业与记忆总是纠缠在一起的。[37]

对大众媒介化的大屠杀记忆（如《辛德勒的名单》以及其他大屠杀题材的好莱坞大片）的批评，常常集中于其"非本真""娱乐性""商业化"。这类攻击有些联系于阿多诺的名言"奥斯维辛之后写诗是野蛮的 / 不可能的"，认为电影把大屠杀记忆娱乐化并廉价出售。其实，哀叹"真实"在技术时代的丧失也是后现代主义文化批评中一种非常有代表性的观点。鲍德里亚（Jean Baudrillard）声称，媒体技术制造的"仿真"（simulation）已经消解了实物与拟像、真实与非真实的区分。

---

[35] Landsberg, *Prosthetic Memory*, p. 122.

[36] 笔者认为，这里说的电视连续剧《大屠杀》，应该是由马文·J. 乔姆斯基执导的战争剧，该剧由詹姆斯·伍兹、梅丽尔·斯特里普担任主演，于 1978 年 4 月 16 日开播。

[37] Aleida Assmann, *Shadow of Trauma: Memory and the Politics of Postwar Identity*, trans. Sarah Clift, Fordham University Press, 2016, pp. 208–209。

他宣称，伴随着 20 世纪的新媒介形式，人们与事件的实际关系——"真实的经验"——已经变得如此媒介化了，以至于人们无可救药地脱离了"真实"。[38] 弗雷德里克·詹姆逊（Fredric Jameson）则断言，在后现代性语境中，"怀旧电影"唤起的是一种"过去感"（a sense of "pastness"），而不是"真实的历史"（real history）。因而，他发现了"后现代主义怀旧和语言与真实的历史性之间的根本不兼容"。[39] 但兰兹伯格认为，一些科幻电影如《银翼杀手》和《全面回忆》，瓦解了后现代主义关于经验的一些基本假设。她指出：实际上，关于"真实之死"（the death of the real）——尤其是真实经验（real experience）之死——的理论主张，与"真实经验的爆炸式增长或对真实经验的普遍痴迷"的现实背道而驰。[40] 今天的大众普遍渴望以个人的、身体化的方式体验历史，将历史转化为个体记忆。

菲利普·古雷维奇（Philip Gourevitch）甚至认为，美国大屠杀纪念馆是"又一个美国主题公园"。[41] 这样的批评所推崇的是那些幸存者书写的大屠杀纪实文本（比如朗兹曼的纪录片《浩劫》、埃利·维赛尔的自传回忆录《夜》，等等），这些作品拒绝虚构，拒绝情感介入，试图让观众保持批判的、静观的距离。而斯皮尔伯格的电影极大地利用了"经典好莱坞的惯例"，让观众沉浸其中。为了这目的和这个效果，《辛德勒的名单》最大程度增强了现场感和临近性（而不是距离）。

但兰兹伯格对此的看法与古雷维奇等学院派人士的观点大相径

---

[38]　Jean Baudrillard, *Simulations*, trans. Paul Foss, Paul Patton, and Philip Beitchman, Semiotext (e), 1983.

[39]　Fredric Jameson, *Postmodernism, or, the Cultural Logic of Late Capitalism*, Duke University Press, 1991, p.21.

[40]　Landsberg, *Prosthetic Memory*, p.133.

[41]　Philip Gourevitch, "Behold Now Behemoth: the Holocaust Memorial Museum: One More American Theme Park," *Happer's*, July 1993, p.60.

庭。她认为：认知距离不可避免地使故事变得非人格化，纪实性的作品常常依赖受难者的独特身份和亲历记忆，而且把犹太人再现为憔悴不堪的、非人化的造物，这恰恰使得非犹太人观众感到隔阂，难以发展其对犹太人的情感认同。越是身体和感官沉浸其中的经验，越能够让观众产生共情和认同。"电影是经验性的，它在观众身上生产真实的影响。它尝试抓住有皮肤和头发的人让他们参与到模仿的逻辑中。《辛德勒的名单》让观众高度投入的能力来自意象和视觉的力量。"[42]这些电影以及美国大屠杀纪念馆等体验式博物馆（an experiential museum），[43]为观众创造的空间已经成为一种实际的感觉场所（an actual site of sensuous），它同时也是一个认识场所、知识生产场所。在大屠杀纪念馆，抽象历史转化为个人化的感性记忆，但它依然是严肃的，而不是媚俗的，因此也得到了很多犹太人的认同。《辛德勒的遗产》（*Schindler's Legacy*）这部书写的是辛德勒所拯救的犹太人的真实故事，不但他们中的大部分人认为《辛德勒的名单》是他们自己经验的合格代表，而且这部电影打破了他们的沉默，促使他们站出来言说大屠杀（本来他们是不愿意说的）。电影打开了一种新的话语可能性，促生了大量关于大屠杀的话语，以及越来越多的电影和书籍。

在今天的新媒介时代，大众体验——而非抽象了解——历史的欲望变得越来越强烈。这种体验模式对于获得特定类型的知识至关重要。沉浸式体验博物馆就是为了满足大众体验历史的要求设计的。个人化的身体卷入正是这类博物馆要求的。"大众文化媒介越来越能够创造出一种特定的框架，人们在其中可以体验到一种感觉化、过程化的知识形式"，"大众文化媒介使得人们可以将自己附着于他们没有经历过的

---

[42]　Landsberg, *Prosthetic Memory*, p. 126.

[43]　同上书，第 130 页。

过去或身份，尽管从生物学角度说他们不是被这种身份界定的"。[44]

把美国大屠杀纪念馆这类体验式博物馆区别于"迪士尼"的关键在于：一个人在这类纪念馆中的惊悚体验并不是为了娱乐。相反，其目的是让参观者感性地体验到处于大屠杀经验中心的那种剥夺类型，大屠杀纪念馆的沉浸式体验并不与真实性原则相对立。它所收集的大量报纸文章、幸存者见证、历史分析等在这里汇聚。换言之，即使所展示的展品强烈地吸引了一个人的身体，这种吸引也是受客观的历史叙事所制约的，它同样能让参观者获取真实知识，只不过这是一种体验性的知识获取模式（an experiential mode of knowledge），它挑战了学院知识分子所熟悉的那种认知霸权。

这里特别重要的是：就对大屠杀的认同、对受难者的共同感的建立而言，学院知识分子所熟悉的线性的、逻辑的知识模式是不适合的，它不可能使大屠杀经验变得具有切身性、个体性，而没有这种切身性、个体性，就很难与受害者产生共情。在这个意义上，体验模式通过情感、感觉性、可触性等补充了认知。实际上，体验性博物馆这种新纪念类型的流行，反映了对何为"知识"的理解的变化。其流行也表明了不同的记忆技术通过何种方式改变了人们获取知识的机制。

假肢记忆建构新身份认同与新公共领域的功能，首先归功于商品化大众文化的全球流通。毋庸讳言，"作为资本主义制度的产物，大众文化所提供的对过去的想象与叙事本身就是商品"。[45]商品化的大众文化使过去的叙事和图像得以大规模流通，居住在不同地方、有不同种族、族裔和阶级背景的人都能够获得这些叙事和图像。尽管历史学家、艺术史家、人类学家和民俗学家等都已经发现记忆传递的社会

---

[44] Landsberg, *Prosthetic Memory*, p. 130.

[45] 同上书，第 143 页。

策略（social strategies for passing on memories）一直存在，但将假肢记忆区别于其他经验，并使其成为 20 世纪初独一无二之现象的，是它对商品化的依赖。因此，与中世纪和 19 世纪的前身不同，假肢记忆不仅仅是一种巩固特定群体身份和传递其记忆的手段，它还能将记忆传递给那些对它们没有"自然的"或生物学要求的人。

　　这也提示我们，不能对大众文化的商品化作简单化的消极理解。许多知识分子仅仅因为大众文化的商品属性而毫不犹豫地予以谴责和批判。然而，兰兹伯格并不认同这样的简单化做法。她认为，简单地因其商品化而否定假肢记忆同样不可取。第一，尽管假肢记忆是由大众文化创造的商品，并且以商品的方式流通，但它们永远不能作为私有财产被独占。因此，大众文化商品，尤其是假肢记忆，挑战了私有财产的概念，它们在资本主义内部占据着一个独特位置。在 21 世纪，互联网以其自由地传播文本、信息、音乐等的能力，对其提出了更为严峻的挑战。"作为一种任何人都不能独自拥有只能与他人共享的记忆，其意义永远无法被完全固化，假肢记忆颠覆了生产它们的资本主义逻辑，这本身就是对私人财产'完全拥有'的挑战。"[46]

　　第二，兰兹伯格质疑简单化的被动观众理论，强调观众在接受／消费商品的过程中是积极主动的。她援引丹尼尔·米勒（Daniel Miller）的观点指出，接受或使用一种商品是"漫长而复杂的过程的开始，在此过程中，消费者对所购买的物品进行加工，并对其进行再语境化，直到通常不再将它视作与抽象世界有任何关系"。[47] 消费者的能动性体现在："他们首先决定要看什么，以及在他们的世界的语境中如何阐释这种经验。"[48] 观众可以选择观看对象和阐释对象的方

---

[46]　Landsberg, *Prosthetic Memory*, p. 147.

[47]　同上书，第 144 页。

[48]　同上。

法。斯图亚特·霍尔强调，对于一个给定的文化文本，总是有多种可能的解读方式，其中一些强化了现有的权力结构与现状，而另一些则更具有对抗性。[49]

当观众聆听大屠杀故事、听觉上"消费"了这些故事时，他/她即参与了意义制造的过程，这一过程将叙事与他/她的世界联系起来并因而积极地参与了意义的制造。这并不是说参观者忘记了他/她是谁，而是说这种经历改变了他/她的看法。而且这些记忆在他/她自己的生活中可能会被证明是有用的，对他/她自己的道德和政治思维产生影响。在兰兹伯格看来："文化批评家有责任意识到，我们所生存的资本主义世界带来了新的主体性模式，新的情感结构。"[50] 文化技术当然是资本主义经济的一部分，但这并不妨碍它开辟了个人生存经验之外的形象世界，创造了一种可移植的、流动的、非本质化的记忆形式。

在《全面回忆》中，男主人公奎德植入的是商品化的假肢记忆——从一个公司购买的火星旅行记忆，而且他是在地铁车厢的一个屏幕上看到这个商业广告的。但这个植入的假肢记忆让他接触到火星上资本家科哈根的独裁暴政和变异人的艰难困境。奎德感到他必须把变异人从科哈根强加给他们的贫困和隔绝中解放出来（特别是打开能够制造氧气的矿井拯救因缺氧而濒临死亡的变异人）。可见，即使是资本主义社会如商品一样流通的记忆，也能够激发人的社会责任感和进步政治行动，做出反资本主义的决定。它表明商品化的记忆并不必然复制资本主义的剥削行为。"这些记忆本身是资本主义的产物，并不意味着它们将被用来促进资本的逻辑。""商品化的记忆可能会以意

---

[49] 斯图亚特·霍尔:《编码·解码》，载罗钢，刘象愚主编《文化研究读本》，中国社会科学出版社，2000 年。

[50] Landsberg, *Prosthetic Memory*, p.18.

想不到的方式被使用，从而积极地挑战资本主义的剥削动力。"[51]

当然，这不是说假肢记忆必然有这样的进步政治功能。事实上，在《全面回忆》中，植入记忆并没有固定的政治功能。影片中最先使用新媒介记忆技术来镇压反抗者的，恰恰是火星上的独裁统治者科哈根。当他发现自己的部下奎德（当时的名字是"豪瑟"）开始怀疑和反抗自己的时候，就利用现代记忆技术抹去了奎德的记忆，为他植入新的记忆并将之驱逐到地球。

五　同感与移情

假肢记忆激发进步政治行动的可能性还基于其产生同感（empathy）的能力。[52] 兰兹伯格认为，与同情（sympathy）不同，同感不依赖于"自然"的密切关系（如家庭关系），也不依赖于两个主体之间某种基本的内在联系（如共同的社区生活）。同情更多指向同类人或与自己有密切关系的人，而同感更多指向与自己不同的人。一个人在产生同感的同时仍然承认人与人之间身份的差异性和彼此间保持距离的必要性，因此对合乎伦理地思考与他者的关系必不可少。同感是接受假肢记忆的一个重要部分，没有同感作用，别人的记忆很难成为"我的"记忆。

大众文化技术之所以有助于激发同感，是因为其生产的媒介影

---

[51]　Landsberg, *Prosthetic Memory*, p. 152.

[52]　empathy，亦可译为"共感""共情"，字典上也译为"移情"。但在兰兹伯格的这本书中译为"移情"似乎不妥，因为移情带有将主体的感觉、情感单向地移入对象的含义，而兰兹伯格这本书中该词强调的是在保持主客体各自的独立性、差异性的同时设身处地体验他人感觉和情感的能力。

像的广泛传播使得人们与其他人、其他文化和其他历史（非自己亲历
的历史）相遇。在此过程中人们逐渐增强了站在他者位置上进行感受
的能力，与他者产生情感上的共鸣。在《全面回忆》的最后，主人公
奎德已经了解到：被注入了假肢记忆的"奎德"并不是他的本真身份
（他在火星上原来的名字叫"豪瑟"），但他仍然决定以"奎德"的身份
生活，因为这个身份允许他对受独裁者科哈根残酷统治的底层"变异
人"产生共鸣。正如影片所展示的，获得假肢记忆是学习如何体验同
感的关键一步。奎德对变异人的同感，最终促使他采取了必要行动来
实现社会变革。

　　同感比同情更有潜力，并且在政治上更加有用、更加进步。同情
通常表现为沉迷于他人的痛苦中。更糟糕的是："在同情行为中，一
方不仅强化了另一方的受害者身份，而且建立了等级制度。同情意
味着屈尊（condescension），因为同情者看不起他/她的对象（被同情
者），并在此过程中重申了自己的优越性。"[53] 相反，在同感体验中起
作用的不仅仅是纯粹的情感，而且还包含了认知成分。这种理解他人
感受的能力需要努力和思考才能实现。它的特点是："为了对象而感
觉（feeling for the object），但又感到不同于对象（feeling different from
the object）。"[54] 比如，大屠杀博物馆的参观者被要求去了解和体验大
屠杀的残酷、受害者的痛苦，但又永远不会忘记她与受害者的差异。
当一个人与另一个人发生同感联结时，所感受到的不仅仅是一种情感
上的联系，而且是认知上的、智力上的联结，是在智力上与他人的环

[53]　Landsberg, *Prosthetic Memory*, p. 149.
[54]　同上。

境达成一致的感觉。[55]

　　在电影《银翼杀手》中，随着剧情的进展，复制人瑞秋（或译"蕾切尔"）和罗伊（Roy）与真正的人类德卡变得越来越能产生同感。在最后的对决中，罗伊还伸手救了德卡的命。影片告诉我们：同感不是人类固有的本质，任何人都不是自然而然地能够与别人产生同感。同感是"通过工作和知识，学习与获得的"。[56] 阿特·斯皮格曼（Art Spiegelman）的漫画书《鼠族》[57] 也是这方面的经典例子。通过把人物描绘成动物，斯皮格曼坚持认为，在某种程度上，那些"人物"所讲述的故事完全是"他者"的故事。读者被《鼠族》感动，并不仅仅是认同的结果，同时也是差异的结果。尽管《鼠族》深深地吸引了读者，但在读者和它之间仍然有着根本的距离。我们可以被它感动，被那些对读者言说的"人物"感动，但却始终知道它们在某种程度上仍然是异己的、不可同化的。正是因为这样，《鼠族》的文本才如此具有进步性。这表明假肢记忆使得一种在地的、非本质主义的、非同一性的、以承认差异为基础的政治成为可能，并通过"策略性记忆"（strategic remembering）来实现。就此而言，假肢记忆并没有使人原子化，而是开辟了经验的集体视野，假肢记忆具有改变一个人的意识的可能性，这种改变最终可能促进伦理思考，形成以前无法想象的、意料之外的政治联盟。电影技术的力量在这里非常强大，因为电影的叙事把观众

---

[55]　同感与同情还有另一个区别。与"同情"不同，"同感"是一个相对较新的词，在"同情"这个词出现三个世纪后，"同感"一词才于1904年首次出现在英语中。在最初的用法中，同感就有认知的成分，而且这个词出现的日期本身就意味深长：它出现在世纪之交，恰逢大众文化的激增和电影的诞生。

[56]　Landsberg, *Prosthetic Memory*, p.47.

[57]　Art Spiegelman, *The Complete Mans: A Survivor's Tale,* Penguin Books Ltd, 2003. 这里采用的是中译本书名。

插入故事发生的地方，而不是她自己"自然地"所处的位置。这种经历可能也是当代美国跨越"肤色界线"（color line）形成政治联盟的先决条件。

同感类似于马克斯·舍勒所说的"同伴感"（fellow-felling）或阿伦特说的"朋友之情"。[58] 对于舍勒来说，同伴感是一种集体责任感，居于更高的道德价位。舍勒将其与"情感感染"（emotional infection）、"情感再生产"（emotional reproduction）相对立。舍勒拒绝将同伴感等同于情感的简单再生产，理由是：简单的情感再生产——同情即属于此——意味着我们将自己的感觉投射到另一个人身上而模糊了两者的差异，它实际上意味着我们自己遇到自己。[59] 舍勒认为，同伴感之所以可能，是因为人有"理解他人感受的先天能力，即使他可能从未在任何场合在自己身上遇到过这种感觉（或它们的成分）"。[60] 基于这样的观点，舍勒认为一个人可以怜悯（commiserate）另一个人而不必分享那个人的特殊经历，人与人之间的差异也不必然影响他们形成政治联盟的可能性。但正如兰兹伯格指出的，舍勒没有把"同伴感"这种能力与他写作此书时已经出现的新大众文化形式，尤其是电影联系起来。兰兹伯格写道："正如舍勒暗示的那样，人类并不是天生就能够理解'他人感受'，而是通过记忆的新技术，尤其是那些体验性的和涉及感官的技术，才越来越能够体验到同感（empathy）。换句话说，是技术而不是本能，能够培育必要的理解，跨越差异建立联结。""像电影这样的技术增强了移情的体验，而同感又反过来使人们以不同的

---

[58] 参见汉娜·阿伦特：《人的境况》，王寅丽译，上海人民出版社，2009年。

[59] Max Scheler, *The Nature of Sympathy*, trans. Peter Heath and ed. W. Stark, Archon Books, 1970, p.47. 转引自 Landsberg, *Prosthetic Memory*, p.150。

[60] 同上。

方式看与行动。"[61]

结　语

　　最后需要指出的是，大众文化时代的记忆技术和商品化的假肢记忆，并不必然发挥进步的政治功能，不能将之乌托邦化。在电影《全面回忆》中，事实上最先使用假肢记忆技术的恰恰是火星上的残暴独裁者科哈根。[62] 这表明，第一，资本主义社会商品化的大众文化，比如假肢记忆，其政治功能并不是固定的。它既不必然为资本家服务，也不必然具有反资本主义的"本性"；第二，大众文化商品的使用者，比如《全面回忆》中的奎德，是具有积极主动性的，而不是商品的奴隶。这样，假肢记忆理论既挑战了法兰克福学派的"文化工业理论"（这种理论以纯粹消极的方式看待商品化的大众文化，认为它必然是支配性的、欺骗的和洗脑的，大众文化的消费者都是没有主动性和选择能力的白痴）；[63] 也挑战了民粹主义的、乌托邦主义的大众理论（这种理论与法兰克福学派相反，将大众文化的解放潜力无限美化）。但无论如何，兰兹伯格下面这句话是中肯的：如果大众文化的批判者认为大众文化有"媚俗化"（dumb down）历史的倾向，那他们也"应该

---

[61] Landsberg, *Prosthetic Memory*, p.150.

[62] 另一个利用假肢记忆来强化统治者权力的例子是，世纪初美国的大众文化配合统治者的同化政策，通过向移民传播他们没有亲历过的美国的过去，而促使他们抹去以前的记忆，加速同化。

[63] 兰兹伯格坦承，她的部分工作就是"反对那些以纯粹消极的方式看待大众文化商品化的批评家，那些认为大众文化是支配的、欺骗的和洗脑的场所的批评家"。她还指出："商品与商品化的图像并不是观众批量吞咽的胶囊（capsules），而是社会意义谈判、争论和有时也被建构的基础。" Landsberg, *Prosthetic Memory*, p.21.

把精力放在寻找如何利用这些新媒介的力量来提高公众和大众对历史、记忆、政治和身份的讨论水平"。[64]

（本文曾以《论大众文化时代的"假肢记忆"》为题发表
于《现代传播》2022 年第 9 期）

---

[64] Landsberg, *Prosthetic Memory*, p. 21.

马格利特论道德、伦理与记忆

阿维夏伊·马格利特（Avishai Margalit）是美国著名犹太人哲学家，[1] 他的《记忆的伦理》一书从伦理学角度探讨记忆问题，其思想高度非一般心理学著作可比，其对我的震撼也超过了任何一部研究记忆的心理学著作。[2]

一 浓厚关系与疏淡关系

在此书的"导论"中，马格利特先亮出了自己的结论："虽然存在记忆的伦理，但是却几乎不存在记忆的道德。"[3] 这个结论基于作

---

[1] 阿维夏伊·马格利特是耶路撒冷希伯来大学（The Hebrew University of Jerusalem）哲学教授，2006 年以后担任美国普林斯顿大学高等研究院下属历史研究学院（the School of Historical Studies at the Institute for Advanced Studies in Princeton）乔治·坎南教授（George F. Kennan Professor）。早期曾从事语言哲学和分析哲学研究，后来逐渐转向政治哲学、伦理哲学和宗教哲学研究。

[2] Avishai Margalit, *The Ethics of Memory*, Harvard University Press, 2002. 本书最早以德文于 2000 年出版，内容基于作者在美因河畔法兰克福大学发表的三次演讲（时间为 1999 年 5 月 17—19 日）。此书的英文版由哈佛大学出版社初版于 2002 年，2004 年出了修订版。

[3] Margalit, *The Ethics of Memory*, p. 7.

者对两种人际关系的区分，即浓厚关系（thick relation）和疏淡关系（thin relation）。接着作者对此进行了细致的论述。浓厚关系——如父母关系、朋友关系、爱人关系、民族同胞关系等——是亲密关系，它建立在对共同过去的共享记忆基础上；疏淡关系则是一种普遍的人类关系，支撑这种关系的是人之为人的本质，是每个人都具有的人类尊严（因为我们都是人，所以我们应该相互尊重）。简言之："浓厚关系指我们与那些有亲密关系的人的关系，疏淡关系则指我们与陌生人、与我们疏远的人的关系。"[4] 把这两种关系对应于伦理学和道德理论，则伦理学告诉我们如何处理浓厚关系，而道德理论则告诉我们如何规范疏淡关系。伦理与道德分别涉及人际关系的不同方面："道德主要关涉尊重和谦卑，这些态度体现于疏淡关系的人群中，而伦理学主要关涉忠诚和背叛，并体现于浓厚关系的人群中，这些不同的方面应得到不同解释：一个是道德解释，一个是伦理解释。"[5] 这个核心观点贯穿全书。

那么，伦理关系和道德又是什么关系？是否存在不道德的伦理关系或坏的伦理关系？要回答这个问题，首先要回答：如何判断人际关系的好坏？其标准是道德的还是伦理的？

判断人际关系好坏的标准首先是道德的。比如，人与人之间的受虐关系是坏的。为什么坏？因为这是一种羞辱关系，是对人之为人的基本人格尊严——属道德范畴——的伤害。由于这个原因，道德不仅是评价一般人际关系好坏的最低标准，也是把伦理关系——人际关系之一种——合法化的最低标准。人与人之间的伦理关系（浓厚关系）必须合乎基本道德，否则就不是真正的伦理关系。比如，父母和子女

---

[4] Margalit, *The Ethics of Memory*, pp. 7–8.

[5] 同上。

之间是伦理关系，但如果这种关系是受虐关系，它就不是伦理关系，没有资格成为伦理关系。这就是说："道德为评估伦理关系提供了阈值测试（引者按：threshold test，即最低标准测试或必要条件）。"[6] 基于上面的理解，马格利特说："伦理关系本身不能是不道德的关系：剥削的关系、可耻的关系、残忍的关系、羞辱的关系，等等。"[7]

但合乎道德只是伦理关系的必要条件而非充分条件。举一个简单的例子：你对待女儿非常人道，非常尊重其人格平等。但如果仅此而已，如果你只是像尊重一个人那样尊重她，这只能说明你没有违反道德原则，却不足以使你成为好父亲，也不足以使你和女儿的关系成为基于关爱的伦理（深厚）关系。从伦理角度看，这甚至是一种坏的伦理关系："合乎道德地对待你的孩子，但是这种方式与对待陌生人的方式无异，这就是我说的坏的伦理关系的例子。它是道德的，但从伦理角度看是坏的。"[8]

在做了这些必要的界定之后，作者进入了对记忆与伦理关系的讨论。作者认为，记忆主要属于伦理而非道德范畴："由于道德包含了全人类，因此其范围大，但短于记忆；伦理则典型地范围小而长于记忆。记忆如同黏合剂把具有浓厚关系的人结合在一起，因此记忆共同体是浓厚关系和伦理的栖息地。依靠这种聚合浓厚关系的关键功能，记忆成为伦理学的明显关切，它告诉我们如何处理人际间的浓厚关系。"[9] 道德关系包含了整个人类，而要记住整个人类是根本不可能的。由记忆凝聚在一起的共同体范围是有限的。但是，尽管记忆主要限于伦理范畴，但道德与记忆发生关系的例子也不是没有。比如对公

---

[6]　Margalit, *The Ethics of Memory*, p. 86.

[7]　同上书，第 87 页。

[8]　同上。

[9]　同上书，第 8 页。

然的反人类罪的记忆就是一种道德层面的义务，因而也是全人类的义务，因为它侵犯了共同人性的基本观念而不是特殊的群体利益或荣誉。纳粹的罪行就是在否认共同人性的意识形态下实施的反人类罪。这是全人类从道德上应该加以牢记的最为显著的例证。[10]

"导论"部分还谈到了不同的政体形式与记忆的关系。作者认为，权威主义的、传统的、神权统治的政体，其正当性建立在"过去事件"之上。这些政体常常热衷于控制集体记忆，借此垄断各种形式的合法性资源。因此，在传统主义与非民主政体或权威政体之间就存在着内在的关联性。与之相比，民主政体的合法性更多依赖当下选举的正当性而不是诉诸遥远的过去。因此，"自由民主政体不是指向过去，而是把自己的权力定位于其未来视野"。尽管如此，民主政体也需要征募记忆以保证自己的合法性。例如，宪政民主的合法性不仅来自现行的选举制度，而且源自"过去的一个文件"，即宪法。"宪法是一个共同体共享记忆的建构性部分。"因此，"说适合民主精神的情感只是那种面向未来的情感，比如希望，是不正确的。民主同样可以而且应该包括向后看的情感和态度，如宽恕和感恩"。[11]

在这个意义上，民主是一个具有模糊性的概念。"民主也是一个带有系统模糊性的术语，它在最低的意义上是指非暴力地更换政权的技术，同时也指各种理性的生活方式。作为一种生活方式，它需要在公民之间建构忠诚于共同的宪法、制度和程序正义的传统。"[12]

由于并非只有崇尚过去的政体和意识形态才重视记忆，因此不能把记忆伦理学混同于传统主义（这样的混同很容易产生，因为传统主

---

[10] 关于这个问题的详细论证我们将在本文的最后部分加以详细介绍。

[11] 本段引文都出自 Margalit, *The Ethics of Memory*, p. 12。

[12] 同上。

义与记忆伦理学的关系是显而易见的，依据定义，传统主义忠诚于过去），或混同于一种捍卫传统的教条、政策或态度。不同于传统主义，马格利特认为，关于记忆伦理的学说似乎更能够，也更应该面向未来而不是过去。

二　关于记忆、名字与关爱

记忆、关爱、伦理三者的关系是本书重点论述的问题，除了"记忆"，"关爱"是本书的另一个关键词。

记忆与关爱是什么关系？[13] 关于这个问题，作者从关于名字的提问开始："名字中有什么？"（What's in a name?）回答是："有非常多的东西。"（A great deal.）[14] 甚至可以说，对人名的记忆直接关系到记忆的伦理是否有存在的空间。

记忆的伦理基础是关爱，而关爱的标志之一就是是否能够记住一个人的名字。作者列举了一个来自报纸新闻的非常普通的例子：某个陆军上校在接受采访时记不住一个在战争中误伤而死的士兵的名字。采访发布后，潮水般的愤怒涌向这位军官：为什么没有记住这位士兵的名字？作者从这个例子中提炼的问题是：这位军官有记住死去士兵

---

[13] "关爱"一词英文为 care（to）或 caring（to），可以翻译为关爱、关心、在乎等。如同作者在书中指出的，care 可以用于积极的和消极的含义。积极的含义是出于爱的在乎或操心，译为"关爱"比较准确；而消极的含义指基于仇恨等消极情绪的在乎（比如我们对自己的仇人往往耿耿于怀，关注其一举一动），后者也是一种在乎。我们不会去恨一个根本不在乎的人。"在乎"这个词比较中性，而"关爱"显然是褒义的。在本书中，作者大多数情况下是在积极意义上使用 care（to）或 caring（to）的，故译为"关爱"。但偶尔也在中性意义上使用它们，这时译为"在乎"就比较合适。

[14] Margalit, *The Ethics of Memory*, p. 18.

名字的义务吗？记住他的名字真的很重要吗？作者认为，名字的重要性是和宗教中关于"双重谋杀"的意象联系在一起的。双重谋杀的意思是：不但杀死这个人，而且抹去其名字。

　　为什么忘记一个人的名字也是一种"谋杀"？这是因为在《圣经》中："人名不仅是保存记忆的适当工具，而且被当作与人的本质密切相关的因素。如果人名可以存活下来，在某种程度上这个人也就存活了下来。在任何可能的情况下，人的名字都具有指认人的本质的语义特性。"[15] 借用索尔·克里普（Saul Kripke）的观点，人名是刚性（rigid）指示符，指向人的本质，指向所有特定而非抽象之人。可见人名的重要性在于突出了一个人的特殊性、独一无二性，他/她的本质就寓于这个独一无二性之中。

　　《圣经》关于人名的观点极大地塑造了西方人的记忆观及其对记住人名的重要性的认识。戴维·埃德加（David Edgar）的戏剧《圣灵降临》记述了这样的故事：一些孩子被塞进运输家畜的货车送往集中营，路上由于饥饿太甚，孩子们吃了系在脖子上的纸质名牌。这样，"当他们被杀死后，他们以及他们的名字都会消失无踪"。[16] 这个故事之所以特别让人毛骨悚然，是因为他们被杀了两次：肉体上的和名字上的。

　　这就赋予了人名以重要的伦理价值内涵，内化这种价值内涵之后，人就有了让自己的名字被后人记住的强烈欲望。作者举例说，如果让一个人做这样的选择：或者死后自己的名字留下但其作品被淹没，或者他死后留下一堆作品但这些作品没有他的名字，那么他肯定会选择前者。换一个类似的选择：或者留下有他名字的劣等作品，或

---

[15]　Margalit, *The Ethics of Memory*, pp. 22–23.

[16]　同上书，第20页。

者留下没有他名字的好作品，绝大多数人还是会选择前者。这表明"人们保存自己的名字不死——即使是这样一种非实质性的不死——的欲望是多么强烈"。[17]

　　这样，作者通过军官忘记士兵名字的例子引出了处于记忆伦理学中心位置的三角关系：三角的一边把记忆与关爱联系起来，另一边把关爱与伦理连接起来，最后是在此基础上再把记忆与伦理联结起来。

　　基于作者关于伦理是人际间的深厚关系，道德是人际间的浅淡关系的基本界定，他认为关爱不属于道德范畴，而属于伦理范畴。我们对人类的大部分成员缺乏关爱。我们关爱的通常是与我们有亲密或深厚关系的人，如父母、孩子、配偶、情人、朋友，等等。我们很难关爱世界上所有人，而这正是我们需要道德的原因。"我们需要道德恰恰是因为我们不关爱。"[18] 关爱不是普遍的博爱，而是选择性的特殊之爱，是"对于特定需要和利益的关注"[19]，它是自然而然的；而在对一般"他人"／人类的浅淡关系中，不存在自然而然的关爱。正因为这样，作者说"关爱是需要努力才能达到的对他人（引者按：指与自己没有深厚关系的人）的态度"（demanding attitude toward others）。[20] 这是一种值得称颂但很难达到的境界，也是我们需要道德的原因，因为："我们需要道德以克服我们对他人的天生冷漠。"[21] 不过一个人首先应该做到关爱与自己具有深厚关系的身边人。如果一个对自己的父母、兄妹、邻人都很冷漠，其所声称的"心怀全人类"就是很可疑的，十有八九是拒绝关爱身边之人的遁词。他们很可能是一些把"全

[17]　Margalit, *The Ethics of Memory*, p. 25.

[18]　同上书，第32页。

[19]　同上书，第33页。

[20]　同上。

[21]　同上。

人类"当招牌的利己主义者或自我中心主义者。

尽管 care 和记忆关系紧密，但两者之间并不是简单的相互建构关系。我们固然会记住我们关爱的人，但却不能说我们记住的必然是我们关爱的人。比如，我们特别能够记住我们所恨之人，对他们给我们造成的伤害耿耿于怀。在这种情况下，care 的意思只是在乎而不是关爱。与此同时，我们关爱的人也不一定就是自己记住的人。比如，一个婴儿时就离开母亲的人对母亲没有记忆，但并不妨碍他一生都心系母亲、做梦都在寻找母亲。同样的情况也会发生在母亲身上：一位母亲可能因为特殊原因生下孩子后来不及看上一眼就被迫离开了孩子，这并不妨碍这位母亲一生都在心系这位未见过面的孩子。

不管是亲朋好友等所爱之人，还是仇人宿敌等所恨之人，都不是我们陌生的他人，而是与我们有紧密关系之人，是我们在乎或关注的人。但对数量大得无边的他人（others）就不是这样。这个时候我们需要道德以克服我们对他人的天生冷漠。马格利特深刻指出："事实上，我们需要道德与其说是对抗邪恶，不如说是对抗冷漠。邪恶与关爱都是稀缺商品。"[22] 这是因为："平庸的恶不如平庸的冷漠更为普遍。"（there is not so much banality of evil as banality of indifference）[23] 不过作者承认：一旦邪恶与冷漠结合，将更具杀伤力，"在某种意义上，关于平庸的恶的主张更多指的是这种结合"。[24] 这个观点对于我们理解阿伦特著名的"平庸的恶"的论断无疑具有极大的启发意义。

关爱关系不限于个人与他人之间或个人和群体之间，群体与群体之间也存在这种关系。作者认为，就一个个体和他人的关系而言，关爱体现为一种无私，是自我中心主义的反面。自私之人不关爱他人。

[22]　Margalit, *The Ethics of Memory*, pp 33-34.

[23]　同上书，第 34 页。

[24]　同上。

但对于一个集体／群体而言，则未必如此。一个"自己人"（内部人）之间彼此关爱的集体，可能对"非我族类"心狠手辣，急欲灭之而后快。有时候甚至通过强化对"他们"的仇恨而增进内部所谓"团结"。作者写道："尽管就我们的个人自我（personal ego）而言，关爱是一种无私的态度。但它并非不受集体自我主义（collective egoism）的影响，如以部落主义或我族中心主义形式出现的集体自我主义。这使得关爱从一种高尚的态度变为令人难堪的态度。我们都知道这样一些人：对'自己的'人关爱有加，并时刻准备为他们而做出牺牲，却完全无视外族人的存在。有的时候，无私的理想主义恰恰导致了对外人的坏不堪言的残酷无情。"[25]

三　关于共享记忆

有人质疑"集体记忆""社会记忆"等概念，认为作为一种心理活动，记忆的主体只能是个体。集体没有生理器官，没有大脑（"集体的大脑"其实是一种比喻说法），不可能有严格意义上的记忆行为或记忆活动。集体记忆理论的创始人哈布瓦赫也承认，他的"集体记忆"的概念并不是说集体是具有记忆能力、记忆行为的主体，而是说个人的记忆具有集体和社会的维度。"尽管集体记忆是在一个由人们构成的聚合体中存续着，并且从其基础中汲取力量，但也只是作为群体成员的个体才进行记忆。"[26] 他认为，他的集体记忆概念只是意味着："存在着一个所谓的集体记忆和记忆的社会框架；从而，我们的

---

[25]　Margalit, *The Ethics of Memory*, p. 35.

[26]　莫里斯·哈布瓦赫:《论集体记忆》，毕然、郭金华译，上海人民出版社，2002 年，第 39—40 页。

个体思想将自身置身于这些框架内，并汇入到能够进行回忆的记忆中去。"[27] 一方面，"个体通过把自己置于群体的位置进行回忆"，另一方面，"群体的记忆是通过个体记忆来实现的，并且在个体记忆中体现自身"。[28]

马格利特似乎赞同这个观点。他认为，如同意志、信仰等概念一样，记忆概念也必须先应用于个人："对这个概念的解释的优先性应该给予它的个体含义而不是集体含义。"[29] 比如，如果我们要向一个孩子解释"国家牢记其解放日"这句话的含义，通常可以借助这样的方法：先向这个孩子解释"记住"（to remember）这个词对于他的朋友（一个具体的、活生生的个人）而言是什么意思。通常情况下，我们不能指望他事先已经理解"牢记解放日"对国家的含义，再来向孩子解释这句话对其朋友的含义。

但这并不意味着我们不能用集体模式更好地理解个体。比如作者认为："柏拉图就用国家解释个人的心理结构，他相信城邦国家用'大写字母'所写的（东西）就是个体用小写字母所写的东西。"[30] 柏拉图的意思是：国家（集体）已经内化于个体，个体心理中有国家（集体）的维度（这个观点和哈布瓦赫相似），这样，国家的含义就超出了简单的个体之集合。

由于"国家"不可能是记忆的主体，因此"国家牢记牺牲的士兵"也只能是一个隐喻。马格利特认为，问题不在于它是不是隐喻（它肯定是），而在于它是什么性质的隐喻，是欺骗性隐喻（deceptive metaphor）还是非欺骗性隐喻（nondeceptive metaphor）。"作为一种隐

---

[27] 哈布瓦赫:《论集体记忆》，第 69 页。

[28] 同上书，第 71 页。

[29] Margalit, *The Ethics of Memory*, p.48.

[30] 同上书，第 49 页。

喻，在欺骗性隐喻中，来自个体心理这个初始领域的、(与集体心理)不同的特征，与其他(与集体心理)真正相似的特征一起，被带入集体心理的次级领域。这种把相异特征视作相似特征的做法，给集体心理一种非真实的表达。而非欺骗隐喻则并不通过这样的方式欺骗我们。"[31] 举例说，"集体意志"就是一种欺骗性隐喻，因为意志是只有个体才能拥有而集体不可能拥有的特征，将这个特征赋予集体，就属于"欺骗性隐喻"。个体是自主的意志主体，它是意志的中心。这是现代主体性哲学的重要命题。假设集体具有意志，实际上就是认定集体意志也可以通过一个中心(比如"元首""伟大领袖")来体现，而其他人成为没有意志的玩偶("元首""伟大领袖"的盲目追随者)，其政治后果是极其严重的。这里，马格利特心里想的显然是纳粹德国的惨痛教训，所以他写道："需要指出的是，如果一个集体将元首(Führer)或公投决定的领导作为该集体意志的中心的化身，作为意志统一体的唯一保证人，欺骗性隐喻可能会转化为政治上的危险隐喻。"[32]

上述关于个人与集体、个体意志与国家意志的辨析，目的是为过渡到对"共享记忆"概念的阐释。

马格利特把共享记忆(shared memory)与共同记忆(common memory)做了区别。共同记忆即共同经历某个事件的诸多个人记忆之集合。比如，1989 年 12 月，在布加勒斯特广场上向齐奥塞斯库起哄的人们共同参与了这个事件，因而都会记住这个事件。这些记忆的汇集就是共同记忆。"共同记忆是一个集合观念(aggregate notion)，它集中了记住某一事件的所有人的记忆，但是彼此之间没有交流。在特定社会，如果记住事件的人的比率超过一定的临界点(他们中的大

---

[31]　Margalit, *The Ethics of Memory*, p. 49.

[32]　同上书，第 50 页。

多数，压倒性多数等等），我们就把这种记忆称之为共同记忆。"[33]

如果说共同记忆的特点是记忆者必须共同在场但不必有相互交流，那么共享记忆则恰好相反：记忆者不必共同在场，但他们之间要有交流。共享记忆不是个人记忆的简单合计："一种共享记忆整合着记住事件的人的不同视角——比如，对这个事件，他们是个体性地加以经验的，参加事件的人只是从自己独特的角度体验了事件的一个片段——并将这些片段标准化为一个版本。"[34] 当时不在布加勒斯特广场的人通过他人的描述而非直接经验，也可以分享广场亲历者的记忆，这就是共享记忆。

马格利特认为，共享记忆的基础是记忆的劳动分工。这个分工既是共时性的（同时代人之间的分工），也是历时性的（不同代人之间的分工）。后者是指记忆的隔代传递：从关于某个事件的最初记忆者一直传递到最新一代。"作为某个记忆共同体的成员，我的记忆与上一代人的记忆具有关联性，前代人的记忆又与他的前代人的记忆关联，以此类推上溯至于第一次记住该事件的那一代人。"[35]

马格利特关于共享记忆的一个精彩观点是：共享记忆更接近信仰而不是知识。比如，从犹太人对于《出埃及记》的记忆中不能推断出客观上一定就发生了出埃及这件事。即使关于《出埃及记》的记忆的确是对真实历史事件（出埃及）的记忆，由于它的信仰性质，也属于关于该事件的封闭记忆（closed memory）：不允许对记忆的真实性提出质疑，通向出埃及这个事件的唯一记忆路线，是由共同体的传统权威确定的，是不允许质疑的经典化记忆路线（canonical line of memory）。"通往原初事件的其他历史路线可以被容忍甚至欢迎的前

[33] Margalit, *The Ethics of Memory*, p. 51.

[34] 同上书，第 51—52 页。

[35] 同上书，第 58—59 页。

提，是它对传统版本的记忆的肯定。然而，一旦与共享记忆的传统路线发生矛盾或冲突，这种路线就会被禁止使用。"[36]

相比之下，历史，特别是批判性的历史，之所以异于共享记忆，就在于它们不能建立在封闭记忆的基础上（在这里可以看出马格利特与贬低历史、抬高记忆的学者如皮埃尔·诺拉、阿莱达·阿斯曼的区别）。历史不但"致力于寻找把过去事件与其当下的历史表述联系起来的替代路线"，而且历史具有求真（知识）的品格。"在写历史时，人们做出了本体论的承诺（ontological commitment），以保证与记忆相关的事件的真实性，而传统的共享记忆就不是如此。"[37] 历史学家追求记忆的事实性基础（真相），而传统主义者则把记忆之真实性放在次要位置，他们认为记忆之于信仰的意义才是至关重要的，而它的作为客观事实的那种确实性则不那么重要。在传统主义者那里，关于过去的共享记忆已经被极大地神圣化、权威化，以至于"可免受来自可选择的历史路线的挑战。"[38]

四　普遍的伦理共同体

如前所述，马格利特认为，道德涉及的是涵盖全人类的浅淡关系，而伦理是只包含特定共同体（小至家庭大到民族）的深厚关系。那么，把整个人类建构为一个深厚关系的伦理共同体是可能或应该的吗？

马格利特对此的回答是：不可能。他具体分析了基督教、犹太教、无政府主义者等关于普遍人类伦理共同体的各种设想，认为它

---

[36]　Margalit, *The Ethics of Memory*, p. 60.

[37]　同上书，第 61 页。

[38]　同上。

们都不成功（限于篇幅不详细介绍）。他提出不可能的理由是：建立
在浓厚关系基础上的关爱不涵盖所有人类，它是有等差的、分别对
待的（参见上文）；而等差意味着对比。在无对比的情况下关爱很难
得到坚持。朋友关系是一种浓厚的关爱关系，但如果没有"敌人"这
个对比者，"朋友"这个概念就没有意义。按照这个思路，"人类"就
不可能提供这样的对比，因为"人类是可以被想象的最大共同体，再
也没有什么外在的人和事与之发生对比关系"。把"关爱"用于整个
人类，就可能使得这个概念"变为一个苍白的无意义的概念"。如果
无对比的关爱在概念上不能成立，那么把人类转换成关爱的伦理共
同体的理念在逻辑上也不能成立。作者还特别提醒：有些想象共同
体（如民族）确实属于伦理共同体，但不能从中推导出人类作为整体
也能够形成伦理共同体的结论。虽然历史上有关于人类共同起源的想
象性叙事，无论是亚当和夏娃的故事还是猿进化为人的理论，但在
各种共同体之间，特别是民族之间，仍然存在仇恨和顽固的敌我意
识（它本质上也是一种对比）。这是一个时时侵扰我们的事实。许多
民族团结的纽带很大程度上都依赖于对于"其他民族"的敌意。"一
个典型的民族通常被定义为这样一种社会：对祖先怀有共同的幻觉，
而对于相邻民族则抱有敌意。因此，民族意义上的关爱纽带取决于
虚假记忆（幻想），以及对不属于我们的人的敌意。"[39] 由此可知，敌
我对比对于建构以关爱为基础的共同体依然十分重要，就民族这个
共同体而言尤其如此。

　　这样，伦理关系不可能不包含偏心，即有选择地优待某个（而不
是另一个）特定的人或团体，这是享有平等道德权利的其他人无法享
受到的。换言之，从伦理角度讲，你对你女儿的偏爱是正当的。这是

---

[39]　本段引文都出自 Margalit, *The Ethics of Memory*, p. 76。

伦理关系对于道德关系的突破。

马格利特举了一个戏剧性的例子：你看到有两个落水的人将会溺死，而你只能救其中一个。你有强烈的道德理由去救他们两个，但却没有道德理由去救其中的这个人而不是那个人。这个时候，"救人者面临的是捡拾情境而不是挑选情境"。[40] 所谓"捡拾情境"，类似在超市货架上完全相同的罐头中随意捡一个，你只想买一个，因此你不得不只捡一个，你没有理由说你为什么"捡"这个而不是那个。很明显，这实际上不是真正的选择。这个比喻也说明，在道德的情境中人和人是完全相同的。

当然，认定伦理关系存在偏私，而无偏私的人类普遍伦理共同体至少在现在还无法实现，并不意味着作者主张拒绝共同体人类或世界共和国等规范理念（康德是这种理念的著名倡导者）。作者只是坚持：在人类普遍的关爱共同体还缺乏现实可能性的情况下，我们应准备一个退而求其次的方案，即将人类转化为道德共同体。道德共同体涉及两个问题："作为道德共同体的人类是否具有最低程度的分享的道德意识？记忆的事业是否应该完全留给较小的伦理共同体？"[41] 作者对前一个问题的回答是肯定的，而对后一个问题的回答是否定的。作者认为，作为道德共同体的人类，应该有最低程度的分享的道德意识，因此记忆的事业不应该完全留给较小的伦理共同体。全人类都应该记忆的事情是存在的。

那么，什么是全人类都应该或有义务记住的事情？马格利特的回答是："绝对的恶和反人类罪，如奴役、驱逐平民和集体灭绝等。"[42] 因为绝对的恶和反人类罪的本质是破坏了道德的根基——人之为人

---

[40]　Margalit, *The Ethics of Memory*, p. 88.

[41]　同上书，第 77—78 页。

[42]　同上书，第 78 页。

的尊严。因此，当希特勒问道"今天还有谁记得亚美尼亚人"时，响亮的回答应该是"我们都记得"或至少是"启蒙了的世界记得"。[43] 纳粹主义被用于将犹太人和吉卜赛人等当作"次等人"加以灭绝的行为，是对普遍人性观念的最直接攻击，也是对道德自身的直接攻击。他们将一部分人作为"非人"加以灭绝，不是因为他们的具体行为，而是因为他们生为某种人，以此行为作为灭绝的理由，这就是对人性共同性的否定，否认普遍人性就是否定道德本身。因此，对大屠杀，对纳粹的反人类罪恶，全人类都具有记忆的责任。

五　记忆、死亡、遗迹

我们都害怕不留遗迹（trace）地死去。有些人把对于遗迹的渴望理解为对于再生的渴望。马格利特认为："虽然对再生的渴望是可以理解的，但是对此的坚信不疑则不可理解。"[44] 来世信念或许无法得到科学证明（非事实真理），但它对我们的意义在于能够满足我们对不被遗忘的渴望。

怎么样才能建构一个关于"遗迹"的观念，这个观念既独立于关于来世的形而上学信仰（宗教），又能满足我们对于不被遗忘的渴望？马格利特认为，一个候选方案就是死后被人记住，至少是被我们在乎的人记住。这是一个弱的来世观念，即在某种程度上活在人们的记忆中。

相比于上天堂或进入西方极乐世界这类强来世观念，活在人们口中并没有那么神秘，它或许是对于再生渴望或不死渴望的一个无可奈

---

[43]　Margalit, *The Ethics of Memory*, p. 78.

[44]　同上书，第 91 页。

何的替代，但它也是我们能够"理性地怀有"的唯一希望，一个更为平常的愿望："活在别人的口中只是一个平凡现实的幻想隐喻，这个现实就是人们在我们死后或许还会继续谈论并提及我们（引者按：亦即记着我们）。"[45]

接下来的问题是：如何才能在死后被人记忆和谈论呢？有些人在世时通过显赫功业为自己创造了名声，他们能够放心地知道自己死后将被谈论、书写（均为记住的方式）；但那些无名之辈怎么办？他们能够希望什么呢？

在马格利特看来，一般的平庸之辈虽然不可能指望通过显赫伟业而被记住（因为他们没有伟业），但仍然会期待被自己的亲朋好友记住、谈论，因为他们是与死者具有浓厚关系的人。这似乎是一个合理的要求："如果我们的关系像我相信的那么浓厚，那么，说我期望你记住我就是说你应该记住我。这不是预测而是指令。我们向那些与我们有浓厚关系的人传递这样的规范性期待（normative expectations），它们为合理的希望提供了基础。期望被那些在我们一生中非常在乎我们的人（或我们对他们很重要的人）记住，这没有什么奇怪的。"[46]

这样，被亲朋好友记住的期望不是事实性预测——他们一定会记住我们，而是规范性要求——他们应当记住我，这是他们的伦理义务。"我期望他们记住——不是在他们必然会记住的意义上，而是在他们应该记住的意义上——因为我们之间存在浓厚关系。这个意义上的被记住的期望，是对于我们之间现在的浓厚关系的强度和质量的一个评价——尽管我们现在还健在。"[47] 马格利特认为，这就是"留下遗迹"的含义：留下遗迹或许不能满足对死后再生的渴望，也不能带来

[45]　Margalit, *The Ethics of Memory*, p. 92.

[46]　同上书，第 93 页。

[47]　同上。

死后荣耀，但这却是我们可以合理希望的东西：被那些与我们保持浓厚关系的人记住。从这个意义上说："对于被淹没、被遗忘的恐惧并不必然是对于死后将会发生什么的惧怕，而是对于死可能会对我们现在关系的影响的担忧。而在我们与他人的关系中，这种担忧就不那么强烈。"[48]一个中国人不会担心死后会被远在非洲的自己不认识的黑人遗忘，但他一定会担心被自己的亲人遗忘。

　　如果说我们可以合理地期待我们亲近的个人能够记住我们，那么，对于集体记忆我们又能期待什么呢？我们能期待我们的民族记住我们么？显然，一个适当的记忆共同体有助于形成一个民族，民族是构建记忆共同体的自然候选人，这是因为民族所拥有的共享记忆，比如共同的起源或祖先。但除了民族，也有别的共同体拥有自己的分享记忆，其中有些共同体在引发其成员的记忆兴趣方面的有效性不亚于民族。"911 事件"中有 3000 人遇难，其中 300 人是消防员。在此后的各种纪念活动中，相比于其他牺牲者，施救中遇难的消防员受到了更多的记忆和怀念。可见，记忆共同体有多种形式，即使在纽约这样的大都市也是这样。民族并不是唯一可能的记忆共同体形式。

　　说到基于伦理关系的记忆共同体的适当候选者，不能不说到家庭。"我们的伦理关系看起来就像家庭关系的自然扩展。家庭关系是伦理关系的基础。"[49]浓厚关系的规范比喻就是家庭关系。就像"兄弟会"这个词暗示的那样，行会是兄弟关系的比喻性扩展。就连没有灵魂的公司老板也喜欢对员工说"我们就是一个大家庭"。这个通过诉诸并不存在的"家庭"来召唤员工的忠诚的做法说明了家庭对于记忆共同体的重要性。

---

[48]　Margalit, *The Ethics of Memory*, p. 94.

[49]　同上书，第 103 页。

结语 伦理的应当与道德的应当

我们应该如何理解伦理语境下"应当"的含义？什么是伦理学中的应当（*the ought* in ethics）？马格利特认为，伦理学的应当类似医学上的应当。医学上的应当，比如"你应当避免吃得太胖""你应当减肥""你应该吃药"，等等，都有一个前提假设，即你希望自己健康。换言之，这个应当不是不可选择的必须。一个人没有必须健康的义务。但如果你想要健康，那么"你应该吃药"等就具有了"应当"的意思。但你也可以拒绝健康并因此而拒绝吃药。把这个道理应用于伦理学，一个人没有参与伦理关系（浓厚关系）的义务，他可以选择过一种独居而优雅的生活，而不参与也不献身伦理生活。

但是，道德的应当（*the ought* of morality）则不同，它是必须的、无可选择的（类似康德的绝对律令）。如果说合乎伦理在原则上说是选择性的应当，那么合乎道德就是一种必须的、不能选择的应当。

（本文曾以《一部被严重误译的西方学术名著》为题发表
于《文艺研究》2018 年第 7 期，略有改动）

听马格利特谈宽恕、记忆与遗忘

犹太人哲学家阿维夏伊·马格利特的《记忆的伦理》[1]是从伦理哲学角度思考记忆问题的专著，出版后产生了巨大影响。此书最早用德文于 2000 年出版，其前身是作者在美因河畔法兰克福大学发表的三次演讲（时间为 1999 年 5 月 17—19 日），英文版由哈佛大学出版社出版于 2002 年。在中文世界，旅美学者徐贲在其《人以什么理由来记忆》（吉林出版集团，2008 年）中介绍了此书的部分内容。

宽恕的两者模式：抹去与悬置

马格利特关于宽恕和遗忘的探讨从这两个术语的考古学开始。他认为，在今天的人文主义道德哲学中，依然保留了基督教的深刻影响。基督教关于两种宗教原罪模式和宽恕模式的观点，仍然渗透在今天人文主义道德关于宽恕和遗忘的两个关键概念中，这就是"作为抹去（blotting out）原罪的宽恕"和"作为悬置（covering up）原罪的宽恕"。[2]

---

[1]　Avishai Margalit, *The Ethics of Memory*, Harvard University Press, 2002.

[2]　同上书，第 188 页。

前者意味着彻底遗忘原罪，而后者意味着忽略或看淡（disregarding）原罪（但不遗忘它）。

　　宗教中关于宽恕的这两种模式延续到了世俗的宽恕观。抹去模式的宽恕（实际上马格利特不认为它是真正的宽恕）被描述为彻底忘记冒犯者过去对被冒犯者的伤害；而悬置模式则意味着"罪的痕迹还在，但被冒犯者并不通过报仇进行反击"。[3] 马格利特相信，在对待他人过去之冒犯行为时，悬置的方式比抹去的方式在理论上、心理上和道德上都更为可取。"悬置关于冒犯的记忆比抹去冒犯的记忆更好。简言之，我主张宽恕的基础是悬置罪恶，而不是遗忘罪恶。"[4]

　　从心理角度看，宽恕意味着被冒犯者克服或战胜了愤怒和报复心。但克服愤怒和报复心也可以不伴随宽恕，而是通过随时间流逝而发生的那种自然遗忘。这样的自然遗忘是一种简单的、没有道德意义的无意识行为。宽恕则不同。宽恕是有道德意义的，因为宽恕是有意识的决定——决定改变自己的态度，克服愤怒和报复心。唯其如此，它才是一种道德行为，道德行为是主体的一种有意识的、自觉的、主动选择的行为。如果把宽恕严格定义为基于志愿的主体选择，即主动决定改变自己的态度并克服愤怒和报复心，那么，简单的自然遗忘实际上就不是真正意义上的宽恕。遗忘或许是一种最有效的克服愤怒和报复心的方法，但是由于它不过是一种遗漏或疏忽（omission）而不是志愿的决定，因此在道德意义上与宽恕不可同日而语。

　　当遗忘不是无意识的自然现象而是一种志愿的主动选择时，它就和宽恕非常接近了。一个人或一个民族在记住别人/他民族过去的伤害行为的前提下，可以做出宽恕的决定，并进而主动决定选择遗忘以

[3]　Margalit, *The Ethics of Memory*, p.197.

[4]　同上。

便完成宽恕的过程。这样的遗忘是宽恕的结果（因为宽恕因而决定遗忘）而不是原因（因为忘了因此自然也就"宽恕"了）。"决定宽恕使得一个人停止对（加害者所犯之）过去错误的计较，不再向他人讲述它。结果就是遗忘它或忘掉它曾对于你产生的巨大影响。这种情况下的遗忘，就具有道德和伦理上的重大意义。"[5]

记忆与宽恕

宽恕最后当然包含了遗忘，但做出遗忘的决定前却要先记住，否则宽恕没有意义。先记住，然后是冒犯者真诚忏悔，在此基础上，被冒犯者才能理性且志愿地选择遗忘。这样的遗忘不是自然遗忘。马格利特深刻指出："搁置特定的行动理由是一个决定，而遗忘不是。这样，有意的志愿宽恕，不应该被联系于非有意的非志愿的遗忘。"[6]如果通过自然遗忘即可达到"宽恕"，那宽恕就不是一种有意识的道德选择行为了。我们说，理想的宽恕结果是回到冒犯者和宽恕者的原初（冒犯行为发生前的）关系，但"这只能在宽恕者不再感到任何愤恨或报复欲望的时候才能理想地达成"。[7]自然遗忘或被迫遗忘都不属于这种情况。

马格利特引用《圣经》的例子对此加以说明。在他看来，上帝部分地原谅了杀害弟弟亚伯的该隐，既没有完全宽恕，也没有执行血债血偿、杀人偿命的司法原则。上帝对于该隐的部分宽恕不包括完全

---

[5]　Margalit, *The Ethics of Memory*, p. 193.

[6]　同上书，第 203 页。

[7]　同上书，第 206 页。

遗忘和免罪。他在该隐身上做了记号（留下记忆）。该隐的记号成为抹不去的犯罪者（谋杀者）标记。该隐的记号表明了宽恕和记忆的张力：留下记号的宽恕不是彻底的遗忘，不等于彻底抹去罪，不等于是非不分或和稀泥。宽恕是一种志愿地（voluntarily）、有意地做出的选择，而不是非志愿的（involuntary）、自然的或强迫的行为。一个人可以自愿地选择宽恕并在此基础上实现遗忘，但这不是一种简单的自然遗忘，更不是听从指令而被迫遗忘。宽恕意味着：虽然你伤害了我，虽然我可以采取报复，但我自己愿意不选择报复。如同"我承诺"一样，"我宽恕"也是一种述行语言（即会导致特定行动的言语行为）：我宽恕你，意味着我承诺放弃使用特定的理由报复你（虽然我可以这样做），在这个意义上，说了"我宽恕"就意味着承诺了一种行为。这种被放弃的报复理由，被拉兹（Joseph Raz）称为"排除性理由"（exclusionary reason）。[8] 加害者 A 伤害了受害者 B，但是 B 并不以此为由实施对于 A 的报复，这个被主动放弃的理由就是排除性理由。这不是说 B 的报复理由不成立，而是 B 出于自己的意愿有意识放弃使用这个理由。

由此，作为自觉选择之道德行为的宽恕，是一种态度（"我愿意……"），但不是义务（"我必须……""我不得不……"）。宽恕的人值得称颂，但不宽恕的人却不应该被谴责，因为宽恕在义务之外。由于加害者过去对受害者的伤害事实，即使受害者对加害者实施报复而不是选择宽恕，那也是有正当理由的，无可厚非；而选择放弃报复（宽恕）之所以是一种值得称许的高尚行为，恰恰因为它不是义务行为。如果说这是"义务"，它也是一种类似礼物交换中接受礼物意义

---

[8] 马格利特引述的拉兹的这个说法出自 Joseph Raz, *Practical Reason and Norms*, 2nd ed., Oxford University Press, 1999。

上的"义务"。"无论是对请求宽恕者还是对给予宽恕者而言，在宽恕中所涉及的义务都类似礼物交换中涉及的义务。"[9] 请求宽恕也好，给予宽恕也罢，其目的都是恢复冒犯行为发生前的人际关系。拒绝一个真诚的（必须是真诚的！）对于宽恕的请求，就像拒绝一个礼物，需要给出理由，否则就最好（但不是必须）接受它。这就像罪人因其罪而远离了上帝，虽然上帝出于慈爱可以宽恕他，但他也可以选择不宽恕。他不是必须宽恕。

受害者的宽恕不是义务，但是加害者对自己过去之加害行为的记忆、忏悔和道歉却是义务。罪人想要得到上帝宽恕，就必须（而不是最好）向上帝"回归"，回到上帝身边。因此，"纠正错误的第一步不是上帝的宽恕，而是罪人回归上帝的行动"。[10] 由此可见，受害者接受加害者的宽恕请求的前提，是加害者真诚地表达了悔意。回到上帝身边是一种忏悔行为。希伯来《圣经》中的悔恨（repentance）有几个要素：悔过 / 自责（remorse）、忏悔（confession）、禁食（fasting）、祈祷（prayer），而其中最关键的是悔过。为什么悔过是宽恕的一个理由？它在重新确立宽恕者和冒犯者的关系时为什么是根本性的？

马格利特认为：悔过为我们提供了非魔法化的撤销过去的方法（nonmagical way of undoing the past），或曰理性的处理过去的方法。过去不可改变，发生在过失行为之后的悔过也不可能撤销已经发生的一切，但我们对于过去的解释、我们处理过去的方式是可以改变的。冒犯者能悔过就证明即使他做的事情是邪恶的，但他这个人并不根本上是邪恶的，因为表达悔意说明他不否定自己行为的恶，并愿意对其行为承担责任。这就在行为和行为者之间做了区分："即使冒犯行为

---

[9]　Margalit, *The Ethics of Memory*, p. 195.

[10]　同上书，第 198 页。

不可能被遗忘，冒犯者却可以被宽恕。"[11] 通过表达悔过，冒犯者呈现给自己一线曙光，一线照亮过去的曙光。

宽恕与赦免

宽恕不但不是简单的自然遗忘，它也不是赦免。如果上帝像一个法官和国王那样"宽恕"他的人民，那么，这里的"宽恕"其实只是赦免（pardon）的另一种说法：上帝在不惩罚罪者的意义上看淡或不计较——亦即赦免——犯罪者。但赦免无法恢复到原先的良好人际关系，而后者正是宽恕的最终目的和结果。当耶利米的上帝对以色列人说："我记得你确凿无疑的献身，你的爱，你在原野上对我的追随"时，他不是把宽恕简单当作赦免来实施；相反，这是恢复记忆中的亲密关系——这种关系曾经因为（以色列人对上帝的）背叛而失去了。这才是真正意义上的宽恕。

赦免要克服仇恨以及与之相伴的报复心，是一种需要控制自己的愤怒情绪和羞辱感的行为。但与宽恕不同，赦免是对于仇恨、愤怒和报复心加以控制和压抑的结果，而不是自愿地、有意识地决定去做（或不做）某事的结果。它能抑制报复行为，但却不能彻底消除仇恨的种子，也不能实现宽恕之后的真正遗忘。

与赦免相比，宽恕是一种情感和态度的升华。当我们被严重伤害时，我们很容易对于加害者产生愤恨情感和报复欲望，此乃人之常情，是我们在受到伤害时很自然产生的愤怒、报复欲等初级情感（first-order feeling）。相比之下，"宽恕的决定是第二级意愿

---

[11] Margalit, *The Ethics of Memory*, p.199.

（second-order desire）的表达，即不以初级的愤恨为理由做出（报仇的）行动"。[12] 这并不意味着愤恨之情或报复意愿的自然消失，而仅仅意味着第二级意愿赢得了胜利，即放弃在愤恨和复仇心的基础上做出报复行动。这就是所谓"心的变化"。

这样，宽恕作为行动策略，取决于两个因素。首先，要采取一种排除性的理由，不再以我们受到伤害的理由实施报复。其次，克服来自伤害的初级情感。

解脱自己

既然宽恕不是义务，那么，选择宽恕的最深层理由是什么呢？答案是：解脱自己。如上所述，马格利特认为，被冒犯者没有宽恕的义务，"我们并不是出于义务而对冒犯者予以宽恕，我认为不存在为宽恕的义务辩护的一般理由，好像冒犯者有权利要求我们宽恕他们。即使我们承认冒犯者的忏悔诚意，也不存在这样的理由"。[13] 那么，我们为什么要选择宽恕？作者的回答启人深思："我们对别人并不欠有宽恕，但是我们对自己有欠（如果你愿意，也可以说对自己有这样的义务）。这种义务源自我们不想带着愤恨之情和报复欲望生活。愤恨之情和报复欲望是一种有毒的情感态度和心理状态。"[14] 我认为这是对于宽恕的深层次动机的最深刻揭示：没有人能够带着仇恨和报复欲幸福快乐地活着，只有宽恕才能使自己摆脱愤恨之情和报复欲望这类有

---

[12]　Margalit, *The Ethics of Memory*, p. 206.

[13]　同上书，第 207 页。

[14]　同上。

毒的情感态度和心理状态。宽恕最终不是为了别人，而是为了自己。

马格利特认为，这种对宽恕的理解与他的伦理观大有关系。"伦理首先是对于我们指导自己的行为和态度——其对象是那些与我们有浓厚关系的人，是我们注定要关爱的人——的应有方法的关注。"[15]一个人与谁的关系最为密切？当然是他自己。这样，一个人当然不能不关爱他自己——除非我们是恨自己的人（self-haters）。因此，在马格利特的理解中，伦理学也包括如何处理一个人和他自己的关系。"就宽恕是伦理的义务而言，它就是上述特殊意义上的义务，即对自己的义务。"[16]

宽恕的义务是对自己的而不是对施害者的义务。

但是，即使在对自我的义务这个特殊意义上，也不存在一般意义上的遗忘义务："因为我们是谁（我们的身份认同）取决于我们不遗忘那些发生于过去的事情以及那些在我们的生活中至关重要的事。"[17]记忆在建构我们的身份（"我们是谁"）方面的这种根基性作用，与以遗忘为最终结果的宽恕之间存在紧张。那么，作为宽恕结果的遗忘是什么样的遗忘？彻底遗忘还是选择性遗忘？在马格利特看来："对成功的宽恕而言，不可缺少的不是忘却过去的错误，而是克服与之相伴的愤恨。这类似于在下列意义上忘却一种情绪——在关于某事的记忆到来的时候不再去体验（与这种记忆相伴的）那种情绪。"[18]这是一种选择性的记忆和遗忘：记住过去的灾难，记住自己和其他受害者的不幸，但涤除与其相伴随的愤恨之情和报复欲望。

最后我们把马格利特的观点总结一下：

宽恕是一种志愿的道德选择行为，不是必须的义务，也不是高高

[15] Margalit, *The Ethics of Memory*, p. 207.

[16] 同上。

[17] 同上书，第 208 页。

[18] 同上。

在上的赦免。宽恕的前提是加害者的真诚悔过。宽恕不是不分是非，也不是简单的遗忘过去。宽恕是一种态度和情感的改变和升华：不再被仇恨心和报复欲所控制。真正的宽恕的最后结果是遗忘，但这个遗忘不是全盘遗忘，而是在记住不幸过去的同时遗忘与之相伴随的负面情感，不再去体验这种情感。如果说宽恕有特殊意义上的义务，这个义务源自我们不想带着愤恨之情和报复欲望生活下去，因为这样的生活是不可能快乐幸福的。

（本文曾以《听玛格利特谈宽恕与遗忘》为题发表于《读书》2018 年第 6 期，略有删节）

见证
的艺术

奥斯维辛之后的诗
——兼论策兰与阿多诺的文案

　　20 世纪是一个充满苦难的世纪。在经历了大屠杀这样骇人听闻的人道主义灾难后，如何书写和见证这个世纪的创伤，不但是文学创作也是整个文化论述和哲学思考不可回避的紧迫课题。在这里，"见证"超越了法学中的狭隘含义，变成我们这个时代最重要的文学书写与文化表征形式。只有在这样的语境中，我们才能充分理解埃利·维赛尔的名言："我们这代人创造了一种新的文学，见证文学。"[1] 然而，大屠杀作为一种全新的、空前邪恶、史无前例的巨大灾难，摧毁了人类固有的认知框架和表征模式，使见证书写面临一系列深刻的表征危机和认识 / 真理危机。这也是阿多诺"奥斯维辛之后命题"[2] 的真实含义所在：后奥斯维辛时代，人类到底应该如何"写诗"？

---

[1] Elie Wiesel, "The Holocaust as Literary Inspiration," in Elie Wiesel , Lucy Dawidowicz, Dorothy Rabinowicz, et al., *Dimensions of Holocaust*, Northwestern University Press, 1977, p. 9.

[2] 这个命题的最初表述为 "奥斯维辛之后写诗是野蛮的"，首见于阿多诺写于 1949 年的《文化批评与社会》，首发于《我们这个时代的社会学研究》(1951)。此后，类似表述屡见于阿多诺的多种文本，已经成为所谓"奥斯维辛之后"命题。参见赵勇：《艺术的二律背反，或阿多诺的"摇摆"——"奥斯维辛之后"命题的由来、意涵与支点》，载《法兰克福学派内外：知识分子与大众文化》，北京大学出版社，2016 年，第 99 页。

一　见证创伤？可能与不可能

弗洛伊德在《精神分析引论》(1917) 中给"创伤"下了一个定义："一种经验如果在一个很短暂的时期内，使心灵受到一种最高度的刺激，以致不能用正常的方法谋求适应，从而使心灵的有效能力的分配受到永久的扰乱，我们便称这种经验为创伤的。"[3] 这个定义强调了创伤是一种突发的、主体在心理上无法正常适应、因而对其造成持久干扰的特殊经验。在 1920 年出版的《超越唯乐原则》中，弗洛伊德把创伤与"梦"联系起来，指出创伤对于意识而言是一段缺失的、无法言说的经验，人们常常在不知不觉间重复伤害自己或他人，这种"重复强制"或"强制性重复"，即我们所说的创伤。弗洛伊德写道："在创伤性神经症患者的梦中，患者反复被带回到曾遭受的灾难情境下。""经历过的创伤即使在患者梦中也会向他施予压迫，这个事实证明了这种创伤力量的强大，并且患者自己的精神已经把它固着了。"[4] "固着"一词突出强调了创伤的顽固和无法摆脱的性质。

耶鲁大学教授肖珊娜·费尔曼在和多丽·劳布合作出版于 1992 年的《证词：文学、历史与精神分析中的见证危机》[5] 中把创伤理论引

---

[3]　西格蒙德·弗洛伊德：《精神分析引论》，高觉敷译，商务印书馆，1984 年，第 216 页。

[4]　西格蒙德·弗洛伊德：《超越唯乐原则》，载《自我与本我》，周珺译，百花文艺出版社，2019 年，第 8 页。

[5]　Shoshana Felman and Dori Laub, *Testimony: Crises of Witnessing in Literature, Psychoanalysis, and History*, Routledge, 1992. 肖珊娜·费尔曼，美国文学评论家，现任埃默里大学比较文学系教授。1970 年获法国格勒诺布尔大学博士学位，1970—2004 年在耶鲁大学任教。主要研究领域有：19 世纪和 20 世纪的法国、英国和美国文学、精神分析学、创伤和见证等。本书合作者多丽·劳布，以色列裔美国精神病学家和精神分析学家，耶鲁大学精神病学系临床教授、创伤研究学者，其本人也是一名大屠杀幸存者。testimony 意为见证、证词，witness 意为见证、证人。testimony 含有符号化的或体现于语言的证词的意思。本文依据上下文选择"见证"或"证词"来翻译 testimony 一词。

入"见证文学"（literature of testimony）研究，并将见证与创伤之间的关系界定如下："作为与事件的一种关系，证词似乎是由零碎的记忆构成，这些记忆被既没有得到理解，也没有被记住的（灾难）事件突然淹没，被不能建构为知识，也不能被充分认识的行为突然淹没，被超出了我们的（认知）参考框架的事件突然淹没。"[6]

　　这段话对见证 / 证词与创伤关系的阐释，既可视作对见证的界定，也可当成关于创伤的描述：创伤源于某些突发事件，这些事件的发生不但超出了人的预期，而且没能被完整、清晰地记住，更没有被理解，而只是作为一些混乱而牢固的记忆碎片留在无意识领域；而所谓"证词"正是这类记忆碎片的符号化呈现。这个定义突出了见证的复杂性和难度，甚至在某种程度上瓦解了"见证"概念本身：由于创伤记忆不能被现有的认知框架、心理结构、表征模式所"框范"（frame）、整合，因此，由碎片化的创伤记忆构成的见证 / 证词，往往超越叙述和诠释的能力，不能使自己向知识和理解敞开，以便传递关于事件的结论或裁决。"见证永远不能对这些事件（创伤事件）做出完整的、总体化（totalizable）的解释。在见证中，语言总是处于过程与试验中（in process and in trial），永远无法掌握决断的结论，无法确定具体的判决，无法达到透明了然的知识。见证是与纯粹理论有别的话语实践（discursive *practice*）。"[7] 换言之，做见证，就是立誓——法庭上的证人都要求这样做——以自己的言说作真理的证据，这是为了完成一种"言说行动"（speech act），而不是单纯地做出陈述。由于大屠杀创伤是一种全新的经验，大屠杀见证因而就不能使用现成的、用

[6] Shoshana Felman, "Education and Crisis, or the Vicissitudes of Teaching," in Felman and Laub, *Testimony: Crises of Witnessing in Literature, Psychoanalysis, and History*, Chapter 1, p. 5.

[7] 同上。

以理解并框范过去的那一套概念范畴。

四年后的 1996 年，创伤研究的另一个重要学者、费尔曼的学生凯西·卡鲁斯出版了其代表作《未被认领的经验：创伤、叙述与历史》(*Unclaimed Experience: Trauma, Narrative and History*)，其对创伤与见证的理解非常接近乃师（同时也明显继承了弗洛伊德与解构主义，参见本书关于卡鲁斯的部分）。卡鲁斯把"创伤"界定为"对于突发灾难事件的压倒性（overwhelming）经验，在这种经验中，对该事件的反应通过常常是以延后的、无法控制的、重复的幻觉呈现的方式发生"。[8] 因为创伤事件的发生具有突然性和压倒性（弗洛伊德常用的一个词就是"惊吓"），当事人对之毫无准备，因此创伤是在时间之外被经验到的，是在时间中丢失的、无法定位、"未被认领的"（unclaimed）经验，仿佛被搁置在无意识深渊或荒野无家可归。创伤事件在当时没有被同化或经验到，而是通过噩梦、闪回、幻觉等方式不断回归，对经历该事件的人（创伤受害者）形成无法摆脱的控制。回归的创伤梦魇（或其他侵扰性反应）既无法解释也难以摆脱，它是"事件的原原本本的回归"(the literal return of the event。"literal"这个词有"字面的""平实的"等含义，在此是指未被文字等符号媒介所解释和修饰的、赤裸的、原原本本的)，也是与事件经历者的意志相反的一种强力回归（不可控制、无法抵抗）。"这种难以摆脱的顽强回归（insistent return）建构了创伤，并指向其费解的内核：认知甚至观看时的延宕和未完成性（the delay or incompletion in knowing, or even in seeing）。"[9] 卡鲁斯反复强调"在创伤中外在的东西未经中介地直接被

---

[8] Cathy Caruth, *Unclaimed Experience: Trauma, Narrative and History,* Johns Hopkins University Press, 1996, p.11.

[9] Cathy Caruth, "Trauma and Experience: Introduction," in *Trauma: Explorations in Memory*, ed. Cathy Caruth, Johns Hopkins University Press, 1995, p.5.

内化"[10]，也就是说，突发的创伤事件未经符号化、未被认识和清理就直接进入了无意识，由此也就决定了其发生是"被错过"的，其回归也是无法控制的。就是这种"原原本本的状态"（literality）使其拒绝"符号化"（symbolization）。当然也可以反过来说：正是创伤的"非符号本质"（non-symbolic nature）确保了其平实性／原本样态。

这也意味着事件在其被目击时不能被认知，创伤经受者被剥夺了潜在的阐释能动性：他只是创伤的载体。用理查德·克劳肖（Richard Crownshaw）的话说，这个创伤现在奇怪地"与其目击者／见证者隔开了"（insulated from its witness）"。[11]"隔开"的意思是：创伤只是存放在目击者／见证者那里，而没有被目击者／见证者所掌握、阐释或表征。这样，如果创伤是某种质疑乃至拒绝被见证的东西，那么，它必然强化了见证的危机，它质疑历史知识的起源，要求历史有一个新的见证类型："对不可能性的见证。"[12]

对不可能性的见证成为大屠杀后诗歌乃至所有文学创作必须面对的巨大挑战，因为大屠杀经验就是一种难以言述的创伤经验。

二　与德语搏斗：策兰的"带伤写作"

战后保罗·策兰的诗歌创作面临的就是这样的挑战。策兰原名安切尔（Antschel），1920 年出生于布科维纳（Bukovina）。这个地方1918 年以前为奥匈帝国统治下的公国属地。第一次世界大战后归属

---

[10]　Caruth, *Unclaimed Experience: Trauma, Narrative and History*, p. 59.

[11]　Richard Crownshaw, *The Afterlife of Holocaust Memory in Contemporary Literature and Culture*, Palgrave Macmillan, 2010, p. 6.

[12]　Caruth, *Unclaimed Experience: Trauma, Narrative and History*, p. 10.

于罗马尼亚。第二次世界大战期间先后被苏联和纳粹德国占领。策兰
的父母分别是德国人和犹太人。1941 年，纳粹在罗马尼亚军队的支
持下开始摧毁布科维纳的犹太人社区，策兰的父母 1942 年被遣送到
集中营并相继惨死在那里：其父因被强迫做苦役致伤寒而亡，其母被
纳粹的子弹击碎脖颈致死。策兰在朋友的掩护下幸免于难，后作为苦
力被强征到劳动营修筑公路，历尽磨难达 18 个月。战后，策兰才得
以回到已成废墟的故乡。从 1945 年 4 月到 1947 年 12 月，策兰在布
加勒斯特住了将近两年，从事翻译和写作。他开始以 "Ancel" 为笔
名，后来又将其音节前后颠倒，以策兰（Celan）作为他本人的名字
（该词在拉丁文里的意思是 "隐藏或保密了什么"。这一改动喻示他的
诗歌将以晦涩著称）。1948 年开始，策兰定居巴黎。1970 年 4 月 20
日，策兰在巴黎塞纳河上的米拉波桥投河自尽，年仅 50 岁。

作为大屠杀的幸存者，策兰是一个用诗歌在战后欧洲的荒原上流
浪与探索的 "见证人—旅行者"（witness-traveler）。他需要通过诗歌
探索旅途中晦暗不明的方向与暧昧未知的终点，为自己在这个迷失的
世界中重新定位。用他自己的话说："我写诗是用来为自己确定方向
（to orient myself），探讨我过去在何处、准备向何处去，为了我自己
测绘现实。"[13]

但是，策兰为自己和世界重新定位的写作之旅险象环生。他首
先遭遇的就是语言问题，因为语言正是诗人借以测绘现实、定位自我
的基本工具。尽管策兰精通数国语言和文学，谙熟法国文化，但坚持
以母语德语写作。关于他的这个选择，策兰的解释是 "我不相信诗歌
中的双语性（bilingualness in poetry），诗歌——那是命中注定的语言

---

[13] Paul Celan, "Speech on the Occasion of Receiving the Literature of the Free Hanseatic City
of Bremen" (1958), in *Selected Poems and Prose of Paul Celan*, trans. John Flestiner, W. W.
Norton, 2001, pp. 395–396.

的独特性（the fateful uniqueness of language）"，"一个人只有用母语才能表达他自己的真理，诗人用外语写作即说谎"。[14] 但让人难堪的是，对于策兰而言，作为母语的德语却是被纳粹意识形态严重毒化的语言，它曾经被纳粹用来签署针对犹太人——包括策兰——的羞辱令、拷打令、灭绝令。用费尔曼的话说，这个母语"与杀死他双亲的谋杀者的语言存在不可解除的联系"。[15] 策兰又如何能够用这样的语言来见证这个时代，为自己、为世界勘测方向？

在《不来梅文学奖致辞》中，策兰写道：

> 在触手可及处，在失落的东西之间，仍有一样东西、唯一未失落的东西，这就是语言。
>
> 的确，尽管什么都失去了，但这语言仍然存在，但它必须经历自己的无应答性（pass through its own answerlessness），经历令人颤栗的无声，体验"带来死亡的言说的无穷黑暗"（thousand darkness of death-bringing speech）。它经历这一切，对曾发生的一切无以名之，但它确实经历了发生的一切。它经受了这一切并重见天日，并因此而"变得富有"。[16]

曾经在歌德等伟大的人文主义作家笔下得到杰出使用的德语，在艰难时世不幸身受重伤，它失落于世界，同时也幸存于世界。德语还在，但它已经伤痕累累，毒入骨髓，失去了把握现实、应对世界的能

---

[14] 转引自 Felman, "Education and Crisis, or the Vicissitudes of Teaching," in *Testimony: Crises of Witnessing in Literature, Psychoanalysis and History*, p. 26。

[15] 同上书，第 27 页。

[16] Celan, "Speech on the Occasion of Receiving the Literature of the Free Hanseatic City of Bremen" (1958), in *Selected Poems and Prose of Paul Celan*, p. 395.

力[17]。在巴黎坚持用德语写作的策兰，必须直面、体验和经历这一切。面对诗歌的空前危机，面对语言和表述方式的严重污染，面对德语的"内伤"，策兰通过德语进行的诗歌创作因而是一种"带伤写作"，是与德语——这个曾摧毁和放逐自己的、有毒的、被污染的、败坏的语言（策兰称之为"刽子手语言"）——的搏斗。他要以崭新的方式挪用、改塑、打乱德语，彻底改造其语义与语法，创造性、批判性地重新创造一种完全属于策兰自己的诗歌语言，一种洗尽了极权主义毒素的、被拯救的新德语，以这种独特的方式见证大屠杀和文化历史的崩塌[18]。

策兰经历并超越"带来死亡的言说的无穷黑暗"，打开自己身上的伤口作为不期然地"涌入现实"的方式。语言的危机经此而转化为重生的契机，而这重生的语言必内在地包含了见证：以它身上的累累伤痕、破碎结构、怪诞象征、残缺词语，映现这个时代文化的破碎与人性的扭曲。在一个经历巨大灾难，心灵、精神、文化、文学艺术均遭灭顶之灾的时代，为此一时代做见证的语言/诗歌，不可能"简单地、不假批判地给予"（simply and uncritically be given）——这样给予的语言必定是纳粹式的陈词滥调。它必须同时激进地穿越语言与记忆，创造性地重新使用那个曾经剥夺自己、羞辱自己的语言，使其

---

[17] 美国批评家乔治·斯坦纳（George Steiner）曾经指出："有些谎言和施虐会残留在语言的骨髓里。刚开始可能很难发现，就像辐射线的毒性一样悄无声息地渗透进骨内。但是癌症就这样开始了，最终是毁灭。"（乔治·斯坦纳：《空洞的奇迹》，载《语言与沉默：论语言、文学与非人道》，李小均译，上海人民出版社，2013年，第116页。）

[18] "语言内伤""带伤写作""刽子手语言"等说法，转引自孟明：《译者弁言》，载保罗·策兰《保罗·策兰诗选》，孟明译，华东师范大学出版社，2010年，第13页。策兰对于自己的这个命运有清醒的认识。在给友人的一封信中，他这样写道："我要告诉您，一个犹太人用德语写诗是多么的沉重。我的诗发表以后，也会传到德国……那只打开我的书的手，也许曾经与杀害我母亲的刽子手握过手……但我的命运已经注定了：用德语写诗。"转引自孟明：《译者弁言》，载保罗·策兰《保罗·策兰诗选》，第14页。

从曾经深陷其中的黑暗历史中走出来，仿佛重新领回迷失的"浪子"，从大屠杀中解救母语这个被剥夺者的最后财产。所谓"测绘现实"（sketch out reality），既意味着探索现实加之于自己的伤害：拒绝被现实剥夺、伤害的状态——同时又穿越它，从这种状态造成的麻木不仁、无能为力中挣脱，以见证不可见证之物。

这也是策兰的诗歌之所以晦涩、艰深的原因。策兰诗歌语言的特征，如断裂、破碎、颠倒、极简、词不达意、隐晦等，与其说是他诗歌语言的特征，不如说就是创伤/伤口本身的特征。写诗就是展示这些伤口，它必须直接以创伤的形式呈现。这样，"要想经由语言而带着自己的'存在实体'寻找现实、在语言中寻找语言必须经历的实境，就必须从自己的毫无遮掩、从自己伤口的公开性与可接近性（the openness and accessibility of one's own wound）中，创造出不期然的、前所未有的'进入现实'的方式"。[19] 这或许是策兰诗歌特有的见证力量：创伤带着它本有的平实性原原本本地得到了呈现。

用常规逻辑衡量，这样一种通过语言对世界现实和心理创伤的展示，不知道其抵达何处，甚至表达何意。此处的词所不达的"意"，类似于策兰诗歌所见证之"物"，可做以下方式的理解：1. 大屠杀这种大破坏、大灾难本身无"意义"可说；2. 大屠杀的恶乃史无前例的空前极恶，本来就无法有准确、现成的语词来表达之；3. "意"/见证之物，需要恰当的阅读行为的参与才能生成。在语言即伤口的状况下，其展示的乃是有待填补的裂隙和空白，是对读者的一种"召唤"；4. 坚持用"败坏的"语言写作，即坚持伤口的原初性、平实性（literality）。策兰语言的破碎、颠倒、晦涩，恰恰是诗人以具身见证

---

[19] Felman, "Education and Crisis, or the Vicissitudes of Teaching," in *Testimony: Crises of Witnessing in Literature, Psychoanalysis and History*, pp.28–29.

创伤的伟大创造，是一种反表征的表征：通过摧毁习惯化、审美化的表征而呈现不可言说之真相。

在《山中对话》这篇与阿多诺的假想对话中，策兰写道：

> 可怜的头巾百合，可怜的野莴苣！就站在那儿，表兄表弟，站在山中一条道路上，拐杖没有声了，石头沉默了，但这沉默绝不是沉默，没有一言一语停下来，只不过是一个间歇，一道词语裂口，一个空格，你看见所有的音节站在四周；那是舌头和嘴巴，这两样东西还和从前一样，只是眼睛蒙上了一层云翳，而你们，可怜的你们，站不直，也不开花，你们不在了，这七月也不是七月。[20]

我把这段晦涩的描述理解为对战后德国文化与艺术图景及人之境况的精彩图绘。灾难过后，文化、语言、艺术和人一样在大地上犹如孤魂野鬼，四顾茫然。碎裂的词语、哑默的舌头和空洞的嘴巴满地撒落。风向标和指示牌均已倒塌，不再能指示方向。只有一片死寂。然而沉默即表达（故绝非沉默），是最有力的、具有惊人揭示性的言说。空白、无意义、零落四散的石头似的词语碎片，这不正是最真实的战后德国乃至欧洲的文化图景吗？

《死亡赋格曲》是探索语言与创伤经验关联的早期作品。它写于1944年年底，其时"二战"已接近尾声。尽管后期策兰对这首诗多有不满，甚至拒绝收入诗集，但相对于此前西方诗歌的抒情传统而言，此诗仍然足够离奇出格，甚至被认为是"'奥斯维辛之后'这

---

[20]　转引自孟明：《译者弁言》，载保罗·策兰《保罗·策兰诗选》，第9页。

一诗歌类型的基准""战后欧洲的格尔尼卡"。[21]它戏剧化地呈现了集中营经验，但"不是直线地、直白地呈现，不是通过线性叙事（linear narrative），也不是通过见证报道（testimonial reportage），而是省略、曲折地通过复调但又反讽错置的对位艺术（polyphonic but ironically disjointed art of counterpoint），通过难以摆脱的、强迫性的重复，疯狂歌曲的眩晕爆发（vertiginous explosion of mad song）"。[22]策兰的传记作者费尔斯坦纳（John Felstiner）认为，这首诗"差不多每行诗都包含了源自乱世的文字材料，而这首诗就是那个乱世的见证。从音乐、文学、宗教和集中营本身，我们都发现了令人不安的种种痕迹，包括《创世记》、巴赫、瓦格纳、亨利希·海涅、探戈，特别是《浮士德》的女主人公玛格丽特，还有《雅歌》里的少女舒拉密"[23]。

　　让我们来看看这首诗：

> 清晨的黑牛奶我们晚上喝
>
> 我们中午喝早上喝我们夜里喝
>
> 我们喝呀喝呀
>
> 我们在空中掘个坟墓躺下不拥挤
>
> 有个人住那屋里玩蛇写字
>
> 他写夜色落向德国时你的金发哟玛格丽特

---

[21] 约翰·费尔斯坦纳：《保罗·策兰传：一个背负奥斯维辛寻找耶路撒冷的诗人》，李尼译，江苏人民出版社，2009年，第28页。依据这本传记的记载，这首诗有无数译本，本身已经成为"传记对象"。

[22] Felman, "Education and Crisis, or the Vicissitudes of Teaching," in *Testimony: Crises of Witnessing in Literature, Psychoanalysis and History*, p. 29.

[23] 费尔斯坦纳：《保罗·策兰传》，第29页。本文引用的这首诗中译本将此人名译为"书拉密"。

写完他步出门外星光闪烁他一声呼哨唤来他的狼狗

他吹哨子叫来他的犹太佬在地上挖个坟墓

他命令我们马上奏乐跳舞

清晨的黑牛奶我们夜间喝你

早上喝你中午喝你晚上也喝你

我们喝呀喝呀

有个人住那屋里玩蛇写字

他写夜色落向德国时你的金发哟玛格丽特

你的灰发呀书拉密我们在空中掘个坟墓躺下不拥挤

他吆喝你们这边挖深一点那边的唱歌奏乐

他拔出腰带上的铁家伙挥舞着他的眼睛是蓝色的

你们这边铁锹下深一点那边的继续奏乐跳舞

清晨的黑牛奶呀我们夜里喝你

早上喝你中午喝你晚上也喝你

我们喝呀喝呀

有个人住那屋里你的金发哟玛格丽特

你的灰发呀书拉密他在玩蛇

他大叫把死亡奏得甜蜜些死亡是来自德国的大师

他大叫提琴再低沉些你们都化作烟雾升天

在云中有座坟墓躺下不拥挤

清晨的黑牛奶呀我们夜间喝你

中午喝你死亡是来自德国的大师

我们晚上喝早上喝喝了又喝

死亡是来自德国的大师他的眼睛是蓝色的

他用铅弹打你打得可准了

有个人住那屋里你的金发哟玛格丽特

他放狼狗扑向我们他送我们一座空中坟墓

他玩蛇他做梦死亡是来自德国的大师

你的金发哟玛格丽特

你的灰发呀书拉密 [24]

　　首先值得注意的，也是最具震撼力的，是诗中暴力杀戮与审美场景（提琴和舞蹈）的反讽式错位并置，通过审美快感的悦耳狂喜与指挥官暴力辱骂的强烈对比，来展示这审美的无耻与残酷——它已经堕落为暴力屠杀的可耻帮凶。屠杀场里的化装舞会无异于令人恶心的美学调情。掘墓时的奏乐伴舞，这个所谓让"死亡变得优雅"的设计，不是虚构，是确曾发生在奥斯维辛的不可思议的无耻现实。[25] 正如费尔曼指出的，这首诗"通过将非人化行为审美化（aestheticized），通过把自己的变态谋杀行为转化为文化的精雕细琢（cultural sophistication）

---

[24]　保罗·策兰:《死亡赋格曲》，载《保罗·策兰诗选》，第 63—65 页。

[25]　据费尔斯坦纳介绍，这首诗用罗马尼亚文首次发表时名《死亡探戈》——一个真实存在的事实：在离切尔诺维兹不远的伦伯格（今利沃夫）的詹诺斯卡集中营，纳粹党卫军的一名中尉命令犹太小提琴手演奏改了词的探戈，即"死亡探戈"，在行军、拷打、掘墓和行刑时演奏。在废除一处集中营前，党卫军会枪杀整个乐队。参见费尔斯坦纳:《保罗·策兰传》，第 31 页。

和享乐艺术表演的有教养的沉迷，暴力变得更加淫秽下流"。[26] 而不断反复的"黑色牛奶"这个惊人意象，则强烈地提示：任何通过暴力制造的"审美的快感"中强迫人"遗忘"的东西，将噩梦般地以无法遗忘的方式归来。

其次，这首诗中有大量所有格符号和称呼：你、你的、他、他的、我们、我们的、我的、你们全部、你们其他人，等等。然而这些符号和称呼，不是把人建构为主体，而是降低为歼灭的标靶（"他用铅弹打你打得可准了"），全无把他人建构为主体的"你""你们"之类称呼／人称本来应该蕴含的热切和向往。

最后，诗中的"玛格丽特"是雅利安女子，浮士德的爱恋对象，也是歌德浪漫之爱的化身。这个意象令人想起德国文学传统中令人神往的爱情主题。而"书拉密"则是《圣经·雅歌》中象征美丽和爱情的犹太女性，其头发本为黑色，表现犹太圣经和文学中对犹太女性爱人的渴望。但在此诗中，书拉密充满生命力的黑色头发已经变成灰色（喻焚尸炉中的骨灰），与雅利安女子玛格丽特的金发并置、交错，不对称的生命和死亡在这里被不乏粗暴（因为现实就是这么粗暴甚至更加粗暴）地并置、切换，种族歧视文化造成的血淋淋伤痕被赤裸呈现。"金发"意象也隐含丰富的想象，让人想起浪漫诗人海涅笔下的罗蕾莱。海涅在其浪漫爱情诗里写到罗蕾莱的歌声在夜幕降临时"梳理着她的头发"。和策兰一样，海涅也是流亡巴黎的、说德语的犹太人，他的诗被纳粹宣布为无名氏的民谣[27]。

---

[26]　Felman, "Education and Crisis, or the Vicissitudes of Teaching," in *Testimony: Crises of Witnessing in Literature, Psychoanalysis and History*, p. 31.

[27]　参见费尔斯坦纳:《保罗·策兰传》，第 39 页。

三　直呼其名，直达其位：拒绝审美化

大屠杀之后，阿多诺提出了著名的"非审美化"（de-aestheticize）理论。他认为，奥斯维辛之后，艺术必须通过对自身的非审美化才能重新声称其合法性。他的名言"奥斯维辛之后写诗是野蛮的"（To write poetry after Auschwitz is barbaric）一语道破策兰面临的写作困境。[28] 但这句话长期以来遭到各种误解，甚至被简单等同于对写诗（文艺创作）的否定，似乎奥斯维辛之后诗歌（文学）已不再有存在的必要。[29] 这实际上是一个误解。大约是为了避免这样的误解，大屠杀幸存者、意大利著名见证文学作家普里莫·莱维就曾针对阿多诺的这句话指出："我会将它改成：在奥斯维辛之后，除了写作奥斯维辛，写作其他的诗歌都是野蛮的。" [30]

赵勇认为，首见于《文化批评与社会》（1949）的"奥斯维辛之后写诗是野蛮的"这句话，可以被理解为一种"话语策略"，"即为了呈现文化问题的严重性，他用一个提喻（引者按：即'写诗'）把这种严重性推向了极致。当文化已经充分野蛮化之后，以文化的名义进行的艺术创作或艺术创作所呈现出来的文化内容也就很难逃脱野蛮的魔

---

[28] "奥斯维辛之后……" 这样的表达屡见于阿多诺的多种文本，已经成为所谓"奥斯维辛之后" 命题。参见赵勇：《艺术的二律背反，或阿多诺的"摇摆"》，载《法兰克福学派内外》，第 99 页。赵勇此文对阿多诺"奥斯维辛之后"命题的语境、含义、误解以及阿多诺自己的反复解释，都做了非常详细的梳理辨析。

[29] 这句话发表的当时及此后很长时间，有很多作家、艺术家、学者表示反对，参见赵勇：《艺术的二律背反，或阿多诺的"摇摆"》，载《法兰克福学派内外》，第 114—115、146—149 页。

[30] 普里莫·莱维：《记忆之声：莱维访谈录，1961—1987》，索马里译，中信出版社，2019 年，第 35 页。

掌".[31] 重要的是：阿多诺是在"文化"（包含艺术）已经被纳粹极权
主义极大败坏的特定语境下说这番话的（犹如策兰在德语被极大污染
的语境下写诗）。更加准确地说，阿多诺的意思是：当艺术为了"美
化这个社会"而肯定"和谐原则"（principle of harmony）的有效性时，
它也就成了已经毒化的、野蛮化的文化/美学之同谋。这样的艺术当
然是野蛮的。[32] 考虑到策兰与阿多诺相似的创作语境，策兰的诗歌无
疑是——不管是否有意识——对阿多诺命题的回应。

　　要想理解阿多诺命题的准确含义，必须结合他的其他文本中的相
关表述。在《奥斯维辛之后》（收入阿多诺《否定的辩证法》第三部分
"形而上学的沉思"）一文中，阿多诺承认，说"奥斯维辛之后写诗已
不再可能""或许是错误的"。[33] 但这并不意味着他"无条件"收回这
句话。正如许多学者指出的，重要的问题不是奥斯维辛之后能不能写
诗，而是如何写诗？写什么诗？[34] 如果说策兰写诗的前提是对被毒化
的德语（其实当然也包括德国的文学艺术和文化）的彻底清洗，那么
阿多诺的准确意思应该是："奥斯维辛"之后写诗的前提必须是彻底
清算和批判被纳粹利用、与极权主义有染的文化和艺术（包括诗歌），
尤其是文学艺术创作的审美化原则。就在《奥斯维辛之后》一文的最
后，阿多诺对奥斯维辛之后如何"思考"的问题进行了精练的总结，
我以为它同样适用于"奥斯维辛之后如何写诗"的问题：

　　　　如果否定辩证法称自己为思考的自我反思，其真实的意
　　思是：思考想要真实的话——如果它想要在今天的任何意义上

---

[31]　参见赵勇：《艺术的二律背反，或阿多诺的"摇摆"》，载《法兰克福学派内外》，第114页。

[32]　同上。

[33]　Theodor Adorno, *Negative Dialectics*, trans. E. B. Ashton, Routledge and Kegan Pawl, 1973, pp. 362–363.

[34]　莱维：《记忆之声》，第35页。

是真实的话，它就必须是"一种逆己思考"（a thinking against itself，亦可译为"对抗思考本身的思考"）。如果思想不是以概念不能涵括的那种极端性来度量，那么从一开始，它本质上就是一种纳粹党卫军用来淹没受害者惨叫的音乐伴奏。[35]

此段落末尾提及的大屠杀过程中的音乐伴奏这个意象，与策兰的《死亡赋格曲》存在明显的呼应。德国的古典音乐、荷尔德林的诗，都曾经是纳粹分子的最爱，都曾被用作大屠杀的佐料。[36] 有鉴于此，在奥斯维辛这样的空前灾难后，必须有全新的表现大屠杀创伤经验的艺术方式，任何对于之前的艺术方式的不加批判的沿用，都会将大屠杀纳入被纳粹污染过的既有表现模式与意义模式，进而扭曲这种独一无二的创伤经验。这不但是野蛮的，甚至无异于对死难者的犯罪。由于既有的艺术表现方式都已经内化于艺术家，因此，所有想要超越陈词滥调、以全新方式思考和表现奥斯维辛灾难的艺术家，都必须清洗自己身上的毒素，都必须逆己思考、"逆己书写"（站在反对自己的立场上写作）。

---

[35] Adorno, *Negative Dialectics*, p.365. 原文如下：If negative dialectics calls for the self-reflection of thinking, the tangible implication is that if thinking is to be true—if it is to be true today, in any case—it must also be a thinking against itself. If thought is not measured by the extremity that eludes the concept, it is from the outset in the nature of the musical accompaniment with which the SS liked to drown out the screams of its victims.

[36] 诗人王家新说过：在荷尔德林出生地劳芬的纪念馆里展出的荷尔德林诗集下面，有一行文字，注明它在"二战"期间被印了10万册，以鼓励德国士兵的"爱国主义激情"。王家新还说过，阿多诺在他关于贝多芬的论著中就曾写下这样的札记："希特勒与第九交响乐：我们拥抱吧，亿万生民。"他还指出"贝九"之所以能够被利用，是因为"第九交响乐这样的作品能有哄诱力：它们结构上的力量跃变为左右人的影响。在贝多芬之后的发展里，作品的哄诱力，当初是从社会借来的，弹回社会里，成为鼓励性的、意识形态的东西"。参见王家新：《阿多诺与策兰晚期诗歌》，载《上海文化》2011年第4期。

在发表于 1962 年的《介入》（"Commitment"）中，阿多诺对奥斯维辛之后的命题再次进行了阐释。阿多诺说：

> 我不想淡化过去关于"奥斯维辛之后写诗是野蛮的"的宣判。但是恩岑斯伯格（Enzensberger）的反驳也确实是正确的：文学必须抵制这个宣判，换言之，必须表明奥斯维辛之后文学的存在还没有向犬儒主义投降……实际上现在只有在艺术中，苦难尚能找到它的声音、慰藉，而不直接被它背叛。
>
> 今天，每个文化现象，即使是一个整合模式（model of integrity），也极易在媚俗（Kitsch，又译"刻奇"）的文化中遭到窒息。然而具有悖论意味的是，在这同一个时代，正是艺术作品承担着这样的重任——无言地肯定将政治拒之门外的东西。[37]

显然，阿多诺的观点发生了重大变化，他甚至认为唯有艺术才能承担当代思想的重任，才能负荷当代政治与良知的沉痛。同样在这篇文章中，阿多诺更明确地将矛头指向"风格化的审美原则"："风格化的审美原则（the aesthetic principle of stylization）使得难以想象的命运仿佛具有原先一直具有的某些含义（appear to have had some meaning），苦难被改头换面了，被抹去了其恐怖的方面。仅这一点就是对受难者的不义（this along does an injustice to the victims）……有些艺术作品，甚至自愿贡献于清除过去的苦难。"[38] 在这里，阿多诺不是全盘否定诗歌或文学，而是质疑风格化的文学叙述。联系阿多诺其他地方的类似表述，这个风格化的表述就是商业化时代的媚俗／刻奇文

---

[37] Theodor Adorno, "Commitment" (1962), in *Essential Frankfort School Reader*, ed. Andrew Arato and Eike Gebhardt, intro. Paul Ricoeur, Continuum, 1982, pp. 312, 318.

[38] 同上书，第 313 页。

化：一种俗套、廉价、抒情的叙述灾难的方式。完全有理由相信，策兰那些赤裸裸暴露伤口的诗，正是涂脂抹粉的"风格化的审美原则"的反面。

在《艺术是轻松愉快的吗？》一文中，阿多诺又一次谈到了"奥斯维辛之后"这个话题。他写道："艺术必须自动与欢快一刀两断，假如它不去反省自身，它就不再是可能的了。艺术这么去做首先是被新近发生的事情（引者按：指大屠杀）推动的结果。奥斯维辛之后写诗是不可能的那个说法不能把握得过于绝对，但可以肯定的是，奥斯维辛之后欢快的艺术则不再是可能的了，因为奥斯维辛在可以预见的未来仍然是可能的。"[39] 这段话针对的是席勒"生活是严肃的，艺术则是欢快的"这句名言。赵勇认为，"在阿多诺看来，席勒的这句名言和由此形成的艺术观虽然进入了资产阶级日常生活的库存之中，供人适时引用，但它们也成了总体的意识形态，成了人们浑然不觉的虚假意识"。[40] "奥斯维辛之后"命题的真正意义在于：通过与非难者和质疑者的反复辩论以及阿多诺自己的反复申述，奥斯维辛之后应该如何写诗的问题，已经基本得到了澄清。

从阿多诺的上述观点解读策兰，后者的诗作即是以富有创意的、自我批判的方式，来抵抗"奥斯维辛之后写诗是野蛮的"宣判。[41] 有意思的是，后期策兰的诗歌创作走得更远，其作品变得更为晦涩、分裂、简约、碎片化，不成句子，常常只有孤零零的、石头一样坚硬的单词。在音乐性方面，拒绝事先决定的、陈旧老套的"优美旋律"（在《死亡赋格曲》中，这样的"优美旋律"似乎还没有清除干净），他形

---

[39] 转引自赵勇：《艺术的二律背反，或阿多诺的"摇摆"》，载《法兰克福学派内外》，第132—133页。

[40] 同上书，第133页。

[41] 关于策兰与阿多诺之间的复杂交集，学界已经谈得很多，本文不赘。

容自己的诗歌是"怀疑美，坚持其音乐性必须远离那曾经为极端的恐怖暴行伴奏、在焚尸炉边悠然响起的'优美旋律'"。他说自己的诗歌语言"通过表达的不可改变的多元性追求精确，不变形，不诗化，直呼其名，直达其位（it names and places）"。[42] 这是一种反审美的、诗歌反对诗歌本身的写作。

皮埃尔·布列兹（Pierrer Boulez）在分析当代艺术时说："最难证明的真理之一就是：音乐并不仅仅是'声音的艺术'，它必须被界定为声音与沉默的对位（counterpoint of sound and silence），［当代音乐］在旋律方面的创新，就是下面的概念：声音与沉默通过一种精确的组织联结在一起，指向穷尽我们的听力。"[43] 这个分析契合策兰诗所创造的音乐效果。沉默是节奏与意义的断裂，是拒绝对意义的占有和控制。策兰诗中"词语的崩溃"，无法复原的破碎，无法把握的意义，实实在在地触及作为听者的读者，把语言、文化和精神的伤口就那么赤裸裸地直接呈现给读者，透过历史黑暗深渊，透过崩溃的词语发出的碎裂回响，让读者感到震撼。

四　"你"的创造：见证教学的意义

策兰认为："一首诗作为语言的显示形式（manifest form of language），也是内在的对话，可谓带着微薄希望投送的瓶中信。这微薄的希望即，总有一天它会被冲上某处陆地，或许是心之地。"[44]

---

[42] 转引自 Felman, "Education and Crisis, or the Vicissitudes of Teaching," *in Testimony: Crises of Witnessing in Literature, Psychoanalysis and History*, p.35。

[43] Pierre Boulez, "The Threshold," quoted by Katharine Washburn in her introduction to *Paul Celan, Last Poems*, North Point Press, 1986, p. XXV. 方括号中内容为引用者所加。

[44] 转引自 Felman, "Education and Crisis, or the Vicissitudes of Teaching," *in Testimony: Crises of Witnessing in Literature, Psychoanalysis and History*, p.37。

这个意义上的诗歌"总是在路上，总在趋近某种东西。趋近什么呢？或许是趋近某种开放的、可以容纳你的东西，某个可以言说的'你'（a 'thou' that can be addressed），一种可以言说的现实"。[45]据费尔斯坦纳统计，在策兰30多年的诗歌中，"你"一共出现了1300次之多。[46]

　　策兰的诗歌创作是一种对"你"之寻找，更是对合格的"你"（瓶中信的接收者）的创造。如上所述，策兰的诗作是德语废墟上的涅槃，诗句犹如裸露的、洗尽铅华的赤裸石子，诗人带着微薄的希望将它们装进瓶中投入大海，带着挑衅和傲慢寻找读者（"你"）的"心之地"：读者能成为策兰的可以对话的"你"吗？谁是这个合格的接收者？是"你"吗？

　　对此，费尔曼通过自己的教学经验做了回答。从1984年秋天开始，费尔曼在耶鲁大学开设研究生课程"文学与见证：文学、心理分析、历史"（她和劳布合著的《证词：文学、精神分析和历史中见证的危机》一书就是在课堂教学基础上撰写的），策兰的诗被作为见证文学的重要代表讲授。于是，这个课堂上的学生就有幸（亦或不幸？）成了策兰"瓶中信"的接收者，成为大屠杀创伤的倾听者，以及策兰诗歌所呼唤和交谈的那个"你"。整个课堂变成了对策兰诗歌的"你"的回应，学生们"准备接受'你'的位置，成为诗歌在夜的'虚无'中追寻的那个'你'……准备伴随诗人进入诗行根源处的黑暗与沉默"。[47]

---

[45] Felman, "Education and Crisis, or the Vicissitudes of Teaching," in *Testimony: Crises of Witnessing in Literature, Psychoanalysis and History*, p. 38.

[46] 费尔斯坦纳：《保罗·策兰传》，第32页。

[47] Felman, "Education and Crisis, or the Vicissitudes of Teaching," in *Testimony: Crises of Witnessing in Literature, Psychoanalysis and History*, p. 39.

　　然而，他们成为"你"的历程相当不易、充满险阻。费尔曼注意
到：一开始，学生根本无法理解策兰诗歌及其所展示的"真实"，"仿
佛从稳定的思想观点中被连根拔起，顿时失去了方向感"。[48] 从来都
是雄辩滔滔的学生、从来都是热闹非凡的课堂，突然出现了罕见的
哑默。学生们面色凝重，呆若木鸡，茫然失措，一言不发。费尔曼
认为，课堂之所以出现交流中断、表达困难的现象，是因为学生们见
证了一种无法通过已有的认知—表达框架加以整合和传达的创伤经
验。他们有强烈的表达冲动却苦于无法表达。原先熟悉的那套言说和
交流框架突然破碎、陷入危机。费尔曼把学生对策兰诗歌的反应描述
为："被'切断'的感觉"（feeling of being 'cut off'）、"碎片化的焦虑"
（anxiety of fragmentation）、"奇怪的失落感"（a strange lostness）、"粉
碎性的经验"（shattering experience）。这是一种"情感和知性同时失去
方向带来的恐慌"。[49]

　　阅读策兰的诗歌属于马拉美所谓的"对意外的见证"（the testimony
of an accident）：意外发现了语言的破碎与交流的不可能，语言与经
验的严重错位，"知识的搁浅"。这种感觉是策兰诗歌向读者的挑战。
阅读这样的诗歌，你会猝然遭遇一种马拉美式的"意外"。所谓"奇
怪的失落感"，所谓"意外"，实际上是原先的知识方式、经验模式的
突然短路，学生感到意外、震惊、沉默无语。[50]

---

[48] Felman, "Education and Crisis, or the Vicissitudes of Teaching," in *Testimony: Crises of Witnessing in Literature, Psychoanalysis and History*, p. 49.

[49] 同上书，第49—50页。

[50] 马拉美提出了"自由体诗歌韵律的不可预测性"（rhythmical unpredictability of free verse）概念，它"通过扰乱亚历山大体诗歌形式结构的可预测性，造成无法预测的效果"。这是一种对诗歌的施暴（done violence to verse）。费尔曼认为："通过与传统诗歌的这种对抗，马拉美的诗歌变成一种意外的艺术（*art of accident*），因为它是一种充满韵律（转下页）

　　但是，紧随这种"失落""意外"而来的却是语言与知识的重获：一种新的语言与知识的诞生。重新找到了语言也就是重新找到了大屠杀的经验，人们对策兰"语言是唯一留存的东西"[51]这句话忽焉心领神会。这样，"经由策兰的诗歌，整个课堂实际上感到从形式、旋律、节奏、词语，总之是从'美学规划'中解放出来，准备成为瓶中信的收件人"。[52]

　　费尔曼强调：教学中遭遇的这场震惊完全是意料之外的，是教学中不可预测的突变（就像突发的创伤事件那样不可预测）。见证了这场突变的费尔曼从中获得了这样的启迪："教学本身，真正的教育，必须经历危机才能真正发生，如果教学未曾遭遇某种形式的危机，如果它未曾遭遇某种重要、不可预测的爆发或打击，它就没有真正教过什么：它或许传递过一些事实、资讯、文件，而学生或观众正像大屠杀发生的时期，人们看到不断涌现的资讯，却没有人能辨识它们，没有人真正学习、阅读或运用他们眼前的资讯。"[53]这样的教育，先是摧毁学生原有的习惯化认知和审美框架，令其陷入"失落""沉默""震惊""意外"等危机经验，而后建立起新的经验感受方式与新的认知表达方式。"在见证的时代，从当代历史的角度看，我要我的学生不只是接收到与他们旧学知识和谐一致的讯息，而是与他们过去所学全然抵触的东西。见证教学培养见证震惊、不

　　（接上页）惊喜（rhythmical surprise）的艺术，一种扰乱对韵律、句法、语义之固有期待的艺术。"转引自 Felman, "Education and Crisis, or the Vicissitudes of Teaching," in *Testimony: Crises of Witnessing in Literature, Psychoanalysis and History*, p. 19。

[51]　同上书，第 28 页。

[52]　同上书，第 39—40 页。

[53]　同上书，第 53 页。

谐认知的东西的能力。震惊包含了危机。不包含这样的危机，见证就不是真切的，它必须打破并重估之前的范畴和参考框架。"[54] 这点对于整个文学教育都具有普遍意义，"就伟大的文学主题而言，教学本身必须被视作一种切入（accessing）——切入危机——或者一种批判性的维度（这个维度是内在于文学主题的），而不只是传递"，"教师的职责，即在于把危机的前因后果，重新放置在多维的视野中，将现在与过去、将来联系起来，把危机重新整合进一个转化了的意义框架中"。[55]

结　语

美国著名人文主义文学与文化批评家斯坦纳在出版于战后不久的《语言与沉默：论语言、文学与非人道》的"序言"中尖锐地提问：在极权主义制度下，语言与它讴歌的危险谎言之间是什么关系？他指出："我们是大屠杀时代的产物。我们现在知道，一个人晚上可以读歌德和里尔克，可以弹巴赫和舒伯特，早上他会去奥斯维辛集中营上班。"[56] "文学和文化价值的流布不仅难以钳制极权主义；相反，有许多著名例子表明，人文学问与艺术的重镇实际上欢迎并助长了这种新的恐惧。在基督教人文主义、文艺复兴文化和古典理性主义的地盘上，暴行肆虐。我们知道，奥斯维辛集中营的设计者和管理者，有些

---

[54] Felman, "Education and Crisis, or the Vicissitudes of Teaching," in *Testimony: Crises of Witnessing in Literature, Psychoanalysis and History*, pp. 53-54.

[55] 同上书，第 54 页。

[56] 乔治·斯坦纳：《语言与沉默：论语言、文学与非人道》，李小均译，上海人民出版社，2013 年，第 3—4 页。

受过教育，阅读并将继续阅读莎士比亚或歌德。"[57]

这是一个让人无比尴尬却又无法否定的事实。这些知识应该以怎样的方式影响社会？以怎样的方式有助于人性化而不是相反。为什么堪称人文学大师的人不但没有对大屠杀暴行进行应有的抵抗，反而经常主动投怀送抱、欢迎礼赞？为什么会这样？在高雅的欧陆文化与非人化的诱惑之间存在怎样的不为人所知的纽带？

在斯坦纳看来，出现这样一种触目惊心的现象，文学研究和教学显然难辞其咎。生存于 20 世纪人道主义灾难席卷后的世界，我们不能再满足于那种温文尔雅、不痛不痒、技术圆熟却不触及人类痛感神经的学院派文学研究与教育，尤其不能在触目惊心、伤痕累累的历史事实与文化荒漠面前掉转头去，流连并迷失于"杨柳岸晓风残月"。

（本文原载《文艺研究》2020 年第 12 期）

---

[57]　斯坦纳：《语言与沉默》，第 11 页。

见证，叙事，历史

——《鼠疫》与见证文学的几个问题

引言　历史与叙事

　　黑格尔在《历史哲学》中指出："历史"一词既包括过去发生的事情，也包括对这些事情的叙述。由此他认为"历史这一名词联合了客观的和主观的两方面"。[1] 通过叙述，过去之事件被纳入一种讲述模式，得到解释和理解，获得了主观维度。依据黑格尔，我们必须假设历史与叙事乃同时发生，历史是事实与叙述在更高层次的结合。芭芭拉·赫尔斯坦恩·斯密斯（Barbara Herrnstein Smith）将叙事与历史的关系简要界定为："某人告诉另外一个人某件发生过的事情，由此构成的话语行为就是叙事。"[2] "某件发生过的事情"是客观的事实，将之告诉另一人则是叙事。叙事是发挥历史记录功能的话语行为；反过来也可以说，过去的事实经对它们的叙述而被确立为历史。由于叙述内

---

[1]　黑格尔：《历史哲学》，王造时译，上海书店出版社，2006年，第56页。

[2]　Barbara Herrnstein Smith, "Narrative Versions, Narrative Theories," in *On Narrative*, ed. N. J. Mitchell, University of Chicago Press, 1981, p.232.

在地包含了诠释，因此历史书写也必然带有诠释维度。

新历史主义的代表海登·怀特把历史的叙事性推向极致。他声称："历史是，也只能是一门艺术"，"历史只存在于书写中"。[3] 怀特的解释是，历史不等于事实的汇编："你尽可以满脑子装着各种事实，以及各种信息，但是在你把所有的东西统筹在一起，以某种叙述或者议论的方式将它们书写出来之前，这些东西都不能称为历史。"[4] 被认为属于文学艺术之本质的叙事性、虚构性，被认为是内在于历史书写的。在此视野之下，则文学和历史的关系是："当'历史'这个词意味着以他们（引者按：历史学的专业人士）所采用的研究或书写方式来研究过去的话，专业人士可能拥有'历史'。然而，专业人士并非拥有过去，在历史现实的全方位视野之下，把过去和现在整合在一起进行研究，在这个方面，他们没有专属权。事实上，以'现代'模式进行写作的文学家尤其是小说家们似乎可以更合理地使用此专属权。"[5] 如此一来，与其说历史是"科学"，不如说它更靠近文学。

从这个角度看加缪的《鼠疫》，可以认为，这部小说反映了历史与叙事之关系的深刻转变：历史必然包含文学（叙事），必然需要创造融合了真实性与叙事性的、具有历史见证意义的文学或"作为见证的文学"（literature as testimony）。文学见证大屠杀不只是为了记录，而且也为了从新的视野理解大屠杀，并通过这种理解、通过文学对大屠杀的见证（尽管《鼠疫》是虚构文学，它和大屠杀之间只存在象征和隐喻的关系），实现对历史的转化，亦即改变历史知识的性质。见证文学研究者肖珊娜·费尔曼指出："加缪确切地象征了对大屠杀的

---

[3] 海登·怀特：《叙事的虚构性：有关历史、文学和理论的论文（1957—2007）》，马丽莉、马云、孙晶姝译，南京大学出版社，2019年，第1页。

[4] 同上书，第2页。

[5] 同上书，第3页。

文学见证，以及历史与叙事之间新的、转化了的关系。"[6] 这就是说，通过塑造小说主人公里厄医生这个历史见证者兼叙事者的形象，《鼠疫》实际上是一部探讨文学、叙事、历史之间关系的小说。

一 《鼠疫》如何见证历史？

将《鼠疫》视作大屠杀的寓言已成学界共识。在为《鼠疫》中译本写的导读《关于加缪和他的〈鼠疫〉》中，林友梅写道："《鼠疫》创作思想开始酝酿的时期，是在 1940 年巴黎被德国法西斯占领以后。加缪当时已打算用寓言的形式，刻画出法西斯像鼠疫的病菌吞噬着千万人生命的'恐怖时代'，像十九世纪美国作家麦尔维尔的小说《白鲸》那样，通过一条大鲸鱼的凶恶，写出时代的灾难。"[7] "在加缪看来，当时处于法西斯专制强权统治下的法国人民——除了一部分从事抵抗运动者外——就像欧洲中世纪鼠疫流行期间一样，长期过着与外界隔绝的囚禁生活；他们在'鼠疫'城中，不但随时面临死神的威胁，而且日夜忍受着生离死别痛苦不堪的折磨。"[8] 林友梅还认为，小说中虚构的地中海海滨城市奥兰即"法国社会的一个缩影"。[9]

这样的类比式解读确有文本依据。

首先，我们可以在文本中发现将大屠杀与鼠疫相联系的忽明忽暗

---

[6] Shoshana Felman, "Camus' *The Plague*, or a Monument to Witnessing," in Shoshana Felman and Dori Laub, *Testimony: Crises of Witnessing in Literature, Psychoanalysis and History*, Chapter4, Routledge,1992, p.95.

[7] 林友梅：《关于加缪和他的〈鼠疫〉》，载阿尔贝·加缪《鼠疫》，顾方济、徐志仁译，林友梅校，上海译文出版社，1980 年，第 2 页。

[8] 同上书，第 2—3 页。

[9] 加缪：《鼠疫》，第 3 页。

的提示。比如，鼠疫苗头刚刚显露时，里厄医生"从窗口眺望这座尚未变样的城市，面对令人疑虑的未来，他所感到的还仅仅是一阵轻微的不安。他竭力回忆自己关于这种疾病所知的情况……在历史上已知的三十来次大鼠疫中，竟死了将近一亿人。可是一亿人的死亡又算得了什么？对打过仗的人来说，死人这件事已不怎么令人在意了。再说一个人的死亡只是在有旁人在场的情况下才会得到重视，因此一亿具尸体分散在漫长的历史里，仅是想象中的一缕青烟而已"。[10] "一缕青烟"让人联想到集中营焚尸炉里冒出的烟，数百万的犹太人也是在没有见证的情况下无声无息地化作青烟。

其次，从两种灾难的性质看，鼠疫与大屠杀也有相似性。费尔曼认为："鼠疫首先意味着一种大规模谋杀（mass murder），其规模如此巨大，以至于使生命的丧失被剥夺了任何悲剧的意味，把死亡减缩为无名无姓的、非人化的经历，一种统计学的抽象。"[11] 这就是说，死去的人在这里不再是每一个有名有姓的个体，不再是他们有独特价值和尊严的生命的结束，而只是人口统计数字的变化而已。而在集中营，犹太人的生命以每天上万的速度消失（奥斯维辛因此被称为"尸体的生产场"），其性质与鼠疫中的大规模死亡没有差别，他们同样不是一个个具体的个体，仅仅是一堆尸体。据此可以合理推测：小说中"疾病""一亿人""成堆地死去"等都是含有象征寓意的。

阿伦特在谈到人的必死性时曾经说过：自然界无所谓生死，也没有开始和终结，只有永恒的循环。"所有自然事物都一成不变，无休止地重复旋转"，"自然和她迫使所有生命都卷入其中的循环运动，既

---

[10]　加缪:《鼠疫》，第 36 页。

[11]　Felman, "Camus' *The Plague*, or a Monument to Witnessing,'' in *Testimony: Crises of Witnessing in Literature, Psychoanalysis and History*, pp. 97–98.

不知我们所理解的生，也不知我们所理解的死"。[12] 在阿伦特看来，生物种类意义上的人类也没有生死，只有自然意义上的循环。[13] 只有个体意义上的人才有生死，这个生死是对自然循环过程的阻断，是与人的世界性（世界性相对于自然性）有关的事件："人的生死不仅仅是一个自然事件，而且与人进入的这个世界有关——单个的人，一个独一无二、无法替代、无法重复的个体，出现在这个世界上，又离开了这个世界。"[14] 循环存在于自然，生死发生在世界（一个文化而非自然的领域）。换言之，有生死的人必须是，也只能是独特的个体（所谓"独一无二、无法替代、无法重复"）。物种意义上的人类是无所谓生死的。显然，集中营中犹太人的死不属于阿伦特意义上的每个独特个体之生命过程的结束，其性质与鼠疫中大量人口的消失没有差别。

最后，《鼠疫》中的奥兰城和集中营在空间形态上存在可比性，它们都是一个隔离、封闭、死寂的空间，其中的人心态也高度相近："……这些隔离营的存在，从那儿散发出来的人的气味，黄昏时刻高音喇叭的巨大的声响，围墙的神秘感，以及人们对这些被摒弃的地方的恐惧，这一切已成了市民们精神上的沉重负担，使得大家更加惊慌失措，忧虑不安。"[15]

但《鼠疫》采取寓言的形式、借助"鼠疫"的隐喻书写大屠杀，还有一个更深刻的理由：鼠疫和大屠杀都是"不可能"发生而又确实发生了的事件。在鼠疫征兆乍现时，人们的第一个反应是："这是不

---

[12] 汉娜·阿伦特：《人的境况》，王寅丽译，上海人民出版社，2009 年，第 70—71 页。

[13] 《庄子·养生主》："适来，夫子时也；适去，夫子顺也。安时而处顺，哀乐不能入也。"庄子就是通过这种化入自然循环的哲学来超越生死、克服死亡焦虑。

[14] 阿伦特：《人的境况》，第 71 页。

[15] 加缪：《鼠疫》，第 235 页。

可能的，大家都知道这种病在西方已经绝迹了。"[16] 换言之，奥兰城发生鼠疫是一个事实（历史）意义上"不可能"的事件，一个"没有指涉的事件"（an event without referent）。这样，鼠疫事件的历史性质与寓言性质之间就出现了紧张：一方面是小说中作为寓言的鼠疫的发生，而另一方面则是在历史事实意义上鼠疫的不可能发生。从事实层面看，《鼠疫》所写乃不可能之事，是现实的非现实（unreality）与不可信（unbelievability）。一个关键的问题于焉呈现：这样的现实为何以及如何经过小说的叙述而重新变得可能和可信？

　　"不可能发生"意味着：依据常识化认知，鼠疫不合乎人们已有的历史知识和历史理解框架，从而显得不可信："在这个问题上，市民们和大家一样，他们专为自己着想，也就是说他们都是人道主义者：不相信天灾的。天灾是由不得人的，所以有人认为它不是现实，而是一场即将消失的噩梦。"[17] 在这里，"天灾"一词与我们通常的理解有异。一般理解的"天灾"与"人祸"相对，是指非人为的、发生于人力之外的自然灾害，因此也无法进行反思和追责。面对天灾，人类只能祈祷。但鼠疫的情况稍有不同。作为法西斯主义的隐喻，鼠疫当然属于人祸。它之所以被当地市民归入"天灾"乃是因为：它是作为人们的常识认知框架之外的"不可能"之事而发生的。"天灾"在此意味着不可理喻、无法理解。由于人的狂妄自大、盲目自信，致使鼠疫/大屠杀被归于"不现实"的"噩梦"。然而，噩梦不但现实地发生了，而且在其一个个出现的过程中，倒是人自己消失了。正因为这样，在叙述者看来，这里的市民所犯的过错："只不过是他们忘了应该虚心一些罢了，他们以为自己对付任何事情都有办法，这就意味着他们以为天灾不可能发生。"[18]

[16] 加缪:《鼠疫》，第 34 页。

[17] 同上书，第 35 页。

[18] 同上书，第 35—36 页。

　　绝妙的是：在那些相信进步主义历史、对人性抱有盲目乐观的人看来，大屠杀也是不可能、不可信的，它也不存在于人们的知识或信仰框架内，因此令人无法相信。与《鼠疫》中的受害者一样，大屠杀的受害者，包括犹太人，开始时都不相信有关纳粹"最终解决"的信息。很多犹太人不但在其被驱赶的初期，而且即使在被遣送到集中营后，仍然不相信等待他们的是被集体灭绝的命运，是毒气室与焚尸炉。[19]这样，《鼠疫》中的受害者与大屠杀的受害者都被束缚于常识历史认知层面，都不相信他们遭遇的灾难之真实性。更为可怕的是：这种拒绝相信还与大屠杀结束后人们的迅速遗忘甚或不相信它曾经发生过遥相呼应——一如瘟疫结束后小镇的人们拒绝相信发生过瘟疫（详见注 19）。

　　但悖谬的是——如费尔曼指出的——"通过作为历史性事实（historical actuality）与指涉性可能（referential possibility）的事件的消失，事件反而又历史地发生了（historically occurs）。仿佛正是在其字面意思（引者按：鼠疫已经从西方世界消失）的消失处（vanishing point of its literality），事件的历史特殊性（historical particularity）在其发生前后被建构出来了。"[20]

　　显然，要理解这段看起来悖谬的话，必须明白这里的两个"历史"具有不同含义：一个是"现存文化框架"中被整合的"历史"，其含义接近前面说的"事实性、指涉性的历史""字面意义的历史"。这个"历史"不能解释大屠杀事件，毋宁说，在它的指涉框架与理解模

---

[19]　维赛尔在他的著名见证作品《夜》中写过：在奥地利的小镇赛加特，当地人对于越来越明显的反犹主义迹象视而不见，即使在助理牧师毛什亲身经历了一次屠杀过程、侥幸逃回镇上告诉人们大屠杀消息的情况下，人们仍然无动于衷，认为他在撒谎骗人。参见埃利·维赛尔：《夜》第一章、第二章，王晓秦译，吉林文史出版社，2007 年。

[20]　Felman, "Camus' *The Plague*, or a Monument to Witnessing," in *Testimony: Crises of Witnessing in Literature, Psychoanalysis and History*, p. 104.

式内，大屠杀是无法理解的、不可能的，因此当然也无法被叙述和见证。其次，在上述受制于既有概念框架的"历史"的消失处，出现了作为大屠杀的历史（history as Holocaust）。瘟疫／大屠杀事件的发生，超越了我们称之为"历史"的观念框架，挑战了这个框架，嘲讽了这个框架。它以不属于、无法同化于现存文化参考／叙述框架中的"历史"的方式发生了。

正是在现有的历史概念和历史书写模式的失败处，《鼠疫》以文学见证方式见证了（大屠杀的）历史。这对我们理解《鼠疫》至关重要。正如费尔曼指出的，"正因为作为大屠杀的历史产生于想象的失败，它才需要瘟疫作为想象的媒介（imaginative medium），以洞识其历史的现实性（historical reality），洞识其无法想象的历史性（historicity of unimaginability）"。[21]"无法想象"或"想象的失败"乃是就既有的历史概念框架而言，这个"无法想象"的特殊历史，正是《鼠疫》要见证的作为大屠杀的历史。它要通过文学方式被建构出来。这样的文学乃是"作为见证之突破的文学"（literature as testimonial breakthrough）。

《鼠疫》中的朗贝尔和里厄就是两种见证的代表：前者作为一个记者，其见证乃属记者的见证，第一个意义上的历史见证，指称性的见证；而里厄的见证是文学见证，也是真正的历史见证（见证"作为大屠杀的历史"）。费尔曼指出："……加缪本人的见证，作为记者的见证的反面，不能只单纯地是指涉性的，要想成为真正历史的（to be truly historical），它必须是文学性的。如果从想象力的失败中产生了作为大屠杀的历史，那么，这个失败正好就是源于证人不能想象自己已经全然卷入了这场大诅咒。而加缪自己的文学见证，则必须把见证

---

[21] Felman, "Camus' *The Plague*, or a Monument to Witnessing," in *Testimony: Crises of Witnessing in Literature, Psychoanalysis and History*, p. 105.

从想象力的历史性失败中解放出来。"[22]无法或不能见证这种大屠杀的历史，实际上促进了大屠杀，是使大屠杀成为可能的因素之一。如果人们的思维被既有历史框架局限，就无法想象大屠杀，也不能相信大屠杀，正是这种不能想象和不相信，使得人们即使在大屠杀已经发生的情况下也自欺欺人地心存侥幸，被动等待，从而在相当程度上促使了大屠杀的发生。

如此说来，对大屠杀的文学见证，具有改造历史认知的重大意义。我们说加缪代表了叙事与历史之关系的转变，正是此意。"历史必然需要行动中的介入文学，需要创造一种新的作为见证的叙事的形式（new form of *narrative as testimony*），这种作为见证的叙事不仅是记录，而且是重思，并在其重思的行为中，通过为大屠杀做文学见证而实质性地改造历史。"[23]

不能想象大屠杀的那种历史概念和历史理解方式，是抽象的、意识形态化的、统计学的历史。在这种历史记录里，只有统计数字意义上的尸体数量，而没有个体具体的死亡。与之相反，作为文学见证，《鼠疫》是一种"肉身化的历史见证"（historical witness in the flesh）。文学艺术通过这种具体的、肉身化的见证，通过一个个不可化约的生命的遭遇，戳穿被意识形态美化的杀戮和暴力的虚假性（比如"优化人种"、清除人类机体中的"害虫""细菌"，等等）。加缪《自由的证人》写道："在我们的文明中，谋杀与暴力已经成为机构化过程中的教条，在迫害者取得象征管理者的权力的地方，艺术家的职责是做'自由的证人'（freedom's witness），因为他不是见证（大写的）法则，

[22]　Felman, "Camus' *The Plague*, or a Monument to Witnessing," in *Testimony: Crises of Witnessing in Literature, Psychoanalysis and History*, p. 108.

[23]　同上书，第95页。

而是见证身体（testifies not to Law, but to the body）。"[24] 艺术作品的存在否定了意识形态的霸权。

意识形态是一种理论。关于理论，加缪《自由的证人》说："当一个人想要以理论之名统一世界的时候，唯一的办法就是把这个世界弄得像理论一样不复形骸、目盲耳聋。"[25] 抽象理论使世界、人都变得抽象化，不再具备生动、鲜活、具体的形态，世界和人于是都失去了本身的本体价值，成为某种"理论""意识形态"统治世界、统治人的材料、工具（螺丝钉）。文学艺术的见证，其作用就是通过见证具体的身体揭穿理论和意识形态的谎言和神话。

费尔曼认为：作为身体而不是法则的见证者，艺术家在历史中的角色，"与其说是见证真理（一种理论），不如说是见证自由——身体的差异（the body's difference），身体之于理论的他性（the body's otherness to theory），身体对理论的物理反抗（the body's physical resistance to theory）"。[26] 见证不是一种被动行为，而是实际参与抵抗的积极行动。他还引用加缪自己的话说："说到底，不是战斗使我们成为艺术家，而是艺术使我们成为战士。通过这种功能，艺术家是自由的见证人。真正的艺术家见证的不是法则，而是身体。"[27] 这样，"《鼠疫》的文学见证提供了其具有血肉之躯的历史的目击见证（historical eyewitnessing in the flesh）"。

正是从这种突破了意识形态的身体化见证中能够获得真正的知识。里厄等目击证人的亲眼所见令人惊骇，但这惊骇会带来认知的突破。身体化见证所传达的知识是关于受伤害的第一手的、身体化的亲

[24] Felman, "Camus' *The Plague*, or a Monument to Witnessing," in *Testimony: Crises of Witnessing in Literature, Psychoanalysis and History*, p. 108.

[25] 同上。

[26] 同上书，第108—109页。重点标志为原文所有。

[27] 同上书，第109页。

历知识，不是抽象的统计学知识，也不是意识形态教条或道听途说的小道消息。比如"成为疫区人"（不管他／她出生于何处、来自何处）到底意味着什么？"疫区人"到底是一种什么样的身份？"历史关乎每个人""疫情与每个人相关"，"无所不包的诅咒"等，又意味着什么？这些知识都必须来自见证者（同时也是受害者）亲身经历的鲜活记忆（小说中关于塔鲁的死亡过程写得非常详细，极具震撼力）。这些知识、这些记忆，都必须身处疫区、成为疫区人才能获取。

二　"无所不包的诅咒"与命运共同体

"无所不包的诅咒"（total condemnation，或译"全面诅咒""总体性诅咒"）是小说提出的一个重要命题。小说是通过朗贝尔这个人物阐释这个命题的。

朗贝尔本是一个偶然来到奥兰城的法国旅游者。鼠疫刚发生时，他一心想离开奥兰城回法国（他的女朋友在那里等他）。他找到里厄医生，希望他出具一个健康证明以便获得当局的放行许可证。这个时候的他以为自己是与灾难无关的"外人"。但里厄告诉他：城里的所有人都不是"外人"，这次灾难是一个"无所不包的诅咒"，无人能够置身其外。后来，朗贝尔的思想发生了变化。他认同了里厄的看法并放弃了逃回法国的打算。他说："我一直认为我是外地人，我跟你们毫无关系。但是现在我见到了我见到的事，我懂得，不管我愿意或者不愿意，我是这城里的人了。这件事跟我们大家都有关。"[28] 他还认识

---

[28]　加缪：《鼠疫》，第 198 页。

到："要是只顾一个人自己的幸福，那就会感到羞耻。"[29] 这会让他瞧不起自己，会觉得自己不配得到女友的爱。于是他自愿留下加入医疗志愿队，与鼠疫战斗，出生入死，"经死而生"，成为这种特殊生命经历的见证人。

说"无所不包的诅咒"是一个重要命题，是因为它通过鼠疫这个隐喻一语道破了极权主义——大屠杀正是极权主义施行的极端暴行——的本质。鼠疫作为一种瘟疫，其本质是与人为敌：它把所有人一网打尽，全人类都是它传染、侵袭、毁灭的对象。正因为如此，它是全人类而不仅仅是某些种族、性别、阶级等特殊群体的敌人。也正因为如此，它使奥兰城人（隐喻整个人类）成为一个命运共同体，因为他们全部处于"无所不包的诅咒"之下，必须精诚团结抗击这全人类的公敌。这是一个基于人的共同命运的共同体；而极权主义，无论是作为文化、意识形态还是制度，其本质恰好也是与人为敌，是对全人类的诅咒（因此才被归入"人道主义灾难"而不是国家间的战争或不同政治派别之间的斗争与迫害）。一个人不管他拥有什么国籍、性别、种族，也不管他属于什么团体、派别，只要他想做一个自由的、有尊严的人，必然成为极权主义的敌人。

1986 年 12 月 10 日，大屠杀幸存者、著名见证文学作家维赛尔在接受诺贝尔和平奖时的发言一语道破极权主义的这种"无所不包之诅咒"的本质：

> 当人类的生命受到威胁时，当人类的尊严受到践踏时，国界就无关宏旨，我们不能因为事情敏感（引者按：此处"敏感"应该是指涉及所谓"国家内政"）而有所退缩。每当有男人和女

[29] 加缪：《鼠疫》，第 198 页。

人因种族、宗教和政治歧见而受到迫害时，那个地区、那一时点——就应该成为全世界关注的焦点。

……

世界上有多少非正义和苦难在呼唤，要求我们关注：饥寒交迫、种族主义、政治迫害——比如智利，又比如埃塞俄比亚——在左派分子或右派分子掌权的许多国家里，关押着许多作家、诗人和囚徒。

……

只要有一个持不同政见者还关在监狱里，我们的自由就不是真正的自由；只要有一个孩子还在忍饥挨饿，我们的生活就有痛苦和耻辱。那些受苦受难的人最需要知道的是：他们并不孤独，我们没有忘记他们。他们的声音遭到压抑，我们会把自己的喉舌借给他们。他们的自由有赖于我们，我们在多大程度上取得自由也有赖于他们。[30]

《鼠疫》的深刻处在于：通过朗贝尔从"我不是此地人"到"我已经变成本地人""这（抗疫）是 每个人的切身之事"的转变，见证了历史是如何变得与我们所有人相关的。朗贝尔从生活而不是从意识形态教条中领悟了这一切，他在奥兰城亲身经历的一切教育了他。朗贝尔的这个经历，不妨称之为在见证中学会做人，学会做人的过程同时也是见证的过程。

朗贝尔的经历告诉我们，无论是证人身份还是见证行为，都不是某些人固有的或给定的。朗贝尔的转变形象而深刻地表明了为什么鼠疫是一个"无所不包的诅咒"，更说明在这样的诅咒之下人类有了新

---

[30]　维赛尔：《夜》，第163—165页。

的归属方式和标准，这就是对鼠疫／极权主义的态度。它突破了传统的归属概念和标准，超越了死者与生者的分隔，人类必须精诚团结、结为一体，作为真正的命运共同体、通过共同抗击瘟疫而到达"无所不包之诅咒的对岸（other side of the total condemnation）"。[31] 冒着死亡、成为受害者的威胁，加入对抗鼠疫／极权主义的队伍，为了见证而生还，为了生还而见证。只有生还并见证，才能在"全面诅咒"的另一边再生。由于与生还息息相关，选择见证就不只是一种语言立场、叙事立场，而且也是一种伦理立场和道德选择。维赛尔写道："受诅咒者被人类摒弃……但坚持求生——不仅为了活着，而且为了见证。受害者选择成为证人。"[32] 另一位奥斯维辛幸存者、著名见证作家普里莫·莱维在《这就是奥斯维辛：1945—1986 年的证据》中这样阐释其必须做证的理由："忘却是不容许的，沉默是不容许的。如果我们都沉默了，那谁站出来说话？当然不是那些罪人和他们的同伙。倘若没有我们的证据，当初纳粹分子的残暴兽行，由于它们本身的异乎寻常，在不远的将来就会被弃置在传说之中了。因此，需要站出来说话。"[33] 这里涉及大屠杀的独一无二、骇人听闻的性质（就像鼠疫一样被认为是"不可能之事"），以及由此导致的结果：它很难得到人们的理解，能够使其不至于变成无人相信的"传说"的，只有亲历者的不懈讲述。这是只有亲历者才能做的事情，也是幸存者的责任："这是对那些一去不复返的囚友们的一种责任，也是一种使命，它赋予我

---

[31]　转引自 Felman, "Camus' *The Plague*, or a Monument to Witnessing," in *Testimony: Crises of Witnessing in Literature, Psychoanalysis and History*, p. 117。

[32]　同上。

[33]　普里莫·莱维、莱昂纳多·德·贝内代蒂：《这就是奥斯维辛：1945—1986 年的证据》，沈萼梅译，中信出版社，2017 年，第 73—74 页。

们的幸存以某种意义。"[34]他们独一无二的经历赋予他们独一无二的使命和责任。大屠杀幸存者的独特人生经历使得他们"懂得了某些关于'人'的含义，那是我们觉得有必要传播的含义"。[35]《这就是奥斯维辛》一书的编者指出，莱维这里想强调的是：从集中营幸存下来的人"似乎掌握着一种在别人看来几近隐秘的真相，因此就得由他们来把集中营当作揭露的对象。的确如此，唯有他们才能够对衡量人的本性的一种重要尺度体验到极致"。[36]

　　从加缪的《既不是加害者也不是受害者》一文中可知，加缪的理想当然是既不做加害者，也不做受害者，但是在当代历史的极端境遇——要么成为受害者要么成为加害者——中，加缪宁愿选择成为受害者。

三　见证资格、见证立场与见证时代

　　由于见证的资格必须基于亲历，所以小说中的朗贝尔因选择留下、选择成为受害者而获得了证人身份和见证资格。但最有见证资格的却是里厄医生。在小说的最后，里厄摇身一变而成为叙述人：

　　　　这篇叙事到此行将结束。现在正是里厄医生承认自己是这本书的作者的时候了。但在记载这部历史的最后的一些事件之

---

[34]　莱维、德·贝内代蒂:《这就是奥斯维辛》，第179页。

[35]　同上。

[36]　法比奥·莱维、多梅尼科·斯卡尔纳:《一位证人和真相》(附录之二)，载莱维、德·贝内代蒂《这就是奥斯维辛》，第277页。

前，他至少想说明一下他写这部作品的理由，希望大家知道他是坚持以客观见证人的态度来记录的。[37]

里厄首先将自己的叙事者身份亮明，同时亮出自己的见证资格：里厄之所以有见证的资格，是因为"他的职业使他有机会接触到该城的大部分居民和理解他们的心情。因此他完全有资格来叙述他的所见所闻"。[38] 见证的资格在于亲历，在于身体的在场和目击。这个观点和维赛尔高度一致。维赛尔在《上帝的孤独》("The Loneliness of God")中写道："如果任何他人能写我的故事，我就不会写下这些故事。我的写作乃是为了做见证。这是我孤独的起源，它在我的每一个句子、每一个沉默之间流露出来。"[39] 见证具有不可替代性，必须由证人自己做，不得委托他人（见证者因此而陷入孤独，即无人可以替代自己）。

费尔曼则把见证视作一个奇特的委任（appointment）。作为一个被任命者（witness-appointee），证人不能通过再次委任他人寻求替代，借此推卸自己的见证责任。在她看来，"由于见证一旦经由他人转达、重述或报道，就必然失去其作为见证的功用。因此，证人尽管与其他证人互通信息、相互联系，但每一个证人的负担都是绝对独特的、无法与其他人交换的、孤独的负担"，"做见证即意味着承担责任所带来的孤寂，以及孤寂所带来的责任"。[40]

---

[37] 加缪：《鼠疫》，第 295 页。

[38] 同上。

[39] 参见 Shoshana Felman, "Education and Crisis, or the Vicissitudes of Teaching," in Shoshana Felman and Laub, *Testimony: Crises of Witnessing in Literature, Psychoanalysis and History*, Chapter 1, p. 3.

[40] 同上。重点标志为原文所有。

里厄接着交代：自己记载这部历史时秉承的是"客观见证人"的态度：见证必须客观、真实、谨慎。"他在从事这项工作的时候，想保持一种恰如其分的谨慎态度。总的说来，他竭力避免叙述那些他自己没有亲眼看见的事情，他竭力避免把一些无中生有的想法强加在他的那些鼠疫时期的伙伴们的身上，他总是以那些偶然地或者由于发生了不幸的事件而落到他手里的资料来作为依据的。"[41]

这种态度再一次与普里莫·莱维的见证观呈现高度的一致性。在他的第二部自传作品《再度觉醒》[42]中，附了莱维的"答读者问"作为"后记"，他在其中写道："在描述奥斯维辛的悲惨世界时，我有意运用见证者那冷静和清醒的语言，而不是受害者那悲恸的语气或寻求报复者那激怒的口吻。我认为，我的讲述越客观、越冷静、越清醒，就会越可信、越有用。只有通过这种方式，一个见证者才能在司法程序中履行他的职责，从而为公正的判决打下基础。而法官正是我的读者们。"[43] 在回答安东尼·鲁道夫的问题"你作品中平静、理性的语调是一种文学策略，抑或是一种个人风格"时，莱维回答，"它根本不是一种策略，它就是我，是我的生活方式"，并解释说，"我不倾向于愤怒或者复仇""我强烈不赞成那些歇斯底里的关于大屠杀的书——它的语调就是一种罪行"。[44] 莱维自觉地把见证书写区别于饱含情绪的受害者控诉或报复者宣言，为的是保持自己作为见证人的客观和理性，拒绝见证书写中的情感宣泄。不仅如此，莱维还把自己区别于

---

[41]　加缪:《鼠疫》，第 295 页。重点标志为引者所加。

[42]　此书的意大利版原标题为 *La treyua,* 英国出版的英译版译作 *The Truce*（意为休战时刻，战后余生，劫后余生），而美国出版的英译版译作 *The Reawakening*（意为再度觉醒）。

[43]　普里莫·莱维:《再度觉醒》，杨晨光译，外语教学与研究出版社，2016 年，第 225 页。

[44]　普里莫·莱维:《记忆之声：莱维访谈录，1961—1987》，索马里译，中信出版社，2019 年，第 34 页。

历史学家。在回答"为什么你只讨论德国集中营，而不谈及苏联集中营"这个问题时，他说：作为一位证人，"我只能见证我亲身经历和目睹的事情"。历史学家可以通过引用资料谈论大量他没有经历的事件，这是允许的，也是不可避免的。但是他坦言，"我的书不是历史书籍"，"我严格地将自己限制于只报道我亲身经历的事情，而摒除我之后从书籍或报纸上读到的故事"。[45] 举例而言，他没有写集中营的毒气室和焚尸炉，因为他在集中营时没有亲身经历这些。尽管他后来从其他渠道了解到了毒气室和焚尸炉，也仍然坚持不写。这和历史学家不同。历史学家可以而且必须大量使用非亲历材料。这就是见证书写与历史书写的根本区别。莱维的这种科学的求真精神可能与他从小喜欢化学有关。[46] 而里厄作为医生，秉持的也是这样一种精神。

但客观和忠实并不意味着见证叙述者没有自己的道德立场。一方面，见证叙述者必须保持谨慎、客观的态度，拒绝虚构和滥情；但同时，根据他正直的良心，他必须"有意识地站在受害者的一边"。他跟同城的人们"爱在一起，吃苦在一起，放逐在一起。因此，他分担了他们的一切忧思，而且他们的境遇就是他的境遇"。[47] 既独立又参与，既保持谨慎又拒绝无动于衷。里厄和其他受害者的命运是一致的，他们同生死、共患难。这是一个建立在共同命运、共同信念基础上的命运共同体（因此，那个在疫情期间借机发财的科塔尔不属于这

---

[45] 莱维：《再度觉醒》，第 237 页。

[46] 莱维自己说：如果没有"二战"，他将成为一个化学家。他还说到，他具有化学家和作家的两个身份、两个灵魂，而且"身为一个化学家和身为一个作家之间并没有任何不相容之处：事实上，它们能够相互强化"。从集中营获得自由后，莱维一开始在一家化学厂当化学家，后接受这家工厂的经理职务。他说自己的语言风格犹如"工厂里常见的每周海报的形式：它必须非常准确精练，用一种让工业系统中不同层级的所有人都能理解的语言"。莱维：《记忆之声》，第 22 页。

[47] 加缪：《鼠疫》，第 295 页。

个共同体，尽管他也身在疫区）。个人立场和共同体立场在此达到了高度统一。

里厄具有多种身份：既是医生，也是证人，还是叙事者，是见证历史的"历史学家"。医生是与受害者，特别是受害者的身体打交道的人，医生身份自然地象征了对历史最具洞察力的身体见证（body-witnessing）；同时，医生的责任是救死扶伤，他的见证必然同时伴随对瘟疫的抗争，对生命的维护；而作为一个叙述者和历史学家，其职责是站在客观理性的立场叙述历史、见证历史和保存记忆。这里特别要强调的是保存记忆。小说写到最后时，鼠疫刚刚过去，但奥兰城的市民已经沉浸在遗忘性欢庆之中：

> 从黑沉沉的港口那儿升起了市政府放的第一批礼花。全城发出了一片长时间的低沉的欢呼声。所有那些曾经被里厄爱过而现在已经离开了他的人们，如科塔尔、塔鲁、医生自己的妻子，所有这些人，有的去世，有的犯罪，现在全都被遗忘了。……人们还是跟以前一个样。[48]

> 里厄倾听着城中震天的欢呼声，心中却沉思着：威胁着欢乐的东西始终存在，因为这些兴高采烈的人群所看不到的东西，他却一目了然。他知道，人们能够在书中看到这些话：鼠疫杆菌永远不死不灭，它能沉睡在家具和衣服中历时几十年，它能在房间、地窖、皮箱、手帕和废纸堆中耐心地潜伏守候，也许有朝一日，人们又遭厄运，或是再来上一次教训，瘟神会再度发动它的鼠群，驱使它们选中某一座幸福的城市作为它们的葬身之地。[49]

---

[48]　加缪：《鼠疫》，第 302 页。科塔尔是小说中发灾难财的投机商人，在小说的最后他发疯了并向人群射击。塔鲁是一个外地来的记者，死于瘟疫。里厄的妻子也死于瘟疫。

[49]　同上书，第 303 页。

　　这是一段具有高度寓言性的议论，其中的"不死不灭"的"鼠疫杆菌"可以解读为根植于人类文化和人性中、蛰伏于人们的日常生活中的极权主义因子。正如莱维在《这就是奥斯维辛》中深刻指出的：法西斯主义是赞美不平等和滥用权力，并将之合法化的体制与意识形态，"那些在理论和实践中否定所有人之间的平等的基本权利的一切制度，全都是法西斯主义"。[50] 否定平等权利与强求一律、消灭差异两个特点本质上是一致的。"平等权利"本质上是坚持和发展差异、多元的权利，因此它和追求一致无法相容。极权主义体制的核心就是"特权的合法化，不平等和不自由的合法化"。[51] 这个意义上的极权主义／法西斯主义并不局限于大屠杀，它具有普遍性。莱维把集中营界定为一种"独一无二的体制"，"在那里主宰一切的就是对异族人的仇恨、偏执和鄙视"。[52] "异族人"又被莱维称为"外国人"，其含义与我们通常说的有所不同。在莱维看来："凡是从语言、宗教、外貌、习俗和思想等方面感觉到与自己不同的人，就都是外国人。"[53] 可见，"外国人""外族"并非限于特定种族与特定国家。它的含义更为广泛，包含了身体和文化（语言、宗教、习俗和思想等）方面与自己不同的人。这是一个包括了文化乃至生物维度的广义的"外国人"概念。"异族人"或"外国人"可以理解为所有"有异于我者"。这个界定极为重要，它意味着集中营不是一个只适用于德国纳粹主义的分析概念，而是一个适用于分析任何类型之极权主义的概念：不同国家的极权主义尽管存在差异，但是它们的本质是一致的，在那里必然都存在用来消灭差异性和多元性的"集中营"（尽管不一定叫"集中营"）（实际上即

---

[50]　莱维、德·贝内代蒂：《这就是奥斯维辛》，第 180 页。

[51]　同上书，第 182 页。

[52]　普里莫·莱维：《集中营的欧洲》，载莱维、德·贝内代蒂《这就是奥斯维辛》，第 173 页。

[53]　同上。

使是纳粹集中营，也并非仅为灭绝犹太人而设）。[54]

里厄见证了群众如何迅速忘记作为鼠疫／大屠杀／极权主义的灾难，于是做出了一个历史性决定："撰写他的编年史"，为这次瘟疫做见证，以便从遗忘性的死亡中挽救幸存的证据，以及幸存之代价的证据与知识。"医生的见证立场在生命和死亡之间，过去和未来之间调节着，它实际上包括／吸收了群众尚未掌握的进一步的知识，这就是：幸存的代价（the *cost* of survival）并没有一次付清，而是必须再度偿付；历史可能再度索求这样一种见证的代价；幸存的经历绝不能保证未来的免疫。"[55]

里厄的决定既是一个艺术的决定，同时也是一个政治的决定。里厄作为见证者不但有艺术的责任，而且有伦理和政治的责任。20 世纪是一个充满了灾难的世纪，也是最应该铭记灾难的世纪（但是很遗憾，20 世纪实际上却是一个遗忘的世纪），这个时代的最高文学形式、最有代表性的文学形式，正是见证文学。正如维赛尔在《作为文学灵感的大屠杀》中说的："如果说希腊人创造了悲剧，罗马人创造了书信体，文艺复兴时期创造了十四行诗，那么，我们的时代创造了一种新的文学——见证文学（literature of testimony）。我们都曾身为目击证人，而我们觉得必须为未来做见证。"[56]

《鼠疫》的结尾宣布了一种新的觉醒意识，一种见证时代的新伦理与政治律令：这个时代的写作与阅读的使命，在于见证文化

---

[54] 1933 年，希特勒受命建立新政府的几个月后，就兴建了 50 多个集中营，到了 1939 年，集中营数以百计。估计这个时期的受害者达 30 万，其中除了犹太人，绝大多数是德国共产党人和社会民主党人。

[55] Felman, "Camus' *The Plague*, or a Monument to Witnessing," in *Testimony: Crises of Witnessing in Literature, Psychoanalysis and History*, p. 112.

[56] Elie Wiesel, "The Holocaust as Literary Inspiration," in *Dimensions of the Holocaust*, Northwestern University Press, 1977, p. 9.

衰败所造成的难以想象的灾难。见证文学"不是休闲艺术（art of leisure），而是危急艺术（art of urgency），它不仅是及时存在的纪念仪式，而且是艺术的应诺（promissory note），是尝试将'意识的落后'（backwardness）提升到激流事件（precipitant event）的层次。这样，见证文学不能只是陈述（因为陈述总是后于事件），而是意识与历史之间的行动参与（performative *engagement*），是一体化的文字藩篱与溃决的事件冲击之间的重新调适的艰巨努力（struggling act of readjustment between integrative scope of words and unintegrated impact of events）"。[57] 不仅要通过叙述见证灾难，而且要以之为参与方式，以大屠杀的新经验突破陈旧老套的语言和叙述陈规，创造出我们时代特有的见证文学。这种持续的参与促使艺术家把词语、书写、叙事转化为事件，转化为一种行动。加缪称这样的写作为"危险地创造"："受尊敬的大师的时代、胸带山茶花的艺术家的时代，坐在安乐椅中的天才的时代业已结束。在今天，创造意味着危险地创造，任何出版都是一种行动，整个行动把自己暴露在什么都不原谅的时代的激情（the passions of an age that forgives nothing）面前。"[58] 费尔曼则将这样的书写称之为"指涉的义务"："当代艺术之所以是见证性的，乃因为它背负着指涉的债务（referential debt），因为它对于历史灾难与死难者的永久义务（constant obligation）"，"见证的时代是转承书写债务的时代（the age of transferal of a writing debt）"。[59]

　　对于这"危险地创造"和"写作债务"，大屠杀幸存者、诺贝尔和

---

[57]　Felman, "Camus' The Plague, or a Monument to Witnessing," in *Testimony: Crises of Witnessing in Literature, Psychoanalysis and History*, p. 114.

[58]　Camus, "Create dangerously," Lecture given at the University of Uppsala in Dec.1957, in *Resistance, Rebellion, and Death*, trans. Justin O'Brien, Knopf, 1961, p. 251.

[59]　Felman, "Camus' The Plague, or a Monument to Witnessing," in *Testimony: Crises of Witnessing in Literature, Psychoanalysis and History*, p. 115.

平奖获得者维赛尔在《我为什么要书写》（"Why I write"）中做出了最好的阐释。作为大屠杀的幸存者，他对于见证大屠杀经常心存疑虑：我为什么要见证（大屠杀）？为什么要再去回首那不堪记忆的过去？

> 我听见内心告诉我：不要再去悲悼过去。我也想去歌颂爱及其魅力。……我也想大声叫道："听着，听好了，我也有胜利的能力（be capable of victory），听到没有？我也能快乐地欢笑。"我想昂首挺胸大步向前，面无防御，而不必指向地平线那边的灰烬……我多想这样喊，但是我的喊声转化为呜咽。我必须做出抉择，我必须保持忠实。……这些情绪感染了所有的幸存者：他们不欠任何人的，但对死者却亏欠所有一切。
>
> 我的根，我的记忆，无不是死者的恩惠遗赠，我有义务做他们的使者，传述他们被灭绝的历史，即使这样做会扰乱心绪，带来痛苦。不这样做就是对他们的背叛。
>
> 我看着他们，所有那些孩子，那些老人。我从来没有停止看他们。我属于他们。
>
> 但是他们又属于谁呢？[60]

维赛尔在看着那些死难者的同时，死难者也在看着他：我们不能就这样白白死了，为了我们，请见证吧。除了给死难者一个交代之外，见证的责任还指向未来。在《夜》的序言中，维赛尔再次申述："目击者必须挺身而出做见证人，为了今天的年轻人，为了明天即将出生的孩子，他不想让自己的过去成为他们的未来。"[61] 对于提供证据

---

[60]　Ellie Wiesel, "Why I Write?" in *Confronting the Holocaust*, eds. Alvin Rosenfeld and Irving Greenberg, Indiana University Press, 1978, pp. 202–203.

[61]　维赛尔:《夜》, 第20页。

的幸存者来说，为死者和生者提供历史见证是一种责任。他没有权力剥夺后代人了解过去的权利，它属于我们的集体记忆。忘记过去的受难者无异于对他们的二次戕杀。

结　语　沉默之债

同样是在《夜》的"序言"中，维赛尔指出了言语的无力以及沉默的重要性："我坚信这段历史迟早会受到公正的审判，我必须出面做证。我知道自己有许多话要说，却苦于找不到恰当的字眼。……语言成了一种障碍，我只能望洋兴叹，显然需要发明一种新的语言。但是，怎样才能让受到敌人亵渎和曲解的语言恢复活力并加以改造？饥饿—焦渴—恐惧—押送—大挑—焚烧—烟囱，这些词都有自身的意思，但在那个时代，它们全都另有所指。"[62]

这个沉默不是放弃写作或放弃见证（正如阿多诺的"奥斯维辛之后写诗是不可能的""奥斯维辛之后写诗是野蛮的"的意思不是真的希望人们彻底放弃写诗，参见本书《奥斯维辛之后的诗》一文），而是提醒和告诫人们：法西斯分子已经极大地毒化了西方特别是德国的语言与文化，绝不能再不加批判、不加清洗就沿用原先的语言和表达模式，否则就不如保持沉默。"我相信沉默是金，沉默可以掩盖言辞，并超越言辞。……虽然我做了种种尝试，想要讲出难以言传的事情，却依然不够理想。"[63] 见证书写因此必须意识到书写的局限，必须对不可言说的一切保持敬畏。借用费尔曼的话说，在见证时代，"书

---

[62]　维赛尔:《夜》，第 11 页。

[63]　同上书，第 13 页。

写的债务"不仅包括言说之债（a debt of words），更包括沉默之债（a debt of silence）。[64] 所谓"沉默之债"，我对其含义的解读是：书写大屠杀这样的灾难时，务必心存敬畏，意识到语言表达的限度，戒除夸夸其谈，信口开河，添油加醋，廉价煽情，对于大屠杀的不可言说性保持必要的沉默。布朗肖（Maurice Blanchot）在《灾难写作》（中译本作《异灾的书写》）中说："在这样的时代，如何可能接受不去知晓（how is it possible to accept not to know）？我们阅读奥斯维辛的书，奥斯维辛的每个人的最后誓言是：务必了解发生了什么，永不遗忘，与此同时：你将永远无法了解（you will never know）。"[65] 大屠杀最深处的黑暗（比如焚尸炉）是无法了解也无法见证的（最能够见证的人都死了）。

"真相永远比关于它的叙述更为残暴与悲惨。"我们应该永远记得勒文塔尔（Lewental）在被扔进焚尸炉前藏在炉边的这句话。[66]

（原载《文艺理论研究》2021 年第 2 期）

---

[64] Felman, "Camus' *The Plague*, or a Monument to Witnessing," in *Testimony: Crises of Witnessing in Literature, Psychoanalysis and History*, p.116.

[65] 转引自 Felman, "Camus' *The Plague*, or a Monument to Witnessing," in *Testimony: Crises of Witnessing in Literature, Psychoanalysis and History*, p.116.

[66] 同上。

见证的危机及其超越

——纪录片《浩劫》的见证艺术 [1]

　　《浩劫》(*Shoah*) 是著名导演、历史学家朗兹曼耗时十多年的呕心沥血之作，基本内容由他在 1974—1985 年间对大屠杀目击证人的访谈 (见证／证词) 组成。朗兹曼让他们来到镜头前现场做证。在见证文学研究权威肖珊娜·费尔曼看来，这部长达 9 小时的纪录片对于大屠杀的独特重现，"彻底动摇了我们对于大屠杀的认识，同时也改变了我们对现实本身的看法，我们对世界、文化和历史的认识，也改变了对我们生活在这样的世界、文化和历史中意味着什么的认识"。[2]

一　见证的必要性和意义

　　大屠杀幸存者、诺贝尔和平奖获得者、著名见证文学作家埃利·维赛尔在其《上帝的孤独》("The Loneliness of God") 中指出，幸存者见

---

[1] 本文编译自 Shoshana Felman, "The Return of the Voice: Claude Lanzmann's *Shoah*," in Shoshana Felman and Dori Laub, *Testimony: Crises of Witnessing in Literature, Psychoanalysis and History,* Chapter 7, Routledge, 1992。

[2] 同上书，第 205 页。

证的必要性和意义在于无人能够替代自己做证："如果有人可以为我代言，我便不会写下我的故事，我以我的故事作为见证，以我自己作为证人，三缄其口或讲另一个故事，都是做伪证。"[3] 见证的不可替代性来自证人的不可替代性，来自证人的观看是绝对属己的观看。这样的证人又被称为"视觉证人"（visual witness）。在西方哲学、法律和认识论传统中，见证必须基于亲眼目击（first-hand seeing），必须是目击见证（eyewitness testimony）。在法庭上，这样的证词才具有权威性。

由于做证就是对真理/真相负责，所以做证者要在法庭上发誓。面对法官、听众、历史和读者，做证的目的、价值和意义不仅是报道一个事实或事件，或讲述曾经经历的东西，其更重要的意义在于向他人说话、影响听众并指向对一个共同体的呼唤。

但这里隐含的紧张是：受自己法庭誓言的严格制约，做见证必然要采取作为证人的客观立场（证人只需讲述自己看到了什么，而不应对所见发表评议）；但与此同时，做证又带有唤醒和呼吁听众的伦理责任。后者要求做证不仅仅是叙述，而且要把自己的叙述"许诺给他人"，"承诺自己通过言说为历史或事件的真相负责，为某种超越个人而具有一般有效性和结果的事情负责"。[4] 这就是为什么见证人既要为了其见证的客观性、可信性而做到非个人化，同时其见证又必须由他自己亲自做出。

[3] Felman, "The Return of the Voice: Claude Lanzmann's *Shoah*," in *Testimony: Crises of Witnessing in Literature, Psychoanalysis and History*, p. 204.

[4] 同上。

二　如何见证未被见证的大屠杀

发生了大屠杀的时代本该是见证的时代。在整个人类历史上，大屠杀罕有其匹，最需要见证。然而遗憾的是，对大屠杀的见证又困难重重。甚至在一定意义上说，大屠杀成了一个无证事件（proofless event），见证时代也成了无证时代（the age of prooflessness）。这是怎么回事？在分析《浩劫》之前，这个问题必须首先得到阐释，因为拍摄《浩劫》的目的就是要探讨并克服、超越这个见证的危机。

《浩劫》中出现的证人有三类：受害者（幸存的犹太人）、加害者（纳粹军官）、旁观者（波兰的非犹太人）。有意思的是：区分他们的与其说是他们实际看到了什么，不如说是他们看不到什么以及为什么看不到，亦即为什么见证失败。犹太人受害者看到了大屠杀的某些场景和细节，但却由于被骗和无知，不能理解看到的东西（如被驱赶到犹太人聚集区、被送往集中营）意味着什么，其目的为何、终点在哪里。很多犹太人具有被塞进车里、开往集中营的经历，但对其真正目的并不知情（可参见维赛尔的《夜》），根本不知道这是通向集体灭绝之路。波兰的旁观者也看到了与大屠杀有关的一些场景，但作为旁观者他们并不认真看（do not quite look），避免直视（looking directly）。他们或偷窥（on the sly），或侧视（sidelong glance），因此既忽视了自己的证人身份，更没有意识到自己无意间成为大屠杀同谋的身份。纳粹军官作为罪犯则有意识地销毁大屠杀的证据（他们在影片中的讲述让我们充分理解了这一点）。正是他们的这种有意摧毁证据的行为，使大屠杀难以被看到（连被杀者的尸体也要焚化并扔进河里），更无法被看透。即使是大屠杀的参与者也是如此。屠杀行为的每个环节都由不同的纳粹分子（有时也有犹太人参与）执行，从而并不知道自己行为的确切含义。比如，负责运送犹太人的"死亡列车"的负责人瓦尔特·史提尔（Walter Stier）在影片中讲述：知道火车开往奥斯维辛，但不知道到那里后犹太人会被灭绝。

历史学家和历史知识的作用、责任就是在这样的语境中体现出来的。影片中有一个叫劳尔·希尔伯格的历史学家。如果说纪录片中那些被采访的目击者是一级证人，那么这位历史学家（以及《浩劫》的导演朗兹曼本人）则充当了"二级证人"（second-degree witness），他们是一级证人及其证词的证人（witness to witness, witness to testimony）。他们以转译者的角色承担了翻译、解读证词的任务。因此，他们是信息接收过程的中介，其反思性见证立场可以协助观众接收并解释信息，正确理解证词的字面意义与隐含意义。朗兹曼特别强调：《浩劫》不是一部历史影片，其主要目的也不是传递知识（尽管其中当然有历史知识），而是通过对各色证人的采访，活生生地演示见证之可能与不可能。在此意义上，拍摄电影的整个过程实则是一个探讨见证如何可能的过程。在此，知识固然重要（因为知识是消除目击见证之分歧的有效手段），但知识本身"并不是足够积极有效的观看行为"。这部影片的新颖之处，乃是"对一种我们都不自觉地陷于其中的根本性无知（radical ignorance）的惊人洞见。历史不能轻易地驱散这种无知，相反，这种无知笼罩了历史"。[5] 电影告诉我们："历史如何被用于历史的持续遗忘过程，而且这个过程足够反讽地包含了历史书写行为。历史不只是记忆热情（passion of remembering）的产物，它也是遗忘热情（passion of forgetting）的产物。"[6]

---

[5] Felman, "The Return of the Voice: Claude Lanzmann's *Shoah*," in *Testimony: Crises of Witnessing in Literature, Psychoanalysis and History*, p.214.

[6] 同上。

三　导演的多重角色

这部见证大屠杀的纪录片的成功，极大地归功于导演朗兹曼高超的艺术技巧。朗兹曼身兼多种角色：1. 电影的叙述者；2. 证人（一级证人，下同）的访谈者，即证人及其证词的引发、接收、见证者（二级证人）；3. 探究者：主导对证词之真伪（事实）的辨析，他经常作为质疑者深入对事实的追索（不是直接说出自己的质疑，而是通过其他方式），并将之提升到哲学探索的高度。这三个角色虽然不同，但时常切换且相互交织、交融。

与那些喜欢张扬、彰显自己的主导权力、经常站出来以权威口吻评点人物、解说情节的叙述者不同，朗兹曼在严格意义上说只是证人：不是作为访谈对象即大屠杀目击证人的一级证人，而是一级证人（目击者）之见证过程的证人（二级证人），他的功能是把见证过程及其隐含的问题呈现出来。这样，作为叙述者的朗兹曼在电影中经常保持沉默。[7] 他的功能在于把一连串不同的声音（证人的证词）连贯起来。这是一种沉默叙事：通过自己的沉默引导出亲历者或目击证人的故事。这样的沉默具有重要的叙述功能："叙述者让他人来叙述，也就是让他所访谈的各类证人的声音来叙述，如果他们想要见证，也就是上演他们独特、不可取代的第一手见证，那么，他们的故事必须自

---

[7]　故事开始之前，电影的片首以无声方式呈现故事的前史和由来；但进入电影叙事之后，作为叙述者的朗兹曼就不再说话。片首的这段话是："故事从现在的彻尔诺（Chelmno）开始……彻尔诺是波兰的一个小城，犹太人最先被瓦斯毒死的地方……被送去的40万名男女、儿童，只有两名生还……最后阶段的生还者，史列比尼克，被送到彻尔诺时才13岁……我在以色列找到了他，说服一度为男童歌手的他与我一起回到彻尔诺。"这里的时间故意被设定在现在，把尚未呈现的过去简要概述为一个前史或前故事。叙述者即导演因此是一个在现在的叙述中开启或重新开启往事的人。

立己说（speak for themselves）。"[8] 可见，沉默叙事本质上是一个关于"导演之听"的故事。"导演穿梭在生者和死者之间，移动在不同地点与声音之间，他总是持续而又不连贯地出现在银幕的边缘，成为可能是以最沉默的方式表达、以最具表达力的方式保持沉默的证人。"[9]

但是导演除了叙述者之外还是访谈者、探索者；而作为访谈者和探索者，他在访谈过程中必须打破沉默。他必须引导作为受难者的被访人开口说话，还必须质疑作为纳粹军官的被访人的闪烁其词和自相矛盾。他要特别注重富有意味的细节之呈现。"作为访谈者，朗兹曼所要求的不是对大屠杀的大而化之的解释（great explanation），而是对特定细节的具体描述。"比如他不断地问："当时的天气很冷吗？""从车站到集中营多远？旅途多长时间？""毒气室是什么颜色的？"等等。这些都是非常具体、有时候沉重得让人难以呼吸的细节。作为探索者的朗兹曼的那些深刻而直击要害的质疑，更是发挥了不可小觑的作用。

下面我们对访谈者的角色做稍微详细一些的分析。

首先，访谈者必须打破证人的沉默，挑战死亡的不可言说性（unspeakability），将证人之沉默去神圣化。此所谓"去神圣化"（desacralizing），也可以译为"亵渎"，指的是朗兹曼所追问的集中营中发生的诸多骇人听闻的残酷现象，常常是幸存者 / 证人极不愿意再次回忆和谈论的。九死一生地从集中营逃生的幸存者再也不愿意回忆残酷的过去，这样的回忆甚至超出了人类心理承受力的极限。即使是访谈者，听人讲述这类匪夷所思的非人化经验（人在极端环境下如何

---

[8] Felman, "The Return of the Voice: Claude Lanzmann's *Shoah*," in *Testimony: Crises of Witnessing in Literature, Psychoanalysis and History*, p.218.

[9] 同上书，第216页。

堕落为动物),^[10] 同样是一种很难忍受的折磨。由此人们常常对证人的沉默表示同情和尊重,与证人的沉默达成妥协,双方共同努力以获取回避真相所带来的舒适心安。但这种妥协恰恰是作为访谈者的朗兹曼必须克服和超越的。费尔曼的这个见解极其深刻,因为它窥探到了人类回避回忆苦难的深层心理原因。为了使大屠杀记忆"起死回生",朗兹曼必须对证人的沉默发起挑战,必须打破并超越这沉默。

其次,访谈者还要拒绝将大屠杀的经验加以"标准化"处理,亦即抵制将大屠杀的经验纳入已有的、习以为常的认知—阐释模式和叙述模式(比如"灾难兴邦""黑暗已经过去、光明即将来临",等等),从而导致其独一无二性的丧失。比如,影片中的纳粹分子格拉斯勒试图把犹太人隔离区等同于历史上常见的难民区,否定前者的特殊性,声称"历史上充满了隔离区"。作为质疑者、探索者的朗兹曼则持续提出对此类还原论的质疑,强调犹太人隔离区的独特性。换言之,作为质疑者的访谈者不单提出问题,更要质疑、拆散、解构所有既定的解释。

对既定阐释框架和认知模式的拒绝,某种程度上导致了这部作品的撕裂和碎片化,它似乎远离了理论化、观念化的诱惑——因为理论和观念总是力图通过整合碎片而达致某种所谓"整体性""完整性""连贯性"。但是导演并不对此感到过分担忧。朗兹曼自己说:"我没有概念,我只有执迷——这很不同:对于寒冷、对于第一次震吓的执迷……《浩劫》是一部充满恐惧,也充满活力的电影,你不能用理论来拍摄这样一部电影。所有我的理论尝试都失败了。这样的失败是必然的。你是在脑子、心脏、肚肠、肺腑所有这些地方建构这部

---

[10] 比如维赛尔的《夜》里写的运货车上极度饥饿的犹太人为了抢路人扔到车上的面包而大打出手,其中包括亲父子之间。

电影。"[11] "脑子" "心脏" "肚肠" "肺腑" 等在这里强调的是见证的身体化特征。

但看似悖谬的是：这样做恰恰使得《浩劫》成为一部充满哲学意味的探索影片：对大屠杀经验之差异性、特殊性、难把握性（ungraspability）的探索，对见证之可能性和不可能性及其相互关系的探索。它充满了各种见证之间的摩擦和紧张，充满了见证之声音、视野的碎片化、多元化和不可通约性。

四　见证之必要性与不可能性

《浩劫》通过充满悖论的方式表现见证的主题。这个悖论就是：见证的必要恰好来自见证的危机乃至见证的不可能。电影既表现了见证的不可能性，又强调了逃避做见证的不可能性。

我们可以稍微展开讨论一下上述悖论式的处境。

首先，有些幸存者证人的身体活着，但精神、灵魂已死。他们自己选择了"死亡"——麻木不仁、拒绝回忆。他们借此使自己闭上眼睛，拒绝阅读关于大屠杀的作品，更拒绝站出来做证。这种拒绝言说的沉默意志（will-to-silence），来自幸存者对见证的恐惧。他们或者因为过去太过悲惨而拒绝回忆，或者因为自己在过去的污点言行（比如检举揭发狱友）而极力躲避，更不愿意说出自己回避做证的原因。面对这样的情况，导演的做法是："证人必须为自己埋葬的证人重新开坟（reopen his own burial）。"[12]

---

[11] Felman, "The Return of the Voice: Claude Lanzmann's *Shoah*," in *Testimony: Crises of Witnessing in Literature, Psychoanalysis and History*, p. 223.

[12] 同上书，第 225 页。

　　这个观点极其深刻，包含多层纠结难解的含义。对于那些心智力量、精神力量并不十分强大的幸存者，必须把证人——过去的自己——"埋葬"了，让作为证人的自己"死去"，他才能得以幸存（有很多幸存者重新成立家庭后改名换姓过着隐居的生活，就是典型的此类埋葬自己的行为）。过去的岁月实在不堪回首。但是，作为见证艺术，纪录片《浩劫》必须让这个被自己埋葬的证人重新活过来，重新站出来说话。做证是死——肉体无法承受回忆的痛苦（诗人策兰、作家普里莫·莱维都选择了在做证之后自杀，令人唏嘘不已）；不做证也是死——灵魂、精神之死，虽生犹死，甚至生不如死。

　　其次，有些证人的身体死了，但是大屠杀记忆的阴魂不散。为了消灭证据，纳粹将奥斯维辛的犹太人尸体挖出来烧掉，骨灰倒进河里（他们扬言"不能留下一个证人"）。今天的人们看到的只是一个个空坟（empty grave），这些死去的证人甚至没有留下一具尸体。《浩劫》中没有出现尸体，但通过其中不断出现的空坟意象，我们仿佛"看到"了这些"失踪的尸体"（missing corpses）：空坟的存在有力地证明这里曾经尸体横陈。空坟是一种不在场的在场。"作为一部关于种族灭绝和战争暴行的影片，《浩劫》最让人感到意外的就是尸体的不在场。但是《浩劫》通过'旅行'于没有尸体的坟场，通过其对空坟——这里既看不到死去的证人，又有他们的阴魂出没——坚持不懈的探索，而不可思议地让我们见证到的正是失踪的尸体。"[13]

　　电影中有这样一场极为震撼的对话：

　　　　这是最后的坟墓？
　　　　是的。

---

[13] Felman, "The Return of the Voice: Claude Lanzmann's *Shoah*," in *Testimony: Crises of Witnessing in Literature, Psychoanalysis and History*, p. 226.

　　纳粹的计划是叫他们掘开坟墓，从最旧的开始？

　　是的。最后的坟墓是最新的，而我们从最旧的开始，也就是从第一个隔离区的坟墓开始。你掘得越新，尸体就变得越扁平，你想拿但是它已经碎了，拿不起来。我们必须打开坟墓，但没有工具……任何人只要提到"尸体""牺牲"就会挨打。德国人强迫我们把尸体叫作蛹（*Figuren*）……

　　他们从一开始就被告知所有坟墓中有多少蛹？

　　盖世太保的头头告诉我们："九万人躺在此地，必须把他们彻底清除，不留一点痕迹。"[14]

　　这段对话强有力地证明"死去的证人"乃是客观存在。纳粹知道，即使是"蛹"——犹太人的尸体，仍然是大屠杀的物证，所以必须挖出来加以清除。

五　见证之内外：局内人与局外人

　　《浩劫》探索的另一个重要问题是见证的内外问题。今天的我们，作为大屠杀的"外人"，能够从"内部"见证大屠杀吗？既然大屠杀是一个没有证人的事件，那么，用什么方式、什么创造性的工具、付出什么样的代价才能见证这个事件？或者，我们只能处于"外人"的位置并从"外部"见证它？

　　何为"内"（inside）？何为"外"（outside）？何为"从内部见证"（witness from inside）？

---

[14] Felman, "The Return of the Voice: Claude Lanzmann's *Shoah*," in *Testimony: Crises of Witnessing in Literature, Psychoanalysis and History*, p. 226.

"内"就是集中营、大屠杀的内部，"外"就是集中营、大屠杀的外部。"从内部见证"就是从集中营、大屠杀内部见证，从犹太人的死亡内部见证。但仔细分析，"内外"又有更多的几个层次含义：地点（集中营、隔离区）的内部与外部，事件（大屠杀）的内部与外部，证人的内部与外部。

首先，费尔曼指出：从内部见证"意味着从见证人的死亡、麻木不仁以及见证人的自杀内部见证"。[15] 也就是说，要见证证人如何以及为什么变得麻木不仁？为什么选择拒绝做证或选择自杀？自杀实际上是一种（证人自己）杀死证人的行为，并通过自己的死置身见证之外（不见证）。因此，问题变成了：如何进入证人内部，见证其不想见证、不想置身内部的欲望？

其次，从集中营内部见证，意味着必须从一个致命秘密的绝对限制（*absolute constraint of a fatal secret*）中见证，"这个秘密如此令人恐怖又紧紧缠绕着人，以至于使人甚至拒绝面对它。有许多理由使得那些被此秘密束缚又无法摆脱它的人感到僭越它是不可能的"。[16] 这个"秘密"当然就是灭绝犹太人。不但在大屠杀施虐的时期任何人都不能谈论这个秘密，即使是大屠杀之后，受害者与加害者也都不愿谈论，成为这个秘密的守护者。它是如此可怕，当事人自己也不想知道。即使是理性或者理智的力量也难以打破这种沉默。见证就是要挣脱这种"秘密""秘密约定"的束缚和控制。

再次，面对一系列的不可能性，从死亡营内部见证，意味着一种悖论式的必然性：需要从一种根本的欺骗中见证（*testifying from a*

---

[15] Felman, "The Return of the Voice: Claude Lanzmann's *Shoah*," in *Testimony: Crises of Witnessing in Literature, Psychoanalysis and History*, p. 228.

[16] 同上。

radical deception）——这种欺骗因其同时具有自欺性质而被加倍强化。比如：党卫军一直欺骗犹太人说：你是到集中营来工作的。即使在即将送他们进入毒气室时，还要骗他们说这是去冲淋浴。由于党卫军自己明知这是欺骗，所以这也是自欺。"欺骗"制造了幻象，如何撕破、揭穿这种欺骗、这种谎言，见证历史真相？

最后，从内部见证，意味着从他者性的内部见证（*testify from inside Otherness*）。这是站在非犹太人立场说的。从内部见证就要进入与我们相对的"他者"——犹太人——的内部。在这部电影中，主要是指从犹太人的意第绪语中见证。"他者的语言正是我们不能用来进行言说的语言，是我们不了解的语言。从他者性内部见证，就是从被注定听作只不过是噪声的方言的活生生的悲怆（living pathos）中见证。"[17]

不管哪种意义上的内和外，从内部见证的核心是进入犹太人角色内部（经验、语言、环境，等等），不要自己取代之。所以，与内外相关的必然是局内人 / 局外人的问题。

所谓"证人"，就是见证真相的人。对于大屠杀事件，可以从内部和外部加以见证。从内部见证的是受害者证人（即"内部见证者"，比如普里莫·莱维），即犹太人受害者；与之相对的是"局外人证人"（outsider-witness），他们可以是受害者的邻居、朋友、生意伙伴，各种地方机构，或旁观者、国际援助者、国际同盟等。美国的犹太人也属于局外人证人（因为他们没有遭到流放或严重迫害）。甚至迫害者本人也可以是"局外证人"。遗憾的是，绝大多数实在的或潜在的证人，都"辜负了证人的职责，最后仿佛堕落到没有留下什么人见证发

---

[17] Felman, "The Return of the Voice: Claude Lanzmann's *Shoah*," in *Testimony: Crises of Witnessing in Literature, Psychoanalysis and History*, p.231.

生的事情"。[18]

　　见证的困难到底在哪里？作者主要分析了内部见证者及其无法见证的原因。作者写道："无法相信所有历史的局内人都摆脱了事件的污染力量（contaminating power of event），保持充分清醒的、不受影响的证人地位。没有人能够充分远离事件内部，完全摆脱被牵制的角色以及随后的身份定位——无论是受害者还是施害者。没有哪个观察者可以全体或独自地保持完整，而不受到见证本身的牵累或危害。加害者尝试把规模空前的灭绝行为理性化，把妄想的意识形态（delusional ideology）强加于受害者，其堂皇的强制压力使证人失去了任何理性、未被亵渎的、不受妨碍的参考坐标。"[19] 这就是说，极权主义的意识形态成功地毒化了受害者的心灵和思维，使其与加害者分享相同的思维方式和价值观，从而失去了见证自己的灾难的资源和可能性。很明显，"见证"在这里具有站在极权主义意识形态之外来审视和反思自己的灾难——它本身就是极权主义的恶行——的意涵。光有事实和经历还是不够的。

　　所以，从这个意义上，大屠杀极度残酷、不可思议的现实，以及旁观者和对此的反应的缺乏，固然是造成大屠杀历史没有见证者的原因，更为重要的是："身在事件内部（being inside the event）这种情况也使我们无法想象：有人可以突破事件发生于其中的强制性的、极权的、非人的参考框架，并提供观察事件的独立参考框架，可以说，无论从事件的外部还是内部，历史地看，大屠杀都没有证人。"[20] 作者认

[18]　Dori Laub, "An Event Without a Witness: Truth, Testimony and Survival," in Shoshana Felman and Dori Laub, *Testimony: Crises of Witnessing in Literature, Psychoanalysis and History*, Chapter 3, p. 81.

[19]　同上。

[20]　同上。

为强调这点极为关键。

为了进一步深入阐释"从内部见证"(witness from inside)为什么不能见证,作者进一步分析了这个概念。他认为:"要理解内部见证者这个概念,我们必须把大屠杀视作这样的一个世界,在这个世界中,想象他人(the *Other*)根本就是不可能的。不再有一个可以以'你'相称的他人,你可以希望这个人倾听你,把你当作主体,回答你的问题。"[21] 这个"你"是愿意与你对话、听你言说、回应你的问题的平等者(他人)。由于没有这样的人,大屠杀的历史现实是:"它在哲学上剥夺了向别人言说、召唤别人、转向别人的可能性。但是当一个人不能转向一个'你'(you),那么,他即使对自己也不能以'你'(thou)相称。大屠杀因此创造了这样一个世界:在这个世界中一个人无法见证他自己。纳粹系统因此变得万无一失,不但理论上没有外在的见证者,而且说服了其牺牲者——内部的可能证人——相信使他们成为非人的那套东西(纳粹意识形态)乃是无比正确的,他们的经验即使和自己也无法交流,因此它根本就没有发生。失去自己见证自己,也就是从内部进行见证的能力,或许就是灭绝的真正含义。"[22]

这段话值得认真分析。见证的前提是必须存在两个人,两个不完全相同的人,因为完全相同的人不能彼此见证。一个人如果不能把自己一分为二,从自身分裂出一个对话者、交流者"你",让这一个"你"看着另外一个"你",那么他就不能见证自己。可见这个"你"既可以是指他人,也可以是从自己身上分裂出来的"他我"。最最可怕的是,极权主义消灭了这个不同的"你"产生的可能性,从而也就

---

[21]　Laub, "An Event Without a Witness: Truth, Testimony and Survival," in *Testimony: Crises of Witnessing in Literature, Psychoanalysis and History*, p. 81.

[22]　同上书,第81—82页。

消灭了自己见证自己的可能性。

《浩劫》力图要阐明的见证困境或危机是：从集中营内部（保密行为内部、欺骗内部、自我欺骗内部、他者性内部，等等）见证真相既是必须的，又是极度困难的（几乎不可能），就像从死亡内部（from inside death）见证死亡一样。因为"内部没有声音"（*the inside has no voice*）。[23] 从内部看，内在是无法解读的（unintelligible），因为它无法向自己呈现自己。由于不能向自己呈现自己，内部即使对内部人而言也无法想象、无法理解甚至无法记住。在奥斯维辛负责处理尸体的犹太人穆勒（Müller）回忆说："我完全无法理解它，仿佛脑袋遭一重击，晕死过去。我甚至不知道身处何处。……我被震惊了，似乎被彻底麻醉，准备服从任何指令。我吓坏了，变得麻木不仁。"[24]

因此，即使幸存下来的受害者，也无法知道，更无法讲述集中营最内部——比如焚尸炉——的真相：知道这个真相的人全部化作了一缕青烟。集中营幸存者、意大利见证文学的重要作家普里莫·莱维在《被淹没和被拯救的》中反复强调：最有资格见证的人都死了，活下来的人，包括他自己，都不是最有资格的见证者。他甚至认为：恰恰是"那些最糟的人幸存下来：自私者、施暴者、麻木者……""最糟的人幸存下来，也就是说，那些最适应环境的人；而那些最优秀的人都死了"。[25] 这些人不是生活在集中营的最底层，也不是最有资格做见证的人，他们的经历和回忆并不能揭示集中营最本质的东西。他写道："我们，幸存者们，不是真正的证人。……我们幸存者是数量稀少且超越常态的少数群体：凭借着支吾搪塞，或能力，或运气，我

---

[23]　Felman, "The Return of the Voice: Claude Lanzmann's *Shoah*," in *Testimony: Crises of Witnessing in Literature, Psychoanalysis and History*, p. 231.

[24]　同上。

[25]　普里莫·莱维：《被淹没和被拯救的》，杨晨光译，上海三联书店，2013年，第82页。

们没有到达集中营的最底层。"[26] 那些到达"底层"的人才是"彻底的见证人",但是他们多数都死了,或者失去了讲述的能力。

因此,内部是沉默的地点,是声音消失的地方,是无法传达的。"在焚尸炉,在门的另一边,所有事物都消失了,所有事物都转为沉寂,失落的是声音、生命、知识、意识、真相、感觉能力和表达能力。"[27] 但是,这个关于"失落"的真相既恰好构成了进入大屠杀内部的意义,同时又决定了从大屠杀内部见证真相的不可能性。

如何跨越生死之间的门槛发现内部的真相?影片处理的就是真相和门槛(threshold)的关系,是讲述真相的不可能性,但也是随这个不可能性而来的找回真相的历史必要性和可能性。

必须再次重申:这是见证艺术面临的又一个悖论:内部人失去了见证的可能性或能力;而外部人则根本进不了"内部"。换言之,进入大屠杀内部就是为了找回失落的真相,而这个"失落"一词又恰好界定了这是不可能的。

六　一个记者的超越内外之旅

记者卡尔斯基(Jan Karshi)在影片中的作用就是要表明:面对几乎是绝对的隔绝,该如何跨越内与外的划分,以及这种跨越行为的含义和结果。在卡尔斯基的见证努力中,至关重要的是其旅行过程中的双重移位(double movement of a trip):先是从外到内,再从内到外。

---

[26]　莱维:《被淹没和被拯救的》,第83页。

[27]　Felman, "The Return of the Voice: Claude Lanzmann's *Shoah*," in *Testimony: Crises of Witnessing in Literature, Psychoanalysis and History*, p.231.

卡尔斯基是波兰人，"二战"期间他应两名犹太人领袖的邀请，从独立于纳粹控制之外的波兰世界，进入纳粹控制的犹太人隔离区。这次的"向内"之旅是为了接下来再次"向外"的计划，其政治使命是将隔离区的真相带到外面，让世界了解。他的犹太人隔离区之旅在政治意义上讲没有完成使命，因为盟国领袖对他披露的信息不予以理睬。但从他个人角度讲，他却通过跨越界限进入内部，然后又再次跨越界限回到外部，而完成了自传意义上神奇的向他者之旅（journey toward the Other）——一次根本性的置换（radical displacement）。

最为关键的是：卡尔斯基的两次隔离区之行，使他超越了外人的身份。他和反纳粹的犹太人领袖建立了一种亲密关系，从原来的波兰贵族身份转变为了犹太人他者身份：一个犹太人他我（Jewish alter ego）。在这遭遇他者的故事里，卡尔斯基是作为波兰贵族这个非犹太人身份（non-Jewish）而爱上犹太人的。"他之所以能够爱上犹太人，是因为他在犹太人身上发现了某种熟悉的人性"，换言之，他与犹太人的关系是人与人之间的关系。就是在这个"同情转移"的过程中，卡尔斯基得以将犹太人从其犹太性（Jewishness）中分离出来，并将其作为"想象的伴侣和兄弟"（imaginary companion and brother）带入卡尔斯基自己的波兰贵族世界。他意识到"我们都是犹太人"（因为我们都是人）。

与此同时，陪伴卡尔斯基的犹太人领袖，通过对卡尔斯基的回应，把卡尔斯基带出了其波兰贵族世界，让他不仅参观与他自己的世界不同的陌生世界，而且超越了简单的陌生性（它只能引发卡尔斯基的好奇而不能使之产生移情认同），使卡尔斯基出乎意外地发现了一个犹太"他我"并化身这个"他我"。他发现自己好像一直住在隔离区，因此隔离区就是"他的世界"。内在外在之间的界限就这样被打破了。卡尔斯基通过经验和记录"成为他我"意味着什么而"实际上体会到内在于大屠杀意味着什么，以及作为一个局内人的感受”。[28]
特别是那个带着他两度进入隔离区的犹太人领袖突然的消失（被纳粹
杀害）深刻地、内在地刺痛了他，“成为卡尔斯基自己独特的大屠杀
经验”。[29] “见证被植入了这种失落感，它不只是从外部，而且是从
自己的丧亲之痛（bereavement）中体会到失落感。”[30]

　　具有戏剧性的是，导演朗兹曼本人也经历了与卡尔斯基类似的身
份转变：“朗兹曼本身的旅程也与卡尔斯基的旅程相呼应：他也将我们
带入一个目的在于跨越界线的旅程，先从外部世界进入到大屠杀的内
部，再从大屠杀内部回到外部世界。”[31] 在由导演朗兹曼和电影观众组
成的关系中，观众类似于电影里的卡尔斯基，是由外部出发的访问者，
而朗兹曼则类似反纳粹领袖，他虽然不是犹太人，却知道由外部进入
内部的通道。“在电影中由此通道引导我们进入一个独特而难忘的观看
经验，同时以回声般、鬼魅般的旁白喃喃：看着它，看着它。”[32]

　　朗兹曼借助艺术的工具，从内部对外部产生影响，真正地感动观
者，实质性地触动听者。《浩劫》在历史（知识）和伦理的双重意义上
影响观众，通过人的知性而不是情感来触动观者。在一篇访谈中，朗
兹曼说：“我的问题是传达的问题，为此，人不能受情绪控制。你必
须保持距离。这项工作使我陷入莫大的孤独……但重要的不是被击
倒，或是击倒他人。我宁愿经由理解（intelligence）来触动他们。”[33]

---

[28] Felman, "The Return of the Voice: Claude Lanzmann's *Shoah*," in *Testimony: Crises of Witnessing in Literature, Psychoanalysis and History*, p. 236.

[29] 同上书，第 237 页。

[30] 同上。

[31] 同上书，第 238 页。

[32] 同上。

[33] 同上书，第 239 页。

更深层次的问题是：如何才能在传达"内部"的悲伤、断裂、深渊般的孤独的同时，又不被这深渊所击垮或被悲伤所控制，不失去外部的立场？如何才能同时身处内在与外在？如何将观众导入内部，又与外界保持联系？这种"经由理解的触动"犹如将内部黑暗带到外部的亮光之下，在理解之光中叙述大屠杀。在影片中，物理的光隐喻理解、了解，它还与纳粹对光（理解和了解）的恐惧形成对照和呼应。纳粹对光（理解／了解）的恐惧，就是对于大屠杀秘密——秘密总是让人联想到黑暗——之外泄（曝光）的恐惧。所以，他们的秘密文件怕光，他们运送犹太人囚犯的货运列车被封得死死的，因为里面的"货物"（犹太人）是不能见"光"的。集中营犹如一个尸体（以及"将死的活死人"\"死活人"）的容器，将生命吸入到无边的黑暗和虚无。害怕光说到底就是害怕灭绝的阴谋被外界知晓、了解，除了尽可能清除物理意义上的光，阻止外界了解的另一个措施就是隔离。因此，纳粹设计了种种隔离区，无数围墙，目的都是把不可告人的计划和犹太人一起封／圈起来，防止其被外界看见（曝光）。

朗兹曼的电影可以视作一次自外入内的旅行，带着观众进入大屠杀的黑暗心脏，但同时要冲破包裹和守护黑暗的层层铜墙铁壁，将之带到外面的光明——理解——之下，使真相大白于天下。

七　外与内、局外人与局内人的转化

朗兹曼的身份非常特殊。他在自传中说：他在成长过程中受的不是犹太教育。其父于1913年归化为法国国民，39岁的时候加入法国军队参加一次大战，曾获得法国军事勋章。朗兹曼自己也受法国思想文化的熏陶，主修德国哲学。就此而言，他虽然是犹太人而且在纳粹统治期间经常躲避纳粹的搜捕，部分经验到内部人（犹太人）身份的滋味，但却仍然应该被归入大屠杀的"外人"，其导演《浩劫》属于从外部进入大屠杀。他进入内部的过程（旅行）同时也是身份的转变过程——换言之，是一个走向"他者"的旅程。拍摄《浩劫》无异于一次艰辛的生命之旅，在黑暗中摸索，充满了不可能的挣扎。《浩劫》的叙事指向是：将集中营的"内部"见之于光（被外界了解）。这也是朗兹曼本人的生命叙事，是一个关于生命旅程的演出和解释，电影既是这个旅程的诠释者，同时也是它的物质证人。

　　战后的朗兹曼一直在寻找自己的身份，他做了一连串的旅行，不断在内部与外部之间进行调节、协商。这些旅行经验可称之为"存在的探索之旅"（itinerary of existential search）。拍摄纪录片《浩劫》乃是这个探索的一部分。电影是他"发现内部的地方"。[34]

　　1947年，朗兹曼在德国主修哲学，之后在柏林大学教授哲学。这个时候的他作为一个欧洲学者，一个纯粹的哲学爱好者，并不关注大屠杀。后来一个偶然的机会，他应学生要求主持一个关于反犹主义的谈论会，却遭到法国驻德国军事指挥官的警告（希望他不要触及这个政治"敏感"问题）。这使他意识到西方世界对于大屠杀的回避和遗忘，决心与之对抗。朗兹曼就这样意料之外地涉入政治。之后他来到东德，再之后又以国际记者身份来到了以色列（1952年）。正是在以色列，他开启他的走向"他者"（犹太人）以及发现"内在"（自己内部的犹太性）之旅。这个地理位置的移动与他身份认同的易位正相对应。在以色列的经历既是一个跨越他者／外在（犹太人世界）（crossing to the Other）的过程，但也是一个显露"内在"——自己身上的犹太

---

[34]　Felman, "The Return of the Voice: Claude Lanzmann's *Shoah*," in *Testimony: Crises of Witnessing in Literature, Psychoanalysis and History*, p.244.

性——的过程。这是一个在他的内部回响的内在性："我立刻意识到这些犹太人乃是我的弟兄，而我之身为法国人乃属偶然。"[35] 此时他发现自己的写作计划同时发生了微妙变化：他本来是要以国际记者的局外人身份为法国《世界报》写关于以色列的报道，但是他发现："我无法用写印度或其他国家的心情写以色列。我没有办法。"[36] 这是因为他无法再以外人身份写作，不能再由外部见证。他也发现了媒介的问题：他不再能通过写书的方式传达他存在之旅的经验感受。他的写作计划陷于停顿。

直到 20 年之后，他找到了电影这个媒介，这个兼容多层次、多方向的多元性媒体，从视觉角度铭写并通过电影来见证文字书写的不可能性：它既是对不可能性的见证，同时也是对不可能性的克服。这种不可能："一方面是从外部言说内部的不可能，另一方面则是从内向外言说的急迫的必要性。"[37]

在朗兹曼从外到内的转化中，也有一个重要的中介或引路人，这就是他的犹太人夫人。她的出现创生了一种"我们"关系，一种由爱的对话（loving dialogue）发展到爱的盟誓的关系。她是一个沟通内外的媒介，把他引入犹太人世界。他拍摄了《为什么以色列》（*Why Israel*）这部电影献给自己的夫人。接着就接受了犹太人朋友的委托拍摄《浩劫》。他面对的问题是："如何从内部谈论毁灭？而不是沦为沉默或自我毁灭？如何从内部让毁灭被听到？如何让这部影片通过自由的方式言说，不但使内部不再受摒除，而且积极地纳入外界？"[38]

---

[35] Felman, "The Return of the Voice: Claude Lanzmann's *Shoah*," in *Testimony: Crises of Witnessing in Literature, Psychoanalysis and History*, p.247.

[36] 同上书，第 248 页。

[37] 同上书，第 249 页。

[38] 同上书，第 250 页。

《浩劫》是向"内部"的终极迈进，是史无前例地、面对面地直逼"内部"，特别是面对并超越来自内部的抵抗——犹太人幸存者对大屠杀的拒绝谈论的姿态。

从某种意义上说，由于犹太人自己也不了解自己的命运，因此他们其实也是外人："犹太人自己的存在方式表明他们也只是自己历史与大屠杀的局外人。"[39] 这种无知不是来自学识、阅读的欠缺，资料的缺乏，而是源于"大屠杀将自己显示为与知识不相称"(the Holocaust reveals itself as incommensurate with knowledge)。大屠杀本身抵制从内部了解它。与此同时，由于对内部的探索是痛苦、残酷的，朗兹曼自己也抵制进入内部，就像不愿意接近一个"黑色的太阳"。他直言：内部"像是一轮黑色太阳，你必须与自己搏斗才能继续下去"，"我必须抵抗我的一个顽固倾向——忘记前面所做的一切"，"我总是必须与一种内心倾向——排斥正在做的东西——进行搏斗。很难面对这些"。[40] 正如我们前面曾经指出的：大屠杀的灾难太过黑暗，回忆和讲述它们均超越了人的心理承受能力。亲历者拒绝回忆，讲述者拒绝讲述，听众不愿倾听。让人直面极端的非人状态("黑色太阳")需要非凡勇气。电影之旅"不仅是一个前所未有的朝向毁灭的历史之旅(historical journey towards erasure)，而且同时是进入和步出自己内部的黑色太阳(a journey both *into* and *outside* the black sun inside oneself)"——"自己内部的黑色太阳"似乎可以理解为自己身上的非人性元素。

不愿意正视也罢，不敢正视也好，"黑色的太阳"却确实存在在

---

[39] Felman, "The Return of the Voice: Claude Lanzmann's *Shoah*," in *Testimony: Crises of Witnessing in Literature, Psychoanalysis and History*, p. 252.

[40] 同上。

那里。否认无济于事。只有承认并在理智上彻底认识它才能最后涤除它。理解（understand）《浩劫》不仅是了解（know）大屠杀，而且是对何为"不知"（not knowing）获得新的洞见，理解抹灭（*erasure*）——既包括纳粹对犹太人的抹灭，也包括幸存者对创伤记忆的抹灭——通过何种方式成为我们历史的一部分。这样，"《浩劫》之旅开启了理解历史的新可能性，以及走向将历史的抹灭历史化（historicizing history's erasure）的实际行动"。[41]

八　寻获的故事：见证、证人的回归

朗兹曼旅行的终点，是寻获了大屠杀的幸存者史列比尼克，并把他带回到彻尔诺集中营大屠杀现场，而这个终点恰恰又是电影的起点。朗兹曼之旅的重大收获就是找到了这个证人，并最后成功劝说他出来见证。在这个过程中，他还发现了（又一意义上的寻获）大屠杀见证所蕴含的各种深度与复杂性。这里包含了一系列的寻获／找到：1. 找到了幸存者：集中营最重要的证人；2. 找到了一个关键地点——进入"内部"的地点：以色列。经由这个地点，朗兹曼就可以进入与"他者"的密切关系中；3. 找到了电影这个媒介：找到了电影就是找到了一种新的视觉可能性（new possibility of sight），不仅仅是一种可能的视野，而且是修正（以前的）视野的可能性。

电影在找到／寻获以色列这个关键地点以及证人后，又以此为出发点开启了一个再出发的旅程：逆向追溯历史，返回原初的大屠杀场

---

[41] Felman, "The Return of the Voice: Claude Lanzmann's *Shoah*," in *Testimony: Crises of Witnessing in Literature, Psychoanalysis and History*, p. 253.

景：从以色列回到波兰的彻尔诺集中营这个毁灭的原景。这是一个朗兹曼开始时极不情愿开始的悲伤之旅，因为彻尔诺集中营是一个悲伤之地、"空白之地"。他也没有期待此行会有什么收获。出乎意料的是，到了那里以后，原先积累的关于大屠杀的知识被引爆了，原先这些知识、研究成果不过是积累在那里，好像装满了炸药的炸弹，却没有引爆的引信。波兰之行正好是引信。

　　同时回到原景的还有那个找到的证人，小男孩史列比尼克。由于他是一个原来纳入屠杀计划并已经中弹（未致命）的幸存者，所以他的回来无异于"死者"或"鬼影"的回归，"一个没有证人的事件现场中已死的证人的归来"。在发生大屠杀的时候，这个男孩曾经目睹大量犹太人被屠杀和二次屠杀（即那些毒气室出来还没有死的半死不活的人被再次烧死）。但由于史列比尼克在侥幸逃脱之后长期麻木不仁，因此不能担当证人。真正的证人是在此时此刻（跟随朗兹曼重新来到彻尔诺大屠杀现场的那个时刻）诞生的。新诞生的史列比尼克开始为当时残暴得无以复加的屠杀做见证："只是在此刻，通过跟随朗兹曼回到彻尔诺，史列比尼克才从自己的死亡（麻木不仁）中回归，并第一次成为证人，一个善于表达的、充分有意识的证人，见证他在战争期间看到的东西。"[42] 因此，"死者"的回归所象征的是证人的回归，是对没有见证的原初历史场景的回溯性见证。

　　　　　　　　　　　　　　　　　（原载《文学与文化》2020 年第 4 期）

---

[42] Felman, "The Return of the Voice: Claude Lanzmann's *Shoah*," in *Testimony: Crises of Witnessing in Literature, Psychoanalysis and History*, p.258.

文化创伤与见证文学

20 世纪是一个充满了人道灾难的世纪。20 世纪的人类经历、见证了种种苦难，其精神世界伤痕累累。直面这些灾难，反思这些灾难，是人类走出灾难、走向精神重生的必由之路，是后灾难时代的人类所承担的神圣而艰巨的使命。

在文学领域，直面和书写这种人道灾难的重要文学类型之一就是"幸存者文学"和"见证文学"。在人文社会科学领域，有一种反思和研究这种灾难的理论，即杰弗里·亚历山大的文化创伤理论。本文的目的就是把这两者进行相互阐释，以期推进我们对人道灾难的认识，推进对于文学的研究。

上篇
文化创伤理论及其启示

依据耶鲁大学社会学系教授杰弗里·亚历山大的界定："当个人和群体觉得他们经历了可怕的事件，在群体意识上留下难以磨灭的痕迹，成为永久的记忆，根本且无可逆转地改变了他们的未来，文化创伤（cultural trauma）就发生了。"[1]

这个定义包含三层意思：

1. 文化创伤不是一个自在的经验事实，而是一种自觉的文化建构，具有自觉性、主体性和反思性，它是在一个特定的文化系统中发生的对经验事实的特定书写和表征。

2. 文化创伤是一种强烈的、深刻的、难以磨灭的、对一个人或一个群体的未来发生重大影响的痛苦记忆。

3. 文化创伤带有群体维度，是一种群体性的受伤害体验，它不只是涉及个体的认同，而且涉及群体认同。严重的文化创伤是全人类共同的受难经验，从而，对于文化创伤的反思和修复也就是整个人类的共同使命，而不只是个别灾难承受者的事情，也不只是承受灾难的某些群体、民族或国家的事情。

4. 作为一种自觉的文化建构，文化创伤还指向一种社会责任与政治行动，因为："借由建构文化创伤，各种社会群体、国族社会，有时候甚至是整个文明，不仅在认知上辨认出人类苦难的存在和根源，还会就此担负起一些重责大任。一旦辨认出创伤的缘由，并因此担负了这种道德责任，集体的成员便界定了他们的团结关系，而这种方式原则上让他们得以分担他人的苦难。"[2] 可见，建构文化创伤的目的不仅在于搞清楚文化创伤的根源，而且更主要的是指出后灾难、后创伤时代的人类应该怎么办。

[1] Jeffrey C. Alexander, "Towards a Theory of Cultural Trauma," in Jeffrey C. Alexander, Ron Eyerman, Bernard Giesen, et al., *Cultural Trauma and Collective Identity*, University of California Press, 2004. 本文引文均采用王志宏译本，详见杰弗里·C. 亚历山大：《迈向文化创伤理论》，王志宏译，载陶东风《文化研究》第11辑，社会科学文献出版社，2012年。以下不再注明。

[2] 同上书，第11页。

一　建构主义的文化创伤理论

亚历山大通过质疑自然主义的文化创伤理论发展出了上述建构主义的文化创伤理论。自然主义把创伤简单地归于某个"事件"（比如一种暴力行为、一场社会剧变等），以为创伤是自然发生的，是凭直观就可以了解的。这种自然主义的理论被亚历山大称之为"外行创伤理论"或"常民创伤理论"（lay trauma theory）。[3]

文化建构主义的文化创伤理论主张文化创伤是被社会文化所中介、建构的一种属性。一个事件只能在特定的文化网络和意义解释系统中才能被经验、解释为"创伤"（比如英国使臣和中国的大臣对给皇帝下跪这个事件的经验是不同的，原因就是他们具有对于这个事件的完全不同的文化解释系统）。亚历山大把"社会"和"文化"两个概念进行了区分，认为前者是事实层面的，后者是意义层面的。他指出："在社会系统的层次上，社会可能经验到大规模断裂，却不会形成创伤。"[4] 离开了特定的文化—意义脉络，离开了特定的理解—阐释结构，就无法确定一个社会事件是否构成"伤害"，或者说，一个巨大的社会灾难无法自动地成为文化创伤记忆。亚历山大说："是意义，而非事件本身，才提供了震惊和恐惧的感受。意义的结构是否松动和震撼，并非事件的结果，而是社会文化过程的效果。"[5] 也就是说，事件是一回事，对事件的解释和再现又是另一回事。创伤要在集体的层次出现，社会危机就必须上升为文化（意义）危机。

---

[3]　Alexander, "Towards a Theory of Cultural Trauma," in *Cultural Trauma and Collective Identity*.

[4]　同上。

[5]　同上。

文化创伤的这种建构性质对于我们理解中国的"文革"也会很有帮助。"文革"时，中国的政治、经济和文化教育遭到严重摧残，经济濒临崩溃，体制无法正常运作，学校无法从事教育。对受其影响的集体成员，包括知识分子而言，这种状况在当时并没有被普遍经验为文化危机或意义危机，因为文化危机必须建立在特定的意义—理解系统中。"文革"的创伤性质对大多数人而言实际上都是事后的重构。只有当人们经过了新启蒙的思想洗礼，获得了反思"文革"的能力，认识到了造成"文革"灾难的根源之后，我们才有了思考这些社会危机的全新的意义—理解系统，这个时候，社会事实才被建构成为文化创伤。

因此，要让社会危机上升为文化危机即文化创伤经验，就必须进行有意识的，甚至是艰难的文化建构行为。由于这种建构行为是群体性的，创伤的建构和修复都是群体性的，因此使用那种针对个体的精神分析方法（比如诱导患者唤醒某种记忆）是不够的。"必须找寻一些集体手段，通过公共纪念活动、文化再现和公共政治斗争，来消除压抑，让遭受幽禁的失落和哀伤情绪得以表达。"[6] 这是一种集体性的唤醒记忆和反思灾难的方式，是一种公共文化活动，它包括记录历史事实、举行集体性的纪念仪式、建立人道灾难纪念馆、定期举行悼念活动等。这是使文化创伤得以建构的最重要方式，对修复心理创伤、人际关系以及公共世界具有至关重要的意义。

---

[6] Alexander, "Towards a Theory of Cultural Trauma," in *Cultural Trauma and Collective Identity*.

二　文化创伤建构的过程、条件和环节

亚历山大把客观事件和对它的建构、再现之间的距离，称为"创伤过程"（trauma process），亦即事实被建构为创伤所要具备的条件和所要经过的环节。亚历山大参考言说行动（speech act）理论，[7] 认为，创伤过程就像言说行动，要具备以下条件和环节：

1. 言说者，即具有反思能力的能动主体（agents）或创伤承载群体，这是至关重要的关键环节。这个主体能够把特定社会事件宣称、再现、建构为创伤，并传播这些宣称和再现，创伤的文化建构就是始于这种宣称。亚历山大说："他们（引者按：具有反思能力的能动主体）以有说服力的方式将创伤宣称投射到受众—公众。这是论及某种根本损伤的宣称，是对令人恐惧的破坏性社会过程的叙事，以及在情感、制度和象征上加以补偿和重建的吁求。"[8] 可以认为，很多以"文革"为题材的文学和非文学写作，就是属于这个意义上的群体宣称—再现—吁求行为，而做出这个创伤宣称的具有反思能力和建构能力的建构主体，就是粉碎"四人帮"以后出现的一批启蒙知识分子。这个群体既承受了创伤，又具有反思和再现创伤的知识—符号能力，即亚历山大所说的"拥有在公共领域里诉说其宣称（或许可以称为

---

[7] 言说行动理论的基础，见 J. L. Austin 的 *How to Do Things with Words*（Clarendon press, 1962）。在这本经典著作里，Austin 发展了一个观念，即言说并非只是指向象征性的理解，还达成了他所谓的"以言行事的力量"（illocutionary force），也就是说，对于社会互动发挥了实用的效果。对这个模型最精致的说明，参见 John Searle, *Speech Acts*（Cambridge University Press, 1969）。在当代哲学里，哈贝马斯说明了言说行动理论如何和社会行动与社会结构有所关联，参见他的 *Theory of Communicative Action*（Beac, 1984）。

[8] 参见 Kenneth Thompson, *Moral Panics*, Routledge, 1998。

'制造意义')的特殊论述天赋"。[9]

2. 言说面对的公众对象。创伤言说者的目标是"以有说服力的方式将创伤宣称投射到受众—公众。这么做的时候，承载群体利用了历史情境的特殊性、手边能用的象征资源，以及制度性结构提供的限制和机会"。[10] 语用学中的"以言行事"理论认为，人的语言活动也是具有实践意义的行为。参照这个理论，如果获得"以言行事"的成功，这个创伤宣称的受众就会"相信他们蒙受了某个独特事件的创伤"，而且该受众的范围还会大大扩展，直至包含"大社会"里的其他非直接承受创伤的受众。把这点运用于中国的"文革"，可以认为，如果能够成功地把"文革"当作集体创伤加以宣称、再现、传播，就能够使那些没有直接承受"文革"灾难的人（包括今天的 80 后、90 后）也成为创伤宣称的受众，感到"文革"这个集体灾难并不是和自己无关的"他人的"创伤，并积极投身到对这个灾难和创伤的反思之中。

3. 特定的语境。无论是创伤声称的建构还是受众的建构，都必须在特定的言说语境下发生，都必须具备言说行动发生的历史、文化和制度环。"文革"发生的当时没有这个语境，因此无论是创伤声称的建构还是受众的建构都是不可能的。新时期以后，借助思想解放的东风，建构创伤声称的语境出现了，因此也就出现了我们下面要讲的见证（思痛）文学。但是这个语境是逐步改善的，还需要进一步优化。

文化创伤是否能够得以成功建立并赢得受众的共鸣，创伤受害者与广大受众的关系显得非常重要，它直接关系到创伤宣称的受众能不

---

[9]　Alexander, "Towards a Theory of Cultural Trauma," in *Cultural Trauma and Collective Identity*.

[10]　同上。

能与受害群体建立认同。不同的创伤叙述往往能够建构起受害者和受众之间的不同关系。由于在伤害性事件发生时，很多受众没有受到直接伤害或者没有直接参与其中，因此不太能够凭直觉察觉到自己和受害群体之间的关系。"唯有受害者的再现角度是从广大集体认同共享的有价值特质出发，受众才能够在象征上加入原初创伤的经验。"[11] 也就是说，只有当我们从人类普遍价值的角度反思"文革"而不是纠缠于个人的恩怨，受众才能建立起对受害者的深刻认同，才不会把"文革"及"文革"的受难者"他者化"。因此，如何从一种普遍主义的立场把"文革"受难者的创伤建构为和每个人有关的共享创伤，就显示出了非同寻常的重要性。

　　创伤宣称的最后一个环节是责任归属问题，即界定迫害者的身份和责任：谁实际上伤害了受害者？谁导致创伤？是"德国人"还是纳粹政权造成了大屠杀？罪行和责任仅局限于特定的群体（比如盖世太保或是整个纳粹军队），还是牵涉到更多的人？只有老一辈的德国人要负责，还是后来的世代也要负责？在创伤建构中都存在这样的问题。

三　文化创伤的例行化与客体化

　　文化创伤经过了这样的建构和再现之后，集体认同将会有重大的修整。这种认同的修整首先意味着要重新追忆集体的过去，因为记忆与当代人的当下存在和自我感受总是存在深刻联系，这使得它总是依据当代人的需要被不断修正。一旦集体认同已经重构，最后就会出现

---

[11]　Alexander, "Towards a Theory of Cultural Trauma,"in *Cultural Trauma and Collective Identity*.

一段"冷静下来"的时期，人们的情感与情绪不再那么激烈。随着高昂、激越、煽情的创伤论述（诸如"伤痕文学"）逐渐淡出，接下来要做的重要事情就是把创伤记忆、创伤的"教训"客体化成为纪念碑、博物馆与历史遗物，加以永久收藏，或使之成为机构化、常规化的公共仪式，也就是客体化为文化记忆。

文化记忆这个概念是扬·阿斯曼在哈布瓦赫的"集体记忆"概念基础上发展出来的。[12] 集体记忆（被阿斯曼称为"交往记忆"）和文化记忆的主要区别在于：集体记忆是日常化的、口传的、不持久的、临时的，具有日常性、口头性、流动性、短暂性；而文化记忆虽然也具有群体性，但因为它是以客观的物质性文化符号或文化形式为载体固定下来的，因此比较稳固和长久，且不依附于日常生活中的交往实践。"正如交往记忆的特点是和日常生活的亲近性，文化记忆的特点则是和日常生活的距离。""文化记忆有固定点，一般并不随着时间的流逝而变化，通过文化形式（文本、仪式、纪念碑等），以及机构化的交流（背诵、实践、观察）而得到延续。"[13] 阿斯曼称这些文化形式为"记忆形象"（figures of memory），它们形成了"时间的岛屿"，使得记忆并不因为时过境迁而烟消云散。[14]

把集体记忆和文化记忆的区别联系于我们说的创伤记忆，那么，创伤记忆显然可以通过两种形式存在：一种是口头相传的集体记忆，另一种是这种集体创伤记忆的物质符号化，即成为文化记忆。这方面的例子很多，比如德国的大屠杀纪念馆，中国台北的 2·28 纪念碑，柬埔寨

---

[12] 参见莫里斯·哈布瓦赫：《论集体记忆》，毕然、郭金华译，上海人民出版社，2002 年；也可参见本书的《记忆是一种文化建构》一文。

[13] 参见 Jan Assmann and John Czaplicka, "Collective Memory and Cultural Identity," *New German Critique*, No. 65, Cultural History/Cultural Studies, (Spring-Summer, 1995), pp. 125–133.

[14] 同上。

的"红色高棉罪恶馆"以及世界各地各种形式的反法西斯纪念活动。

在这种例行化的过程中，一度非常鲜活的创伤过程，被纳入了物化的文化记忆和常规的纪念活动。文化创伤的例行化，对于社会生活有最为深远的规范意义。通过让广泛的公众参与经验发生在过去的前人的痛苦，文化创伤扩大了社会同情的范围，提供了通往新社会团结的形式。

下篇
见证文学：作为一种道德担当的创伤记忆书写

"二战"以后，西方出现了大量大屠杀幸存者书写的见证文学。这种文学所见证的是"非常邪恶的统治给人带来的苦难"。[15] 从文化记忆的理论看，见证文学即是创伤记忆的一种书写形式，是通过灾难承受者见证自己的可怕经历而对人道灾难进行见证的书写形式。

一　见证文学的一般特征

我们可以这样理解见证文学的特点和意义：

首先，见证文学的意义不仅在于保存历史真相，见证被人道灾难所扭曲的人性，更在于修复灾后的人类世界。如徐贲指出的："灾难见证承载的是一种被苦难和死亡所扭曲的人性，而'后灾难'见证承

---

[15] 徐贲：《见证文学的道德意义：反叛和"后灾难"共同人性》，载《人以什么理由来记忆》，吉林出版集团，2008 年，第 239 页。

载的人性则有两种可能的发展，一是继续被孤独和恐惧所封闭，二是打破这种孤独和封闭，并在与他人的联系过程中重新拾回共同抵抗灾难邪恶的希望和信心。"[16] 后者就是法根海姆（E. Fackenheim）所谓的"修复世界"（Mend the Work）。"修复世界"指的是："在人道灾难之后，我们生活在一个人性和道德秩序都已再难修复的世界中。但是，只要人的生活还在继续，只要人的生存还需要意义，人类就必须修补这个世界。"[17] 这就是见证文学所承载的人道责任。

犹太作家维赛尔的《夜》是一部著名的见证文学作品，塞都·弗朗兹（Sandu Frunza）的《哲学伦理、宗教和记忆》一文在解读它的时候认为，维赛尔在作品中不仅详细忠实地记录了自己可怕的集中营经历，而且成功地建立了一种对他人的世俗责任伦理，起到了重建人际团结和社区融合的作用。[18] 维赛尔这样解释自己的写作："忘记遇难者意味着他们被再次杀害。我们不能避免第一次的杀害，但我们要对第二次杀害负责。"对维赛尔而言，自己的写作不是一种职业，而是一种义务。正是这种道义和责任担当，意味着见证文学是一种高度自觉的创伤记忆书写。没有这种自觉，幸存者就无法把个人经验的灾难事件上升为普遍性的人类灾难，更不可能把创伤记忆的书写视为修复公共世界的道德责任。

其次，创伤记忆建构的目标是"以有说服力的方式将创伤宣称投射到受众—公众"，使创伤宣称的受众扩展至包含"大社会"里的其他非直接承受创伤的公众，让后者能够经验到与直接受害群体的

---

[16]　徐贲：《见证文学的道德意义：反叛和"后灾难"共同人性》，载《人以什么理由来记忆》，第 224 页。

[17]　同上。

[18]　Sandu Frunza, "The memory of the Holocaust in Primo Levi's 'If This Is a Man'," *Shofar*, Vosl. 27, No. 1 (Fall 2008), pp. 36−57.

认同。在这方面，西方的见证文学名著、大屠杀幸存者普里莫·莱维（Primo Levi）的《如果这是一个人》(*If This Is a Man*)，无疑是一部不可多得的文献。这部见证文学告诉我们：不要把大屠杀当成犹太人特有的灾难，不要把对大屠杀的反思"降格"为专属犹太人的生存问题。这种反思必须提升为对这个人类普遍境遇的反思，从而把避免犹太人悲剧的再发生当成我们必须承担的普遍道义责任。[19] 因此，莱维个人的创伤记忆书写就不只具有一种自传的性质，而应视为一种对人类体验的书写。莱维在书中坚持使用复数形式的第一人称"我们""我们的"进行叙事。这种人称一方面是群体受难者通过莱维的写作发出声音的一种方式，另一方面，通过这种语法也使读者积极地投入到对事件的记忆和复述中去。这种对复数人称的使用，被视为一种集体声音和共享体验，它力求获得读者的同情并且打动读者的良知。

第三，见证文学是一种寓言式的书写。一直关注创伤记忆问题的徐贲先生曾经把维赛尔的《夜》与存在主义文学进行对比分析，认为和存在主义文学一样，维赛尔的见证文学也可以当作寓言来读，而"寓言所扩充的是人的存在的普遍意义和境遇"。它同时具有两个特点："第一，它如实描写了大屠杀灾难的暴力、恐惧、人性黑暗，以及与此有关的种种苦难和悲惨，它是对"二战"期间大屠杀的真实记忆。第二，它是对普遍人性和存在境遇的探索，这一探索揭示与人的苦难有关的种种原型情境和主题，如死亡、记忆、信仰，等等。"[20]

---

[19]　参见 Frunza, "The memory of the Holocaust in Primo Levi's 'If This Is a Man'"。

[20]　徐贲：《见证文学的道德意义：反叛和"后灾难"共同人性》，载《人以什么理由来记忆》，第 233 页。

二 受害者兼加害者的双重思痛

文化创伤理论还可以帮助我们认识中国本土的见证文学。粉碎"四人帮"后，中国文坛也出现了一批以见证、反思"文革"为主题和题材的文学，其中特别值得注意的是一些"文革"亲历者写的回忆录。如巴金的《随想录》、韦君宜的《思痛录》、徐晓的《半生为人》、贾植芳的《我的人生档案》等。有学者称之为"思痛文学"[21]。它和幸存者文学、见证文学存在显著的相似性：都是为了保存历史真相，都体现了走出历史灾难的责任意识，都是纪实性的，其书写者都有双重特征：既是一个灾难的承受者，也是灾后的积极自觉的反思者。更加重要的是，见证文学中的见证者和思痛文学中的思痛者还有类似的负疚感甚至负罪感，因为他们都不同程度地参与了作恶。这群作者的特征是：

首先，他们是觉醒者。"思痛文学"其实也是"醒悟者文学"。思痛文学一般都要讲述自己觉醒的过程，只有觉醒了的受害者才会觉得自己的那段经历是"痛"，才会讲述和反思这"痛"。不觉醒就不会思，甚至也不会觉得痛。痛和思都是觉醒后的自觉理性意识和行为。巴金说得好："五十年代我不会写《随想录》，六十年代我写不出它们。只有在经历了接连不断的大大小小政治运动之后，只有在被剥夺了人权在'牛棚'里住了十年之后，我才想起自己是一个'人'，我才明白我也应当像人一样用自己的脑子思考。"[22] "没有人愿意忘记二十年前开始的大灾难，也没有人甘心再进'牛棚'、接受'深刻的教育'。我们解剖自己，只是为了弄清'浩劫'的来龙去脉，便于改

---

[21] "思痛"一词是老作家韦君宜首先提出的，参见韦君宜:《思痛录》，北京十月文艺出版社，1998年，第1页。

[22] 巴金:《随想录》（三十周年纪念版），作家出版社，2009年，第3页。

正错误，不再上当受骗。分是非、辨真假，都必须从自己做起，不能把责任完全推给别人，免得将来重犯错误。"[23]

　　其次，他们都有强烈的责任意识。很多思痛者都谈到了自己肩负的保存历史真相的责任。巴金说："住了十年'牛棚'，我就有责任揭穿那一场惊心动魄的大骗局，不让子孙后代再遭灾受难。"[24]"为了净化心灵，不让内部留下肮脏的东西，我不能不挖掉心上的垃圾，不使它们污染空气。我没有想到就这样我的笔会成了扫帚，会变成了弓箭，会变成了解剖刀。要消除垃圾，净化空气，单单对我个人要求严格是不够的，大家都有责任。我们必须弄明白毛病出在哪里，在我身上，也在别人身上……那么就挖吧！"[25]

　　最后，他们都有强烈的忏悔意识和负疚感、负罪感。思痛文学中很大一部分是表达对自己"文革"时期所犯过失的忏悔和反思。这些作品的书写者常常有双重身份，既是一个灾难的承受者，不同程度上也是别人灾难的制造者，因此他们的见证也是对自己过失的见证。这是特殊意义上的"见证文学"：见证自己的污点言行，以便重获做人的尊严。《炎黄春秋》有一个专栏，叫"忏悔录"，那里的文字都是反省的结果。有一篇文章是马波（老鬼）写的，文章写了"文革"初他偷看同学宋尔仁的日记，并把它交给"组织"这件事。作者坦诚地写道："我交了他的日记本对他的杀伤是巨大的，影响了他一生的命运。这是我这辈子干的最缺德的事。我对不起宋尔仁。"[26]1967年8月5日在武斗中打死了同学的王冀豫，在四十四年后这样告诉自己："灵魂深处总有些东西根深蒂固，冥顽不化，但理性还是反复清晰地告诉

---

[23]　巴金：《随想录》（三十周年纪念版），第2页。

[24]　同上书，第3页。

[25]　同上书，第4页。

[26]　马波：《我告发了同学宋尔仁》，载《炎黄春秋》2009年第9期。

我：'你是罪人！'一个性相近、习相远的人世间，为什么盛产那么多仇恨？忏悔是不够的，也许这一切需要几代人的反省。"[27]这种忏悔意识和对自己的无情解剖，是思痛文学中最具有道德力量和思想价值的部分。

三　精神自辱与检讨书文化

特别值得指出的是"文革"时期留下的知识分子的大量污点言行，就是思想检讨，"灵魂深处闹革命"。这是"文革"时期出现的重要文化现象，它导致了大量检讨书的产生。

郭小川的文集中有一本名为《检讨书——诗人郭小川在政治运动中的另类文字》。编者、郭小川的女儿郭晓惠在《前言》中写了自己发现父亲这些手稿的时候的感受：

> 这些发现给我和我的家人心里带来的感受，是复杂的，那么多惊惧的忏悔，那么多执著而无力的辩白，甚至，那么多载负着良知重压的违心之言……这是一种什么样的文字"作品"呵！看着它们，我心里一会儿发酸、一会儿发疼、一会儿又像是灌了铅似地沉重不已。
>
> 这就是"检查"——一种令人进行精神自戕的语言酷刑！从那个年代过来的人，谁多少没有一些这样的经历呢……父亲是那样一个真诚、善良的人，他也是有着强烈的内心尊严的！可是，一次又一次，一拨又一拨的检查交代，几乎把他的尊严统统

---

[27]　王冀豫：《背负杀人的罪责》，载《炎黄春秋》2010 年第 5 期。

埋葬掉了……面对着这无数张一字一格认真写就的稿纸，再看看父亲晚年的照片，我无法想象，这样的"语言酷刑"对一个人精神上的伤害究竟会有多深。

　　在如何处理这些"检讨书"的问题上，我们是有过踌躇的。公开披露，似乎有损于父亲在人们心中已有的形象，况且这又是那么一段不堪回首的痛史，有什么必要再拿出来聒噪今天这一片笙歌呢？可是，正因为是痛史，所以更不应该被遗忘。这样一种记忆，对于生者是有特殊教益的。

　　父亲的这些检讨书，从内容上看，有一个从主动辩解，到违心承认，再到自我糟践的过程。为了解脱过关，不得不一步步扭曲并放弃自己的人格立场。从这一过程中，我们可以清晰地看到，一个人的精神是怎样在这种"语言酷刑"的拷讯下，一点一点被击垮的。[28]

郭小川的检讨书是他的女儿在他去世后为他编的。非常相似的是，徐干生的《复归的素人》中的检讨书、交代材料、日记等，也是他的儿子徐贲在父亲去世后为他编的。郭晓惠所说的"精神自戕""语言酷刑"在徐贲的笔下被表述为"诛心的检讨"。"诛心"体现了最为反人性的一面，让你自己糟践自己，自己践踏自己的尊严。这就是所谓"精神自戕"。

　　郭晓惠和徐贲都是在高度的责任心驱使下，不怕"玷污"父亲的名声做出了勇敢的选择。这种理性、责任心和勇气值得敬佩。一个人在特殊环境下被迫做了自我贬低、自我侮辱的忏悔、检查、交代，违

---

[28]　郭晓惠:《前言：父亲的另一种文字》，载郭晓惠、丁东、严硕编《检讨书——诗人郭小川在政治运动中的另类文字》，工人出版社，2001年，第1—2页。

心地检举揭发了别人，原本是可以得到谅解，甚至值得同情的，我们不能苛责他们。问题是时过境迁之后，应该如何对待自己的这些不光彩文字？这个既是受害者又是自戕者的人，必须通过一种特殊的做见证行为，即为自己那些丧失尊严的言行做见证，把自己放在自己设立的审判席上，才能找回自己的尊严。找回这个尊严的最好方法，或者说是唯一方法，就是真实地暴露自己是如何失去尊严的。

如何能够做到这点？什么力量推动一个人在没有他人威逼，甚至没有他人知晓的情况下主动暴露自己的污点言行？是什么力量促使当事人"自曝家丑"，公开自己感到羞愧的事情？这样做到底是为了什么，又有怎样的意义和价值？在我看来《复归的素人》要回答的正是这个问题。我相信，徐干生一直保留着自己的检讨、交代、揭发检举文字，并不只是出于对社会、国家、民族的责任感，而是为了给自己一个交代，也就是说，他不愿意和一个不敢面对、不敢公开自己过去之污点言行的那个"我"为伴。即使没有任何一个人知道曾经有过这样的一个"我"，但徐干生自己知道。这就是徐干生了不起的地方：他必须公开这个"我"，从而告别这个"我"！

这与编者徐贲给出的解释是吻合的："我父亲以他的'文革'日记和检讨参与了对中国社会公共语言的败坏。他在复归为一个素人之后，对此是有自我反省的。他这样做，不是因为他觉得自己能就此改变这种久已被污染的语言，而是因为使用不洁的语言，与他个人的做人原则不符。"[29]徐干生写于"文革"后的《共同语言》一文可以证明徐贲的解释是正确的："谁都知道，语言或文字，是神圣的，当人类文化发轫时，它几乎是一切成就中最伟大的成就。可是，今天我们却

[29] 徐干生:《复归的素人：文字中的人生》，徐贲编，新星出版社，2010年，第31页。

在侮辱它。更坏的是，我们用它来侮辱自己。"[30] 可以说，这是作者从对自己"文革"时期的检讨交代语言的分析中得出的深刻结论，是一个人对自己的批判和反省。而它所依凭的"做人原则"，不是一种外加的行为规范，也不是社会上流行的习俗，而是一种自己设立的、对自己负责、对自己的行为进行监督的内在戒律。这种行为只能源自个人的良知。据阿伦特的理解，这良知就是一个人"不能忍受自己和自己不一致"。在《奴性平议》一文中，徐干生这样写道："要从奴性复归人性，我们已经等不及让社会学家慢慢地来给我们开出奇效的药方。在我们等待药方的时候，不妨自己身体力行，先做起来，做一个能够摆脱奴性的人，以限制这一疾病的蔓延。"[31] 在我看来，把用不洁语言书写的悔过书和检讨书公开发表，这个"先做起来"的行为就是向告别奴性迈出了一大步。

　　当然，我说这种行为的动因是个人的，并不是说它不具备社会公共意义。这种公共意义是一种阿伦特说的榜样意义。通过暴露那个曾经不光彩的"我"进而彻底告别这个"我"，郭小川、徐干生等人的见证行为让我们意识到：榜样的力量是无穷的。

（原载《当代文坛》2011 年第 5 期）

---

[30]　徐干生:《复归的素人》，第 205 页。

[31]　同上书，第 203 页。

论见证文学的真实性

关于文学与犹太人大屠杀的关系，有很多充满张力乃至相互矛盾的表述。有人说，虚构性文学不能见证大屠杀，因为见证必须坚守纪实这个最高标准，拒绝虚构；也有人说：任何书写都离不开虚构，虚构性文学甚至能更好地见证"作为大屠杀的历史"。[1] 即使一些非常著名的见证文学作家本人在这个问题上的看法也是五花八门，甚至截然相反。比如美国作家、大屠杀幸存者、诺贝尔和平奖获得者埃利·维赛尔断言："与奥斯维辛有关的小说不是小说——或者也并不与奥斯维辛有关。"[2] 他称自己的《夜》不是小说，而是"自传历史"（autobiographical history）；[3] 而另一个与维赛尔同样著名的匈牙利作家、大屠杀幸存者、诺贝尔文学奖获得者凯尔泰斯·伊姆雷则认为：所有对奥斯维辛的见证都是"小说"，即使是打上了自传标签也仍然是小

---

[1] 后一种观念请参见 Shoshana Felman, "Camus' *The Plague*, or a Monument to Witnessing," in Shoshana Felman and Dori Laub, *Testimony: Crises of Witnessing in Literature, Psychoanalysis and History*, Chapter 4, Routledge, 1992。

[2] 参见希利斯·米勒:《共同体的焚毁：奥斯维辛前后的小说》，陈旭译，南京大学出版社，2019 年，第 215 页。类似的表述还有："小说越成功，离大屠杀就越远。"同上书，第 190 页。

[3] 参见 Graham B. Walker, Jr., "Transfiguration," in *Elie Wiesel and the Art of Storytelling*, ed. Rosemary Horowitz, Jefferson, Mcfarland & Company, 2006, p. 156。

说。[4] 他的代表作《无命运的人生》以作者的集中营经历为原型，被普遍视作见证文学的杰作；但小说主人公"久尔考"毕竟是一个虚构人物。希利斯·米勒（J. Hillis Miller）精细地分析了这部诺贝尔文学奖获奖作品如何使用包括后现代反讽在内的大量小说技巧。更有甚者，美国作家阿特·斯皮格曼的漫画书《鼠族》用寓言方式书写父辈的大屠杀记忆，这些记忆来自其父亲的讲述而非作者的亲历，且其中的受难者均以老鼠形象出现（加害者则是以猫的形象出现）。[5] 这类作品也属于见证文学吗？

这里一个核心的问题是：作为一种审美形式，一种虚构文类，文学/小说能否真实地见证大屠杀？如何理解见证文学的真实性？见证与虚构是否水火不容？见证是否必须远离诸如比喻、象征、寓言等文学技巧？如果回答是肯定的，那么见证文学还能叫"文学"吗？

一　难分难解的纪实与虚构

阿多诺认为：用文学表现大屠杀，这种做法在本质上非常可疑，甚至不道德。他的名言"奥斯维辛之后写诗是野蛮的"所引发的讼争延续至今。[6] 有人坚持认为："一部关于大屠杀的小说，明确声明其出于虚构再造，那么这样的小说与那种以审美性文过饰非、凭臆想做出见证而聊以充数、逃避真正做证的小说，有何不同？"[7] 在持这种观点的人看来，真正意义上的奥斯维辛见证必须将集中营幸存者的亲历

---

[4] 参见米勒：《共同体的焚毁》，第 227 页。

[5] 阿特·斯皮格曼：《鼠族》，刘凌飞译，湖南美术出版社，2023 年。

[6] 关于这个问题的讨论请参考本书《奥斯维辛之后的诗》一文。

[7] 参见米勒：《共同体的焚毁》，第 184 页。

记忆不加修饰地呈现出来，就像克洛德·朗兹曼的长达八小时的纪录片《浩劫》所做的那样。[8]

严格要求见证文学的真实性，并将这种真实性等同于纪实性、非虚构性，这样的观点在中西方均甚为流行。比如，美籍华裔学者徐贲称埃利·维赛尔为"目击报道员"，欣赏其代表作《夜》那种"平铺直叙，不做解释"的书写风格。[9] 当然他也承认，见证文学中的记忆是被重新建构的，"从本质上来说，见证文学是不可能完全纪实的"。[10] 尽管如此，他仍倾向于认为应该尽可能避免虚构以及其他文学表现技巧。在评价国内作家行村哲的《孤独的咒语》这部自传体小说时，徐贲批评其过多使用了文学性的修辞技巧，不如让经验粗糙地、不加修饰地呈现出来。[11] 他甚至认为，见证文学不是严格意义上的"文学"，更加准确的说法应该是"见证书写"。

汉语学界另一位较早关注见证文学的学者李金佳所持观点与徐贲相似。在给克洛德·穆沙的《谁，在我呼喊时：二十世纪的见证文学》写的"译序"中，李金佳给见证文学下了一个定义：

> 见证文学是一种特殊的自传文学。它指的是那些亲身遭遇过浩劫性历史事件的人，作为幸存者，以自己的经历为内核，写

[8] 克洛德·朗兹曼（1925—2018），法国纪录片导演、编剧、作家、哲学家。1987 年，其导演的纪录片《浩劫》获第 40 届英国电影和电视艺术学院奖弗拉哈迪纪录片奖最佳导演。

[9] 据笔者所知，在大陆文学研究界，"见证文学"这个术语是徐贲先生在《为黑夜作见证：维赛尔和他的〈夜〉》《见证文学的道德意义：反叛和"后灾难"共同人性》（均收入《人以什么理由来记忆》，吉林出版集团，2008 年）这两篇文章中首先使用的。

[10] 徐贲：《为黑夜作见证：维赛尔和他的〈夜〉》，载《人以什么理由来记忆》，第 218 页。

[11] 参见徐贲：《孤独的写作和"文革记忆"叙述：从行村哲的〈孤独的咒语〉谈起》，载陶东风、周宪主编《文化研究》第 11 辑，社会科学文献出版社，2012 年。

出的日记、回忆录、报告文学、自传体小说、诗歌等作品。[12]

　　李金佳不仅把见证文学的内容界定为幸存者亲历的浩劫性历史灾难（特别是极权主义制造的人道主义灾难），同时把见证文学归入"特殊的自传文学"（值得注意的是他把诗歌也包含在自传文学的范畴），显然意在强调其纪实性或非虚构性。

　　徐贲和李金佳都是在研究、吸收西方学界关于大屠杀见证的相关研究基础上归纳出见证文学的特征的，因此这样的看法也代表了西方学术思想界的惯常理解。意大利作家、大屠杀幸存者普里莫·莱维郑重声称：在他的《这是不是个人》中"没有任何事实是虚构臆造的"。[13] 在回答"为什么你只讨论德国集中营，而不谈及苏联集中营"这个问题时，莱维说："我更愿意充当一位证人，而不是法官"，而作为一位证人，"我只能见证我亲身经历和目睹的事情"。他特别强调："我的书不是历史书籍。在撰写这些书籍时，我严格地将自己限制于只报道我亲身经历的事情，而摒除我之后从书籍或报纸上读到的故事。"[14] 换言之，历史学家可以而且必须大量使用非亲历的材料；而见证文学作家不能。除了不写苏联，他也没有写集中营的毒气室和焚尸炉，因为他没有亲历过这些（尽管从其他渠道了解过一些）。

　　但是，由于受到后结构主义的影响，当代西方像德里达、阿甘本、希利斯·米勒、哈特曼、费尔曼等"后"理论家，对见证、见证文学的理解发生了一个重要变化：他们不再坚持见证书写的非虚构

———————————

[12]　李金佳：《译序》，载克洛德·穆沙《谁，在我呼喊时：20世纪的见证文学》，李金佳译，华东师范大学出版社，2015年，第1页。

[13]　普里莫·莱维：《作者前言》，载《这是不是个人》，沈萼梅译，人民文学出版社，2016年，第2页。

[14]　普里莫·莱维：《再度觉醒》，杨晨光译，外语教学与研究出版社，2016年，第237页。

性，也不再坚持虚构与非虚构之间的严格界限，而将加缪的寓言小说《鼠疫》、斯皮格曼的漫画书《鼠族》、保罗·策兰的诗等也纳入了"见证文学"的范畴。他们的一个基本理论支点是：所有书写都是叙事，都不可能避免虚构，甚至语言本身就是比喻，严格意义上的非虚构不存在。[15] 任何回忆录、采访、口述史都不可能根除叙述和虚构。在某种意义上，他们实际上完全悬置了虚构和非虚构的区分问题。

米勒在其近作《共同体的焚毁：奥斯维辛前后的小说》中明言："本书重点探讨以下问题，即文学创作能否为大屠杀做证。"[16] 他的结论是：文学能，而且唯有文学能。他认同凯尔泰斯"所有关于奥斯维辛的见证都是小说"的说法，他的解释是：任何有关大屠杀的叙事，都经过了选择和整理，因此也就不可能做到纯客观或非虚构。"幸存者对集中营经历的任何叙事，从最忠实的自传到虚构色彩最浓的转换创作，都经过略显独断的主观选择，他们组合细节、形成故事。这样的'组合'并不照搬细节本身。尽管事实仍为事实，但任何叙事行为都是对事实的构建。"[17] 依据米勒，所有通过语言进行的见证书写，必然都是叙事，而所有叙事，无论是虚构还是自传，都包括"选择""组合""整理"，都是构建。

这样的观点在后结构主义的影响下并不鲜见。比如黛博拉·盖斯指出：将奥斯维辛置于比喻之外，也就是将其整体置于语言之外，因为语言皆比喻。"当时的受害者在比喻中知晓、理解和应对奥斯维辛；作家在比喻中组织、表达和阐释奥斯维辛；现在后辈学者和诗人在比喻中铭记、评论奥斯维辛并赋予其历史意义。"[18] 米勒在引用这段话后

---

[15] 参见马丁·麦克奎兰：《导读德曼》，孔悦才译，重庆大学出版社，2015 年。

[16] 米勒：《共同体的焚毁》，第 88—89 页。

[17] 同上书，第 227 页。

[18] 转引自上书，第 186 页。

评论道："与'比喻'一词相比，我更愿意用'词语误用'的说法。大屠杀抵制再现，但也许最好的再现方式是'词语误用'，即用其他领域的词形容那种本身抵制再现的事情。"[19] 所谓大屠杀"抵制"再现，是指大屠杀这种极端经验无法用记述性（constative）语言加以言说，于是关于大屠杀的书写就只能是用其他词语进行比喻，此即所谓"词语误用"。

悖谬的是：面对不可再现之事，后结构主义者并不否定见证的可能和必要。于是就有了阿甘本似非而是的悖谬说法："幸存者见证不可见证之事。"[20] 在我看来，这些似非而是的言论并非主张完全彻底放弃对大屠杀的书写，也不是将大屠杀书写必然带有的叙述、虚构、修辞维度等同于随意捏造、歪曲乃至否定大屠杀的事实。他们的真实意思是：大屠杀的文学书写必须通过与历史记述不同的方式进行。

在很多自传性见证作品中，纪实性的自传内容和虚构内容确实常常纠缠难分。穆沙指出：沙拉莫夫《科雷马故事》中的"我"不是一个人。"他"有时候是作者本人，有时是一个虚构人物，有时又是两者的混合。另外，类似的甚至相同的情节，在不同的篇章中有叠加的情况，有时则干脆将某人某地的行为安到了别处的别人身上。[21]

[19] 米勒：《共同体的焚毁》，第 186—187 页。

[20] 阿甘本语，参见米勒：《共同体的焚毁》，第 215 页。

[21] 克洛德·穆沙：《在黑夜的边上——读沙拉莫夫》，载《谁，在我呼喊时：20 世纪的见证文学》，第 92 页。塞姆·德累斯顿为我们提供了一个这方面的例子。党卫军军官库尔特·弗兰茨养了一只军犬叫"男子汉"，专门训练它去咬集中营的犹太人，特别是其生殖器。库尔特·弗兰茨是在贝乌热茨和特雷布林卡集中营干这件事的，但是在史华兹-巴特的小说《正义的终结》中，这个情节被安置到了奥斯维辛集中营。德累斯顿就此写道："小说里的事可能不真实（引者按：军犬咬人的事不是发生在奥斯维辛），但那并不意味着，那并非确有其事：只不过一个集中营的事实被搬到了另一个集中营。这样的迁移即使不是小说家的权利，那也是他的自由。"塞姆·德累斯顿：《迫害、灭绝与文学》，何道宽译，花城出版社，2012 年，第 32 页。

其实，可以将真实与虚构的相互缠绕、融混视作西方整个自传书写中后现代转向的关键表征。依据张欣的分析，在后现代主义影响下，自传书写中的虚构愈演愈烈，虚构与真实之间不再有严格界限，并创造了"生命书写""自小说""自传虚构""自虚构"等指涉纪实和虚构之间模糊地带的概念。[22] 张欣还特别分析了当代美籍华裔女作家自传书写中真实与虚构混合的情况。在这些作家的自传书写中，一方面大量使用了"实证"（或以"实证"面目出现）材料，另一方面又大量使用了虚构手法，从而"将经验事实与虚构手法艺术地融合在一起"。[23] 比如汤亭亭的《女勇士》等作品，一方面明确标明其为"回忆录""非虚构"，同时又大量糅合进了梦境、鬼魂、神话、幻觉等，其所叙之事大大超出主人公的经历。更有甚者，在《女勇士》一书的归类上，也是"自传类""小说类"变来变去。在一些版本中它被标为"文学"而非"自传"。汤亭亭坦陈自己写的："不是历史，也不是社会学材料，而是普鲁斯特式的记忆，它本来就是在虚构和非虚构之间穿越。"[24]

纪实和虚构的混合有其心理学依据。见证文学几乎全部属于创伤记忆书写，而创伤记忆的特点之一正是虚构和真实的胶合难解（其他记忆当然也存在这种情况，但创伤记忆这方面的特征尤其突出）。有这样一个戏剧性的例子：1995 年在德国出版的一部叫《碎片》

---

[22] 暨南大学比较文学与世界文学专业张欣指出：20 世纪初，英国的"新传记"流派倡导传记形式的多元化，将小说技巧和戏剧艺术广泛应用于传记书写，其奠基人之一弗吉尼亚·沃尔夫的《奥兰多》被称为薇塔的传记，其中有大量薇塔的照片和其他真实的细节，但是《奥兰多》的传主活了近四百年，这期间还经历了性别的转换。这些显然都是虚构的，目的在于以"幻觉之我"消解稳定单一的自我。参见张欣：《多声之"我"——当代华裔美国作家自我回忆录研究》，博士学位论文，暨南大学文学院，2021 年，第 53 页。

[23] 同上书，第 49 页。

[24] 同上书，第 55—66 页。

（*Bruchstücke*）的回忆录，讲述了一个犹太孩子在犹太人圈禁区和纳粹集中营的经历，通过记忆碎片的方式呈现了一幕幕清晰感人的场景和画面。作者本杰明·维克米斯基（Benjamin Wilkomirski）自称这是一部自传回忆录，写的是自己的亲历。此书一出版就广获好评，有评论家称之为幸存者见证文学的又一杰作，被译为几十种文字，还获得了"犹太书籍国家大奖"。后来有人揭露：维克米斯基伪造了自己的生平，他不但从来没有集中营的经历，而且根本就不是犹太人。这件事闹得沸沸扬扬，诸多媒体发表大量文章批评维克米斯基，甚至斥之为"记忆窃贼"，出版社也纷纷收回此书。1999 年 4 月，维克米斯基的代理人聘请瑞士历史学家米契勒对此事件进行调查。2000 年，调查结果以《维克米斯基事件：生平真实研究》为名出版。调查披露：维克米斯基是瑞士人，1941 年出生，原名布鲁诺·格罗斯让（Bruno Grosjean），从小父亲离世，被母亲遗弃，养父母也多次变换，使其心灵受到极大创伤，养成了孤僻乖戾的性格。调查还证实：维克米基斯在 1979 年接受过一段"恢复记忆"的治疗，而这些被"恢复"的记忆中大量掺杂了作者从阅读犹太人大屠杀资料中获得的内容。[25] 这些内容本身是真实的，但被移置于他的"自传"中就变成了虚构。调查的结论是："维克米斯基写作《片段》，运用了自己童年经历中的感情创伤，但却用犹太人大屠杀的事件细节来代替自己的真实生活细节。维克米斯基沉浸在大屠杀历史中有三十多年之久，加上他也许本来就已经记不清自己幼年时期究竟有过怎样的实际经历，这种记忆发生的心理置换便以《片段》的形式叙述出来。"[26] 这个例子非常戏剧性地证明：

---

[25]　此书关于维克米斯基事件的介绍参见徐贲的《"记忆窃贼"和见证叙事的公共意义》一文（载《人以什么理由来记忆》，第 243—248 页）。该文翻译的书名为《片段》。

[26]　参见徐贲：《"记忆窃贼"和见证叙事的公共意义》，载《人以什么理由来记忆》，第 247 页。

当一个人回溯自己的童年记忆，特别是创伤记忆时，亲历的内容和非亲历的内容、纪实与虚构经常会发生叠加、融合。"维克米斯基看来并不是存心在编一个假故事来欺世盗名。他的写作完全可能出于一种真实的心理需要，甚至他自己也以为这个虚构的故事说的就是他真实的自我。"[27] 这个结论显然对于维克米斯基采取了同情理解的立场。

在一个访谈中，当问到真实的记忆与伪造的记忆时，解构主义大师杰弗里·哈特曼说：他关于"伪造的记忆"的说法，是"在政治篡改的语境之下"说的，比如政治得势者为了重写一个历史事件，把失势者的形象从一张曾经公开的照片上抹去。这样做的意图是改写"官方故事"并进一步修改集体记忆。但他紧接着指出：在创伤的语境中，对个人记忆的伪造，则需要更深层的分析，而不只是判断事实真假。"如果创伤的确存在，那么一些所谓的事实就有可能在一方面是虚假的（在事实意义上），在另一方面却是真实的（比如在比喻意义上）。"[28] 举一个例子。很多被囚禁者都说他们看到负责对刚刚送到集中营的犹太人进行挑选的纳粹军官医生门格勒在当班。假设果真如此，这将意味着门格勒得连续当班 48 个小时。这在事实层面上是不可能的。但在比喻意义上它却是真实的，因为"门格勒"在此已经成为一种"回溯的象征"，一种"决定新人生死的裁判场景的提喻"。[29]更复杂的情况是，在考察事件过后很长时间的回溯性记忆时，我们必须考虑时间因素和媒介影响。哈特曼说："在纳粹执政过去了这么多年之后，我们真的能肯定，证人叙述的每一件事，都的确是他的亲身经历，而不是或多或少受到了媒体的影响，比如说斯皮尔伯格的《辛

---

[27] 参见徐贲：《"记忆窃贼"和见证叙事的公共意义》，载《人以什么理由来记忆》，第 247 页。

[28] 参见谢琼：《从解构主义到创伤研究——杰弗里·哈特曼教授访谈》，载《文艺争鸣》2011年第 1 期。

[29] 同上。

德勒的名单》？"还可能有这样的情况：一个幸存者把他同伴的集中营经验说成是自己的，只因为同伴在临死前鼓励他活下去，并交代他要记住并讲述自己（同伴）的故事。这种情况下，这个生死故事到底属于谁的？哈特曼认为，就创伤性环境的特殊性而言，故事本身可能比严格的故事归属更重要。比如口传文学时期，故事的作者常常是匿名的，故事是集体完成的。即使像本杰明·维克米斯基这样的"记忆窃贼"，其行为当然应该受到谴责。但"即使在这里你也可以应用创伤理论，去问一个和大屠杀毫不相干的人要经过怎样的心理过程，才会如此执着而生动地去写大屠杀"。哈特曼的解释是：这件事显示出当一件事已经非常公开而广泛地进入文学领域时，要辨识其真假是多么难。

　　一个作家可以栩栩如生地描写听说过或从其他材料中获知的、确实曾经发生但又非他亲历的事情。这种非亲历的记忆被兰兹伯格（Alison Landsberg）称之为"假肢记忆"（prosthetic memory）。"假肢记忆是指那些并非严格源于人们的生活经历的记忆。"[30]尽管这种记忆不是亲历的、"自然的"和"本真的"，而是通过一个人接触的关于过去的图像和叙事生成的，但却依然真切、具体、生动并和自己的亲历记忆难分彼此。

---

[30] Alison Landsberg, *Prosthetic Memory: The Transformation of American Remembrance in the Age of Mass Culture*, Columbia University Press, 2004, p. 25.

二　从主观真实、有条件的客观性到超现实

历史具有多重面向，特别是对于群体性重大事件（如战争、群众运动等），历史教科书常常只能提供一种非个人化的总体面貌，难以呈现其多面的细节及其对每个人的复杂影响；而文学见证的是个人化的历史及其对每个人的个别影响，这就使得它的作用变得无可替代。卡内蒂在分析 1927 年 7 月 15 日维也纳发生的一场工人游行时注意到："群体性历史事件的参与者越多，就越需要有个人的眼光来观察，个人的声音来讲述，才能得到理解和记忆。"[31] 见证文学见证的是一个个个体在极权主义极端环境下具体的、活生生的人性。米勒观察到：某些"事实"，比如辛德勒的"品性"，只能通过虚构来展现，"这与阿多诺宣称奥斯维辛之后写诗是野蛮的恰恰相反"。[32] 了解辛德勒的"品性"意味着作者必须进入人物内心（"品性"不是客观事实），其真实性诉求不能排斥个人化的主观心理真实，后者通过纯客观的记录是没办法传达的。这也是见证文学与历史书写的差异。

克洛德·穆沙指出：

群体性历史事件的见证者，并不能像某些历史学家设想的那样，可以还原为一个绝对客观、真空状态的证人。不能苛求他像机器一样单纯地记录事件，然后再把它"如实地"陈述出来。他是一个人，曾经生活在历史事件之中，这个简单的原因使那些极力剔除见证者主观介入的企图，都是徒劳无益的。我们更应该

---

[31]　参见穆沙：《在黑夜的边上——读沙拉莫夫》，载《谁，在我呼喊时：20 世纪的见证文学》，第 94 页。

[32]　米勒：《共同体的焚毁》，第 192—193 页。

分析他在历史事件中，到底占据怎样的一个主观，这个主观，对他又有何种必然性和意义。记忆，情感，身体的悸动，精神世界的波澜：历史事件在个人身上留下的所有痕迹，都是值得我们关注和思索的。在这一点上，作家通常比历史学家做得好。[33]

　　穆沙以苏联著名作家沙拉莫夫杰出的见证文学作品《科雷马故事》为例对此进行了分析。首先他承认，见证文学属于自传文学范畴，其真实性的一个重要保证，就是"作者不容许自己拥有小说家那样的自由，不容许他的'我'一步跳入其他人物的'内部'，把他们各自的主观世界一一呈现出来"。[34]但他同时指出，《科雷马故事》中的某些描写直接进入了劳改犯的精神世界。沙拉莫夫甚至在《雪利白兰地》(《科雷马故事》中的一篇)中写到他从未谋面的苏联诗人曼德尔斯塔姆临死时的感觉和心理活动，而这样的感觉和心理，当然是"当事者（引者按：曼德尔斯塔姆）无法告知任何人的"。[35]

　　耶鲁大学大屠杀见证录像资料中心曾经对奥斯维辛集中营一个年近七旬的女性幸存者进行访谈。在回忆奥斯维辛集中营暴动时，她情绪激动地说：暴动那天晚上"四个烟囱窜出火焰，火光冲天"。在之后不久的一个学术研讨会上，有一个历史学家指出：该妇人所说"四个烟囱"不符合历史事实。诸多史料证明当时着火的烟囱只有一个。这位历史学家由此断言该证人的记忆不准确，没有见证价值。

　　这个例子表明心理的、主观的真实很可能不符合客观真实。耶

[33]　穆沙：《在黑夜的边上——读沙拉莫夫》，载《谁，在我呼喊时：20 世纪的见证文学》，第93 页。

[34]　克洛德·穆沙：《他们无法统治空间——读罗伯尔·昂代尔的〈在人类之列〉》，载《谁，在我呼喊时：20 世纪的见证文学》，第 18 页。

[35]　同上。

鲁大学教授、心理治疗师多丽·劳布也参加了这个会议。她不同意这位历史学家的观点。她的理由是："这位妇人见证的不是爆炸烟囱的数量，而是某种更根本、更关键的事实：一个不可想象的事件的发生。"[36] 爆炸的烟囱是一个还是四个并不重要，重要的是爆炸（起义）居然发生了，纳粹无往不胜的神话破灭了！这才是不可思议的！这个事实给犯人带来了强烈的情感震撼：这位妇人见证的就是这种震撼感受。这是一个比数量真实更为重要的主观真实。马萨诸塞州立大学的詹姆斯·扬教授就上述案例写道：对于劳布这位精神分析学者而言，"在人的内心的、精神的感知世界里发生的变化，至少和外部的、自然的世界里的变化一样，也是真实的和可以证实的"。"谁要是原则上低估了当事人当时对所发生的事件的理解，那么他同时也就忽略了促使幸存下来的见证人（可能还有那些没能幸存下来的牺牲者）以自己的行为对当时事件做出反应的原因。"[37] 这个女子之所以发生这种认知"错误"（把一根烟囱看成四根），恰恰是因为起义这件事对她的震撼太过强烈（在她以前的想象世界里这是完全不可能的）。扬还认为，纠缠于客观事实的历史学家是拙劣的访谈者，"他们太坚信自己的知识了，所以他们总是促使被访谈的见证人去证实人们反正已经知道的东西。他们不让见证人作史实不确切的陈述，因而就轻率地放弃了那些错误感知对理解历史事件（例如当事人当时为何采取这样或那样的态

---

[36] Dori Laub, "Bearing Witness or the Vicissitudes of Listening," in Shoshana Felman and Dori Laub, *Testimony: Crises of Witnessing in Literature, Psychoanalysis and History,* Chapter 2, Routledge, 1992, p. 59.

[37] 詹姆斯·E. 扬：《在历史与回忆之间——论将回忆之声重新纳入历史叙述》，载哈拉尔德·韦尔策等编《社会记忆：历史、回忆、传承》，季斌、王立君、白锡堃译，北京大学出版社，2007年，第29页。

度）也具有的价值"。[38]

另外一个例子来自作家海纳·米勒。1945 年 5 月 7 日，第二次世界大战结束前一天，米勒就是否写一部自传接受采访。他对访谈者说："真正的回忆是需要表述工作的。这样就有可能产生完全不同的东西，也许是考据学上立不住脚的，但是却会产生真正的回忆那样的东西。"[39] 换言之，真正的回忆不见得经得起考据学的检验。他举例说：他在《没有战役的战争》中写到 1953 年 6 月 17 日在东柏林的盘口见到斯特凡·赫尔姆林抽着烟斗从地铁站出来。但赫尔姆林却证实自己当时在布达佩斯而不在柏林。米勒就此评论道："也许他是对的。……我无从解释这一点。但是这是一个也许由不同的其他印象、回忆和事实组合起来的回忆。这个回忆对我来说是真实的，比赫尔姆林当时在布达佩斯要更加真实。"[40] 劳布这样分析这个案例："对于他来说，回忆不是文献记录的碎片，不能连缀成一个相关联的完整历史画面，而是在其历史时刻的强烈情感的压力下的经验的密集。回忆的真实性也许真是产生于事实的变形之中，因为这种变形就像夸张一样，记录了气氛和情感，这些是无法进入任何客观描述的。即使回忆有明显的错误，但在另外一个层面上却是真实的。当然气氛的真实不能简单地代替'考据学的真实'。它不具有可与历史真实相提并论的无可争辩的证据性；需要一个心理分析家或艺术家才能够领会。"[41]

更多情况下，不同类型的真实会混合在一起，无法截然区分。以

---

[38]　扬：《在历史与回忆之间——论将回忆之声重新纳入历史叙述》，载韦尔策等编《社会记忆：历史、回忆、传承》，第 29 页。

[39]　转引自阿莱达·阿斯曼：《回忆空间：文化记忆的形式和变迁》，潘璐译，北京大学出版社，2016 年，第 316 页。

[40]　同上书，第 316—317 页。重点标记为引者所加。

[41]　同上书，第 317 页。重点标记为引者所加。

大屠杀见证文学研究享誉世界的荷兰文学批评家塞姆·德累斯顿，对见证书写中的真实性与可靠性等问题进行了深入反思。在谈及集中营犯人留下的记录、日记之真实性时，德累斯顿写道："谁想断定或敢断定，在这些幸存的文献里，客观的报告止于何处，愤怒、绝望和拼死反抗的情绪渗进记叙的文字里了呢？"[42] 他认为，在大多数情况下，客观的报告和主观的情绪总是纠缠交融在一起的，将其分开是不合理的。这种错综复杂、浑然一体正是这些记录的特征。德累斯顿的结论是："真相可以被认为是人脑叠加于现实上的产物。""写作的时候，作者似乎每一步都有所选择，都引进了特定的视角；没有任何事实是没有经过作者解释的，没有任何真相是没有经过作者变通的。"[43]

即使是日记这种被视作最真实的当时写的文字，其客观性也受制于一定的条件。德累斯顿援引一位日记作者的话说："不存在客观性的问题，不可能那样客观。客观性是一个时间问题、历史问题、观点问题。这本日记不可能有那样的客观性。"[44] 所谓"不存在那样的客观性"，是说不存在无条件的客观性，客观性是特定条件（时间、历史、观点）限制下的客观性。由于书写日记的那个时刻的各种认识条件、信息来源的限制，日记的真实性只能是作者当时条件下所能达到的那种真实性。说自己看见四根烟囱爆炸的那位女性幸存者的感受之真实性，只能结合当时各种制约条件（包括其情绪的极度激动、集中营环境的极度混乱等）方能得到合理解释。

因其不可思议、空前绝后且超出人类的认知和想象能力，集中营和大屠杀的残酷现实仿佛不那么真实。正如莫里亚克所言："谁能

---

[42] 德累斯顿:《迫害、灭绝与文学》，第23页。

[43] 同上书，第31页。

[44] 同上书，第28页。

想到世界上竟有这种事情！……这种暴行超出了我们的想象。我确信就是在那天，我头一次意识到人世间居然有这么诡秘的邪恶。"[45] 集中营把最疯狂的屠杀行为体制化、程序化、"规范化"，还伴随出工、收工时的例行奏乐，不免令人联想到党卫军导演的不可思议（不那么真实）的邪恶仪式。在普里莫·莱维的笔下，经常可以看到"化妆舞会""登台演出"这类戏剧术语：一切似乎都按照原先设定的剧本、角色、演员和固定模式在准确上演。于是："*难以忍受的现实仿佛一台戏，人被迫参与演出时，个人的感觉是：他自己仿佛不是真实的。这台戏是荒诞的巅峰。*"[46] 这使得刚刚进入集中营的犹太人受害者，也包括集中营外的人们，乃至今天我们这些读者，在面对集中营的时候不能不觉得"那不是真实的"。这是一种荒诞（不真实）到不可思议，却又不得不去直面的（超）现实。这又一次让我们回到阿多诺反复提及的审美化主题。*如果说审美化意味着陌生化、超常规，意味着不同于平常的观察方式，而不是粉饰现实、媚俗，那么，要描述集中营的超现实，又怎么能完全拒绝审美化呢？*"只有文学艺术才能准确呈现集中营"这句话是否也可以从这个角度理解呢？

三　使情成体：从经验到作品

　　普里莫·莱维在其《这是不是个人》的"作者前言"中郑重承诺："书中没有任何事实是虚构臆造的。"[47] 但作为这部见证文学杰作的作

---

[45]　见诺贝尔文学奖得主莫里亚克为埃利·维赛尔《夜》写的《前言》（载《夜》，王晓秦译，吉林文史出版社，2006 年，第 2 页）。

[46]　参见德累斯顿：《迫害、灭绝与文学》，第 117 页。重点标志为引者所加。

[47]　莱维：《作者前言》，载《这是不是个人》，第 2 页。

者，莱维自己的回溯性反思和书写无疑具有清晰的自觉意识。在作品的《被淹没和被拯救的》这部分，作者写道：

> 这就是我们谈到的和我们将要谈的集中营里的虽生犹死的生活。在我们当今的世界里，被压在底层的很多人都以这种艰苦的方式生活过，但每个人经历的时间相对较短。因此，人们也许会问，是否值得保留对这种特殊的人生遭遇的某些记忆，这样做是否合适。
>
> 对于这个问题，我们觉得回答应该是肯定的。我们深信，任何人的经历都是有意义的，都是值得分析的，而且我们深信，可以从我们所讲述的这个特殊世界里探讨出人生的基本价值，尽管不总是正面的。[48]

这段话很清楚地告诉我们：本书的写作时间不同于所写事件的发生时间（注意我加的重点标记）。对于集中营生活的思考和书写发生在事件之后而非事件发生时。就此而言，见证文学文本中"那些遭受极权主义暴力的人的'现时'，我们其实是无法真正进入的；我们所能进入的只是诗本身"。[49]过去那个"现时"已经永远消逝，我们所看到的是文本建构的"过去现实"，是"诗本身"（虽然技巧高超的作者能够把两者呈现得仿佛没有差别）。在维赛尔的《夜》中，就有不少只能发生于叙述时间的对于集中营经验的反思和议论，其中包括大量的自责和忏悔（15 岁的维赛尔和父亲一起被关押在集中营，他为了保

---

[48] 莱维：《被淹没和被拯救的》，载《这是不是个人》，第 89 页。

[49] 克洛德·穆沙：《空中的坟墓——读曼德尔施塔姆、策兰和凯尔泰斯》，载《谁，在我呼喊时：20 世纪的见证文学》，第 52 页。

全自己而置病危的父亲于不顾，甚至希望其早死），这些都不可能出现在事件发生的当时。

　　见证文学作为文学，其打动人的力量与其说是其证据的真实性、客观性、权威性——历史更需要这种真实性、客观性和权威性——不如说是语言的艺术魅力，是作者通过自己富有魅力的语言传达的活生生经验，而不是它列举的无可辩驳的客观证据。我们在博物馆、在奥斯维辛遗址，可以看到犹太人受难者留下的堆积如山的鞋子、满箱子的牙齿（他们的牙齿被敲掉，金牙被拿走充了国库），以及累累的白骨。这些物证无不给我们深刻的震撼。但《夜》《无命运的人生》《这是不是个人》《古拉格群岛》《科雷马故事》给予我们的震撼是不同的，这是一种语言的力量、叙述的力量而不是实物的力量、统计数据的力量。这是通过语言传达的一个人在极端环境中的极端经验，这种非常个人化的经验只能通过语言才能得到生动表达。请看《夜》的片段：

　　　　在车厢里，只要有人扔进一块面包，立刻就是一场战斗。人们相互争夺、踩踏、撕咬、殴打，野兽的本性全部展示无余，眼珠子里闪烁着动物的仇恨。他们爆发出一种异乎寻常的精力，龇牙咧嘴，张牙舞爪。

　　　　……

　　　　我看见不远处，一个老人用四肢在地上爬行，他刚从暴徒们的相互撕咬中挣脱出来，一只手捂住胸口。一开始，我以为他的胸口挨了一拳，但很快明白过来，他的衬衫下藏着一块面包。他闪电般取出面包，塞进嘴里。他眼睛发亮，枯槁的脸上闪出一丝鬼魅般的微笑。一个影子扑倒在他身旁，又奋力扑在他身上。老人被打得目瞪口呆，使劲喊道："麦尔，我的小麦尔，不

认识我了？你要杀死你爹吗？我给你留了……一份面包……给
你留了……"

　　他坍倒在地上，拳头里紧握着一小块面包。他想抬起拳头，
把面包塞进嘴里，但那人扑在他身上。老人嘀咕了几句，呻吟了
几声，死了。谁都不顾他的死活，儿子在他身上搜寻，抓住面包
屑狼吞虎咽。他还没吃多少，就被另外两个人看见，那两个人向
他扑来，其他人随即蜂拥而至。当众人散去后，我身边躺着两具
尸体：父亲和儿子。[50]

　　这种惊心动魄的场景一旦变成了文字，就获得了自己的独立性，
其艺术魅力甚至不依赖经验素材的准确性。即使像《碎片》这样的作
品，如果撇开其作者伪造亲历者身份这一点，我们同样会被这本书
的文字叙述感动，因为"他的书写得情真意切，不只是他自己彻底投
入，读者也跟着他彻底投入，将故事信以为真"。[51]说到底，《碎片》
之所以在西方引起轰动并获得大奖，就是因为其语言的魅力。这种文
字给你的震撼甚至不依赖于它是不是属于亲历者的自传（当然，这并
不意味着不应该谴责维克米斯基的欺骗行为；这是两个不同的问题）。
　　在此基础上，我们或许可以更好地理解沙拉莫夫的"作品性"概
念。穆沙写道：沙拉莫夫经常批评那些见证苏联集中营的人"懒惰"，
"他们以为'见证者'的身份足以供他们自我维护（引者按：即仅凭自
己得天独厚的题材就可以维护自己的作家身份），从未想到要使他们
的见证达到'作品'的高度。对沙拉莫夫来说，这个高度是必须的，

---

[50]　维赛尔：《夜》，第143—144页。

[51]　徐贲：《"记忆窃贼"和见证叙事的公共意义》，载《人以什么理由来记忆》，第247页。

因为只有它才能与他所经历的事件相配"。[52] 这是一个非常深刻的观点。文学见证不是现象／材料——不管多么独特和珍稀——的直录，而是艺术的创造，不可避免且应该通过叙述技巧使材料生成为文学作品。见证文学的产生有两个必要因素或条件：一是作为见证对象的浩劫的发生，另一个是经历浩劫而又能通过文学书写、见证浩劫的人。其中后一个条件，即浩劫的书写者及其文学能力，除了执着于创伤记忆及其书写外，还必须具备"相当成熟的写作技巧"，"能把被自己内化的浩劫诉诸笔端，使其变成一种存活于作品的文学经验"。[53] 让亲历经验转化为"文学经验"，技巧的操作必不可少。用德累斯顿的话说："文学与非文学的区别不在于事实引起的恐惧，恐惧不是真实的东西唤起的，而是由写作手法唤起的。"[54] 我们在见证文学中看到的不是暴力、鲜血本身，而是关于它们的描写，正是这描写唤起了读者的恐惧。词语不等于现实："客观世界是一个世界，文字世界是另一个世界。"[55] 读者可以看到的只是文字世界，只能通过文字世界去想象客观世界。作品和作品的区别"不以其提供的现实为基础，而是以其写作手法为基础"。[56] 这点也同样适用于见证文学。

　　不同风格的作家都希望其作品能提供现实感并具有真实性。区别在于，有些作家认为只有照相式地或记录员一样再现现实才能达到真实；另一些作家则坦承，写作所产生的是一个语词的世界，即使照

---

[52]　穆沙：《空中的坟墓——读曼德尔施塔姆、策兰和凯尔泰斯》，载《谁，在我呼喊时：20 世纪的见证文学》，第 49 页。

[53]　李金佳：《译序》，载克洛德·穆沙：《谁，在我呼喊时：20 世纪的见证文学》，第 3 页。重点标志为引者所加。

[54]　德累斯顿：《迫害、灭绝与文学》，第 37 页。

[55]　同上书，第 36 页。

[56]　同上。

相式的、记录员式的再现也是如此。用德累斯顿的话说，两者区别其实只在于："有些文本公开而明显地用使技法，其他的文本却不坦率地承认用使技法。"[57] 显然，只要是写作，技法就不可能完全缺席。经过了艺术技巧过滤的现实当然不可能是完全客观的，但却是文学能够为它的读者提供的唯一的现实。就是最简单的、只作为事实证据的报告，也是由具体的人写的，作为一个文本，它总是要受到写作行为的限制。由此得出的结论必然是："一切有关事件情景的文本和言论都以各自的方式表现一个'虚构'的、显然不完全的现实。"[58] 这个意义上的"虚构"是写作行为的固有属性，它与故意造假是两回事。任何被写入了文学的现实都难免"虚构"。

让我们用西方文论史上的"梭子之声"说来加深对于"使情成体"的理解。哈特曼指出，在像大屠杀之类创伤刚刚过去时，我们很难审视和表达过去，因为它过于惨痛。这样就需要通过"间接"的方法去表达。换言之，严酷的真实若不加一点"糖衣"便无法被接受。这种残酷包括在集中营的事实面前，甚至人的尊严、人性这些概念都要崩溃，人的形象变得无法直面。在这样的极端情况下，直接地、不加转换地传达创伤会使人"再次受伤"，而且受伤的"并不只是受害者、或是一个不愿被提醒的社会，还有我们这个种属的形象，以及我们的人性概念本身"。[59] 这是人类难以承受的。于是要使用一些"糖衣"来包裹。哈特曼说他"斗胆把述说创伤定义为一种妥协形态，就是在无法言说条件下的言说。这是指你力图有创造性地表达自己，但基本的前提是因为痛苦过多而无法言说"。他认为这是一种"补救性的变

---

[57]　德累斯顿：《迫害、灭绝与文学》，第 51 页。句中的两处"用使"疑应为"使用"。

[58]　同上书，第 51—52 页。

[59]　谢琼：《从解构主义到创伤研究——杰弗里·哈特曼教授访谈》。

形"。用一个精辟的隐喻来概括就是"梭子之声"。这是亚里士多德在
《诗学》一书中引用的短语，出自一部现已散佚的希腊戏剧。它讲的
是一个叫菲罗美拉的女子，被强奸后又被割舌的故事。她遭受了双重
的巨大创伤，而她"回应的方法就是织一条毯子来描写她的（被）强
奸；这样，'梭子之声'成了她的声音。这个形象指向一种补救性的
变形，每次我思考创伤，思考艺术寻找'无法言说'的言说来表达创
伤的可能性时，它都会出现在我脑海里"。[60] 这种补救性的、变形的
表达方式，是否也可以理解为是一种审美化呢？

四　"具身化"知识

"当一个人想要以理论之名统一世界的时候，唯一的办法就是把
这个世界弄得像理论一样不复形骸、目盲耳聋。"[61] 这是加缪在《自由
的证人》中提出的对"理论"的指控：理论使世界变得抽象，不再具
备生动、鲜活、具体的形态，也失去了对世界的敏感性，成为"意识
形态""法则"的附庸。被这种"理论"主导的历史，失去了想象和见
证大屠杀的能力。与之相反，文学见证是一种"具身化的历史目击见
证"（historical eyewitnessing in the flesh）"，是与历史知识、抽象理念
不同的具身化知识。通过这种具身化见证，通过一个个不可化约的生
命的毁灭故事，见证文学戳穿了被意识形态美化的杀戮和暴力的虚假
性（比如"优化人种"、消灭人类机体中的"害虫""细菌"等等）。艺

---

[60]　参见谢琼：《从解构主义到创伤的研究——杰弗里·哈特曼教授访谈》。

[61]　转引自 Shoshana Felman, "Camus' *The Plague*, or a Monument to Witnessing," in *Testimony: Crises of Witnessing in Literature, Psychoanalysis and History*, p. 108。

术家"不是见证（大写的）法则，而是见证身体（testifies not to Law, but to the body）"。[62]

心理学家恩德尔·图尔温对情节记忆与语义记忆的区分可以增进我们对具身化知识的认识。情节记忆"被赋予了具体的事件和空间，指向个人经历的事件、地点或东西"[63]。普鲁斯特《追忆似水年华》中写到的马德莱娜点心，陆游组诗《沈园》写到的斜阳、画角、垂柳等，都是典型的情节记忆；[64]语义记忆则不具备这样的时空具体性，它是一种抽象知识。作为抽象知识，许多人都记得拿破仑战败于滑铁卢，但不知道具体的细节和场景，通常情况下也不知道自己是在什么地方获得这种知识的。[65]在日常生活中，情节记忆常常不持久，因为它会随着时间、环境的变化，特别是亲历者的过世而烟消云散，文学艺术的功能则是通过语言符号将之保留下来，成为具身化的文化记忆或具身化的知识。[66]

大卫·马尼尔和威廉·赫斯特在其《集体记忆的知识分类学》中将"情节记忆"这个概念加以扩展，认为集体记忆也可以分为集体情节记忆与集体语义记忆。"许多集体记忆涉及的，都是作为记忆共同

---

[62] 转引自 Shoshana Felman, "Camus' *The Plague*, or a Monument to Witnessing," in *Testimony: Crises of Witnessing in Literature, Psychoanalysis and History*, p. 108。

[63] 文学作品书写的情节记忆常常具有突出的视觉（"去年今日此门中，人面桃花相映红"）、听觉（《琵琶行》"大弦嘈嘈如急雨，小弦切切如私语。嘈嘈切切错杂弹，大珠小珠落玉盘"）和空间感（"大漠孤烟直，长河落日圆"）。

[64] 《沈园》其一："城上斜阳画角哀，沈园非复旧池台。伤心桥下春波绿，曾是惊鸿照影来。"《沈园》其二："梦断香消四十年，沈园柳老不吹绵。此身行作稽山土，犹吊遗踪一泫然。"

[65] 大卫·马尼尔、威廉·赫斯特：《集体记忆的知识分类学》，载埃斯特莉特·埃尔、安斯加尔·纽宁主编《文化记忆研究指南》，李恭忠、李霞译，南京大学出版社，2021年，第316页。

[66] 同上。

体成员的个人以往所经历的事件。"[67] 这种记忆同样富有具身性（比如共同观看一场比赛，共同参加某次聚会等）。关于这种经历的记忆不仅会被分享，而且会增进朋友之间的认同。具身化的知识能对人们的生活施加有力的影响。

文化记忆理论的创始人和主要阐释者阿莱达·阿斯曼划分了见证的四种类型，并指出：在当下语境中，大屠杀幸存者从战后初期的历史见证者和法庭证人角色，逐渐转变成道德意义上的见证人以及大屠杀历史真相的化身，因为他们以身体在场的方式见证了大屠杀的历史灾难，他们的身体所直接遭受的种种暴力和折磨，是"无法与别人交换的个人体验"，进而也是"不可取代、不可改变的个人经历"。[68] 正是幸存者与大屠杀具体历史事件之间这种"身体上的同在性"，成为幸存者参与历史事件的具体物质印记。他们的大屠杀书写就是这种具身化创伤经验的表达，它与历史教科书中孤零零、冷冰冰的统计数字，与宏大但又抽象的历史叙述之间存在着本质区别。

加拿大作家扬·马特尔的神奇作品《标本师的魔幻剧本》讲一个叫亨利的作家要写一部突破纪实手法的大屠杀小说，把事实、虚构、魔幻等混为一体。结果遭到书商、历史学家等的一致质疑。书商提醒他：这本书出版后到了书店，书店应该把它摆在哪里——小说区还是非小说区？亨利回答："最好两边都有。"历史学家则一再责问他：你这本书到底"讲的是什么"？言下之意是：到底是真实事件还是虚构故事。在历史学家的一再逼问之下，亨利就小说与非小说发表了一通看法。他认为："小说和非小说之间的界限并没有那么泾渭分明。小

---

[67] 马尼尔、赫斯特：《集体记忆的知识分类学》，载埃尔、纽宁主编《文化记忆研究指南》，第 317 页。

[68] 参见房春光：《见证的文学，文学的见证——纳粹大屠杀幸存者文学在施害者研究中的意义》，载《外国文学评论》2018 年第 3 期。

说也许不是真实发生的，却是真真切切的。"[69] 这是一种"情感上、心理上的真切"，光靠事实不能获得这种真切。真切犹如逼真，并非细节上的严丝合缝，而是生命精神的闪烁发光。事实需要意义和情感的灌注，这样才能从真实上升到真切，从而变成"故事"。故事就是饱含意义和情感的事实。

就历史和故事的关系看，故事是历史的救生衣。"如果历史没有变成故事，大家就会以为它已经消亡了。"[70] 落实到大屠杀书写，马特尔的见解更见精彩："如果把大屠杀当作一棵树的话，其历史的根须茂密深长，虚构的果实却幼小薄弱，寥寥无几。但种子是存在于果实中的！人们采摘的也是果实。要是没有果实的话，这棵树终将被遗忘。"[71] 这段充满哲思的言论告诉我们：种树是为了收获果实，果实中蕴含种子，只有果实丰硕了才能为子孙后代留下源源不断的种子。

（原载《文学评论》2022 年第 1 期）

---

[69]　扬·马特尔：《标本师的魔幻剧本》，郭国良、高淑贤译，译林出版社，2018 年，第 15 页。

[70]　同上书，第 15 页。

[71]　同上。

马格利特论道德见证者

美国犹太人哲学家阿维夏伊·马格利特是耶路撒冷希伯来大学哲学教授，也是美国普林斯顿大学高等研究院的乔治·坎南教授。其《记忆的伦理》[1]出版后，反响强烈，欧美各大媒体好评如潮。[2]由于笔者对于见证文学和大屠杀记忆书写的强烈兴趣，该书中特别吸引我注意的，是关于道德见证者的部分。20世纪是一个充满了战争和苦难的世纪，尤其是以纳粹集中营——极权主义邪恶的缩影——为代表的人道主义灾难，被认为是人类历史上无与伦比的极端之恶，它是如此的难以想象、难以置信，以至于对人类的良知底线和认识能力形

---

[1] Avishai Margalit, *The Ethics of Memory*, Harvard University Press, 2002.

[2] 如："一部启人深思的著作……马格利特是一位极为仁慈的思想家，他的哲学总是从我们的所有复杂性角度理解我们人类，同时他也致力于通过可以让我们变得更好的方式来理解我们。"（Jonathan Lear, *New York Book Review*, 2003-2-9.）"这本关于记忆的伦理维度的令人兴奋的、充满人文关怀的书来得恰逢其时。它是由一系列精彩的、富有挑战性的观点组成的。马格利特的研究的丰富性在于其亲和力，在于作者对于存在的每个方面的尊重。他能够从无数日常生活普通事件中选取例证。"（Lee Seigel, *Los Angeles Time Book Review*, 2003-4-20.）"马格利特探讨了记忆和遗忘的伦理意义，特别指出了为那些在大屠杀中受尽磨难或悲惨死去的人做历史记忆的代理人的潜在价值甚至义务。他的精微娴熟的、杰出的论证综合了传统的英国分析哲学和对于历史和记忆的复杂性的深刻敏感性。"（Jeffery Barker, *H-net Online*, 2006-12-2.）

成了持续的挑战。奥斯维辛之后，人类不但必须重新思考如何写诗的问题（阿多诺以"奥斯维辛之后写诗是野蛮的"这个石破天惊的断言提出了后奥斯维辛的艺术伦理、美学伦理问题），而且还必须重新思考"什么是人性""什么是人"这类根本问题。因为"人道灾难的受害者不仅是直接遭受杀戮和残害的个人，而且是全体人类和他们的共同人性"。[3]灾难之后"人的形象已经不可能光艳美丽如初"，"我们唯一可以做的，就是诚实、勇敢地面对人的形象的黯然失色，在尽可能肯定人性的同时，不要忘记非人性这个几乎抹杀了人性的力量"。[4]

为了彻底告别极权主义，后极权时代的人文学术必须承担起解释和认识极权主义的责任。认识极权主义是告别极权主义的前提，它甚至比谴责极权主义更为重要。正是在这里，幸存者的见证显示了它无与伦比的价值和意义。"在世界经历许多苦难的 20 世纪，幸存者的见证已经成为一种新的历史凭证，而作见证的幸存者也已经成为一种新的社会行动者。"[5]

那么，到底什么是"见证者"？谁有资格成为见证者？有哪些类型的见证者？所有幸存者都是见证者吗？对于这些问题，马格利特在《记忆的伦理》中给出了自己非常精彩的见解。

---

[3]　徐贲:《见证文学的道德意义：反叛和"后灾难"共同人性》，载《人以什么理由来记忆》，吉林出版集团，2008 年，第 224 页。

[4]　同上。

[5]　徐贲:《为黑夜作见证：维赛尔和他的〈夜〉》，载《人以什么理由来记忆》，第 212 页。

一　道德见证者的特征

马格利特说，他对"道德见证者"（moral witness）的解释，部分是规范性的，但主要是描述性的，是对"做一个道德见证者的现象学描述"。[6]

这个现象学描述开始于作者对苏联著名诗人阿赫马托娃《安魂曲》中几行诗和一段话的分析。阿赫马托娃写道："我，彼时彼地的幸存者，作为一个见证人与命运相同的人们站在一起。"《安魂曲》的"前言"中的一段话可视作对这几句诗的解释："在叶佐夫恐怖时期的那些可怕日子里，整整十七个月我在列宁格勒的一个监狱外面排队。有一天，人群中的一个人认出了我。……突然她从我们每个人共有的麻木中摆脱出来，通过耳语（我们这里的人都这么说话）悄悄问我：'你能描述这个场景么？'我说：'我能。'于是一个类似微笑的消失已久的表情掠过她的脸庞。"[7]

马格利特认为，从这段话中可以发现道德见证者的重要特征：

首先，就见证的内容而言，见证者应该见证什么才能成为一个道德见证者？作者的回答是："他或者她应该见证——事实上他们应该亲历——由彻头彻尾的邪恶政体所制造的苦难。"[8]这个"彻头彻尾的邪恶政体"实际上就是极权主义政体，它所制造的是与一般战争等暴力行为不同的人道主义灾难。要成为一个道德见证者，一个人必须见证邪恶的极权体制及其制造的人道主义灾难。这是对于见证对象——灾难的性质——的限定。一个人把自然灾害引起的苦难讲述得再真

---

[6]　Margalit, *The Ethics of Memory*, p. 147.

[7]　同上书，第 148 页。

[8]　同上。

实、再详细、再客观，也不能成为一个道德见证者。自然灾害当然也属于人类灾难，但这个灾难不是由于极权主义邪恶政体造成的，因此也就没有道德内涵。

之所以特别强调灾难的性质必须是极权体制制造的人道主义灾难，是因为这种灾难的特点和本质是对普遍人类尊严的人为侵犯和剥夺，是反人类罪。其最有代表性的例子就是纳粹德国对犹太人的大屠杀。这就涉及马格利特对"道德"的理解。马格利特在《记忆的伦理》一书的"导论"中对"道德"和"伦理"这两个概念进行了区分。这个区分基于作者对两种人际关系的区分：浓厚关系和疏淡关系。浓厚关系是建立在对共同过去的共享记忆基础上的紧密关系，如父母关系、朋友关系、爱人关系、民族同胞关系等；疏淡关系则是一种普遍的人类关系，支撑这种关系的是人之为人的本质，是每个人都具有的尊严。"在我的使用中，道德应该指导我们对仅作为人类同胞之一员的那些人的行为，道德规定了一种浅淡关系，而伦理指导我们的深厚关系。"[9]

按照这个标准，"道德见证者"这个短语中的"道德"首先指向其所见证之灾难的性质：这是一种以剥夺人类普遍尊严为本质特征的、由邪恶的极权制度制造的人道主义灾难或反人类罪。不但自然灾害不是这种灾难，而且出于一个人的个人原因（比如性格缺陷）造成的人际伤害，比如对于亲人或朋友的伤害，也不属于这种灾难。记录、见证这样的灾难当然不属于马格利特说的道德见证。当然，反人类罪是就这种罪的本质而言的，是一个性质概念而不是数量概念。也即是说，即使是针对某个特定群体（比如犹太人）实施的灭绝行为，只要它是极权体制实施的，而且不是以某个人或某个群体的具体行为，而是以其属于某个所谓类别的人（比如犹太人）为由而实施的，就属于

---

[9] Margalit, *The Ethics of Memory*, p. 32.

极权主义制造的反人类罪，它制造的灾难就属于具有普遍意义的人道主义灾难。纳粹屠杀犹太人不是因为犹太人的具体行为，也不是因为犹太人是纳粹政权的政敌，而是因为犹太人属于纳粹意识形态所界定的所谓"非人""臭虫""细菌"。这种灭绝行为就是对人类尊严的侵犯或反人类罪。

此外，道德见证者所见证的必须是一场已经发生的人道主义灾难。因为也有一种可能是：邪恶势力设计了一个邪恶计划，而一个勇敢、智慧的目击者先发制人地披露了这个秘密计划从而使其破产。马格利特认为，披露这个邪恶计划的目击者是一个见证者，他也是道德之人，但他不是道德见证者。原因是这个邪恶的计划还没有造成现实的灾难就被挫败了。"做一个道德见证者包含见证实际的、已经发生的苦难，而不是可能发生的苦难。"[10]

其次，就见证者的资格而言，一个道德见证者必须具有关于苦难的亲历知识。但是"亲历"意味着见证者本人必须是受难者么？一个人能不能作为一个同情的旁观者了解、观察、报告这个苦难，而自己又不是受害者？这是不是见证？不妨想象一下：一个伊斯坦布尔的修女从窗口看到了土耳其政府对其境内亚美尼亚人的大屠杀，并冒着极大的危险向世界披露了这一切。她有资格被当成一个道德见证者么？

作者认为：典型的道德见证者必须是亲历苦难之人即受害者而不仅仅是观察者，他应该自己处于个人危险中。如果本人不是邪恶力量的受难者，而是观察者，那他肯定不是标准的道德见证者。但这里的"观察者"情况又比较复杂，有几种不同的类型。一种是不同程度地承担风险的观察者，像上面提及的修女，因为身处灾难现场，她实际上也是冒着危险的。这样的观察者可以是一个道德见证者（虽然不典

---

[10]　Margalit, *The Ethics of Memory*, p. 149. 重点标志为引者所加。

型）；而"一个全然受到庇护的目击者"就不是道德见证者。

"危险"在这里也有两个意思：有一种危险是因为一个人被归入了某个类别（比如犹太人）而遭致的危险，因为这类人正是邪恶势力（如纳粹）加害的对象。还有一种危险是冒险记录了自己看到的人道灾难，目的是将来使用这些证据（他们因此也成为邪恶势力力图清除的对象）。换言之，做一个见证者的危险也可以是间接体验的危险，因为做见证本身就是要冒风险的。"很多潜在的见证者事实上受到威胁被迫沉默——这种威胁不是指向对他们自己的直接威胁，而是指向他们的亲人或朋友。由于可能出现的这种情况，一个道德见证者总是处于危险中。"[11]体验过极权国家的舆论控制——这种控制的一个核心方面就是强迫知情者保持沉默——的人，对此应该心知肚明。

在见证者是否必须是亲历者的问题上，还有几个非常戏剧性的例子。1929年，弗朗兹·韦费尔（Franz Werfel）在大马士革遇到亚美尼亚大屠杀的难民，被他们的故事感动，写了《穆萨·达加的四十天》讲述他们的故事。书的主角是加布里尔·巴拉迪安（Gabriel Baradian），他是一个生活在法国巴黎的人，是一个旁观者，他是在探访家人的时候偶然发现了亚美尼亚难民的处境。那么，这个"代理见证"的主角是否把作者韦费尔转化为了一个道德见证者？马格利特的回答是否定的，因为无论韦费尔如何被亚美尼亚难民的处境感动，无论他的描述多么具体生动，多么认同他们，他都不是目击者。一个人必须有亲历的知识才能做一个见证者。这是做一个见证者的必要条件。即使到了1933年此书出版时，作者韦费尔本人也成为法西斯的受害者，马格利特还是认为：这样他也不是一个亚美尼亚难民苦难的见证者。"作者的经历可以强化其本来已经有的强大的同情心，但是

---

[11]　Margalit, *The Ethics of Memory*, p.150.

道德见证者的权威性来自本人必须是一个目击者。"[12]可见，亲历这个标准是十分严格的。韦费尔的叙述是虚构叙述，即使非常真诚，也不能算作道德见证者的见证。

另一个例子更富戏剧性。一个真名为布鲁诺·格罗斯让的人以本杰明·维克米斯基之化名写了一本叫《碎片》的"自传回忆录"，讲述一个犹太孩子在犹太人圈禁区和纳粹死亡营的经历。"自传回忆录"的文类意味着作者把这本书中犹太孩子当作了童年时期的自己（这当然是一种作假行为）。此书1995年出版后影响极大。但后来证实，书中这个名叫"维克米斯基"的孩子实际上不是作者自己。布鲁诺·格罗斯让实际上根本就不是犹太人，也就是说，他以一个假冒的犹太人孩子的身份书写了一部"自己的回忆录"。真相大白于天下之后，人们纷纷谴责作者欺骗了公众。[13]但大屠杀研究者古德曼——本人有集中营的经历——却不认为维克米斯基是"一个冒牌货"，理由是"他是一个在灵魂深处深深地生活在故事里的人"，[14]维克米斯基写了一个他深刻体验了的故事，即使他的经历和身份是编造的，但他的痛苦是本真和可靠的，相比之下，这比格罗斯让是否就是本杰明·维克米斯基本人更为重要。

马格利特不同意这个观点。他说，他所使用的"经验""本真""假冒"等术语是具有客观标准的事实范畴。仅仅是认同犹太人孩子或被他们的苦难所震撼，这不足以使其具有"做一个犹太人"的资格。"经历"意味着个人的实际遭遇。

---

[12]　Margalit, *The Ethics of Memory*, pp. 172–173.

[13]　参见徐贲：《"记忆窃贼"和见证叙事的公共意义》，载《人以什么理由来记忆》，第243—257页。

[14]　Margalit, *The Ethics of Memory*, p. 176.

最后，道德见证者的见证行为必须有明确的合乎正义的道德目
的。有时候，一些外国记者在报道某个国家的邪恶政体的邪恶行为时
也要冒很大风险，他们对于邪恶和苦难的记录也惊人地生动有力。作
者认为，他们中只有那些其见证行为带有明确道德目的的人才算是道
德见证者。"只是因为邪恶有趣而报道邪恶，把它变成一个有趣的故
事，即使这种报道是有风险的，也是属于没有道德目的的报道。"[15]
"二战"时期有些记者在报道纳粹暴行时没有明确的道德立场，而仅
仅是因为大屠杀是极好的新闻素材，刊出后会增加报纸、刊物或图书
的发行量。这些记者就不是道德见证者。马格利特举例说：意大利作
家梅尔帕特作为一个观察者看到并报道了纳粹暴行，对他而言"这是
极好的故事"，但也仅此而已。"他不是不道德的，但是却是无道德感
的（amoral）。他不是以折磨人为乐的虐待狂式的纳粹，但是他的无
道德感使其不可能有成为一个道德见证者的资格。简言之，道德目的
是道德见证者的基本要素。"[16]

二　道德见证者的希望

道德见证者应该怀抱希望么？他或她的见证应该是希望的表达
么？如果是，什么样的希望？为谁而希望？站在阿赫马托娃身后的
妇女脸上掠过的"一个类似微笑的、消失已久的表情"是希望的表达
么——因为她发现了一个能够描述自己悲惨境况的见证者？

马格利特指出："希望，连同神学的三个美德——仁爱、信心、

[15]　Margalit, *The Ethics of Memory*, p.151.

[16]　同上。

慈善——是一个充满宗教含义的观念。"[17] 在基督教《新约》中，上帝
本身就被描述为"希望之神"。这是一个重要提醒："希望"这个概念
的宗教源头容易导致将世俗社会的希望混同于宗教性希望，而在宗教
中，希望意味着在世界末日来临之际，耶稣再度降临，一个永恒完美
的道德宇宙将屹立于地球上（即千禧年或弥赛亚）。许多思想家关于
理想社会的蓝图（包括马克思的共产主义）被认为继承了这个千禧年
传统，其所描绘的未来人类完美世界的乌托邦蓝图，是关于人类拯救
的宗教性希望的世俗版本。

　　马格利特拒绝将道德见证者的希望归属于宗教性希望，否定道德
见证者的希望源于弥赛亚时代末世论的拯救。与弥赛亚式的千禧年希
望不同，当然也与世俗版的弥赛亚希望（关于理想社会的各种乌托邦
设计）不同，马格利特强调道德见证者的希望是"非常低调的希望"
（sober hope，或译"审慎的希望"），而不是那种乌托邦式的高调希望。
这个希望表达的不过是："在另一个时代和另一个地方，存在或将存在
一个愿意聆听道德见证者之见证的道德共同体。"[18] 但这个希望虽然低
调，其中却不乏令人振奋的内容，因为邪恶政体力图达到的最终目的，
就是摧毁人类道德共同体，因此也就消灭了任何一个愿意聆听道德见
证者之见证的人。被邪恶政体统治的人们很容易把这个政体视作不可
战胜的，从而失去最基本的希望，不再相信一个道德共同体存在的可
能性。纳粹集中营中那些无望的囚犯，很难不相信"千年德意志帝国"
就是世界唯一的出路，因为"受害者和加害者之间的这种力量悬殊的
对比，似乎每一分钟都在肯定这个政体的战无不胜"。[19] 埃利·维赛

[17] Margalit, *The Ethics of Memory*, p. 152.

[18] 同上书，第 155 页。

[19] Margalit, *The Ethics of Memory*, p. 155.

尔曾经写过：在奥斯维辛集中营有一个犹太人，他不相信自己能够获救，因为"希特勒说过，犹太人全得死"。在他看来，希特勒就是全能的神，"我相信希特勒胜过任何人。只有希特勒才真正能够说到做到"。[20] 在这样的极端环境下，坚持正常环境下被认为最普通不过的信念，相信邪恶力量并非无限和永恒，本身就是极为艰难的。"在这样的条件下坚持相信道德共同体的可能性，需要的是名副其实的信念飞越。这样一来，道德见证者不必非要怀抱对于梦游者——宗教见证者所显示的就是这样的一个梦游者——的确定信念。"[21]

马格利特指出：道德见证者非常类似失事船只中的幸存者：他发现自己在一个荒岛上，已经陷入不可能再坏的绝境，再没有什么东西可以失去，也几乎没有什么可以希望。他唯一能够希望的，只是把一个装有求救信息的瓶子放进海里。这里有他残存的一线期待，而这一线期待却带着巨大的希望——一个合理的希望：希望这个信息能够被"好心人"（只要存在道德共同体，这样的"好心人"就不会灭绝）看到。马格利特说："我认为这就是道德见证者能够怀抱的一种希望。"[22]

但是，如果完全不存在被道德共同体阅读的希望，一个人仍然每天坚持记录自己所遭遇之极权邪恶，这个现象又该怎么解释？马格利特以维克多·克伦佩勒（Victor Klemperer）在纳粹统治期间坚持写日记为例，对此展开了精彩分析。"克伦佩勒的写作来自这样的需要，即在没有希望得到'外部道德注视'（outside moral gaze）的情况下与自己遭遇的邪恶一决高低。但是，我相信他记录自己的日常生活的行

---

[20] 徐贲：《为黑夜作见证：维赛尔和他的〈夜〉》，载《人以什么理由来记忆》，第222页。

[21] Margalit, *The Ethics of Memory*, p. 155.

[22] 同上书，第156页。

为仍然具有道德目的。"[23] 做一个见证者是一个主动选择，唯其主动才
具有道德含义。绝大多数极权体制下的受害者都没有主动选择做见
证。因此，尽管他们的生活资料也具有证明极权体制之邪恶的认识价
值，但他们却不是道德见证者（比如大量被纳粹屠杀的犹太人都具有
这种被动的证据价值）。马格利特用希伯来格言"在没有人类存在的地
方做一个人"(where there is no human being, be one)[24] 来描述克伦佩勒
的主动做见证行为，进一步强调了做见证是一种主动的道德选择。

　　既然都"没有人类存在"了，那么"做一个人"又是为了谁呢？
既然没有任何人能够看到，做见证又是为了什么？这个见证是做给谁
看的呢？具体到克伦佩勒，如果没有人阅读他的日记，他又在为谁见
证呢？克伦佩勒是否想过他的日记可能永远不会被自己以外的任何人
阅读？

　　维特根斯坦曾经认为，书写严格意义上的私人日记——作者也
是其唯一的读者——在理论上是不可能的。任何一个写日记的人都
希望它将会被一个有同情心的读者阅读（即使是在自己死后）。马格
利特进一步发挥了维特根斯坦的观点，指出：即使除了本人以外没有
任何人阅读，克伦佩勒也可能为了自己在未来岁月阅读它而写日记，
在这个"未来的克伦佩勒"与1933—1945年间书写日记的克伦佩勒
之间存在一个道德纽带。两个克伦佩勒建构了我们可以设想的最小道
德共同体："最小的道德共同体 (minimal moral community) 在我看
来就存在于一个人的现在自我和他的未来自我之间 (between oneself
and the one's future self)，当下之我希望这个未来之我将保持一个道
德的前景。道德见证者的最小希望就是对于未来之我的信念。或许这

[23]　Margalit, *The Ethics of Memory*, p.157.

[24]　同上。

个信念过于稀薄不能有太多作为，但它是我能够想到的最小伦理共同体。"[25] 即使世界上再没有别人，当时的克伦佩勒与未来的克伦佩勒仍然能够形成一个最小的道德共同体，现在的克伦佩勒也仍然要为未来的克伦佩勒做见证（通过写日记）。因此，克伦佩勒的写日记行为仍然证明他是一个道德见证者。

三　见证的真实性和本真性

如何理解道德见证者的证词的真实性和可靠性？见证者的见证都是客观、准确、符合真相的吗？或者，我们应该对它提出这样的要求吗？

马格利特认为，极权灾难的见证者不同于历史的记录者。"做一个可信的年代史记录者（the chronicler）就是要做一个完美的历史地震仪，准确记录历史的每次震动；而一个地震仪不能告诉我们处于地震之中是什么感觉，要想知道这种感觉就需要道德见证者。"[26] "一个道德见证者是目击者的一种。"[27] 目击者应该真诚地告诉我们他看见／感受到了什么，而不是提供以道听途说为基础的奇闻轶事。这是检验见证者的主观真诚性标准。但他看见的东西是否客观上为真是另一个问题。故作者写道："判断道德见证者的真实性的标准应该是判断一个目击者的可靠性的标准。形容词'道德的'必然和见证的内容相关，但是与道德见证者见证的东西的认识论地位无关。"[28] 作者要表达的意

---

[25]　Margalit, *The Ethics of Memory*, p. 159.

[26]　同上书，第 163 页。

[27]　同上。

[28]　Margalit, *The Ethics of Memory*, p. 163.

思是："道德见证者"这个术语中的"道德"一词，并非说见证者的见证客观上必须绝对准确无误因而具有无可怀疑的认识论地位（客观的真理价值），而是说，对其见证内容的要求应该是主观上的真诚性或可靠性（详见下）。

那么，到底应该用什么标准来评价道德见证者的证词的价值？马格利特的回答是：道德见证者在揭露他所遭遇的邪恶时发挥了不可替代的作用。邪恶政体知道自己所犯的是弥天大罪（尽管在公开场合中总说自己是"替天行道"），因此他们竭尽所能掩盖他们的罪行，清除罪证、目击者和潜在的见证者；而道德见证者之见证行为却反其道而行之，他竭尽全力揭露邪恶政权的罪行，挫败其阴谋。正如大屠杀幸存者、著名见证文学作家普里莫·莱维指出的，揭露邪恶势力的犯罪事实的最有力材料，就是幸存者的记忆。

值得注意的是，莱维的思考并未到此止步。他进一步把见证者及其证词分为两类：一类是集中营中相对而言享受着特权的那些犯人，这些人因为其所拥有的技术（比如电工）而为纳粹所需，他们的生存境况比其他人要好一些，他们的活动也较小受到限制，因此，他们对集中营有更多、更全面、更客观的了解；另一类则是没有享受这些特权的一般犯人，"一般犯人太受限、心理被摧垮太严重，以至于无法知觉更大的集中营图景。他们中有很多人甚至完全不知道自己处于什么地方"。[29] 从认识论角度讲，第一类见证者的见证无疑更有价值。

莱维还从这些相对享受特权的观察者中专门列出非犹太人身份的政治犯，他称之为"政治见证者"（political witness）。政治见证者在与邪恶力量斗争的时候表现得非常高尚，"作为一种理想类型，虽然政治见证者的特征部分与道德见证者重合，但他仍然是独特的，不能与

---

[29]　Margalit, *The Ethics of Memory*, p.166.

道德见证者混淆"。[30] 政治见证者更强烈、更自觉地意识到自己作为
见证者的角色，把见证视作一种政治行动。最好的关于集中营的历史
解释就来自他们。"相比于犹太人，他们有更好的条件，他们有更佳
的视角，甚至能够接触到纸和笔。偶尔还能接触到文件。因此，最佳
的集中营历史学家来自那些政治犯。"[31] 但马格利特认为，这些"最佳
的集中营历史学家"仍然不是最好的道德见证者："反法西斯的政治
见证者当然是有强烈的道德动机的。因为他们政治上活跃而剥夺其道
德见证者的头衔是愚蠢的。但是政治见证者虽然可以是道德见证者，
却不是道德见证者的典型。政治见证者的理想类型是这样的人：他们
相信其所收集的罪证（incriminating evidence），是战争努力中的一种
工具。他们不仅仅希望某地某时将会有倾听他们故事的道德共同体的
存在，而且希望他们在故事的展开中发挥积极作用。"[32] 换言之，这些
身为政治家的见证者的见证仍然侧重在政治功用的层次，他们看重的
是证词的政治工具价值而非道德价值。相反："一个典型的道德见证
者是一个把内在价值（intrinsic value）赋予自己的见证的人，不管其
工具性的后果可能是什么。"[33] 由于性格和训练的关系，政治见证者
能够比单纯的道德见证者更好见证邪恶的结构，而不是邪恶给予人的
主观经验／感受。因此，他们在揭发事实性真理时比道德见证者更有
价值。政治见证者和道德见证者"两者都参与揭露邪恶试图掩盖的东
西，政治见证者可能在揭露事实真理方面，在按照邪恶的本来样子讲
述邪恶（telling it like it was）方面更为有效；而道德见证者在按照邪
恶给人的感受讲述邪恶（telling it like it felt），亦即讲述处于这样的邪

---

[30]　Margalit, *The Ethics of Memory*, p. 168.

[31]　同上书，第 167 页。

[32]　同上。

[33]　同上。

恶的统治之下的感受方面更有价值"。[34]正因为重在讲述感受，所以道德见证者必须采用第一人称"我"讲述，这对见证的本真性至关重要；而政治见证者则不然，他可以通过第三人称"他／她"的视角进行叙述而无伤大雅。

为了进一步阐明政治见证者的真实性和道德见证者的本真性的差别，作者引入了维特根斯坦关于两类解释的区分：一类是历史的（发生的／因果的）解释，其功能是"说明"(explanation)，可称之为"历史说明"；一类是对符号行为对于人的意义（重要性）的解释，可称之为"意义阐释"。维特根斯坦的《论弗雷泽的〈金枝〉》在比较历史说明（重在客观知识）和意义阐释（重在主观感受）的区别时举了人祭的例子，指出使得人祭变得无比残忍、无法忍受的不是关于人祭的历史知识，而是人们对它的主观感受。用马格利特的话说："在力图理解人祭仪式的时候，不是关于仪式如何设计的历史知识产生了理解，而是仪式给我们的强烈而邪恶的印象产生了理解。这类理解不是通过机械枚举死者或伤者的数量，而是通过阐释来描述发生的一切，以便把受害者的经验和我们自己的贫乏经验相联系而获得的。"[35]

马格利特认为，维特根斯坦的区分有助于厘清道德见证者的见证对我们自己的意义和作用，或厘清我们在这种见证中期待得到的是什么，因为道德见证者提供的是意义阐释而不是历史／因果知识。"我们期待从道德见证者那里获得的是关于人祭的黑暗和残酷的特征、关于邪恶的政体造成的残酷和羞辱的阐释。道德见证者并不必然最擅长给出关于邪恶的机制的因果解释或功能解释。政治见证者或许更擅长

[34] Margalit, *The Ethics of Memory*, p.168.

[35] 同上书，第169页。

这个。"[36]

　　回到关于道德见证者的权威性问题。作者认为：道德见证者的权威性与其真诚相关。什么叫真诚？真诚就是"道德见证者的情感必须与其公开讲述的内容严格一致"。[37]真诚强调的是情感与讲述内容的一致，而不是讲述内容与客观事实的一致。但真诚只是权威性的一部分。另外一个相关因素是本真性。什么是本真性？"一个本真的人（an authentic person）是这样的：他卸下了所有自己的人格面具，表达出自己的'真我'，特别是在文明化的道德环境不能保护的那种极端环境下的'真我'。"[38]如果我们结合著名见证文学作家维赛尔（也译威塞尔）的自传体回忆录《夜》来理解，即可知这个卸下了面具的"真我"实际上就是那个在极端邪恶的环境下有过不光彩言行的"我"。《夜》中那个犹太人孩子（即作者自己）和父亲一起被关在集中营，他为了自保而将父亲的生命置于不顾。[39]如果这样的理解是正确的，那么，我认为"本真性"即一种敢于直面不光彩自我的一种人格品质。

　　这种直面自我的本真经验是"有启示意义的经验"。我们当然不能为了获得这种经验而赞美极端邪恶的环境（这相当于因为灾难能够给人以教训而赞美灾难）。但是，我们也不能否定集中营的幸存者中间有这样的人：他们为了活下来而在一定程度上选择了苟活，甚至做了一些不光彩的事情，忍受屈辱而拒绝自杀。这种行为不仅仅出于求生本能，[40]也是把拒绝自杀当作一种有意识的抵抗行为。马格利特认

---

[36]　Margalit: *The Ethics of Memory*, p.170.

[37]　同上。

[38]　同上。

[39]　参见埃利·威塞尔：《夜》，袁筱一译，海南出版公司，2014年。同时参见陶东风：《从进步叙事到悲剧叙事——讲述大屠杀的两种方法》，载《学术月刊》2016年第2期。

[40]　Margalit, *The Ethics of Memory*, p.171.

为："在这些反对自杀的人中，也有一些是为了成为见证者而这么做的。"这些人活下来的动机中有一种讲自己生命故事的使命意识，他们带着一种做证人的意识而活着，这赋予他们的生命以意义。

（本文曾以《阿维夏伊·马格利特论道德见证者》为题发

表于《学术月刊》2018 年第 7 期）

附录

关于见证文学与文学见证的对话 [1]

洪子诚（北京大学教授）| 陶东风（广州大学教授）

李茂增（主持人，广州大学教授）：欢迎大家参加洪老师和陶老师的对话。我们知道，二位老师在文章风格上存在很大不同，我们看洪老师的文章，除了看怎么说的，怎么写的，还要看洪老师没有说什么，没有写什么，这是洪老师的风格。相比之下，陶老师的文章显得更加大刀阔斧、直言不讳、酣畅淋漓。然而，如果大家细心观察，就会发现，两位老师在不同的背后其实有很多共同点，比方

---

[1] 2021 年 5 月 14 日上午，由港澳大湾区语言服务文化传承研究中心和《广州大学学报（社会科学版）》联合主办、广州大学人文学院承办的"粤港澳大湾区人文对话周"系列讲座第一期第三场在广州大学大学城校区正式举行，北京大学洪子诚教授与笔者就"文学见证与见证文学"这个专题进行了学术对谈。在解读存在主义作家加缪的《鼠疫》的基础上，两人就"文学见证"与"见证文学"这对概念的内涵、"见证文学"与中国当代文学的关联、"见证文学"与"文学见证"中的真实与虚构、如何通过文学抵达历史真实等问题展开了深入讨论。本文发表于《广州大学学报（社会科学版）》2021 年第 6 期。本对话中的笔者所讲的部分内容已经发表在拙作《论见证文学的真实性》，为了保持完整性，此处未作处理。

说，两位老师写文章，做学问，都讲究"诚与真"，都强调"美学体悟与历史体悟的统一"。正是这些共同点，使得两位都不是从事外国文学研究的老师在学术研究上形成了一个非常有意思的交汇点——即加缪的《鼠疫》。

《鼠疫》作为一部世界文学名著，已经有过无数的点评，但两位老师的解读显然不同于之前的解读。在对《鼠疫》的解读中，两位老师既融入了对文学文本的崭新理解，也融入了各自对 20 世纪历史的反思，当然也融入了对当代中国的反思。在解读文本的基础上，两位老师提出了"文学见证"与"见证文学"这样一对非常重要的概念。那所有这些都让我们对两位老师的"华山论剑"充满了期待。下面让我们欢迎两位老师。

洪子诚（以下简称"洪"）：谢谢同学们。是这样的，对话的题目是陶老师提出来的。然后，我在北京的时候他给我开了个书单，让我学习的书单。今天这个对话，以陶老师为主，因为他对这个问题有深入研究，我可能会从当代文学的角度做一些补充。

陶东风（以下简称"陶"）：谢谢洪老师，谢谢各位。我首先要说明一下，我不敢和洪老师"华山论剑"，洪老师是我老师辈的，虽然他没有教过我，但我一直把他当老师。而且在当代文学研究领域，洪老师是少数几个对于我写的当代文学评论有过肯定的前辈。我写过一篇关于小说《晚霞消失的时候》的评论，偶然的机会看到洪老师提到了我的观点，而且还比较肯定。这使我很受鼓舞。

几天前，洪老师就说这个对话让我先讲，我很惶恐不安，就准备了一下。那我就抛砖引玉吧，我先讲两个问题，尽量简单。第一个是什么是见证文学？一个是从《鼠疫》看见证的特征。

一　什么是"见证文学"？

陶：首先我简单介绍国内两位学者对"见证文学"这个概念的理解。据我了解，汉语学界对"见证文学"这个词的最先使用，见于徐贲先生的两篇文章，一篇是《为黑夜作见证：维赛尔和他的〈夜〉》（维赛尔是一个美籍的罗马尼亚作家，是集中营的幸存者，出版过一本很有名的书叫《夜》），还有一篇是《见证文学的道德意义：反叛和"后灾难"共同人性》，这两篇文章都收入徐贲的《人以什么理由来记忆》这本书。但是徐贲实际上没有给"见证文学"这个术语下一个很学术化的定义，他最接近这个定义的一段话也是引自维赛尔的一篇文章，叫作《作为文学灵感的大屠杀》。维赛尔的原话是这样说的："如果说希腊人创造了悲剧，罗马人创造了书信，文艺复兴时期创造了十四行诗，那我们这代人创造了一种新的文学，那就是见证。"这不算是一个严格意义上的定义，但值得注意的是：维赛尔实际上是把"见证文学"作为一个历史范畴来看待的，是说"我们这一代人"创造了见证文学。它所说的这个"见证"，实际上有特殊含义，就是见证犹太人大屠杀灾难。换言之，不是见证任何什么东西都可以叫作"见证文学"。因此，这个概念不像"悲剧""十四行诗""日记体小说"等那样已经变成一个普遍性文类概念，就像我们的"七律""七绝"。它们虽然也是在特定历史时期产生的，但是后来就变成了一种普遍性的文学类型（到现在为止还有人在写，而且可以用来写各种不同的题材）。见证文学不是这样。

另外，徐贲强调的是见证文学的客观性、真实性、非虚构性和纪实性。他很欣赏维赛尔的代表作《夜》那种"平铺直叙，不做解释"的风格。虽然他也承认见证文学中的记忆是被重新建构的，不可能完全纪实，但他还是认为应该尽量地避免运用文学手法，如象征、比喻、虚构，等等。应该尽量做到看见什么就写什么，尽可能追求客观准确。他甚至认为"见证文学"这个概念其实不准确，他认为应该叫"见证书写"。徐贲强调的另一点就是见证文学的道德伦理意义。他说维赛尔的贡献不只体现为文学创作的意义，更是体现为作为受难者站出来向世界做见证的道德勇气和社会行动。他认为"做见证"和"是见证"是不一样的。比如说，我在灾难现场那我就是一个见证，但如果我不主动站出来做见证，就没办法成为一个证人。你只是客观上在现场，是一个灾难的消极承受者。做见证是一种主动积极的行动。这是徐贲的观点。

下面我再介绍一位学者李金佳的观点。他在给克洛德·穆沙的《谁，在我呼喊时：20世纪的见证文学》一书写的"序"里面有这样一个定义："见证文学是一种特殊的自传文学，它指的是那些亲身遭受浩劫性的历史事件的人，作为幸存者，以自己的经历为内核，写出的日记回忆录、报告文学、自传体小说、诗歌等作品。"这个定义里包含了三点：第一，对于作者身份的界定：作者必须是亲历浩劫的幸存者。第二，对于书写内容的界定：亲历者所亲历的是"浩劫性的历史灾难"，特别是纳粹大屠杀。第三，对于文类的界定：见证文学是特殊的自传文学。李金佳同样强调"见证文学"是一个历史的概念，不能把这词无限宽泛地运用在所有描写灾难的文学作品中。李金佳说：见证文学的源头虽然可以追溯到美国的南北战争，比如说惠特曼的《内战备忘录》。但他紧接着又说："严格意义上的见证文学是随着第一次世界大战才真正发展起来的。因为从这次战争开始，极端形式的暴力开始和现代国家机器紧密勾结。在相当长的时期里面，作为一种统治的纲常，一种或显或隐的善而存在。它依托于庞大而复杂的官僚制度高唱美丽的意识形态话语，或先进或原始的杀戮技术，有组织大规模地消灭某一类人或某种类型的人。"这里出现了几个很重要的词，一个是"极端的暴力形式"，一个是"现代国家机器"，一个是"意识形态"。犹太人大屠杀完全符合这个界定。所以如果你见证的是地震这样的自然灾害，很难说这是见证文学。

另外一点比较重要的是：李金佳强调了见证文学的作者都是一些普通人，不是历史浩劫中的英雄（包括受到迫害的英雄）。他认为见证文学不是英雄文学，要把两类人写的东西排除在见证文学之外。一类是对于灾难"拥有主导权"的人。举个例子，一些国家的地位很高的领导人，如苏联的西蒙洛夫、雅科夫列夫这样的政治领袖，他们在大清洗当中也是受难者。他们后来也写了一些回忆录和自传作品。李金佳认为这个不是见证文学，因为他们不是最底层的受难者。还有一类就是凭着自己的想象虚构出来的关于大屠杀的书写。比如有一部作品叫《碎片》，是一个叫维乌科米尔斯基的人冒充或者伪造了自己大屠杀亲历者身份写的一个"自传体回忆录"（他的真名是布鲁诺·格罗斯让）。他说作品中的主人公、一个小孩，就是他自己，但实际上不是。依据李金佳，这类作品应该不能算见证文学。同样，《苏菲的选择》《辛德勒的名单》等著名的大屠杀题材小说也都不应该算作见证文学。还有一些作品的作者是幸存者，但其描写大屠杀的作品却明确标明是虚构小说（比如波兰的塔杜施·博罗夫斯基的《在我们奥斯维辛》，凯尔泰斯·伊姆雷的《无命运的人生》）。

总之，这样的理解都把"见证文学"当作一个描述特定时期的特定文学现象的文学史术语，而不是普遍的文学类型。就像我国新时期的"朦胧诗"，它是在中国的特定时期出现的一种诗歌类型。不是说写得朦胧就是朦胧诗。如果写得朦胧就是朦胧诗，这就不是一个文学史概念了。

这是关于见证文学的概念，我先简单说这么多。另外，洪老师和我的对话有一个缘起，就是我们都读过加缪的《鼠疫》，而且都写过文章。所以，我想简单谈谈这本小说。《鼠疫》这本小说依据上面的界定，应该不属于见证文学（当然也有很多评论家把它当作见证文学）。因为它是个寓言。它写的是奥兰城这个地方的人在里厄医生的带领下如何抗击鼠疫的故事。虽然作者没有明确说他写的是纳粹大屠杀，但文学史家们通常都认为作者是以寓言的方式来写大屠杀的。我想不管这部小说是不是见证文学，但它的核心内容是探讨见证问题的：什么是见证？为什么要见证？什么样的人有权利作证？应该如何见证？等等。

首先，小说借里厄医生之口指出，见证的资格必须建立在亲历的基础之上。小说的前部分都是以第三人称方式来叙述里厄医生如何抗击鼠疫。但奇怪的是，在小说的最后部分，里厄又变成了叙述人，说道"这篇叙述到此行将结束，现在正是里厄医生承认自己是这本书的作者的时候了"，等等。这样的叙事是非常奇怪的，里厄说他自己在写自己。里厄既是主人公也是叙述人。用洪老师的说法就是，这是用第三人称的形式写的第一人称叙事。那他为什么有资格写这个作品呢？原因是他的职业使他有机会接触到奥兰城大部分居民，并且理解他们的心情。因此，他有资格来叙述他的所见所闻。

其次，证人的立场是客观、真实、谨慎、克制，只说事实，不做判断。很多著名的见证文学作家也坚持这个立场。比如埃利·维赛尔就说过，我更愿意充当一名证人，而不是法官。就像法庭上的证人，只讲自己看见了什么，不要对犯罪嫌疑人做道德判断。有人问维赛尔，你为什么不写苏联啊？为什么不写集中营里的毒气室？他说苏联的情况我不了解，毒气室我自己没进去过，所以我不写。

最后，见证是一种主动选择的言语行为。里厄医生有双重身份。一方面他是被叙述的人，第三人称叙事小说的主人翁。如同刚才说的，里厄这个角色所展开的和鼠疫的斗争占了作品的绝大部分，但是在小说的最后他又变成了叙述者，交代自己为什么要写这部小说。为什么呢？因为奥兰城的人在战胜鼠疫之后，立刻就陷入了遗忘，放烟花庆祝。他写下自己的见证目的就是提醒大家不能遗忘，这是他基于道德和责任主动选择的一种行为。

好，我说得太多了，算是一个开场白吧。

洪：陶老师对见证文学的概念、有代表性的论述做了清楚的梳理，也谈了他对这个问题的看法，很受启发。我确实没有太多研究，刚才陶老师提到的书许多我也没有读，我可能会贴近我们的文学实际来谈对这个问题的理解，也就是和中国当代文学之间有什么关联。陶老师刚才说，见证文学是关于一个特定时期和特定文学现象的术语，有严格的限定。这是对的，不应该将它泛化。但是，它又可以在我上面说到的"相关性"上做一些延伸，启发我们思考一些相关的问题。因此，我下面谈的可能不是严格意义上的见证文学，而是派生出来的现象和问题。我先从《鼠疫》说起。

我读《鼠疫》这个小说，是 20 世纪 80 年代初，当时萨特、加缪的思想、创作在思想界、文学界很热，我多少是抱着了解存在主义的目的去读的。读的是 1981 年的最初中文译本，顾方济、徐志仁先生译的。这个译本现在可能不是最流行的，陶老师开的书目就不是这个。不过常常有这样的情况，最初读的本子可能不是最好的，但留下的记忆可能最深。

当时最感动的或印象最深的有这么几点。一个是遭遇这样的猝不及防的灾难，那些普通人的责任、承担。另一个是叙述的节制、冷静：这个和 80 年代初许多伤痕、反思文学形成反差。一种冷静、克制的语言的巨大力量。还有就是加缪的关注点，相对于抽象观念、规律，他重视的是人的生活，他将人的幸福置于抽象的观念、规律之前，甚至之上。陶老师说的叙述的人称问题，这一点当时也让我惊讶，小说一直以第三人称叙述方法推进，隐藏着叙述者的身份，直到快结束才交代。我在文章里把它叫作"第三人称的第一人称叙述"。这是一种互为制约的方法：以第一人称来限制第三人称的全知视角，又用第三人称限制第一人称的心理、情感抒发、表达，不让"自我"膨胀，降低他的高度，好让对事件的讲述"客观"。小说里有这样一段话，里厄（也译为里尔）医生感到，他本人的反应和痛苦也是他的同胞的反应和痛苦，他意识到是在以众人的名义在说话；但他又一再申明，叙述者只是由于一种偶然性才使他有一定机会收集到一定的"证词"，因此他的叙述始终保持一种"恰如其分的谨慎"。这种谨慎，就是避免叙述他没有见到的事情，也避免对叙述的事情做无根据的臆测、推断，就是既显示他的"知道"，也同时以对"全知"的警觉显示他的"我不知道"。可以看出，这种艺术方法的运用，跟加缪的艺术观、世界观有关系。加缪认为世界是荒谬的，对世界是否存在客观规律，以及人是否能够认识这个"规律"，他都有怀疑。《鼠疫》里有这样一句话，"人并非无辜也并非无罪"，"如何从中摆脱出来？就是要治疗一切能够治疗的东西……同时等待着得知或观察"：这个是他的一个基本认识，基本判断。

按照陶老师刚才的见证文学的定义，《鼠疫》的虚构性显然不能归入这个系列，它是个寓言。当时也有批评家将它看作见证文学。虽然鼠疫发生地北非的奥兰是真实的城市，是加缪的出生地和童年生活的地方，但事件本身和发生的时间却是虚拟的。《鼠疫》开头有一个题词，引了18世纪英国作家笛福的话："用另一种囚禁生活来描绘某一种囚禁生活，用虚构的故事来陈述真事，两者都可以。"许多研究者认为，《鼠疫》是指向"二战"和纳粹制造的灾难；加缪写这个作品正是大战期间到结束的这段日子。可是又可以说它是指向所有的灾变。如果将它看作见证文学的话，那么，是加缪借助这个小说，来提出他对见证文学的条件、要素的理解。这包括刚才陶老师提到的，见证的事件的性质，叙述者的亲历者的身份，叙述的客观、真实的准则，等等。

在上面对见证文学讨论的基础上，我要提出的一个问题是：它可不可以放到我们现当代文学里来讨论？现代特别是当代文学的某种写作"类型"，可不可以和它建立起某种关联？这是我有疑惑的一个点。在80年代，文学界可能使用过见证、文学见证等词语，当然不会有"见证文学"这个概念。不过，在80年代中后期，出现过"幸存者""幸存者诗歌"的说法。1988年，诗人芒克、杨炼、唐晓渡组织过一个"幸存者诗人俱乐部"，出版过内部发行的《幸存者》诗刊。我没有见过这个刊物，好像只出了一期。前些年，2017年吧，这个诗刊以网刊的方式恢复。为什么使用"幸存者"这个词，杨炼说这与"文革"的经历有关，"是因为其实连我们那么年轻的人都经历过很多死亡或者类似于毁灭的经验"。另外，黄子平老师80年代后期在北大上当代文学史课，也可能使用过"幸存者"来描述新时期"文革"亲历者作家的"文革"叙述。黄老师90年代初在台湾出版过一本当代文学研究论著，书名也叫《幸存者文学》。这里就提出一个问题，就是八九十年代亲历者对"文革"的书写，包括诗、小说、回忆录等，可不可以归到陶老师的"见证文学"的范围里？

陶：好，谢谢洪老师。我回应一下处理当代文学的时候能否使用"见证文学"概念的问题，比如新时期初出现的"伤痕文学""反思文学"以及一些"文革"亲历者的回忆录创作，能不能叫"见证文学"？

国内有些学者，包括我自己，的确是把这些作品作为"见证文学"来处理的。比如何言宏的《当代中国的见证文学——"文革"后中国文学中的"文革记忆"（之一）》就非常有代表性。文章指出："当代中国的文学史上，存在着一种在总体上被忽视的文学写作，那就是'见证文学'。"他列举的例子主要是一些作家学者的"文革"回忆录，包括：巴金的《随想录》、王西彦的《炼狱中的圣火》、遇罗锦的《一个冬天的童话》、陈白尘的《云梦断忆》、杨绛的《干校六记》、于光远的《"文革"中的我》、季羡林的《牛棚杂忆》、流沙河的《锯齿啮痕录》、韦君宜的《思痛录》、杨静远的《咸宁干校一千天》、马识途的《沧桑十年》、高尔泰的《寻找家园》、陈凯歌的《少年凯歌》等。他认为以这些作品为代表的文学写作，"以作者的亲身经历和可贵良知见证历史，反抗遗忘"。在何言宏看来，这些作品虽然被有的文学史、特别是散文史著作所关注，纳入中国当代文学史的整体叙述中，但在总体上说，与它们的意义、成就与价值相比，对它们的研究与关注显然远远不够。在做出了上述描述和判断后，何言宏给出了一个"见证文学"的"定义"："'文革'后中国的文学实践中像上述作品那样自觉书写自己的'文革记忆'并且以亲历性和真实性为基本特点的文学写作。"我在自己的文章中也曾经把老鬼的《血色黄昏》作为"见证文学"加以分析。除了"见证文学"之外，还有"幸存者文学"的说法（这个洪老师已经说到了）。还有一个说法是"思痛文学"，这是学者启之提出的，意思差不多，分析的对象也大致相同，都是关于"文革"的回忆录或以作者的"文革"经历为基础写的自传体小说。

当我们说"中国的见证文学"的时候，一个无法回避的问题是：如果见证文学的题材严格限定在犹太人大屠杀，那么，中国没有发生这样的悲剧事件，"文革"无论怎么界定和评价，显然都不是种族屠杀性质的。在这个意义上，我们借用"见证文学"的概念描述中国文学史，必须经过必要的转换。我个人以为这个转换既包含了对"见证文学"这个西方概念的继承，也包含了对它的扩展。继承表现在：见证文学见证的不是一般意义上的灾难，而是由文化、意识形态等造成的社会历史灾难，这样就排除了自然灾害和基于利益之争的战争。如果所有书写灾难的文学都是见证文学，这个概念就太大了，也完全脱离了其西方的本意。扩展表现在：应该把纳粹大屠杀之外的、由文化、意识形态等原因制造的其他社会灾难，也包括在见证文学书写的范围。比如有学者把它扩展到了美国的黑奴制度，我认为是合理的，因为它具有文化、制度和意识形态性质，是一种国家权力参与其中的社会灾难。更为重要的是，这样界定之下的见证文学，其道德和伦理的功能是通过对灾难的见证达到对造成社会灾难的原因的历史反思。我觉得这是比见证文学的对象更重要的对见证文学的界定，它所聚焦的是见证文学的道德和政治功能，强调见证书写的道德和伦理责任——反抗遗忘、反思历史、铭记教训、防止悲剧重演。书写自然灾难的作品不可能有这样的功能和责任。

我觉得这样一种对"灾难"以及"见证"的界定比较适中。如果可以这样处理这个概念，那么，把巴金的《随想录》、杨绛的《干校六记》、季羡林的《牛棚杂忆》、韦君宜的《思痛录》等回忆录作品，以及《血色黄昏》等伤痕文学作品，纳入中国见证文学的范畴是合理的。"文革"作为社会历史灾难的定性是《关于建国以来党的若干历史问题的决议》做出的（具体表述为"一场由领导者错误发动，被反革命集团利用，给党、国家和各族人民带来严重灾难的内乱"）。见证"文革"灾难的目的同样也是反抗遗忘、反思历史、铭记教训、防止悲剧重演。

洪：这个分析很好。因为这个概念是外来的，有它特定内涵。如果使用在中国当代文学的话，就需要做些必要的辨析，就是我们是在什么样的意义上来使用这个概念。

二　见证文学的真实性、纪实性、虚构性

陶：接下来我们讨论一下见证文学的真实性问题。从阿多诺开始，关于大屠杀和文学、审美的关系，就有很多自相矛盾的表述。比如阿多诺说：奥斯维辛之后写诗是不可能的，甚至是野蛮的。阿甘本说幸存者见证的是某种不可见证之物。也有人说奥斯维辛之后如果文学不去表现大屠杀，那才是野蛮的。有人说虚构的作品不能见证大屠杀，但是也有人说，只有虚构的文学才能更好地表现大屠杀。所以，这些说法都充满张力甚至悖论。我们今天要关心的是：作为一种审美形式，一种虚构文学，到底能不能见证大屠杀？见证和虚构到底是不是水火不容？见证文学是不是要戒绝比喻、象征、寓言等文学技巧？或者说：如果完全拒绝虚构，那么见证文学还能叫文学吗？与此相关的问题是：文学的见证有什么特点？它和历史见证有什么不同？和虚构到底是不是水火不容？见证文学是不是要戒绝比喻、象征、寓言等文学技巧呢？

在西方，见证文学的真实性、客观性及其与虚构性的关系，是一个争论不休的问题。由于后现代主义、后结构主义的影响，有一些受到它们影响的学者，像德里达、阿甘本、米勒、哈特曼、费尔曼这些人，对见证文学的客观性、真实性提出了质疑。他们把很多虚构作品也放到见证文学的范畴，比如加缪的《鼠疫》、斯皮格曼的漫画作品《鼠族》，前者虽然被认为是通过寓言方式书写大屠杀，但是毕竟不是纪实作品，也不是自传或回忆录。后者虽然也是写大屠杀的，但是把犹太人画成了老鼠，纳粹党卫军画成猫，属于寓言和漫画书。如果严格坚持非虚构或者纪实这个要求，这些作品就不属于见证文学或不具备见证功能。为什么会这样呢？从根本上说，是因为后现代主义认为

所有历史书写都是虚构，历史和文学没有什么严格的界限，都不可能避免虚构，区别虚构和非虚构没有什么意义。

美国批评家米勒最近出了一本书《共同体的焚毁：奥斯维辛前后的小说》，这本书探讨的就是文学创作到底能不能给大屠杀做证，结论是文学能，而且唯有文学能。他认同诺贝尔文学奖获得者、匈牙利作家凯尔泰斯·伊姆雷的说法：所有对奥斯维辛的见证都是"小说"，即使是打上了自传的标签也仍然是小说。

米勒如何解释自己的观点？他说：我认为凯尔泰斯的意思是，任何有关大屠杀的叙事都经过了整理和选择，因此就不可能做到完全客观。他说：我确信幸存者对集中营经历的任何叙述，从最忠实的自传到虚构色彩最浓的那些创作，都经过了主观选择，他们组合细节，形成故事，这样的组合本身就不是照搬。建构事实仍然是事实，但是任何叙事行为都是对于事实的建构。所以，见证既然是叙述，所有的叙述都包含了选择、组合、建构，在不同程度上都可以说它们是小说，都保留有虚构。

我认为，米勒和一些后结构主义思想家、批评家的观点是强调作为一种语言书写行为，任何关于大屠杀的叙述都必然带有虚构，而不是为随便否定、歪曲大屠杀事实辩护。首先，米勒的观点真正值得我们注意的是：文学更能见证大屠杀，因为见证文学作为文学是写人的。他以《辛德勒的名单》为例指出，辛德勒的"品性"只能通过虚构来展现，要不然怎么表现"品性"这种内在的东西呢？见证文学要塑造活生生的人物形象。他要见证的不是一个"法则"，不是大的历史，而是奥斯维辛这种极端环境下个人的生命，个人所体现的人性。正因为这样，见证文学的真实，归根到底是一个人的真实，不是纯客观的数据记录。这点我觉得特别重要。见证文学不可避免要进入人的内心，人物的内心世界。比如说苏联作家沙拉莫夫的《科雷马故事》

写了集中营的犯人，是以自己的亲历为基础的，应该没有人会怀疑它是见证文学。书中有大量的文字是记录劳改犯的精神世界。比如在书中的《雪利酒》这篇里，沙拉莫夫写到了他从来没见过面的苏联诗人曼德尔施塔姆临死时的感受，他的感觉、心理，而这种感受，这种感觉和心理当然曼德尔施塔姆没有也不可能告诉过任何人，沙拉莫夫本人更不可能知道。

其次，见证文学打动人的力量与其说是来自证据的客观性、权威性，不如说是来自语言。我觉得这点也很重要。我们看见证文学，被打动的实际上是作者通过富有魅力的语言传达的一种生命经验，而不是数据或物证（博物馆里陈列的犹太人留下来的堆积如山的鞋子、满箱子的牙齿，等等），还有奥斯维辛遗址堆积如山的白骨。这些物证给我们的震撼和我们读见证文学作品（比如《无命运的人生》《夜》《这是不是个人》等）时的震撼是不一样的，这是语言的力量，叙述的力量。

见证文学所面临的语言困境也来自这里。正因为见证文学见证的不是器物，不是数据，而是人、人性，所以它才具有了语言表达的困境。比如说，利用毒气室有计划地去屠杀犹太人，这是奥斯维辛不可否定的事实，也是最震撼人的事实，很多的实物和文件都证明了这一点。如果只见证这个事实，那么那些物质性的遗物、遗迹、文件、档案、资料就可以了，不存在语言方面的困境。正因为文学要见证的是具体一个一个犹太人实际的生命经验，因此它才具有了很多语言方面的问题，因为很多东西是没有办法描述的。例如毒气室当中那些犹太人将死时候的感受，就没办法表现，因为送进毒气室的人没有一个活着出来的，其他人怎么表现？还有，活着的最有资格见证的人，是集中营那些所谓的 Muselmann（普里莫·莱维记录的集中营的俚语），即活尸体、活死人。他们有人之形而无人之神，已经生不如死，其意识已经彻底麻木了。他们即使活着也没有办法写文章，没有办法讲述，因此普里莫·莱维提出一个很著名的悖论：最有资格的做证人实际上已经死了，现在站出来做证的那些人恰恰不是最有资格做证的人。所以，有一个如何去描写这样的极端经验的语言上的问题。

　　洪："见证""证言"这些词，肯定关联着"真实"的问题，而且是首先要提出的问题。但是为什么这方面发生争论，正如陶老师说的主要是两个方面，一个是文学与历史的关系。从新历史主义的观点看，历史与文学之间并非水火不交融，历史也是一种叙事，历史和小说是"可以互换的体裁"；所有那些历史书写都包含着叙事的某种选择、整理、想象的虚构性质。另一方面，见证文学确实不是要见证法则、数据，而是人的生命、内心、情感，而这些都无法提供一种客观性的依据。

　　但是这样说是不是意味着见证文学的"真实"问题就消解了，被取消了？如果是这样的话，我们为什么还要使用"见证"这样的字眼？我觉得，这个词具有它特别的，与真实有关的重量。在这个问题上，我仍然执着于对"见证"的某种朴素的理解，也就是说，我们仍然有必要知道，那些重要的历史事件、灾变，哪些是"真实"发生的，有何种程度的历史确切性。有一位学者说过，这不是信念、虚构，而是确凿无疑的历史事实；将它们当作"事实"来陈述，就是一种历史责任。

　　我前些年写过一篇文章，谈苏联作曲家肖斯塔科维奇"口述回忆录"的真伪问题，收在《读作品记》里。这是个"老"问题了，争辩了几十年。为什么仍没有停歇，因为真伪不是无关紧要的。这部回忆录叫《见证：肖斯塔科维奇回忆录》，就使用了"见证"这个词。据肖氏的学生伏尔科夫说，这是肖的口述，由他记录整理而成。文稿带到美国，译成英文后1979年在纽约一家出版社出版。由于里面披露许多苏联高层政治人物和著名作家艺术家的信息，1981年很快中译并由外文出版局作为供参考的内部书出版。这本书塑造的肖斯塔科维奇形象，和过去人们（包括西方和社会主义阵营内部）心目中的形象很不同，有的地方甚至完全颠覆、翻转，许多讲述让人心生疑惑，真假难辨。书里的肖氏强调他讲的是真话，说"关于往事，必须说真话，否则就什么也别说"；"我们要努力说真话。这是困难的。我是许多事件的目击者，而这些都是重要的事件"。可是，这本被称为"口述回忆录"的书讲的是否都是真话？出版后就引发激烈争议。英文版出版两周后，苏联《真理报》就刊登社论予以驳斥，并刊登肖氏六位朋友和他的学生发表的声明：这是"不足取的伪作"。《真理报》为此辑录了肖氏手稿、文章，来显现与《见证》一书完全不同的肖斯塔科维奇的形象。西方的一些媒体，包括一些音乐史家、肖氏的研究者，也怀疑这本书的真实性。怀疑它是伪作的根据，一个是没有提供任何"口述记录"的原始资料（口述文字记录，或录音原件），另外是文体上的，许多地方不像"口述"语气，显示了经过精心编排的痕迹。书里不少肖氏的话，就直接、一字不漏地摘自肖氏发表过的文章。肖的妻子也认为，伏尔科夫与肖的交往很有限，不可能有这样详细的口述经历……

《见证》里面有一段据说是肖氏的话，这段话高峰枫教授——他是北大英语系的——说很"毒舌"。大意是，一个人死了，别人就把他摆在餐桌上喂他的子孙后代；可是死人有个毛病，就是凉的太慢，必须给他浇上胶质的汤汁，好让他变成可口的肉冻……书里的肖自述说，我回忆我所认识的人的时候，我要努力回忆没有浇上胶质肉冻的他们，不想把他们变成美味的菜肴。对这段话，一些人提出，那么这部回忆录浇上肉冻了吗？浇了多少？而且这段话究竟是不是出自肖氏之口？在这个问题上，我同意高峰枫的观点：辨伪、考证，这些听上去烦琐枯燥的学术工作，其实离我们不远，有时会直接颠覆曾经塑成我们世界观的书籍。

因此，在见证文学的问题上，尽管真实的问题是个复杂的，而且有很多时候是难以做出明确结论的难题，但仍然需要提出，或者说，它是见证文学的一个重要支撑点，一个骨架式的存在。我觉得，见证文学必须经受双重的检视：文学的检视，以及真实性的检视。这种检视既来之外部，也就是阅读者、批评者，也来自内部：如果是具有历史和文学的责任感的写作者，他要在这一看来似乎悖谬的关系中谨慎地做出处理，就像加缪在《鼠疫》中借助寓言提示的那样。

那么，《见证》这本书就没有价值了吗？也不是。肖斯塔科维奇的儿子说得好，最好不要看作他父亲的回忆录，而是看作"伏尔科夫的书"。因此，英国小说家朱利安·巴恩斯就搁置了有关《见证》真伪的、可能是没有结论的争议。他2016年出版的以肖斯塔科维奇为主人公的书《时间的噪音》，在体裁上就明确标示为"传记小说"。小说分为三章，也就是巴恩斯选取的肖氏一生的三个重要时间节点（或者三个场景），来讲述他的生活的心理：在电梯旁、在飞机上、在汽车里。比如"在电梯旁"这一章，写的是肖1934年写了歌剧《姆钦斯克县的麦克白夫人》，斯大林在看歌剧演出时中途退场。几天之后《真理报》发表了《混乱代替了音乐》的社论，抨击这部歌剧，说"这是混乱的音乐，这是噪音，这是向西方资产阶级学来的"，等等。不少人认为社论出自斯大林的手，至少是他授意撰写的。这在30年代大清洗时期是个严重的事情。肖斯塔科维奇推测他可能会被捕。但他又不愿意在他妻子和小孩面前被捕，所以他在整整一个星期的夜里——搜捕往往是在夜里实施——提着事先准备的装着日用品的手提箱等在电梯门口，等着安全部门的人来抓他。巴恩斯通过这些场景，来串联、组织肖的生活经历和心理活动。

在电梯旁等待抓捕只是个传说，并没有确凿的证据。但巴恩斯搁置了真实与虚构的问题。他的小说出版后，记者采访他，在真实与虚构的问题上，他的回答是含糊的。但他说，"在传记和历史的终点，小说才开始"。也就是说，他把他的写作定位为小说，而不是"见证文学"。《时间的噪音》中的许多基本事实是存在的，在这些基本事实之外，他获得开阔的想象和虚构的空间。他不是要提供"证言"，所以在比较他的书和《见证》的时候，他说，如果你不喜欢我的书，就去读伏尔科夫好了。巴恩斯就是要用小说，来展现极权统治下个人和时代之间的关系。小说能够前往传记和历史去不了的地方。他要探索艺术和强权政治的关系，当强权政治支配你生活的一切时，你是否会与强权做一笔交易？在放弃掉一些自由的同时，保住另一些可以创作的自由？巴恩斯通过肖斯塔科维奇的遭遇，通过对他怯懦的表现做出的提问是：谁会向恺撒屈服？这个恺撒如此贪婪，你究竟会屈服到什么程度，屈服的代价又是什么？向权势屈服之后，艺术家是否还能保持自己的尊严？是否就有创作自由的空间？是否历史和传记褪色之后，作品、艺术真的能独自存在？巴恩斯将他的作品的主人公称为"怯懦的英雄"。他为肖的怯懦辩护。这是他对个人和"历史"紧张博弈提出的一种看法。你可以不认同他的看法。所以他说，你要不喜欢我的书，你就去读伏尔科夫的书。这不是在为某些真实事件提出一些证据。

陶：洪老师提的这些问题都很尖锐深刻。我想就真实性的问题补充说一点。

真实性问题确实比较复杂。首先，我还是想强调：见证文学，或者说我们之所以需要用文学去见证，恰恰就是文学能够把一个一个个体所经历的那种复杂、多面、个人化的历史呈现出来，这是我们一般的大历史没有办法完成的。历史它怎么落到个人身上？每个身处历史旋涡的个人的心理感受是不一样的，这样的历史才是丰富的历史。在这个意义上，见证文学的真实是个人经验的真实。举个例子，这是一个耶鲁大学大屠杀音像资料中心做的实验的例子。被邀请进行回忆的是一个大屠杀女性幸存者，她回忆起集中营的一次暴动，她说我看见四根烟囱起火了。后来在一个学术讨论会上，一个历史学家就说：不对，根据各种各样的考证资料，证明当时只有一根烟囱起火了。然后这个历史学家就说，这个人的回忆是不准确、不真实的，没有价值。

参加这个会议的心理学家多丽·劳布是研究创伤记忆的，她不同意历史学家的观点，她说：你在什么意义上讲它不真实？就这位幸存者的经验而言，她当时就是看到四根，哪怕就是错觉。她为什么会有这种经验？是因为这是集中营发生的几乎是唯一的一次暴动，这次暴动粉碎了纳粹无往而不胜的神话，暴动揭示了这个真理。在这个意义上讲，这是真实的。

还有，我觉得在见证文学里面不能过分地依赖于亲历者的那种亲历经验，这种亲历经验无论如何震撼、独特，毕竟还是要转化为文学，转化为文字。我们看到的不是经验本身，更不是客观世界本身，而是文本。这就是沙拉莫夫提出来的一个概念，我觉得非常有意思，叫"作品性"。他批评苏联很多写集中营的人，说他们太懒惰，以为自己作为见证者的经历、身份、经验本身就足以供他们"自我维护"。依据我的理解，他的意思就是：这些人以为自己有了这个经历了，就可以现成地取出来，好像到银行提现，再粗糙也无所谓。你没有经历过，我经历过，那我就独此一份。这样的人在沙拉莫夫看来就是懒惰。他说他们从未想过要使他们的见证达到"作品的高度"，他们没有把集中营经历转化为一种文学经验，变成一个作品。他说这个高度是必须的，见证文学毕竟不是原始经验堆积（实际上也不可能）。

这里也涉及洪老师讲的三个时间：事件发生的时间、书写的时间和阅读的时间。绝大多数见证文学，都是灾难结束以后写的，而非在集中营时所写。写的时候可能过去了 10 年、20 年。这个时候他的记忆里已经混杂了很多不同时期的经验，包括从阅读、从跟别人的交往当中得来的一些东西，一些移植的东西，他自己也很难把它分得特别清楚，其中甚至包括一些虚构。甚至像《碎片》这样的一部伪造了作者身份的作品，也获了很多奖，刚出版的时候很轰动。后来就有人暴露出来这作者的幸存者身份是捏造的，这个作品也不是自传。是不是因为他的亲历者身份是伪造的，作品就没价值了呢？是否没有了见证价值我不好说，但是我觉得还是好作品。这个作者后来说：自己看了大量关于集中营大屠杀的各种各样的资料，就把这些东西化为了自己的记忆。好，我补充到这里。

洪：下面是否进入提问？

陶：好。

三　提问环节

主持人：我们还是先感谢一下两位老师，下面进入提问环节。（掌声）

学生 1：老师们好，我是广州大学文学院大四的学生。首先非常感谢两位老师的精彩分享，我有两个问题想向两位老师请教。第一个问题是：在疫情期间，有一些对疫情的记录，以及疫情日记，应该如何去界定这样一些文本？可不可以把它们也理解为见证文学？第二个问题是：洪老师在第一次讲座中提到了文学文本历史解读的三重时间，那么在对这些疫情期间产生文本进行阅读和解读的时候，这三重时间其实是高度重合的，我们又应该以怎样的心态去面对和研究这样近距离的文本。谢谢老师。

陶：（对洪）问的是您的"三重时间"理论。她说当下中国的疫情书写的是刚刚发生的故事，是否适合"三重时间"理论？

洪：这位学生的问题，有的同学可能不大了解，我解释一下。上次上课讲"文学文本的历史解读"，我说解读者要有时间的敏感。有三重时间，一是作品写到的事件发生的时间，二是写作的时间，还有就是批评、解读的时间。

陶：这个问题我觉得很有意思。确实是现在有一些疫情书写，特别是网络上。这个事件刚刚发生时就在网上有了书写，而且网络的东西马上就被阅读了，所以这三重时间几乎就重叠了。

洪：是的，这三重时间看起来是重叠的，包括我们从电视上看现场直播，还有网上的课程、会议等，都是这样。不过，即使是 5G 网络，时延低至 1ms，也还是有时延的，严格说来，完全重叠、同步是一种幻觉。这里还有一个心理时间，或主观时间上的问题。举例来说，看足球转播，镜头对场景的捕捉，转播时镜头的转换、调度，蕴含着转播者的足球理念，对球队历史和现状的理解，以至政治、商业的考虑。看起来与观看者时间重叠，事实上处在不同的时间线上。就如苏联著名作家爱伦堡在 50 年代说的，司汤达虽然是 19 世纪作家，但它比我们 20 世纪的一些作家更是我们的"同时代人"。

学生 2：谢谢两位老师的这场讲座，我非常喜欢加缪的小说，因为我觉得他的小说里面有一种英雄气质。所以我的问题是：在现代或后现代的语境里，应不应该有英雄？以及现代或者后现代式的英雄是什么样的？我提这个问题是因为刚才洪老师提到了"懦弱的英雄"，之前看《美丽新世界》的时候，作者也有一个论断——从野蛮地区过来的野蛮人跟总统交流的时候，总统说：一个非常优秀的社会其实是不需要英雄的。对这个问题二位是怎么看的？谢谢。

洪：当然是要英雄的，即使像我这样懦弱的人，还是努力希望要有点社会责任感。加缪的小说其实已经提出他的理解，我很认同他的看法。他在《鼠疫》里面说，如果一定要在这个故事中树立一个英雄人物的话，他推荐的是格朗。格朗是一个义务参加防疫组织的公务员，有"一点好心"，也"有点可笑的理想"。一辈子都在为一篇浪漫故事的写作、修改呕心沥血，却始终停留在开头的位置。在鼠疫流行中，默默地做出他的贡献。他没有豪言壮语，事实上也没有惊人的举动，看起来无足轻重而甘居人后。加缪说，对他的举荐，"将使真理恢复其本来面目，使二加二等于四，把英雄主义置于追求幸福的高尚要求之后而不是之前……"

陶：对，洪老师已经讲得特别精彩了，我就补充几句。那种掌握了绝对真理、代表历史发展方向的英雄，我觉得已经成为过去时了，但如果我们把"英雄"理解为具有介入公共事务的责任和勇气的人，这种英雄是永远存在的。

学生3：两位老师好，我想请教两位老师一个问题，就是见证的难度。首先，见证的难度是一个亲历的难度。我们在电影电视里很难通过肉身亲历灾难。还有一个难度是如何发现自己是一场灾难的亲历者？就是说，当灾难在我们这个时代不是以激流的方式出现，更多的是以暗流的方式来入侵我们生活的时候，我们如何察觉然后承担起一个见证者的责任和使命呢？谢谢老师。

陶：这位同学问的是见证的难度，然后又具体落实到亲历的难度，也就是说，不在现场或灾难还是暗流状态的时候怎么发现它。

洪：没有爆发就是还没有成为灾难。

（众人笑）

陶：洪老师的意思是：如果没有成为灾难那就谈不上见证了，那叫预测，或者预警。

洪：我的意思是，对灾难，亲历者是无须"发现"的，他就在其中。当然，亲历者和灾难，和历史事件之间的关系各不相同。比如"文革"，有的是受害者，有的可能是加害者，还有的既是受害者也是加害者，有的又可能是旁观者。他们做出的见证，自然会各不相同。这种不同来自不同的处境、身份，也来自对事件本身的不同认识。因此，如果寻找"真实"是我们的追求，那么，就需要比对各种不同事实、观点和感受的"见证书写"，观察它们的互证或者互否的关系；这也是我在《材料与注释》这本书中处理各种材料时的基本方法。

学生4：洪老师，我是您的铁粉，首先我先表达一下我对您的敬仰，我觉得当代文学研究的那些花里胡哨的东西看多了之后再回过头来看您的文字，就有一种平心静气的感受。

洪：谢谢！但是这个跟我们现在讨论的题目没有关系。

学生 4：那这些话我就不说了。我的问题是：对于我们这些非常年轻的学生来说，接触现当代文学有什么办法可以尽可能地获得一些历史感，有没有什么可以培养历史感的方法可以教给我们这些年轻的学生，想听听您的见解。

洪：就是要努力吧。（笑声，掌声）我们还是要了解相关的材料。对文学史研究者来说，绝大多数的事情我们都不可能有亲历。我们不可能"亲历"五四，20 世纪 40 年代我们也没有去过延安，更不要说唐代了。那怎么研究？只能依靠相关资料。举个小例子，现代文学的许多作家现在都出版了全集，孙玉石老师就主张研究不能完全依靠现在编的全集，还要尽可能翻阅各种版本和原始报刊。这样你才能知道你要研究的作品被放在什么位置上，刊物还发表过什么其他的作品，甚至刊登什么性质的广告，等等。这就是"历史感"。我 2014 年在台湾的清华大学中文系上课，也指导一位博士生做路翎研究。尽管路翎作品和相关评论她基本收集齐备，还是花了一两个月时间在北京、上海各大图书馆，查找翻阅当初的版本和刊载这些作品的报刊。她说，不这样做就难以接近那个时代的氛围。

陶：我稍微有一点补充意见。我觉得努力很重要，但我要强调：对我们的过去、我们的历史，想不想了解，有没有了解的兴趣，不是自然的，是被塑造的。一个人有没有了解某段历史的意愿，是跟他所处的环境是不是鼓励他去了解有深刻关系的。比如说"二战"吧。很多没经历"二战"的人，没有经历过集中营的人，如亲历者的第二代、第三代，他们为什么要了解他们的父辈、祖父辈的集中营经历？跟我有什么关系？这个社会是鼓励他去了解这段历史，还是不鼓励甚至不允许。在一种环境中，你会被告知今天的你是跟你的父辈、祖父辈的经历有极大关系的，这是一种鼓励你记忆的教育和文化环境。另一种环境可能正好相反，它反复告诉你说：管那么多干什么，你就购物去吧，玩去吧。这两种环境是不一样的。德国和日本在这方面的差别极大：德国的文化是记忆文化，一代又一代的人在思考和书写大屠杀，其中很多进入了中学教材（比如维赛尔的《夜》），而日本就不是这样，它想方设法掩盖侵华的历史，要在教科书中淡化甚至抹杀这段历史。

学生5：两位老师好，我想问一下探讨文本真实性和虚构性的意义是什么？如果文学达到了真实，还能称为文学吗？我认为文学只要能够表情达意，这就完成了文学的任务。还有就是文学与其他文体的区别是什么？它的真正功能是什么？

陶：真实与虚构的区别，后现代主义、后结构主义基本上认为没有什么区别。因为，它觉得任何的表达都需要语言，用语言都是比喻，用A去代表B，就是比喻。它觉得这个东西没有意义。我个人从符号学意义上认为这个命题是对的，符号没有一个完全符合什么东西的。但是，语言符号是一个约定性的东西。比如用某一个能指表达一个所指，大家都这么认可以后，比如"dog"不是狗，是猫。语言共同体就会否定你的说法。"dog"这个能指和狗实际上确实没有对应性，但是几千年来已经形成了一个约定俗成的说法。所以，从原理上、学理上去探究这个原则的话，语言指称这个事件的真实性是建立在约定性上的，也是没有办法否定的。

所以，我们对于一些基本的历史事实是没有办法否定的。用各种各样的文字的和非文字的东西写下来的或者留下来的一些证据，是没有办法否定的。你说1937年不是日本打到了中国，而是中国打到日本去了，这可能吗？这不可能。你说不是波兰被苏联入侵，而是波兰入侵到苏联去了，这是绝对不可能的，没有的事。之所以很荒谬，是因为大家都已达成共识。

另一个问题就是文学不需要表达真实，只需要表情达意就可以了，意思就是文学作品表达感情就可以了。怎么可以这样讲呢，我觉得你把科学的真实和艺术的真实搞混淆了，科学的真实确实是要追求科学意义上的准确，但是文学不一样，艺术的真实，比如白发三千丈，世界上没有这么长的头发，但是艺术的真实，那就是说它不说三千丈，有没有办法来表达他的愁。他只有白发两寸长、三寸长，那可能是真实的，但是它在艺术意义上就不真实。只有夸张才能表达出给人的情感体验的真实，这个很重要，它必须用夸张才能把体验表达出来，不然体验就没办法传达。

吕鹤颖（广州大学人文学院老师）：我想对陶老师刚才的回答做一点补充，刚才那个同学谈到为什么我们一直在讨论文学和文本的真实性与虚构性的问题。是因为我们今天讨论的主题是见证文学，而见证文学这样一个非常特殊的文类本身，就需要对文学描写是否真实的问题来进行处理。所以，陶老师才会花大量的时间来讨论文本的真实性以及是否是亲历者书写，但是同时这个问题也反映出见证文学研究的一个矛盾：见证和文学这个概念本身，见证是证词、证言。证言本身就要求是真实，亲历的、亲眼所见的、亲身所感的。它跟我们通常谈的文学性之间是有张力、有矛盾的。因此，对"见证文学"这个词的矛盾性，以及它是否能够成立，在学界是有争论的。我认为在见证文学这个范围内，探讨文学文本是否真实地反映了特定历史时期的特定历史事件，也就是我们刚才说的国家的民族的创伤性的历史事件，这是需要讨论的。

然后我也有一个问题，就是刚才陶老师在讨论《鼠疫》的时候，强调的是语言的力量，语言感染的力量或者情感的力量，但是在见证文学这个研究领域，会不会认为语言是被毁坏的语言？比如说，在集中营里，"上帝""爱"这些词是没有意义的。因为上帝不在了，爱也不发挥作用了，这些语言在这个意义上是被毁坏的语言。因此，当大屠杀之后的文学使用了"上帝"和"爱"的词语的时候，"上帝"和"爱"不能再指向它们在大屠杀之前的约定俗成的意义了。或者说，词的所指意义是一直在漂浮的，那就没办法记录大屠杀了。在这种情况下，当我在阅读《鼠疫》的时候，我其实是不能读出来它是指向大屠杀的。那么我想问的这个问题就是：诗意化的、寓言化的文学书写，是不是能够抵达历史事件本身？谢谢！

陶：吕老师这个问题，很深，也很难回答。实际上她有好几个问题。一个是见证和文学能不能放在一起？文学肯定是离不开虚构、想象、情感、隐喻等一套修辞手法。见证从这个词的本义来讲确实它又是见证事实，就是不要加上那么多文学性的东西。但是我仍然认为，只要是用语言来描述你自己经历的各种各样的往事包括灾难，就绝对不可能不用那些文学修辞，要不然就没办法写。所以，我们现在看到的很多非常朴实的、几乎看不出他用了文学手法的作品，很多高手都从中分析出了大量文学手法。比如米勒分析了大量的《无命运的人生》里面所使用的文学手法，我们没有他们的功力，是不太分析得出来的，因为他们确实是喜欢用很朴实的语言来写，包括《鼠疫》也一样，是用一种非常白描的手法写出来的。

第二个问题，语言的败坏这个问题也是关于大屠杀书写的一个争论时间特别长的一个问题。特别是德语是一个纳粹的语言，是纳粹用来屠杀犹太人的语言，是加害者用来屠杀受害者的语言。也就是受害者怎么样用他们的语言来表达你自己的经验，怎么表达呢？策兰就是一个典型的例子。所以他用了奇特的表达方式（这不是我个人的观点），他的词跟一个一个石头一样，那么粗糙地那么突兀地就出现了，他这个诗比较难懂，只有这样才能传达他的大屠杀的经验，如果他用现成的、德国的文学给他提供的这套表达方式和语言的话，那就没有办法，他就陷入了一个怪圈里面。用最败坏的语言来表达反抗精神就陷入了一种怪圈。但是我觉得这个怪圈也不是一个恶性循环，就是一边用被败坏的语言，一边对这种语言保持一个反思的态度，是可以做到的。

盖琪（广州大学人文学院老师）：我想补充两句。刚才吕老师提出的这个问题，我觉得，别说是用诗意的语言，就是用平实的语言、粗糙的语言、直白的语言，也是不可能抵达历史的。可能在这一点上，我是个后现代主义者，但是我认为见证文学或者说见证性的语言本身肯定是有它的意义的。因为无限地追求和逼近真实这种行为和实践本身是一种权利。我们必须保持这种权利，这种权利本身是有政治性的，这种政治性不在于说你能回到那个作为历史的历史，而在于你是面向未来的。这个是它的深层意义所在。就像陶老师最后给我们解释的，如何用败坏的语言去讲述大屠杀，讲述自己的记忆，这个就有一点像女性主义经常探讨的一个问题，女性主义经常认为，现代所有的语言都是建立在父权主义的基础上的，是男性的语言，那如何用男性的语言去表达女性的记忆和感受，几乎是不可能的。但是因为这种不可能，我们就放弃这种权利，不去表述，那么你就永远不可能去接近那个可能并不存在的男女表达性的真实，或者说放弃了权利。

洪：陶老师说得对，是这样的。正如一位阐释学家说的，并不存在无历史、无话语的人；存在的仅仅是试图通过对不同的传统做批判性的阐释来试图成为人的种种努力。这种阐释活动的目标，不是提供一种终极的幸福的许诺，但可以提供既抵抗悲观主义，也不认同廉价乐观主义的希望的承诺。

学生 6：两位老师刚刚谈到了"文革"时期的文学创作，我就想到了冯骥才先生的一本书《一百个人的十年》。书中有很多是普通人的生命体验，很多个人的经验，像陶老师刚刚说的，是个人化的历史书写。但在这个过程当中，冯骥才先生对他收集来的口述史进行了一个文学经验的整理和结合。这个作品是否是见证文学呢？因为里面的"经历"不是冯骥才先生自己的，而是他收集来的。如果是的话，那作者的身份应该如何界定呢？作者并不是一个亲历者或见证者，他更像是博物馆的陈列者。如果它是见证文学，那以后我们当代的一些学者或者作家进行一些过往历史事件的整理或编纂，进行文学化的处理，是否能够替更多的幸存者发声呢？谢谢老师！

洪：虽然不是冯骥才先生的亲历，但他做的是口述史，自然是属于我们现在讨论的见证文学的范围。口述史的工作应该有它的基本规范。可是，如果不是作为原始材料保存，而是要出版，肯定要经过整理。这种整理的规则、限度是什么？做什么样性质的加工？这都需要讨论。我倾向于尽量不做或少做加工的处理。但这个事情做起来很难，牵涉到口述者自己的意愿，愿意讲什么不愿意讲什么，什么能发表什么不能公开。另外，出版时会有包括政治等各方面的禁忌。而口述采访人的观点、意图、设计的问题，也会对口述本身的走向发生某种干预甚至支配作用。但无论如何，亲历者的口述还是很重要、宝贵的。

陶：完全同意洪老师的观点。类似的情况还挺多的。阿列克西耶维奇，她写的《切尔诺贝利的回忆》，在这个文本中出现的都是采访实录。这里有两个证人：被采访者是灾难的证人，他或她的讲述就是见证行为，而作者则是见证行为和证人的证人。

　　学生 7：我有一个问题：见证文学是作为一种叙事方法、文本风格，还是作为一种体裁而存在？我在听老师讲的时候觉得老师好像将见证文学归纳为非虚构文学这一类。在 2010 年的时候《人民文学》倡导非虚构文学，之后就掀起了一股非虚构的热潮，然后出现了大量的非虚构作品。但是像洪治纲先生他们在评论的时候，就认为非虚构不属于一种体裁。怎么看这个问题？

　　陶：非虚构能不能作为一种体裁，我没认真研究过。我认为它既是一种文学类型，也是一种叙述方式。"见证文学"也包含这两个方面。一般认为见证文学是非虚构文类。这意思不是说整个写作过程中完全拒绝虚构手法，而是说整个人物和事件不是虚构的。比如说写到人的内心活动，常常就要使用虚构的手法。我个人认为非虚构可以是一种文学类型。至于非虚构能否称为严格意义上的"文学"，我个人回答不了这个问题，而且对这个问题的争论也不会有结果（就像报告文学是不是"文学"）。对这个问题的争论没有意义，我们要重点关注的是作品有没有震撼人的力量。（掌声）

　　学生 8：关于见证者身份的问题，刚刚洪老师说道：在当时历史处境下，见证者都会做出自己的选择；但是到书写时，虽然可能当时见证者的选择是合理的，但在后面也可能显示出一些不合理的因素。作为一个叙述者，他可能会被后来的一些价值判断过滤掉他的经验。而我们读者是否也会因此只能看到我们所能看见的东西，造成一种盲视。从这个问题我还想到：作为一个见证者，在叙述的时候是否需要提供一种价值的判断，这种价值的判断如果被简化成一种简单的同情，或者一种正义者的一种合理宣泄，好像他获得一种合理性，但是他并未抵达一种真实的表述，这是否也损害了它的见证意义？

洪：见证叙述肯定有它的选择，也有过滤；选择和过滤有自觉的也有不自觉的，原因很复杂，跟讲述人经历的性质，和讲述的时候对自己的定位、诉求都有关系，这个是没问题的。极端地说，回忆就是一种"创造"，所以，俄国舍斯托夫就怀疑所有自传的真实性，包括卢梭的《忏悔录》。这当然是极而言之。但是回忆的不可靠的方面，我自己有过体验。前不久发现留存一本"文革"前夕的笔记，要是没有这个"凭证"，都不敢相信那些文字是我写的，所以人的记忆有不可靠的方面，记忆有一种选择性，这是没有问题的。对过去的讲述又跟他对自己在历史中的身份的想象，和讲述所要达到的目的有关。我在《作家姿态与自我意识》这本书里，谈到80年代不同作家的"文革"反思、他们的"文革"讲述的不同方式，就是试图分析这个问题。

学生9：刚刚陶老师说：像徐贲那样的学者批评在见证文学中大量使用文学修辞的行为，提倡使用平铺直叙的文字。那么应该怎么样使用修辞手法呢？怎么使作品拥有语言的力量呢？

陶：我是说见证文学不用文学的修辞手法是做不到的。我反复强调见证文学作为文学，它不是其所见证的事件本身，它的力量来自它的语言。与此同时，我们也不能太过于迷信受难者这个身份。

洪：我补充一下陶老师。亲历者，或幸存者的讲述是很重要的，但是确实不要迷信这个身份，更不要自我迷信。诗人臧棣90年代写过一篇文章，叫《霍拉旭的神话：幸存和诗歌》，里面包含了对幸存者身份迷信的批评。我在谈《鼠疫》的文章里对这个问题也有相关分析，大概意思是，亲历者、幸存者意识包含着以良知为基础的提供见证的责任，在美学标准上对历史维度的重视，但也可能包含搜集强化不幸的"自恋"意识，和将"苦难"加以英雄化的转化。也就是说要警惕亲历者在叙述时的道德的和美学上的等级意识，一种天然的制高点意识。这一点，《鼠疫》写到一个患哮喘病的老人，在疫情过去，人们重聚的"解放的夜晚"，大家都在庆祝胜利，他说的是，"别人说：'这是鼠疫啊！我们是经历了鼠疫的人哪！'他们差点就会要求授予勋章了"，这位老人说，这不过就是生活罢了！亲历者主要不是要加入胜利的欢呼声，他的讲述是要提醒大家生活并未结束，灾难也可能还会发生。

学生 10：我想谈一点自己的疑惑。如果我们认可见证文学中的文学特性，比如说虚构、象征，反而更能够（帮助）理解见证文学的话，我们怎么处理见证文学和口述史之间的关系？因为口述的人在讲述自己记忆的过程中，在回忆的过程中，也是在通过语言进行表述，也会选择性地处理一些材料。但是我们仍然认为口述史是非虚构的，这两者之间要怎么区别呢？

陶：口述史会想办法仔细鉴别和剔除口述过程中口述者自己加进去的东西，这是口述史的一个很重要的学术训练。做口述史的人不能过于相信口述者说的话，不能把采访到的都当真。我觉得见证文学的话就不一定。我刚才举了一个例子，集中营起义的时候到底是几根烟囱着火？如果是一个口述采访的历史学家为了写历史而进行采访的，那他就要追求客观真实，会把事情搞清楚，认为被采访者说四根是不对的，是记忆错误，不能用来作为历史证据加以采信。但如果是见证文学作家处理这个采访，就没有必要纠正，因为见证文学有它独特的价值，你不能说这个材料是不可靠的，恰恰相反，这个"错误"反映了一种心理的真实。

　　学生 11：老师好，我的第一个问题是：刚才陶老师认为《鼠疫》也是见证文学（陶插话：我没有这么认为哦）。这让我想起加缪在 1905 年致罗兰·巴特的一封公开信中说："尽管我希望《鼠疫》能被读出多种意义，却拥有一个一目了然的内容，欧洲抵抗纳粹的斗争。"也就是说，加缪在自己写作《鼠疫》的时候，本人就认为这是一个"编年史"，是见证文学。但在不同的语境下读这本书，比如说我在听讲座之前读这本书，我抛开"二战"当时的背景和加缪的生平经历，我可能确实不能直接感受到它是在见证那时抵抗纳粹的运动，我可能更多地和现在的疫情相联系，和当代都市人的生活状况相联系。由此引发我的一个思考是：既然老师们也说见证文学永远不可能抵达一个本质意义上的所谓真实性，那么我们可不可以说把真实性暂时悬置起来，那么见证文学到底要提供什么呢？是否可以提供一种对超越性的追求，一种在未来不同语境下都能够有所增长的特质？

　　第二个问题是问洪老师的，可能跟见证文学关系不大。我读到洪老师 2008 年阅读《鼠疫》的感受的文章。老师在作品最后提到道德美是易于衰败的。当我们在评价作家的时候，过分把作品和作者的一些身份联系在一起，反而是一种危险的行为。那我就觉得这确实是一个很残酷的事情，因为在我们文学史上非常多经典的作家，在我们解读的时候，经常会不可避免地说（赋予）作家精神导师的身份、思想家、爱国者的身份，那对我们的启示是在今后的解读过程中是不是应该采取对文本相对封闭一点的办法，还是说我们要尽可能地去讨论一些审美性的问题，等等，这样是不是可以延缓它衰败的过程？谢谢老师！

　　陶：实际上你给我提出了两个问题，加上给洪老师的就是三个问题。首先,《鼠疫》的作者加缪的确有通过这个小说见证欧洲抵抗运动的意图。(学生补充:他说是一种关于抵抗的编年史)对,我把这个说法理解为这个小说是以寓言方式来描写或纪念抵抗运动,但是我个人认为它不是对欧洲抵抗运动的一个见证。否则见证文学这个概念和纪实性就完全脱离了联系,任何人通过任何方式,哪怕非常间接、非常隐晦地联系到某些历史事件就都是见证文学了,我觉得这样的理解太过宽泛。如果这样理解,不仅巴金、季羡林等的回忆录,不仅伤痕文学,就是北岛、舒婷等的朦胧诗无不可以是见证文学。当我们说见证文学无法避免虚构的时候,我们的预设前提是:相比于虚构小说、抒情诗、抒情散文等整体虚构的作品,见证文学是非虚构的,也就是以作家的真实经历、经验等为基础的,在整体上它是非虚构的,只是其中无法避免虚构的元素而已。

第二个问题,关于见证文学有没有超越性的追求,我甚至觉得,它的最终目的、终极追求还不是还原历史,而是追求伦理道德的升华。

洪:关于道德和艺术的问题,这也是个复杂问题。不同的作家,他们的追求、目标可能不同。像巴金先生一再申明他将写作的现实意义、呼应时代问题,以及道德承担放在首要位置,他的文和人是分不开的,构成一个整体,成为当代作家的高度。没有疑问,这值得我们高度尊重。两者能够取得平衡,都达到很高成就固然最好,不过这在文学史上总是少数。我在那篇文章里面引用的是美国作家桑塔格的文章《加缪的〈日记〉》,收在《反对阐释》的集子里。她对加缪的思想艺术给予很高评价,不过在拿他和卡夫卡做比较的时候,她显然对加缪的小说和戏剧常常服务于他在随笔中更完整表述的某种观念颇有微词。这个问题确实存在。桑塔格说,卡夫卡的小说虽然也有某种图解性和象征性,但更体现了他的自主的想象力。我引述桑塔格的话,不是说对《鼠疫》的评价过分依赖作家传记和观念。加缪的小说还是有很高的艺术水平的。我只是为我在分析《鼠疫》时侧重思想历史的角度做出补充和说明。简单说，我们既需要卡夫卡这样的作家，同时也需要加缪这样的作家。

主持人：因时间关系我们的提问就到此结束，感谢两位老师精彩的回答，也感谢各位同学精彩的提问。洪老师，我感觉我们广州大学这几个同学的提问水平还算可以（洪：比北大强多了）。大家通过语言的真实和历史的真实去体味这句话。经过洪老师的两场讲座和今天的对话，我们这次"首届湾区人文对话周"活动就要落下帷幕了。前面两场讲座中洪老师分别从历史的外缘性角度和语言的形式角度为我们讲解了如何解读文学作品，洪老师一再强调这两种维度一定要结合起来，他是在具体的文学作品解读中表明这两种维度如何结合是一个难题，在今天的对话中这个难题以文学的虚构性和历史见证的真实性这样一个尖锐的矛盾形式体现出来，或者说我们如何通过文学抵达历史的真实。我们没有也不可能达到一个终极的答案，但是我们达成了一个基本的、有益的共识，就是只要我们保持对历史进行追问的一种努力。

（热烈鼓掌）

（依据录音整理，经本人审定。文字稿整理：黄少聪、黄小晴、李晓晴、张媛钰、刁欢）

后记

　　本书收入了我从2010年之后发表的若干论文。按照主题，这些文章大体可分为两类。一类是介绍西方记忆理论，特别是从哈布瓦赫开始西方人文社会科学领域关于集体记忆、文化记忆、创伤记忆方面的理论；另一类大致可以归入西方20世纪见证文学研究，既有偏重理论探讨的（比如关于见证文学真实性的探讨），也有偏重作品分析的（比如对策兰的诗、加缪的《鼠疫》的分析）。这两类文章、两个主题的相关性是显而易见的，因为作为专门术语的"见证文学"所要见证的，就是20世纪的人道主义灾难及其给人类造成的巨大精神创伤，故见证文学本质上就是创伤记忆书写之一种。

　　20世纪特别是20世纪下半叶及之后，西方学界持续关注记忆问题，而且这种关注越来越呈现出从医学、心理学扩展到文学、艺术、人文和社会科学的倾向。这里面当然有各种各样的原因，但我认为最重要的原因无疑是：频繁发生于20世纪的人道主义灾难及其带给人类的深重创伤，使得人类必须直面记忆特别是创伤记忆问题：我们应该如何记住和反思这些灾难？应该如何抵抗遗忘以免灾难的再次发生？文学艺术应该如何回应阿多诺"奥斯维辛之后写诗是野蛮的"这个惊天论断？文学艺术能够见证大屠杀这样的灾难吗？如何见证？所有这些都已经成为每一个文学艺术家、每一个人文学者乃至每一个拒绝苟活的人必须直面的问题。

尽管本书收入的这些文章几乎全部不涉及中国（偶有涉及也是一笔带过）。但细心的读者不难发现，仍然有一条线把它们和我差不多同时或稍早撰写的一系列关于中国文学和文化的文章串联在一起，或者说前者是后者通过另一种方式的延续、拓展和深化。大体而言，我对西方记忆理论、西方见证文学的探索与我对当代中国文学艺术中的记忆书写的研究几乎同时展开（都开始于新世纪的第一个 10 年）。《记忆是一种文化建构》（《中国图书评论》2010 年第 9 期）是我发表的第一篇介绍西方记忆理论的文章，而《文化创伤与见证文学》（《当代文坛》2011 年第 5 期）、《"文艺与记忆"研究范式及其批评实践》（《文艺研究》2011 年第 6 期）是我把记忆理论引入文学艺术研究的最初理论尝试。《一部发育不全的哲理小说——重读礼平〈晚霞消失的时候〉》（《文艺理论研究》2013 年第 4 期）等文学批评文章则标志着我开始对一系列被学界称之为"伤痕文学""反思文学"的记忆书写文类进行个案解读。我当时没有用"见证文学"这个概念来命名"伤痕文学"，但今天看来，"伤痕文学"本质上就是中国语境中的见证文学。无论是这些作品还是我的研究文章，探讨的其实都是如何见证时代伤痛、如何书写创伤记忆的问题。由于这类以中国当代文学为对象的文章已经收入我的《文化研究与政治批评的重建》一书（中国社会科学出版社，2014 年），故本书不再收入，感兴趣的读者如果将这两本书参照阅读，将会发现两者之间的内在关联。

陶东风

2024 年 4 月 16 日于广州雅居乐寓所